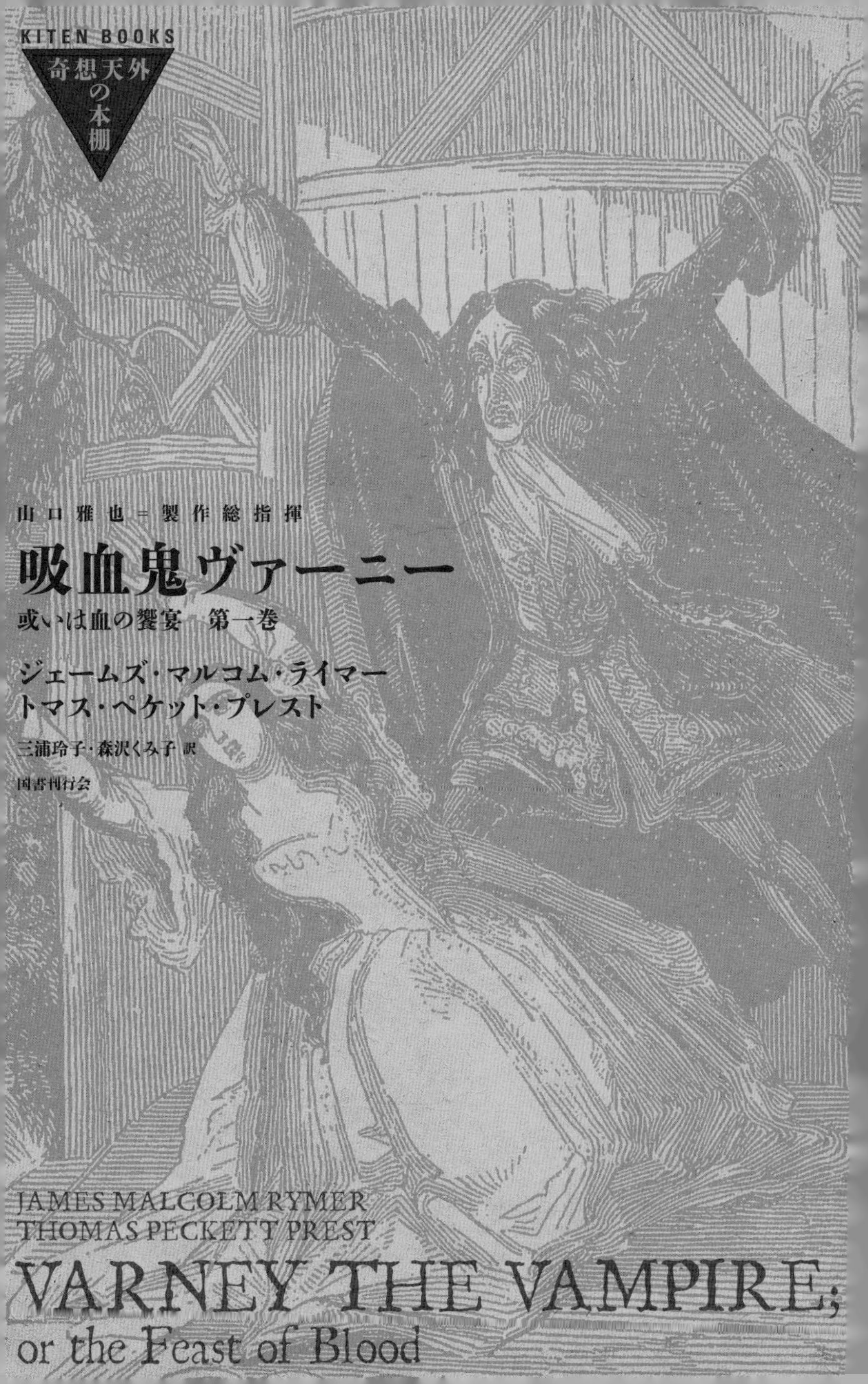

KITEN BOOKS
奇想天外の本棚

山口雅也＝製作総指揮

吸血鬼ヴァーニー

或いは血の饗宴　第一巻

ジェームズ・マルコム・ライマー
トマス・ペケット・プレスト

三浦玲子・森沢くみ子 訳

国書刊行会

JAMES MALCOLM RYMER
THOMAS PECKETT PREST

VARNEY THE VAMPIRE;
or the Feast of Blood

James Malcolm Rymer, Thomas Peckett Prest
Varney the Vampire; or the Feast of Blood
1847

目次

【炉辺談話】『吸血鬼ヴァーニー 或いは血の饗宴 第一巻』

山口雅也（Masaya Yamaguchi）

ようこそ、わたしの奇想天外の書斎へ。ここは——三方の書棚に万巻の稀覯本が揃い、暖炉が赤々と燃え、読書用の安楽椅子が据えられているという——まさに、あなたのような読書通人《ウェル・リード・コノサー》にとって《理想郷《シャングリラ》》のような部屋なのです。

——そうです、以前、三冊で途絶した《奇想天外の本棚》を、生死不明のまま待っていてくれた読者《ワトスン》の皆さん、どうか卒倒しないでください。私の執念と新たな版元として名乗りを上げた国書刊行会の誠意ある助力によって、かの名探偵ホームズのように三年ぶりに読書界に《奇想天外の本棚》が生還を果たしたのです。

甦った《奇想天外の本棚》（KITEN BOOKS）は、従来通り読書通人《ウェル・リード・コノサー》のための叢書というコンセプトを継承します。これからわたしは、読書通人のための「都市伝説的」作品——噂には聞くが、様々な理由で、通人でも読んでいる人が少ない作品、あるいは本邦未紹介作品の数々をご紹介します。ジャンルについても、ミステリの各サブ・ジャンル、SF、ホラーから普通文学、児童文学《ジュヴナイル》、戯曲に犯罪実話《ノンフィクション》まで——をご紹介してゆくつもりです。つまり、ジャンル・形式の垣根などどうでもいい、奇想天外な話ならなんでも出す——ということです。

新装《奇想天外の本棚》の今回の配本はシリーズ初のホラー『吸血鬼ヴァーニー 或いは血の饗宴（*Varney the Vampire; or the Feast of Blood*, 雑誌連載期間 1845-1847）』の第一巻です。

『吸血鬼ヴァーニー』は、吸血鬼小説の古典中の古典——ジョン・ポリドリの『吸血鬼』（一八一九）とブラム・ストーカーの『吸血鬼ドラキュラ』（一八九七）の間に英国で発表され、「乙女の首筋に牙を突き立てて血を吸う紳士然とした吸血鬼像」を最初に創造し、後進作品（勿論、『吸血鬼ドラキュラ』も含みます）に多大な影響を与えた作として吸血鬼文学の古典の地位を獲得しております。それなのに、なぜ日本では断片的な紹介にとどまり完訳版が出なかったのか？理由は二つほど考えられます。

一つはあまりに長大なので、翻訳家がつかなかったし、出版したとしても、国内のホラー市場が未成熟なので成果が得られないという出版社の思惑（国書刊行会ですら《ドラキュラ叢書》の一冊として一九七〇年代――半世紀も前ですね――に近刊予告が出されたが果たせず）もあったのでしょう。本作がどれほど長大かというと、一八四七年の単行本刊行時の元の版は一頁《ページ》二段組《ダブル・カラム》で文字がびっしり詰まり、全二百三十二章に及び、合計で約六十六万七千語にもなります。もっとわかりやすく喩えると、『幻想文学大事典』（ジャック・サリヴァン編／国書刊行会）に、「『戦争と平和』と『風と共に去りぬ』を合わせたよりも長い」という記述がありますね。わたしは本叢書の企画にあたって、この難事業を若手女性実力派の翻訳家二名によるハイテク翻訳・分冊という手段でクリアしましたが、一方、モダン・ホラーやJホラー・ブーム以来、日本でも読書界に本書出版を受け容れる素地ができているだろうとも考えた次第です。

出版されなかったもう一つの理由として、本作の文学的評価が研究者の間でも分かれていたということもあります。日本の戦後怪奇幻想文学（当時はホラー小説はこう呼ばれていました）紹介の嚆矢《こうし》、故平井呈一《ひらいていいち》氏は、本書の第一章を読んだ感想として「その文章の卑俗さはまるで香具師《やし》の絵看板でも見るような泥くさい感じ」という言葉を残しています。その一方で、ポスト平井呈一世代の怪奇幻想文学のオピニオン・リーダー荒俣宏《あらまたひろし》氏は、日本における吸血鬼ヴァーニー紹介の決定的論考となったエッセイ「『吸血鬼ヴァーニー』ヴィクトリア期の夢に寄せて」[註1]（『出口なき迷宮 反近代のロマン〈ゴシック〉』紀田順一郎編所収／牧神社[註2]の中で、「これほどスリリングなヴィクトリアン・スリラーは滅多にお目にかかれない」と、その娯楽性を高く評価しています。――本作第一巻を読み終えたわたしとしては、荒俣氏のほうに一票を投じたいところですが、その一方で、平井呈一氏の評言も条件付きで首肯《しゅこう》できます。平井氏の評言の裏には、H・P・ラヴクラフトが「文学における超自然」の中で示唆しているように、怪奇幻想小説の文学的地位を高めたいという想いが込められていたのではないでしょうか。

　また、荒俣宏氏がカウンター・カルチャーを経験した論客であることも両者の評価の違いに起因していると思われます。例えば、前述の「ヴィクトリア朝期の――」の中で、荒俣氏は、ヴィクトリア朝期の〈彩色写真《ティンテッド・フォト》〉を七〇年当時良い意味に転じた〈キッチュ〉という言葉で評価しています。〈彩色写真〉を〈キッチュ〉と言うなら、平井氏の言うところの「香具師の絵看板」（見世物小屋の絵看板のことだと思いますが）も〈キッチュ〉として評価してもいいでしょう。同じくカウンター・カルチャー世代のわたしも、荒俣氏の見解にまったく賛同したいところです。

　――ここで、そもそも、『吸血鬼ヴァーニー』自体が「高尚な文学」として書かれたものではないという事実を、本書を読まれる前の皆さんに知っておいてもらいたいと思います。

『吸血鬼ヴァーニー』は、ヴィクトリア朝期の英国で《ペニー・ドレッドフル》のシリーズとして世に出た作品です。《ペニー・ドレッドフル》（Penny dreadful）とは、直訳すると「一ペニーの恐ろしいもの」の意となり、十九世紀の英国で発行されていた安価な大衆小説シリーズの通称を指します。《ペニー・ドレッドフル》は、毎週一話ずつ一ペニーの安価で刊行され、探偵や犯罪者、または超自然的な出来事の悪用などが主題となり、基本的にはセンセーショナルな作風を特徴としていました。――まあ、安いパルプ紙で作られた、ペーパーバックより薄い小冊子のような媒体です。若いホラー・ファンには、アメリカのテレビ・ドラマ《ペニー・ドレッドフル　ナイトメア血塗られた秘密》（2014-16）の表題としてご存じの方も多いかと思います。(註3)因《ちな》みにヴィクトリア朝のモンスター総出演の同シリーズの第六話では、『吸血鬼ドラキュラ』の登場人物ヴァン・ヘルシング教授がヴィクター・フランケンシュタイン博士に『吸血鬼ヴァーニー』掲載の《ペニー・ドレッドフル》の冊子の現物を渡し、「文学としての感銘は受けないが、バルカン半島から伝わる民間伝承としては一読の価値がある。事実としてはでたらめだが、真理はついている」と言い、自分たちが追いかけている魔物が吸血鬼であることを告げるというホラー・ファン垂涎《すいぜん》のシーンが出てきます。このヘルシング教授の評言がブラム・ストーカーの考えを代弁しているのかは判然としませんが、そのストーカーも『吸血鬼ドラキュラ』については、後代に、アン・ライスのような通俗ロマンス的作家に「低俗な作品。頭のイカレたアイルランド男が書いた」なんて酷い言われようをしているのですから、識者の作品の評価なんて立場によってそれぞれということで、アテにせず、読書通人は「自分の評価軸」を持つようにしましょう。

閑話休題——。

先に『吸血鬼ヴァーニー』の企画を今回立ち上げた動機として、日本のホラー市場に受け容れる素地ができていると言いましたが、海外でのこうした《ペニー・ドレッドフル》への再評価・リスペクトの機運(イラスト入り復刻本の出版もありましたね)も翻訳出版の動機としてあったわけです。

《ペニー・ドレッドフル》叢書の対象読者は中間所得労働階級の若い男性だったと言われております。時はヴィクトリア朝最盛期の英国——産業革命が果たされ、消費文化が高まり、識字率も向上し、工業化、鉄道の発展(大量配布が可能となる)により、大衆向けの安価で人気のある新しい文学の市場が生まれ、大規模流通が可能になったわけです。大英帝国の産業革命・社会変革のおかげで、娯楽に対して金銭も時間も費やすことができるようになった一般大衆——そうした人々の娯楽への需要を満たすものとして《ペニー・ドレッドフル》は誕生したということを頭に入れてから本書をお読みください。そうでないと作品の読みどころや評価を見失うことになってしまいます。因みに、英国『ガーディアン』紙は、《ペニー・ドレッドフル》を「イギリスで最初に起こった若者向けに大量生産された大衆文化」および「ヴィクトリア朝期のヴィデオゲーム」と表現しましたが、実際の《ペニー・ドレッドフル》は、その後、英国のコミック誌として、その系譜を繋いでいくことになります。

そうした時代背景を念頭に置いて本書を読み解いてみると、いろいろ面白い点に気づきます。まずはホラー小説、吸血鬼小説の古典と見做されていながら、恐怖の対象が吸血鬼だけではないという事実……そうなんです、吸血鬼自身も含めて登場人物たちが恐れているのは、家名・名誉・仕事・財貨を失うことなのです。

時代背景としては、一般大衆が国民の中枢となり、貴族といえども、没落・金銭的に苦衷に陥るという設定なので、本書の登場人物たちは「人類の敵」だから吸血鬼を倒すというよりも、家名や家屋敷を失うことを恐れて、延々と吸血鬼対策の議論を重ねるわけです。彼らが本書中で「決闘」という形式により吸血鬼ヴァーニーと決着を付けようとするのも、官憲当局に相談したのでは、家名に傷がつくという理由からです。それはつまり、超自然の魔物の存在を認めたという、この時代としては、恥ずべき行為になるからです。そのことは、第一巻に登場する唯一の科学者である医師が吸血鬼の存在をなかなか認めようとしないというところにも表れています。さらに犠牲者フローラの恐怖も、単に自分の生命の危機への恐怖よりも、吸血鬼花嫁となって、子供を産み、その子の血を吸うという、家名を汚す行為への忌避《きひ》が大きな理由となっていました。

また、「決闘」について、現代の視点からすると、一見、過剰とも倒錯的とも思える議論が延々と交わされるところも、当時の時代背景を念頭に置くと面白い読み物と化します（こんなところも読書の愉悦というものですね）。産業革命による英国の社会変革に近代的な法整備ができてきたということもあります。本書中でも船乗りのベル提督から嫌われる役として弁護士が出てきますね。「海の規律」しか信奉しない昔気質の提督にとっては「陸の法の支配」[註4]を重んじる弁護士は嫌悪すべき存在でしかなかったようです。また、本書の中でも言及されていますが、紳士の諍《いさか》いに対する名誉ある決着法とされてきた「決闘」は、この時代には、社会通念としては認められていても、「違法」な行為だったのです。ですから登場人物たちは、「決闘」作法について世間から後指を指され恥辱にまみれぬよう、恐怖と憂慮に囚われながら、あれこれと頭を悩ませるわけです。

こうした超自然の大きな恐怖と共に社会の中に潜む「身近な恐怖」にも多くの筆を費やすという小説作法は、強いて言うなら意外にも《モダン・ホラー》の巨匠スティーヴン・キングにも通じるところがあるかと感じました。この時代ならではの身近な恐怖を描いたところも『吸血鬼ヴァーニー』が一般大衆に受けた一つの要因だったのだろうし、作者の狙いもまたしかりだったとも推察したわけです。こうした手法は昔からあったんですね。

第一巻の内容について、さらに小説形式の面から吟味すると、単なるゴシック小説の延長線上にとどまらぬ、本作のユニークさが見えてきます。

まず、スリラーとしての緊張感《サスペンス》（荒俣氏は、ゴシック・スリラーという呼称を用いていました）。次に、先にも言及した社会派ディスカッション・ドラマとしての面白さ。また、フローラと恋人の会話は、当時も大流行《はや》りだったロマンス小説（台詞《せりふ》の調子は、やはり流行っていた演劇の戯曲）を想起させます。さらに、武骨な悪口雑言の士、ベル提督が出てくると、それまでの悲劇調から、作者が別人のユーモア小説かと思うほど一気に喜劇調に変貌（このあたりに共作の秘密があるのかもしれません）。最後に、各々一章を割いてのピカレスク伝奇小説、海洋奇譚が入れ子構造（註5）で読めるというサーヴィス満点の構成。ここで驚かされるのは、メタ・フィクションの手法も使っていることです。入れ子構造で作中作が読めるだけでなく、ある登場人物が、自分がフィクションの中に棲んでいるかのような暗示的台詞が出てくるのには、はっとさせられました（――まあ、この点は考えすぎかもしれませんが）。ともかく、毎週（毎章）あの手この手で読者の興味を惹き付けようという小説作法は、まさに《ペニー・ドレッドフル》の真骨頂と言えるでしょう。

その《ペニー・ドレッドフル》の人気作『吸血鬼ヴァーニー』は、一般的にジェームズ・マルコム・ライマーとトマス・ペケット・プレストによって共同執筆されたと考えられています。この二人は日本でもジョニー・デップ主演の映画でもお馴染みの、悪魔の理髪師《スウィーニー・トッド》のキャラクター造りにも関与したとされています。――作者について、こうした曖昧な言い方しかできないのは、そもそも《ペニー・ドレッドフル》出版の条件として、作者名を明記しないという条件があったからです。ですから、例えば、研究者のE・F・ブレイラーは、プレストと比較して対話の書き方が異なるため、ライマーが著者である可能性が最も高いと主張しています。日本では、ホラーが幻想と怪奇と呼ばれていた時代にプレスト単独説が唱えられていました。わたしが所有している、イラスト入り復刻の《pulp-lit production》版では、ライマーとプレストの著者名の間をand／orで繋ぐ表記となっています。ですが、まあ、作中の語り手の人称も「We」となっていることですし、本叢書ではライマー＆プレスト共作説を採用することにしました。作者については、まだまだ面白エピソードがあるのですが、そのあたりのことは第二巻でお話しします。

この第一巻は、まだ物語の序盤、この後、英国を離れるなど舞台も変転しますし、吸血鬼ヴァーニー卿をはじめ、登場人物たちの秘密も明かされて行くことでしょう。どんな手法と奇譚で長大な物語を進めていくのか、今から楽しみです。二世紀の時空を超え《ペニー・ドレッドフル》を日本語で読めるという日本出版界の超自然現象（奇蹟？）に、今後も読書の愉悦を共有しようではありませんか。

――さて、説教じみた前口上は、これくらいにしておきましょう。窓の外は、もう夜となっています。夜空には満月が……月の光によって吸血鬼ヴァーニー卿は甦るそうです。窓の下には足音が聞こえてまいりました。それでは皆さん、二世紀を隔てた《ペニー・ドレッドフル》の恐怖世界へ足を踏み入れてください！

（註1）『吸血鬼ヴァーニー』の大半の粗筋と文学的評価はもとより、ゴシック小説の変遷、文学的ヴィクトリア朝期の出版文化の歴史的意義なども詳細に記された第一級の論考資料。第二巻以降もその内容に言及いたします。

（註2）奥付では牧神出版社。一九七〇年代に、ハイブロウな文芸誌『季刊牧神』を出していた。初期の『季刊牧神』は、『幻想と怪奇』と並んで幻想怪奇ファンに愛読されたが、マイナス号（七三年七月・創刊準備号）三冊を加えると計十五冊で終刊。後期には時流に乗ったル・グインやエリカ・ジョング特集なども組んでいる。わたしの中では、学生時代の四大奇書ならぬ、四大奇誌となっておりマす（他は『幻想と怪奇』『幻影城』『奇想天外』）。思えば、雑誌文化の隆盛と終焉を目撃したことになりました。

（註3）吸血鬼ヴァーニーのキャラクターが出てくる最新の作品としてNetflixで二〇一七年より配信中のアニメ『悪魔城ドラキュラ』（コナミのゲームがベース）が挙げられる。その他のヴァーニーが影響を与えた作品や吸血鬼属性などについては、第二巻以降で言及していきたい。

（註4）「法の支配」と言っても現代の政治家が「民主主義」とセットで語るようなものではなく、同じヴィクトリア朝期の国民作家チャールズ・ディケンズが書いているように、軽犯罪（しかも冤罪）の嫌疑をかけられた少年でも絞首刑の判決が下されるという、一般庶民にとってはアンフェアで嫌悪すべきものだったようです。

（註5）荒俣氏は〈マチューリンの手法〉と呼んでおります。マチューリンは十九世紀アイルランドのゴシック・ロマンス作家で、複雑な入れ子構造の『放浪者メルモス』（1820）が代表作。英国のゴシック・ロマンスの掉尾《とうび》を飾る作家として賞賛され、バルザックの初期作品にも影響を与えました。

吸血鬼ヴァーニー 第一巻

主要登場人物

フランシス・ヴァーニー卿････吸血鬼
ヘンリー・バナーワース······バナーワース家の若い当主
ジョージ・バナーワース······ヘンリーの弟
フローラ・バナーワース······ヘンリーとジョージの妹
バナーワース夫人············ヘンリー、ジョージ、フローラの母
ロバート・マーチデール······バナーワース家の食客
チリングワース··············医師
チャールズ・ホランド········フローラの婚約者
ベル提督····················チャールズの伯父
ジャック・プリングル········ベル提督の元甲板長
ジョサイア・クリンクルス····弁護士

第一部　バナーワース館の吸血鬼

第一章　真夜中──雹混じりの嵐──
怖ろしい訪問者──吸血鬼

古い大聖堂の時計が、重々しく真夜中を告げた。空気は重苦しくたれこめ、死を思わせる異様な静けさがあたり一面にまとわりついている。不気味なまでの静けさは、ただならぬ嵐の前触れを予感させる。風雨が本気を出すために、とてつもない力を蓄えようと、普段の動きさえいったん止めて、じっと身をひそめているように思える。遠くからかすかな雷鳴が、聞こえてくる。風同士の戦いの始まりを合図する号砲のように、嵐がまどろみから目覚めたようだ。すさまじいまでの暴風が、町全体を根こそぎ吹き飛ばす勢いで猛り狂い、わずか数分の間に、ごく普通の嵐が半世紀も続いたに等しい惨状をもたらした。

　まるで巨人が、玩具のような小さな町に強烈な熱い息を浴びせ、建物を次々となぎ倒したかのようだ。突風は突然起こり、始まったときと同じようにふいにやんだ。すべてが、前と同じようにひっそりと静まりかえった。

　目を覚ました者たちは、耳にした音は夢の中でさまざまな怪物たちが迷走する幻だったに違いないと思った。そして、身震いすると、また眠りについた。

　動くものはなに一つなく、すべてがまさに墓場のように静まりかえっている。静寂の魔法を破る音は一切ない。だが、あれはなんだろう？　おびただしい数の妖精が走り回っているような、パラパラという妙な音が聞こえてくる。そう、雹《ひょう》だ──雹混じりの嵐が町に襲いかかってきていた。木々の葉が激しく揺さぶられ、小ぶりの枝と共にもみくちゃにされる。降り注ぐ氷片の怒りをまともにくらった窓ガラスが砕け散る。ついいましがたまで、深くしみわたっていた静寂が、さまざまな音が入り混じった喧噪へと徐々に移り変わり、あちらこちらで、家が嵐に蹂躙《じゅうりん》されたことに気づいた人々の驚きや狼狽の叫びを飲み込む。

　時折、強烈な突風が起こった。その勢いに、風が横なぐりになると、無数の雹がいったん空中に留まるものの、風が新たにその方向を変えると、いっそうの力でたたきつけられ、災禍がさらに大きくなった。ああ、あの嵐のすさまじさといったら！　雹、雨、風の狂乱。まさに、地獄のように恐ろしい夜だった。

　古い屋敷の古風な部屋。古めかしく妙な趣《おもむき》のある彫刻が壁を飾り、大きな暖炉は骨董品そのものだ。天井は低く、西に向かって床から天井までの巨大な張り出し窓が開いている。変わった彩色ガラスや鮮やかなステンドグラスがはめ込まれた窓には格子がつけられていて、陽光や月光が差し込むと、美しい光が怪しげにきらめく。部屋の壁は、何枚もの絵をかけられるよう画板がはめこまれているが、たった一つの肖像画しかない。蒼白い顔をした、凛《りん》とした眉の若い男の肖像だが、その目は二度と見る気にはなれないような、妙な表情を宿していた。

　その部屋には、クルミ材でできた立派なベッドがある。豪華な彫刻と精巧な作りは、エリザベス朝時代に作られたものだ。ベッドからは、四隅に羽毛飾りがついた、どっしりと重厚なダマスク織の絹の夜具が垂れ下がっている。どこか埃っぽく、部屋全体に葬式のような陰気な空気が漂っている。床は磨かれたオーク材でできていた。

　ああ、ものすごい雹の嵐が、古い張り出し窓を執拗に攻撃している。まるで、模擬戦の小銃部隊が時折放つ銃声のように、小さな窓ガラスめがけて割らんばかりにたたきつけ、ものすごい音をたてている。だが、ガラスのほうも負けてはいない。小さいせいか、風、雹、雨がその怒りを総動員して襲ってきても、よくもちこたえている。

　その古い部屋の大きなベッドには誰かがいる。あらゆる愛らしさを凝縮して造形された生き物が横たわっている。春の曙《あけぼの》のように美しい若い娘が、古風なベッドで浅い眠りについているのだ。娘の長い乱れ髪が広がり、黒っぽい寝具の枠から流れ落ちている。寝具がかなり乱れているところを見ると、眠りが落ち着かず、どこか寝苦しそうだ。片腕を頭の上にあげ、もう片方の腕は、ベッド脇に投げ出されている。神から授かった才能をもつ稀有な彫刻家の渾身の力作といっていい首と胸が、半分見えている。眠りの中で、かすかにうめき、祈りを捧げるように一、二度唇を動かした。全人類の科《とが》を背負ったキリストの名がもれ聞こえたため、少なくとも、祈りの言葉だったのだろう。

娘はこの嵐にも目覚めないほどの、相当な苦しみに耐えているかのようだった。嵐は完全に眠りを妨げる力はないとはいえ、その安息を乱していることは確かだった。まどろみを完全に破るところまではいっていないとはいえ、暴風雨が五感を目覚めさせていたのだ。

　ああ、わずかに開いた口に、どれほどの魔性の世界が広がっていることだろう。わずかに見える真珠のような歯が、張り出し窓から差し込むかすかな光にきらめている。頬に影を落とす、長いシルクのような睫毛のなんと愛らしいことか。娘が体を動かすと、片方の肩が露わになった。娘が寝ているしみ一つない寝具よりもさらに白く、きめが細かい。この美しい創造物の滑らかな肌は、ちょうど女らしさが芽生えるときの、まだ子どもらしさを残している少女の魅力と、年を経るごとに成熟した美しさと優しさを獲得していく移行期のものだ。

　あれは稲妻だったのか？　そう、激しく鮮明な、怖ろしい閃光――そして、千の山々が青い天をのたうちまわるようなものすごい雷鳴。今、この古びた町で眠っている者などあろうか？　生ある者ならばありえない。とはいえ、永遠とも思われるこの恐ろしいラッパとて、すべての者をたちまちのうちに目覚めさせることはできないだろう。

　雹は相変わらず降り続いている。風もやんでいない。嵐の咆哮は、これ以上ないほど激しい。ようやく娘が目を覚ました。古めかしいベッドの上のあの美しい娘が。神々しいほどの青い瞳を見開き、その唇からかすかな驚きの叫びをもらす。それは確かに叫びだったが、戸外の喧騒と大混乱の中では、弱々しくかすかにしか聞こえない。娘はベッドの上に起き上がり、両目を手で覆った。ああ、なんとすさまじいほどに荒れ狂う風と雨と雹！

　雷鳴もまた同様に、次のジグザグの稲妻で大気を激しく震わせるまで、そのとどろきの手を緩《ゆる》めるつもりはないようだ。娘は祈りの言葉を唱えた――それは、彼女の最愛の人たちのための祈り。娘の優しい心に浮かぶ大切な人たちの名前がその唇からもれる。娘は半ばすすり泣きながら祈る。やがてこの嵐がとてつもない災禍をもたらすに違いないと考え、偉大なる天の神に向かって、すべての生きとし生ける者のために祈る。また、驚き戸惑うほどの激しく青い稲妻が、張り出し窓を横切る。一瞬、ガラスのあらゆる色彩が異様なほど鮮明になる。娘は鋭い悲鳴をあげ、窓を凝視するが、次の瞬間にはすべてがまた闇に沈む。

これまで見たこともないほどの恐怖の表情を浮かべて娘は体を震わせ、激しい戦慄で額に汗をにじませる。「いったい、あれはなに？」娘は喘《あえ》いだ。「これは現実？　それとも幻？　ああ、神よ。あれは、なんだったのでしょう？　異様に背が高く奇怪ななにかが、外から窓の留め金を外そうとしていた。閃光のおかげで、はっきり見えたわ。それは、窓の高さいっぱいに立ちはだかっていた」

風は穏やかになり、雹の降りもそれほど激しくなく、今は小康状態になっているのだが、今度は、大きな窓ガラスのところで、カタカタいう妙な音が響いている。それはもう、幻などではない。娘は今ははっきり目覚めていて、はっきりその音を聞いている。なんの音？　今また、稲妻が光った――またしても悲鳴をあげる。今度こそ、幻覚などではないことははっきりした。

長身の人物の姿が、大きな張り出し窓のすぐ外に立っているのが見えた。指の爪をガラスにかけ、雹がぶつかるような音を立てているのだ。もう、雹はやんでいるというのに。とてつもない恐怖に、美しい娘の四肢は麻痺して動かない。その唇から出るのは、ただ悲鳴だけ。両手を固く握りしめ、顔は大理石のように無表情で、その胸の内では心臓が激しく脈打ち、今にも飛び出しそうだ。両目は大きく見開かれ、窓に釘づけになっている。恐怖に凍りついたまま、娘はただひたすら身動きできずにいた。小刻みにガラスをカタカタいわせる爪の音は、相変わらず続いている。言葉を発することも一切できず、今や娘は、窓に映る黒い姿をはっきりと追えるような気がしている。長い腕が前後に動き、入り口を探しているのがわかる。今、徐々に空中に広がっている妙な光はなんだろう？　毒々しいほどの赤い色が、にじむように濃くなっていく。雷が落ちて水車小屋が火をふいたのだ。たちまち燃え上がった建屋の炎の赤が、大きな窓に反射している。もう間違いない。窓辺にいるそれは、まだ入り口を手探りしている。長い間伸ばしっぱなしにしているような長い爪でガラスに音をたてている。娘は再び悲鳴をあげようとするが、息詰まるような感覚に襲われ、まるで声が出ない。あまりの恐怖のせいで、身動きしようにも、何トンもの鉛が四肢に乗せられているかのように動かない。ただ、かすかにかすれたつぶやくような声をあげるのが精いっぱいだった。

「助けて——助けて——助けて——助けて！」

ただ、そのひと言だけを、まるで夢の中のうわ言のように繰り返す。火事のギラギラした赤い炎はまだ燃えている。それが、高い窓の向こうにたたずむおぞましく醜い姿をくっきりと映し出す。炎は、部屋の中のあの肖像画もはっきり映し出し、まるで、肖像画の目が、今にも侵入して来ようとしているものの姿にじっと据えられているように見え、その揺らめく光のせいで、まさに生きているかのようだ。ついに、窓ガラスが少し破られ、侵入者のほとんど肉の削《そ》げ落ちたやせ衰えた長い手が、有無をいわさず入ってくる。留め金が外され、折り戸のようになっている窓の半分が、蝶《ちょう》番《つがい》のところから大きく開かれた。

それでも、娘はまだ叫ぶことができなかった。身動きもできない。「助けて！——助けて！——助けて！」ただこれだけしか言葉が出てこない。その顔に浮かぶ恐怖の表情は、生涯忘れることのできない、至福を味わっている瞬間でさえ、容赦なく現れ、それを苦々しいものに変えてしまうようなものだ。

おぞましいそれが体を反転させると、その顔に光が当たった。まったく血の気のない蒼白な顔。目は磨かれたぶりきのようで、唇は深く裂けている。ぞっとするような瞳の次に目を引くのはその歯だった——猛獣のそれを思わせる突き出た醜悪な歯は、白くぎらぎらした鋭い牙のようだ。それは、滑るような妙な足取りでベッドに近づいてくる。指先に垂れ下がっているような長い爪がぶつかって音をたてる。その唇からは、なんの声ももれることはない。若く美しい娘がこれほどの恐怖にさらされたら、正気を失ってしまうのではないだろうか？　娘は四肢を硬直させたまま、もはや助けを求めることすらできない。言葉を発する力は失われているが、やっと体を動かす力が戻ってきた。おぞましいものが近づいてくる方とは反対のベッドの側へとそろりと体を動かすことができた。

だが、娘の目は吸い寄せられるようにそれを凝視していた。屈み込んでこちらの顔を見下ろす、金属のような恐ろしい視線に射すくめられるのに比べれば、蛇に睨まれることなどたいしたことではない。身を屈めているので、巨人のような背丈はそれほどには感じられないが、今度は、突き出されたぞっとするような白い顔が、目の前に迫って来た。いったい、これはなん

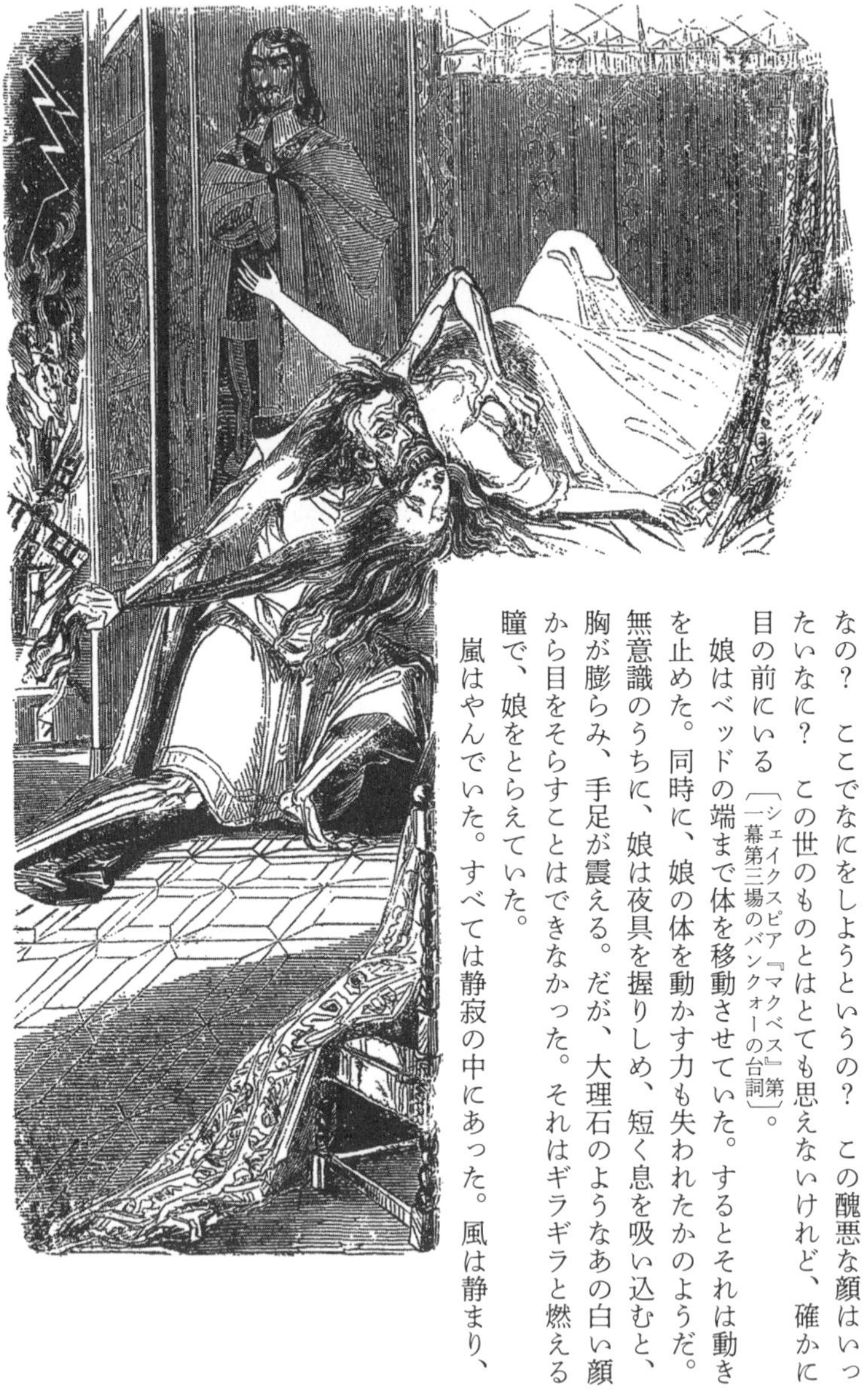

なの？　ここでなにをしようというの？　この醜悪な顔はいったいなに？　この世のものとはとても思えないけれど、確かに目の前にいる〔シェイクスピア『マクベス』第一幕第三場のバンクォーの台詞〕。

娘はベッドの端まで体を移動させていた。するとそれは動きを止めた。同時に、娘の体を動かす力も失われたかのようだ。無意識のうちに、娘は夜具を握りしめ、短く息を吸い込むと、胸が膨らみ、手足が震える。だが、大理石のようなあの白い顔から目をそらすことはできなかった。それはギラギラと燃える瞳で、娘をとらえていた。

嵐はやんでいた。すべては静寂の中にあった。風は静まり、教会の鐘が一時を告げた。おぞましいその生き物の喉から、ヒューという音がもれ、長く干からびたような腕を上げ、唇が動いた。それは前へと踏み出した。娘は小さな片足をベッドから下ろして床に着けた。いつの間にか、寝具を引き寄せていた。

部屋の扉はこちら側にあるけれど、そこまでたどり着けるだろうか？　歩く力が残っているだろうか？　奇怪なあの姿から目をそらし、忌まわしい魔力を打ち破ることができる？　ああ、神さま。これは現実なの？　それとも、永遠に判断を狂わされそうなほどの、現実によく似た夢？

それは、また歩みを止めた。娘が震えながら横たわっているベッドの上に、もうほとんどその上半身がおおいかぶさっている。娘の長い髪がベッドいっぱいに広がり、娘が離れようとして、ゆっくりと体を移動させると、髪が枕に沿って流れていく。じっと動かずにいた時間は一分ほどだったのに、なんという苦悶の時間だったことか。狂気が娘を飲み込むのに十分な時間だ。

完全にふいをつかれたが、それはあらゆる人間の胸に恐怖を引き起こすような、不気味な咆哮をあげながら、いきなり突進してきたかと思うと、娘の長い髪をつかんで骨ばった手にからめとり、娘の体をベッドに押さえつけた。そのときやっと、娘の悲鳴が戻ってきた。天が、叫び声をあげるだけの力を与えたのだ。娘は立て続けに鋭い金切り声をあげた。ベッド脇に寝具がずり落ち、娘の絹のような髪は引っ張られ、再び完全にベッドに引き戻されてしまった。美しく滑らかな四肢が苦悶に痙攣する。ガラスのような冷酷な目が、悪魔が満足の笑みを浮かべるごとく、美しい肢体を舐めるようにながめ回す――なんという残酷な冒瀆。それは娘の頭をベッドの縁《ふち》に引きずり寄せると、手に絡ませている長い髪に力をこめて、無理やり仰向かせた。そして、牙のような歯を娘の喉笛に突き立てる――ほとばしる血潮があふれ、それを吸う異様な音が続いた。

娘は意識を失い、吸血鬼の身の毛もよだつ饗宴が続く。

第二章　危険の前兆――銃声――追跡とその結果

屋敷のあちらこちらで明かりが灯り、部屋の扉が開いて、代わる代わる声が聞こえてきた。眠りについていた者たちが動揺して、にわかに騒ぎ出したのだ。

「悲鳴を聞いたか、ヘンリー？」半分服を着かけた若い男が、同じ年ごろの男の部屋に入りながら訊いた。

「聞いたとも。どこからだろう？」

「わからない。とるものもとりあえず来てみただけだから」

「今は静かだが」

「ああ。だが、夢でない限り、確かに悲鳴を聞いた」

「二人同時に同じ夢をみるわけがない。どこから聞こえてきたと思う？」

「あまりに突然だったから、わからない」

二人の若者がいる部屋の扉を叩く音がして、女性の声が聞こえた。「お願い、起きてちょうだい！」

「起きていますよ」二人は答えた。

「聞いたでしょう？」

「ええ。悲鳴がしました」

「なんてこと。屋敷の中を調べなくては。どこの部屋からだかわかる？」

「まったくわかりません、母上」

もう一人、中年の男がやってきた。

「驚いた！　いったいなにごとです？」

そう言うか言わないうちに、また鋭い悲鳴がたて続けに聞こえてきて、全員、唖然として立ち尽くしてしまった。若者の一人が母上と呼んだ中年女性は気を失いかけ、最後にやって来た中年男がすぐに支えなければ、廊下に崩れ落ちてしまったことだろう。夜のしじまを引き裂くようなあの悲鳴が響いたとき、彼自身も動揺して足元がおぼつかなかった。若者たちはまだ麻痺したように立ちすくんでいたが、中年男は真っ先に我に返った。

「ヘンリー」男は言った。「頼む、母上を支えてやってくれ。あの悲鳴はフローラの部屋からじゃないのか？」

若者は無意識のうちに母親を支えた。中年男は急いで自分の寝室へ戻り、二挺の銃を持って戻ってくると叫んだ。「来られる者は私と一緒に来てくれ！」そして、悲鳴が続いていた古い部屋のほうへと廊下を走った。だが、今はなんの音も聞こえない。

屋敷は頑丈に作られていて、部屋の扉はかなり分厚い総オーク材だ。助けを求めていた娘の部屋は内側から留め金がかけられていて、扉はびくともせず、どうにもならなかった。

「フローラ！　フローラ！」中年男は叫んだ。「フローラ、返事をしてくれ！」

すべては静まり返っている。

「だめだ！　力ずくで開けるしかない」

「中から妙な音がする」若い男が激しく震えながら言った。

「確かに聞こえる。なんの音だろう？」

「わからない。でも、動物がなにかを食べている音みたいだ。あるいは、液体をすすっているような」

「いったいなんなんだ？　扉を蹴破る道具はなにかないのか？　このままここにいては、頭がおかしくなりそうだ」

「ありますよ。ちょっと待っていて。持ってきます」若者は言った。

若者は階段を駆け下りると、ほどなく小さいが強力そうな鉄のバールを持って戻ってきた。

「これなら、開くでしょう」

「そうだな。なんとかなりそうだ。貸して」

「返事はないんですか？」

「ひと言もない。あの子になにかとんでもなく恐ろしいことが起こっているに違いないという気がしてならない」

「しかも、あの妙な音だ！」

「まだ続いている。とにかく、あの音を聞いていると、血の気が引きそうだ」

中年男はバールを受け取ると、扉とその脇の隙間に苦労してこじ入れた。まだ力が足りなかったが、耳障りな音をたてて扉が少し動いた。

「押してくれ。同時に扉を押すんだ」なおもバールを使いながら中年男が言った。

若者も力を合わせた。まだ重厚な扉は抵抗していたが、突然、大きな音がして――おそらく錠の一部が外れたのだろう――すぐに扉が少し開いた。

私たちは時間を測るとき、実際の時間の流れよりも、与えられた空間の中で起こる出来事で測っているのが常だ。

フローラという若い娘が眠る、古い部屋の扉を無理やりこじ開けた者たちにとって、一刻一刻がますます大きな苦しみの時間になっていたわけだが、実際には最初に異変を感じた瞬間から、扉の留め具が破壊される大きな音がするまで、わずかな時間しか経過していなかった。

「開くぞ。開くぞ」若者が叫んだ。

「もうちょっとだ」中年男がバールで扉をさらに押し広げながら言った。「もうすぐ、部屋に入ることができる。辛抱するんだ」

マーチデールという名のこの中年男は、そう言いながら重厚な扉を大きく開け、部屋への道筋を確保した。

若者の一人ヘンリーが、明かりを手に急いで駆けつけてきた。慌てて部屋に飛び込んだため、中の様子をきちんと把握しないうちに、開け放たれた窓から吹き込んできた風で蠟燭の炎が消えそうになった。完全に消えてしまったわけではなかったが、激しく横に流れて、明かりとしての役目を果たさなかった。

「フローラ、フローラ!」ヘンリーが叫んだ。

すると突然、なにかがベッドの端から飛び出してきて、ヘンリーにぶつかった。あまりに突然のことでふいをつかれ、激しく突き飛ばされたヘンリーは後ろに投げ出され、そのとたんに明かりが完全に消えてしまった。

あたりが真っ暗になった。落雷で炎があがっているすぐ近くの水車小屋から、鈍く赤い光が、時折、部屋に入って来るだけだ。その光はちらついて、ぼんやりと不確かだったが、誰かが窓の方へ向かうのがわかった。

ヘンリーは倒れた瞬間、失神しかけたが、その得体のしれないものの巨大な姿を見た。それは、床から天井まであろうかと思えるほど長身だった。もう一人の若者ジョージも、マーチデール氏もそれを見た。この屋敷の中で最初に娘の悲鳴で目覚め、何事かと廊下で二人の若者たちと話していた母親もそれを見た。

それは、外のバルコニーに続く窓を乗り越えようとしていた。そこからは、簡単に庭に下りることができる。

そのとき、全員がそれの横顔を見た。顔の下、唇のまわりには血がべっとりついている。金属のようにギラギラした、いかにも怖ろし気な目は、この世のものとは思えないほどの残忍な色を浮かべていた。

全員がショックで動けなくなってしまったのも無理もない。このおぞましいものを捕まえようという気力など、すっかり麻痺してしまったかのようだ。

だが、マーチデール氏は、経験を積んだ大人の男だった。国内外でさまざまなものを見聞きしてきて、人生経験も豊富だ。彼もまた確かに驚愕し、恐怖を感じてはいたが、若者たちよりも正気に戻るのが早く、すぐに行動に出た。

「起き上がるな、ヘンリー。そのまま伏せているんだ」

　こう言うのとほぼ同時に、まるで額縁の中の絵のように窓を占領している巨人に向かって発砲した。

　部屋の中でものすごい銃声がとどろいた。銃は実戦用の本物の武器で、銃身は十分な長さがあり、破壊をもたらす銃弾を備えられるようになっている。

「これではずすようなら、私は二度と引き金を引かない」

　マーチデール氏は言いながら、急いで前へ進み出て、手ごたえがあったと確信したその相手を捕まえようとした。

　そのとき、それがこちらを振り向いたので、はっきりと顔が見えた。ちょうどそのとき、母親が自分の部屋から明かりを持って戻って来た。類《たぐい》まれな勇気と精神力を備えた、さすがのマーチデール氏でさえ、思わず数歩後ずさりして、驚きの声をあげた。「なんだこいつは！」

　それは、一度見たら決して忘れられないような顔だった。真っ赤な鮮血が飛び散ったおぞましい顔。野蛮そのものの目。それまで、磨かれたぶりきのようだった目が、今は異様なほど爛々としていて、まるで目から閃光が放たれているかのようだ。普通の人間の自然な顔かたちに比べて唇が後退していて、開いた口から犬のような大きな歯をむき出している。

　その喉から唸るような声を発し、今にもマーチデール氏に襲いかかろうとしているかのようだ。と、突然、それはなにかの衝動にかられたかのように、獣じみた恐ろしく甲高い笑い声をあげたかと思うと、窓に向かって突進し、あっという間に姿を消した。後にはあまりにおぞましいその姿に圧倒され、なにもできずに唖然とする者たちがとり残された。

「あれは、いったい！」ヘンリーが叫んだ。

　マーチデール氏が、長い吐息をついた。そして、激しい動揺から正気に戻ろうとするかのように床を踏みしめ、叫んだ。

「あれがなんであろうと、誰であろうと、追いかけなくては」

「だめ、だめよ。絶対だめ」母親が叫んだ。

「いや、追わなくては。誰か、一緒に来てくれ。怪物を捕まえるんだ」

そう言いながらマーチデール氏は、怪物が逃げたルートをたどり、窓からバルコニーに出た。

「それなら、僕たちも行きます、な、ジョージ」ヘンリーが言った。「マーチデールさんについていく。この恐ろしい出来事は、彼よりも僕たちに深く関わりがありそうだから」

ヘンリーとジョージ兄弟、そして恐ろしい怪物に襲われて悲鳴をあげた美しいフローラの母親は、行かないでくれと懇願した。だがそのとき、マーチデール氏の叫び声が聞こえてきた。

「わかったぞ。あいつは壁のほうへ向かっている」

もはや躊躇《ちゅうちょ》している場合ではなかった。二人はすぐにバルコニーに出て、庭へ降りた。

母親は、娘のベッドに近づいた。娘の意識はなく、血だまりの中に倒れている。どう見ても殺されたとしか思えなかった。母親は打ちのめされて気を失い、床に倒れた。

二人の若者が庭に下りたとき、予想以上にあたりは明るくなっていた。急速に夜明けが近づいてきているだけでなく、水車小屋がまだ燃えていたからだ。そのせいで、あらゆるものがはっきりと見えた。ただ、香《かぐわ》しい森の中の樹齢の長い巨大な古木が深い影を投げかけていて、そこだけ暗くなっている。マーチデール氏が叫ぶ声が聞こえた。

「あそこだ――あそこだ。壁に向かっている。そこにいる。そこだ。くそっ、壁までたどり着いた」

二人の若者は、急いで藪の中を走り抜け、声のするほうへ向かった。そこには、恐怖にかられて、ものすごい形相をしたマーチデール氏がいた。その手には、衣服の切れ端のようなものが握られている。

「どっちですか？　奴はどこへ？」二人は息をはずませながら訊いた。

マーチデール氏は、ジョージの腕の中にもたれながら、木々が連なるあたりを指さして、低い声で言った。

「信じられない。あれは――あれは人間ではない。あそこを見るんだ。あそこを。見えないか？」

若者たちは、マーチデール氏が指さす方向を見た。その先には庭を囲む高さ四メートルほどの壁がある。妹の部屋から追いかけてきたおぞましい怪物が、しゃにむにその壁を乗り越えようとしていた。

それは、地面から壁の上に飛び乗ろうとしては、届きそうで届かず、鈍い音をたてて地面に落ちる。そのたびに、衝撃で地面が揺れるようだ。その光景は震え上がるほどおぞましいものだった。逃げようとして無駄骨を折っている怪物の姿を、ただただ見つめるしかなかった。

「あれは、いったいなんなんだ?」ヘンリーがかすれた声で言った。「あんなものが本当にこの世にいるのか?」

「わからない」マーチデール氏が言った。

「一瞬、あいつをつかまえたんだが。冷たく湿っぽくて、まるで死体みたいだった。とても人間とは思えない」

「人間じゃない?」

「見てみろ。きっとあれは逃げおおせるぞ」

「逃がしちゃ、だめだ。怖れることはありません。神が見守ってくださる。さあ、可愛いフローラのためにも、あの恥知らずの侵入者を捕まえなくては」

「この銃を使え」マーチデール氏は言った。「これで奴に一発おみまいした。威力を試してみるんだ」

「奴が逃げてしまう」ヘンリーが叫んだ。怪物は何度も試行錯誤を繰り返したあげく、ついに長い腕で壁にぶらさがって体を引き揚げ、しっかりと上に飛び乗った。

完全に逃げられてしまうと思ったのか、マーチデール氏はまた力を取り戻したようだ。三人は壁に向かって再び走った。怪物が壁の向こう側へ飛び降りてしまう前に近づいた。ここから撃って命中しないなど、故意でない限り、ありえない距離だった。

銃を持っていたヘンリーは、巨大な姿に狙いを定めて引き金を引いた。大きな爆発音がして、命中したのは間違いなかった。怪物は世にもおぞましい叫び声をあげ、壁の向こう側へ真っ逆さまに落ちた。

「撃ったぞ」ヘンリーが叫んだ。「奴を撃った」

第三章　消えた死体――フローラの回復と狂気――フランシス・ヴァーニー卿からの援助の申し出

「あいつは人間だ!」ヘンリーが叫んだ。「確かに僕が奴を殺した」

「確かにそのようだな」マーチデール氏が言った。

「すぐに壁の外側を調べてみよう。奴が倒れている場所を調べなくては」

たちまち意見がまとまって、三人は急いで馬の囲い地へと続く門を出て、壁の外へ出た。この世のものとは思えないあのおぞましい怪物の死体が落ちたとおぼしきところへ急ぐ。あれが人間だとわかれば、まだかなり安心できるだろう。

ほとんど言葉を交わすこともなく、三人は歩みを速めた。呼吸もままならないほどの不安にかられていた。こんなときだけだろうが、行く手を妨げるどんな障害物も、気にならないほどの速さだった。

死体がどこに落ちたのか、正確な場所はよくわからなかった。だが、壁に沿ってずっと行けば、確実にその場所にたどり着けそうだった。

だが、驚いたことに、端から端まで探しても、死体はおろか、横たわっているものなどまるでなかったのだ。

壁際にヒースのような植物が生い茂っているところがあった。そのため、あの怪物が落ちたと思われる場所に血の痕跡があっても、こうした植物が密生していたら、間にまぎれてしまったかもしれない。なんとかして突き止めようと、壁全体を丹念に二度も調べたが、全員立ち止まって、お互い顔を見合わせてしまった。

「ここにはなにもないぞ」とヘンリー。

「確かになにもない」ジョージも言った。

「見間違いのはずはない」マーチデール氏が身震いしながら言った。

「見間違い？」兄弟は声をあげた。「そんなはずはないですよ。僕たち全員がこの目で見たんだ」

「それなら、死体がないことをどう説明する？」

「そんな！　わかりません」ヘンリーが叫んだ。「これは常識を遥かに超える出来事ですが、とても興味深いことでもあります。極めて珍しいケースとして考えるべきですね」

「あまりに恐ろしいことだ」とジョージ。「ああ、ヘンリー、屋敷に戻って、かわいそうなフローラが殺されてしまったのかどうか確かめよう」

「あのおぞましい怪物の姿にばかり全神経が集中していたから、フローラのほうは一度も見なかった。一見したところ、もう死んでいるように見えた。なんてことだ！　かわいそうな、かわいいフローラ。こんなことになるなんて、なんと悲しい運命か。フローラ――フローラ」

「嘆いている場合じゃない、ヘンリー」ジョージが言った。「急いで屋敷に戻ろう。泣くのはまだ早いかもしれない。フローラはまだ生きていて、回復しているかもしれないぞ」

「回復していたら」マーチデール氏が口をはさんだ。「この恐ろしい出来事について、なんらかの説明をしてくれるかもしれない」

「確かに——確かにそうですね」ヘンリーが言った。「急いで屋敷に戻ろう」

三人は屋敷に戻りながら、全員で家をあけてしまったことを悔やんだ。自分たちがいない間に、完全に無防備の残された者たちに起こるかもしれないことを想像すると、恐怖にかられた。

「あの化け物を追いかけることばかり考えて、全員で出てきてしまったのは、軽率だったかもしれない」マーチデール氏は言った。「だが、自分を責めるんじゃない、ヘンリー。君が恐れるのも無理もないことかもしれない」

急いで古い屋敷に戻ると、窓からもれている明かりが目に飛び込んできた。人影が右往左往していて、屋敷じゅうが騒然としているのがわかった。

ヘンリーが、怯《おび》えた使用人になんとか玄関の扉をあけさせた。使用人はひどく震えていて、明かりを持つ手がおぼつかないほどだった。

「おしえてくれ、マーサ。フローラは生きているのか？」ヘンリーが訊いた。

「はい、でも——」

「もういい——それでいい！　ありがたいことに、フローラは生きている。今、どこにいる？」

「ご自分の部屋にいらっしゃいます、ヘンリーさま。ああ、私たち皆、どうなるのでしょう？」

ヘンリーは階段を駆け上がった。その後をジョージとマーチデール氏が追う。一直線にフローラの部屋へ向かった。

「母上」部屋に入る前にヘンリーは叫んだ。「いらっしゃいますか？」

「いるわ、いるわよ。入って。お願い、入って来て。フローラに話しかけて」

「さあ、来てください、マーチデールさん。入って。あなたは家族同然だから」

全員がフローラの部屋に入った。

古めかしい部屋に明かりがいくつか灯されていた。

化け物に襲われたフローラの母親以外に、二人の女の使用人がいたが、彼女たちはすっかり怯えきっていて、なんの助けにもなりそうになかった。

　母親の頰に涙が流れ落ち、マーチデール氏の姿を見るなり、思わずその腕にしがみついて叫んでいた。

「ああ、いったいなにが起きたの――これはなんなの？　おしえて、マーチデールさん！　ロバート・マーチデール。私が子どもの頃から知っているあなた。あなたは私に嘘をついたりしないでしょう。この出来事は、いったいどういうことなのかおしえて」

「わかりません」マーチデール氏は途方にくれて言った。「神のみぞ知るです。私は今夜ここで起こったことに、あなたと同じようにすっかり驚き困惑しているのですよ」

　母親は、手をきつく握りしめて泣き出した。

「最初に嵐で目が覚めました」マーチデール氏は言った。「それから悲鳴を聞いたんです」

　ヘンリーとジョージが震えながら、ベッドに近づいた。フローラは枕を支えにして半分体を起こしていた。まったく意識がなく、その顔はありえないほど蒼白で、わずかな息遣いしか感じられない。衣服の胸のあたりには血のしみがついている。こんな奇妙な出来事が起こる前日までは、健康そのものの花の盛りの若い娘だったのに、今は辛い病に長く臥せっている病人のように見えた。

「眠っているのか？」ヘンリーが聞いた。その目から生気のないフローラの頰に涙が落ちた。

「いや」マーチデール氏が言った。「気絶している。なんとかフローラを回復させなくてはならない」

　弱っている血のめぐりを回復させるために、積極的な処置が施された。根気強く待っていると、フローラが目を開けたので、全員がほっと胸をなでおろした。

　意識を回復して、まず最初にフローラがしたことは、悲鳴をあげることだった。ヘンリーが、まわりには親しい顔ぶれしかいないことを言って聞かせると、やっと静かになった。フローラは恐る恐る再び目を開け、おずおずと一人一人の顔を見た。そして体を震わせたかと思うと、わっと泣き出した。

「ああ、神さま。どうかお慈悲を。あの化け物から私をお守りください」

「ここにはもう、怖ろしいものはなにもいないよ、フローラ」マーチデール氏が言った。「いるのは君を愛して、守ってくれる人たちだけだ。必要とあらば、君のために命をも投げ出す人たちだよ」

「ああ、神さま！　神さま！」

「恐ろしい思いをしたと思うが、なにがあったのか、具体的に話してくれないか。もう今は君は安全なのだから」

フローラの震えがあまりにもひどいので、マーチデール氏は気付け薬を勧めた。やっとフローラはその説得に応じたが、わずかの量のワインをカップから飲み干すのもかなり苦労した。とはいえ、ワインの刺激が功を奏したのは間違いない。フローラの頬にわずかに赤みが戻り、さっきよりはしっかりした口調で話し始めた。

「一人にしないで。誰も私を一人にしないで。今、一人になったら、死んでしまう。どうか、私を守って。お願い。あの恐ろしい化け物から。あのおぞましい顔から！」

「いったいなにがあったのか話してくれないか、可愛いフローラ？」ヘンリーが訊いた。

「いや――いや――いや。もう二度と眠れそうにないわ」

「そんなことを言わないで。あと数時間もすれば、落ち着くよ。なにがあったか話すのはそれからでいいから」

「今、話すわ。今ここで話すわ」

フローラは混乱した考えをまとめようとするかのように、一瞬、手で顔を覆い、話し始めた。

「嵐の音で目が覚めたの。そうしたら、あのおぞましい幽霊のような姿が窓のところに見えたわ。悲鳴をあげたと思うけれど、逃げられなかった。ああ、どうしても逃げられなかったの。それは、部屋の中に入って来て、私の髪をつかんだ。それから先は覚えていないわ。それから後は」

フローラは何度も首に手をやった。マーチデール氏が、心配そうな声で言った。

「フローラ、首に怪我をしているようだが――傷があるね」

「傷ですって！」母親がベッドの近くに明かりを持ってきて、全員がフローラの首元をのぞきこんだ。小さな刺し傷が一つ、いや、少し離れたところにもう一つついていた。

その傷口から血が垂れていて、フローラの寝間着にしみをつけていた。

「その傷はどうしたんだ?」ヘンリーが訊いた。

「わからないわ。体の力がぜんぜん入らなくて、意識が遠のいていくような感じがするの。まるで、出血多量で死んでしまいそうな感じ」

「そんなことにはならないよ、フローラ。血のしみがいくつかついているだけだ」

マーチデール氏は、彫刻が施されたベッドヘッドに寄りかかって体を支え、深い呻《うめ》き声をあげた。全員の視線が彼のほうに向いた。ヘンリーが心配そうに訊いた。

「なにか言いたいことがありそうですね、マーチデールさん。この事件のヒントになりそうなことですか」

「いや、ない。なにもない!」マーチデール氏は、陰鬱な表情を振り払うように、すぐに大きな声をあげた。「言うことはなにもないが、フローラが眠れそうなら、眠らせてあげたほうがいいと思う」

「だめよ。眠るなんてだめ」フローラがまた悲鳴をあげた。「私を一人で眠らせるつもりなの?」

「君は一人じゃないよ、かわいいフローラ」ヘンリーが言った。「僕が枕元にいて、見守っていてあげるから」

フローラはヘンリーの手にすがった。その頬に涙がとめどもなく流れる。

「約束して、ヘンリー。天に誓って、私を一人にしないと」

「約束するよ」

フローラは静かに体を横たえると、深くため息をついて目を閉じた。

「フローラは衰弱している。しばらく眠るだろう」マーチデール氏が言った。

「ため息をついてますね」ヘンリーが言った。「なにか恐ろしい考えに、胸が押しつぶされそうになっているのではないですか」

「シーッ!」マーチデール氏がフローラを示した。「静かに! ここではだめだ」

「わかりました」とヘンリー。

「彼女を眠らせてやろう」

しばらく静寂が続いた。フローラは深い眠りに入っていた。その静寂を破ったのはジョージだった。

「マーチデールさん、あの肖像画を見て」ジョージが額に入った例の肖像画を指さした。マー

チデール氏はその絵を見たとたん、椅子に深々と沈み込んで声をあげた。

「そっくりだ！」

「本当だ――確かに」とヘンリー。「あの目――」

「それに、顔の輪郭。妙な形の口」

「まさに――そうだ」

「あの絵はこの部屋からすぐに取り外そう。フローラが目覚めてあの絵を見たら、かわいそうなあの子は、さっきの恐怖を思い出してしまう」

「ここに忍び込んできたあれに似ているの？」母親が訊いた。

「奴そのものなんですよ」マーチデール氏が答えた。

「私はこちらにお世話になって日が浅いので、こんなことを訊く立場にはないが、あの人物は誰なんです？」

「あれは」ヘンリーが答えた。「我が家の先祖のランナゲート・バナーワース卿の肖像です。その悪行のせいで、一族の繁栄が初めて大きな打撃を受けたのです」

「本当ですか？　どれくらい前の話です？」

「九十年ほど前のことです」

「九十年。長い時間がたっていますね」

「なにか、関連があると？」

「いや、いや。できれば話したいところですが、あまりに怖ろしく――」

「なんですって？」

「あなた方全員に話すのが恐ろしいんです。とにかく、ここではだめだ。ここではいけません。この件は、明日、みんなで話し合いましょう。今は、まだだめです」

「もうすぐ夜が明けますよ」とヘンリー。「僕はフローラが目覚めるまで、この部屋から動きません。固く約束しましたから。でもほかの人にはその義務はありません。ここには一人いれば十分でしょう。ほかの人たちは部屋を出て下さい。今のうちにできるだけ休息をとっておくんです」

「君のために、火薬筒と銃弾をとってこよう」マーチデール氏が言った。「銃に装填しておけばいい。二時間もすれば、夜が明けてくるだろう」

銃が用意され、ヘンリーは言われたとおり、弾をこめて、ベッド脇のテーブルの上に置き、すぐに対処できるよう備えた。フローラは熟睡しているようだったので、ヘンリー以外の者は部屋を出た。

バナーワース夫人は、最後に部屋を出た。本来なら自分が部屋に残るつもりだったが、ヘンリーに熱心に説得されて、睡眠不足を補うために、とりあえず少しは眠ろうと考えた。フローラの恐ろしい話に心底ショックを受けていて、それでも部屋に残ると抵抗する力はとてもなく、泣く泣く自分の部屋へ下がった。

呪われた運命を孕《はら》んでいるかのような屋敷に、今は夜の静けさが戻って来ていた。だが、フローラ以外は誰もろくに眠れなかった。じっとしていても、頭の中ではさまざまな思いが乱れて、体を横たえていてもまったく眠れなかったのだ。ヘンリーは、奇妙な痛ましい感情に苛《さいな》まれていた。フローラの話はどこか不穏で、心配がつのる。彼女が目の届く範囲にいなければ、よけいにその不安を強く感じるはずで、それならば今こうしてそばで見守っているほうがましだった。フローラは、遊び疲れた無邪気な幼子のようにぐっすり眠っていた。

第四章　朝──話し合い──恐ろしい憶測

状況はまるで同じなのに、美しく澄んだ昼間の光の中で感じる印象と、重苦しい影があらゆるものを覆ってしまう夜に、妙な想像力がやたらかきたてられ、まともな判断がほとんどできなくなってしまうことがよくあるのとでは、なんという違いがあるのだろう。

このような影響には、まぎれもなく物理的な理由があるはずで、それはかなり顕著で普遍的なものだ。太陽の光というものは、空気の質を確実に変えてしまうようだ。そんな空気を吸い込むと、人間という生き物の神経に驚くほど異なる影響を及ぼす。

この不思議な現象は、そうとしか説明することができない。おそらく、ヘンリー・バナーワースにとって、人生でこんな体験は初めてだろう。こんこんと眠っている妹の枕もとで、一人見守りながら、美しい朝の光が徐々に姿を現しつつある中、こうした気持ちの移り変わりを、今ほど強く感じたことはなかった。

寝ずの番は、誰にも邪魔されることない、静寂そのものだった。少なくとも、異常な光景や音、侵入者は一切なかった。すべては静まり返っていて、まさに墓場のようだった。

まだ夜のほの暗さが残っていて、棚の上に置いた蠟燭の明かりが必要だった。朝の光だけでは物の識別がつかない。不安と奇妙な感覚が、動揺がおさまりきらないヘンリーの胸に巣くっていた。

ヘンリーは、壁にかかっている例の肖像画を何度も何度もじっくり見た。目をそらすたびに、説明のつかない恐怖の感覚が忍び寄ってきた。

見ないようにしようとしたが、だめだった。そこで、おそらくなによりも賢明な最善策、つまりあえてずっと見続けることにした。

嫌でも肖像画が目に入るような位置に椅子を移動させ、明かりがほのかに絵を照らすように、蠟燭を置く位置も変えた。そこに座って、多くの葛藤と不快な感情に苛まれながら、夜明けの光が蠟燭の炎をかすませ、もう必要なくなるまで耐え忍んだ。

昨夜の出来事をどう考えればいいのか考えつくことはできなかった。想像力をとことん働かせ、いくつか説明をひねり出そうとしたがだめだった。漠然とだが、この出来事になんとか説明をつけようとしてみたが、やはり途方にくれるばかりで、底知れぬ謎の闇の中にがんじがらめになるだけだった。

妙なことに、肖像画の目に見られているような感じがした。まるでその肉体に命が宿っていて、さかんに目を動かして、自分の魂の秘かな交わりを見つけだそうと躍起になっているかのようだ。肖像画としては、すばらしい出来だ。まるで本当に生きているかのようで、見つめていると、今にもその目鼻が動き出しそうなほどだ。

「この絵は、ここから取り外そう」ヘンリーは言った。「今すぐに移動させるんだ。でも、しっかり画板に描かれているようだから、外そうとしたらフローラを起こしてしまうに違いない」

ヘンリーは立ち上がり、絵を外すには、適切な道具を持った職人が必要なことを確認した。

「今これを壊すことは確かにできるかもしれないが、このような希少な芸術作品を失うのも残念だ。そんなことをしたら、きっと自分を責めることになるだろう。どこか別の部屋へ移動させよう」

するとふいに、ある考えがわいた。あれほど恐ろしい思いをしたこの部屋に、フローラはもういたくないと言うだろう。今後、この部屋を誰も使わないのなら、ここから肖像画を取り除くのは無駄ではないか。

「このままにしておこうか。この部屋の扉さえ固く締めきってしまえば、これ以上誰も煩《わずら》わされなくて済む」

　急速に夜が明けてきた。窓の日よけを少し引いておけば、フローラが目覚めたときに、太陽の光が直接目に入らなくて済むだろうと、ヘンリーがそう思ったそのときだった。

「助けて――助けて！」フローラが叫び出した。ヘンリーは慌てて、そばにかけ寄った。

「大丈夫だよ、フローラ。もう君は安全なんだよ」

「あれは今、どこに？」

「なんだって、フローラ？」

「あの恐ろしい化け物のことよ。ああ、こんなにずっと辛い思いをさせられるなんて、いったい私がなにをしたというの？」

「もう考えるな、フローラ」

「頭を離れないの。頭が燃えるように痛い！　無数の奇妙な目が私を睨みつけているようなの」

「なんてことだ！　うわ言ばかり言っている」

「聞こえる――聞こえる――聞こえるわ！　あいつが嵐の翼に乗ってやってくる。ああ、なんて恐ろしい、なんておぞましい」

　ヘンリーは呼び鈴を鳴らしたが、皆の注意を引くには音が小さすぎた。目覚めていたらしい母親の耳には聞こえたらしく、ほどなくすると部屋にやって来た。

「フローラが目覚めました」ヘンリーが言った。「口をきいたけれど、うわ言のようなことしか言いません。お願いです、宥《なだ》めてやってください。フローラの心をいつもの状態に戻してやって欲しい」

「やってみるわ、ヘンリー。私がやってみる」

「それに、母上、フローラをこの部屋から移動させるなら、ここからできるだけ遠い部屋のほうがいい。昨夜のことから、あの子の心を引き離せるでしょうから」

「ええ。そうしましょう。ああ、ヘンリー、いったいなんだったの？　あなたはあれはなんだと思う？」

「あれこれと途方もない憶測ばかりに翻弄されて、僕にも結論は出ていません。マーチデールさんはどちらですか？」

「部屋にいると思うわ」

「それなら、僕が出向いて、彼と相談しましょう」

　ヘンリーは、すぐにマーチデール氏のいる部屋へ向かった。廊下を行く途中で、足を止めるでもなく、窓の外の緑をちらりと見た。

よくあることだが、前夜の激しい嵐のせいで空気がすがすがしく澄んでいて、とても元気づけられるような、生き生きとした感じがした。ここ数日、天候はどんよりしていて、重苦しい空気が漂っていたが、それが今はすっかりなくなっていた。

朝の太陽が、これ以上ないほど明るく輝き、あちこちの木々や茂みで鳥がさえずっている。これほど気持ちがよく、気分が高揚する健康的な朝は、めったにない。ヘンリーはとても元気が出た。すべてが必ずしもそうだというわけではないが、屋敷ではいつもどおりの朝の習慣が進行していた。バナーワース家にも、ほかの家と同じように、時折、病気やなんやかんやと、ちょっとした災難は確かにあった。だが、ここにきて突然、かつてないほど恐ろしい、不可解な出来事が起こったのだ。

マーチデール氏は、起きていて着替えも済ませていたが、深刻な思いに沈んでいるようだった。ヘンリーの姿を見るなり言った。

「フローラが目覚めたんだね?」

「ええ。でもだいぶ錯乱しているようです」

「体力がかなり衰弱しているからだろう」

「でも、どうして衰弱するのです? 妹はこれまでずっと健康そのものでした。頬には若く健康的な輝きが満ち溢れていました。たった一晩で、あそこまで弱ってしまうことなど、ありえるのでしょうか?」

「ヘンリー」マーチデール氏は言った。「座ってくれ。君も知ってのとおり、私は迷信を信じる人間ではない」

「確かにそうですね」

「だが、昨夜の出来事ほど、私の人生で衝撃的だったことはない」

「続けてください」

「考えられる解釈はあることはあるが、それはあまりにおぞましく恐ろしい。考えれば考えるほど、その解釈が本当のことのような気がしてくる。今となっては、そのことを口にするのも恐ろしいが、昨日の今頃だったら、馬鹿にして笑い飛ばしていたに違いないことだ」

「なんですって!」

「そう、これから君に話そうとしていることは、ほかの誰にも言わないでくれ。この恐ろしい話は、私たちだけの間の秘密だ、ヘンリー・バナーワース」

「ただただ、戸惑うばかりです」

「約束してくれるか？」

「なにを？」

「これからする話を、誰にも言わないと」

「はい、言いません」

「君の名誉にかけてだぞ」

「僕の名誉にかけて、約束します」

マーチデール氏は立ち上がると、扉のほうに向かい、近くに聞いている者がいないかどうか確かめて、戻って来た。二人きりになると、ヘンリーが座っているところに椅子を近づけて言った。「ヘンリー、ある国では、決して死なない生き物が存在するという奇妙で恐ろしい迷信がはびこっていることを聞いたことはないか？」

「決して死なない？」

「そう、死ぬことがない。つまり――ヘンリー、言葉にするのもおぞましいもののことを――」

「話してください。お願いです！　聞かせてください」

「吸血鬼のことだよ！」

ヘンリーは立ち上がった。額に汗が浮かび、衝撃で全身を震わせている。そして、奇妙にかすれた声でその言葉を繰り返した。「きゅ、吸血鬼」

「それは、人間の生き血によって、そのおぞましい存在を再生させるのだ。普通の人間のように物を食べたり飲んだりすることはない。それが吸血鬼だ」

ヘンリーは椅子にどさりと崩れ落ち、深い苦悶のうめき声を発した。

「まさに私も同じような呻き声をあげたよ」マーチデール氏が言った。「私は完全に面食らって、頭も働かなかった」

「まさか――そんな」

「君まで、こんな恐ろしい憶測を簡単に妄信しないといいのだが」

「妄信！」ヘンリーは立ち上がって声をあげ、片手を頭の上に振り上げた。「とんでもないことです。万物の偉大なる神がすべてを支配しているのです。あんな恐ろしくとてつもない怪物を簡単に信じられるはずがありません」

「君のその気持ちにまったく同感だ、ヘンリー。こんなとても信じられないような恐ろしいことを口にしたくなかった。ただ、君が見たものが、私が考えているものであることを話しただけだ。君は確かに、あのようなものについて以前に聞いたことがあるんだな」

「ええ、あります」

「それなら、その憶測が君の頭に思い浮かばなかったのは不思議だよ、ヘンリー」

「思い浮かびもしませんでした、マーチデールさん。あまりに恐ろしすぎて、あんなものの存在が、自分の心の片隅にあることすら思いもよりませんでした。あ、フローラ、フローラ。あの子がこんなおぞましいことを知ったら。きっと理性では彼女を支えてやることはできないだろう」

「あの子にこのことをほのめかすようなことは、断じてしてはならない、ヘンリー。私は口が裂けてもあの子にこの話はしないだろう」

「僕も決して。ああ、そんな可能性を考えただけでもぞっとします。ありえません。あるはずがない。そんなことは信じません」

「私もだよ」

「そうです。神の正義と善意と恩恵と慈悲にかけて、信じません」

「誓って言えるよ、ヘンリー。フローラは吸血鬼に襲われたのだという憶測は、今は考えないようにして、この屋敷で起こったことをきちんと説明するために、できるだけ真剣に取り組んでみよう」

「い、今はできそうにありません」

「いや、この問題を調べて、自然な説明がつくなら、それにこだわってみよう、ヘンリー。私たちの最後の心の拠り所として」

「あなたは、こうした難題をしのぐ手段をたくさんお持ちだ、マーチデールさん。あなたが言ったこのおぞましい可能性以外に、昨夜のことについてほかに説明ができると思いますか。僕たちの疲れ果てた心の平安のためにおしえてください」

「私の撃った銃弾でも、あいつは死ななかったが、フローラの首筋に奴の存在を示す痕跡を残した」

「ああ、どうか、あんな陰惨な迷信を受け入れなくてはならないような理由を、次々と言わないでください。僕を愛しているのなら、お願いです」

「私が君を大切に思っていることは、わかっているだろう」マーチデール氏は言った。「それは誠実な気持ちだ。だが、これはどうしようもないことなのだ」

その声は悲嘆にくれていた。マーチデール氏は横を向いて、ふいにわきあがってきた涙を隠そうとしたが、それも虚《むな》しく、みるみるうちに目に涙があふれた。

「マーチデールさん」しばらくして、ヘンリーが声をかけた。「僕は、今夜も妹のそばで寝ずの番をします」

「そうしてくれ」

「また、同じことが起こると思いますか？」

「あいつがまたやって来るかどうかは言えない、いや、あえて言わない、ヘンリー。だが、君と一緒に私も喜んで見張りをするつもりだ」

「あなたも、マーチデールさん？」

「乗りかかった船だ。どんな危険がやってこようと、君と一緒に立ち向かうつもりだ、ヘンリー」

「感謝の気持ちでいっぱいです。ジョージには、ここでの話はしません。彼は影響されやすいたちなので、こんなことは命取りになるかもしれませんから」

「私も黙っているよ。フローラを別の部屋に移すのは君に頼む、ヘンリー。今いる部屋では、怖ろしいことを常に思い出してしまうだろうから」

「そうします。あの、怖ろし気な肖像画は、昨夜の怪物にそっくりでした」

「まさにそうだ。あれを取り外すつもりか？」

「いいえ。最初はそう思ったのですが、実際、壁にしっかりと取りつけられていました。あえて破壊したくないので、あの部屋に残したほうがいいと考え直しました。たぶん、すぐに無人になる部屋ですから」

「そうなればいい」

「誰かきます。足音が聞こえる」

そのとき、扉をたたく音がして、どうぞという声に応えてジョージが現れた。その顔は、病人のように蒼白い。あれから、ジョージがいかに精神的に苦しんだかが、その表情でよくわかった。部屋に入って来るなり、ジョージは言った。

「きっと、僕がこれから言おうとしていることは、二人から非難されると思う。でも、言わずにはいられない。自分だけの胸に留めておくと、もう身がもちません」

「わかった、わかった、ジョージ。なんなんだ？」マーチデール氏が言った。

「言ってみろよ」ヘンリーが言った。

「昨夜起こったことを、ずっと考えてました。その結果、たどりついた考えは、これまで考えたこともない、とんでもなく荒唐無稽な憶測ですが、考えなくてはならないことです。吸血鬼のことを聞いたことはありませんか？」

ヘンリーが、深いため息をついた。マーチデール氏は黙ったままだった。

「吸血鬼と言ったんですよ」ジョージが興奮してたたみかけた。「恐ろしく、おぞましい妄想です。でも、僕たちのかわいそうなフローラは、吸血鬼に襲われたんですよ。僕は頭がおかしくなりそうだ」

ジョージは腰を下ろすと、両手で顔を覆い、ひどく泣きじゃくり始めた。

「ジョージ」ジョージのなりふりかまわぬ悲しみが幾分落ち着くと、ヘンリーが声をかけた。「落ち着くんだ、ジョージ。僕の話を聞いてくれ」

「聞くよ、ヘンリー」

「そんな恐ろしい妄想を思いついたのは、この屋敷の中で君だけだと思っているわけじゃないだろうな」

「僕だけじゃない？」

「そう、マーチデールさんもそうさ」

「信じられない！」

「彼が僕に話してくれた。でも、あまりにも恐ろしいことなので、それを認めないことに意見が一致した」

「それを――認めない？」

「ああ、そうだ、ジョージ」

「でも、それなら――」

「シーッ！　君が言いたいことはわかる。認めなくても、事実は事実だと言いたいのだろう。それはわかっているが、あえて信じないことで、正気を保つことができるんだ」

「それで、どうするつもり？」

「とりあえず、この話は僕たちの間だけの秘密にしておく。なんとしてでも、フローラの耳に入らないようにするためだ」

「フローラは吸血鬼のことを聞いたことがないと思う？」

「彼女がこれまで読んできた書物から、そんな恐ろしい迷信のことを知ったという話は本人から聞いたことはない。もし、あの子がすでに知っているなら、状況によって左右されるに違いないから、できるだけのことをしなくてはいけない」

「どうか、フローラが知りませんように」

「神に祈るだけだよ、ジョージ」とヘンリー。「マーチデールさんと僕は、今夜もフローラを見守るつもりだ」

「僕も協力させてくれないかな？」

「ジョージ、君の体調では、この件に関わるのはだめだ。いつものように休むんだ。この恐ろしい緊急事態に僕たちが最善を尽くせるように、すべて任せてくれ」

「頼むよ、兄さん。どうか、頼みます、マーチデールさん。僕は自分がひ弱な葦《あし》のようなものだということはわかっています。このおぞましい出来事にそれこそ殺されそうだ。本当を言うと、僕はものすごく怖い。ひどく怯えているんです。かわいそうなフローラと同じように、僕もとても眠れそうにはありません」

「考えすぎてはいけない、ジョージ」マーチデール氏が言った。「君がそんな状態では、さぞかし母上の不安もつのるばかりだろう。母上が、いかに君たち全員を愛しているかよくわかると思う。だから、彼女の古くからの友人として、私に一つ言わせてくれ。どうか、母上の前ではできるだけ明るく振る舞って欲しい」

「今回ばかりは」ジョージは悲しそうに言った。「大切な母上のために、なんとか演技してみせますよ」

「頼む」ヘンリーも言った。「しかるべき動機があるのだから、このような偽装も許されるさ、ジョージ、大丈夫だよ」

その日は過ぎていった。哀れなフローラは、相変わらずとても不安定な状態だった。昼頃になって初めて、ヘンリーは医者の助けをかりようと決め、極めて優秀な開業医が住む近くの中心街まで出向いた。ヘンリーが頼ったこの医者は、秘密は守るという約束のもと、なんでも打ち明けられる相手だったが、会う前から、秘密厳守の約束など必要ないことはわかっていた。

ヘンリーは、さまざまなことで頭がいっぱいだったので、使用人たちが、この事件の全容を把握しているとは考えてもみなかったし、彼らがその詳細を黙っていられるとも思えなかった。

もちろん、デマや噂話がまったくないとは言い切れなかった。ヘンリーが、この件について、どのように行動すれば一番いいのか、あれこれ考えているうちに、フローラ・バナーワースが吸血鬼に襲われた――使用人たちはすぐに侵入者をそう呼んだ――というニュースが、たちまち州全体に広まっていた。

道すがら、ヘンリーは馬に乗ったこの州に住む紳士にばったり会った。彼は手綱を引きながら、ヘンリーに挨拶した。

「おはようございます、バナーワースさん」

「おはようございます」ヘンリーはそのままやりすごそうとしたが、紳士は言葉を続けた。

「お引き止めしてすみません。みんなが吸血鬼などと言っていますが、いったいなんの話ですか？」

ヘンリーは驚愕して、馬から落ちそうになった。馬の向きを変えると、思わず訊いた。

「みんながそう話しているのですか？」

「ええ。少なくとも十人以上から聞きました」

「驚きましたね」

「ただの噂話ですか？　もちろん、私は吸血鬼などというものを信じるほど愚かではありませんが、煙のないところに火はたたないといいますからな。一般的に、人の口の端にのぼる共通の話の底には、なにか核となるものがあって、そこから話全体が作られていくものですからね」

「妹の具合が悪いのです」

「ああ、そういう話ですか。それは本当にお気の毒なことですが」

「昨夜、うちの屋敷に侵入者がありました」

「それは、泥棒でしょう」

「ええ、ええ、そうです。僕は泥棒だと思っています。確かに泥棒でしょう。でも妹はひどく怯えてしまって」

「もちろん、そうした話が吸血鬼話につながったのでしょう。妹さんの首筋に吸血鬼の歯型がついていたとか、あらゆる状況が話の種になってしまうものですよ」

「そうです、そうなんです」

「それではまた、バナーワースさん」

ヘンリーは挨拶を返したが、第三者が昨夜の事件についてすでに知っていることに、神経が逆撫でられる思いだった。馬に拍車をかけると、この不愉快な話題について、もう誰とも話さないようにしようと決めた。道行く人が何人か、ヘンリーの足を止めようとしたが、手で制してそのまま馬の速度を落とさず、相談相手のチリングワース医師の家に向かった。

この時刻には、医師は家にいるのをヘンリーは知っていた。つまり、医師と二人きりで話をすることができる。ヘンリーは、話を辛抱強く聞いてくれるよう医師に頼み、医師も納得した。そして、なにが起きたのかを覚えている限り、余すことなく話した。

「話はそれで終わりですか？」

「ええ、これで十分でしょう」

「十分すぎるくらいですよ。お若い友よ、あなたの話は驚きですな」

「この件について、どんなことが推測されますか？」

「今はわかりません。あなた自身のお考えは？」

「僕にも、どうにもわからないのです。弟のジョージが吸血鬼が屋敷に現れたと信じて、それに影響されているなんて、あまりにも馬鹿馬鹿しくて、先生にお話しすることもできないくらいです」

「これほどおぞましい迷信を裏づけるような状況説明は、これまで聞いたことがありません」

「それなら、先生は信じられないと――」

「信じるってなにをです？」

「死者が再びよみがえり、あのような過程で、生きる力を維持しているということをです」

「私を馬鹿にしているのですか？」

「とんでもない」

「それなら、どうしてそんな質問を私にするのです？」

「でも、それがこの事件の紛れもない事実だとしたら？」

「それが、火を見るよりも明らかなことだとしてもかまいません。私はそんなことは信じない。むしろあなた方全員が、どうかしてしまったに違いないと思いますよ。あなたの家族全員がです。満月のせいで、あなた方は少し気が変になってしまったのではないですか」

「私もそう思いたいですよ」

「もう、屋敷にお帰りなさい。二時間以内に連絡をさしあげ、妹さんを診《み》に伺います。なにかわかれば、この奇妙な出来事に新たな事実が見えてくるかもしれません」

　ヘンリーはいちおう納得して、屋敷へ戻った。誰にも話しかけられないよう、来たときと同じくらい速く馬を飛ばした。おかげで、平穏な日常を乱した事件について、説明しなければならない不愉快な思いをすることなく、先祖代々の古い屋敷に戻ることができた。

　帰り着いたときは、夕暮れが急速に迫っていた。ほかのことはさておいて、ヘンリーは自分が不在の間に怯えていた妹はどうだったかと訊いた。

　フローラは、多少は改善したとはいえ、時々眠っては目覚め、ショックのせいで神経が深刻な影響を受けてしまったかのように、わけのわからないことを口走っていたという。すぐに部屋に向かうと、フローラは目覚めていた。ヘンリーは、顔を近づけて優しく話しかけた。「フローラ、かわいいフローラ、気分は良くなった？」

「ヘンリー、兄さんなの？」

「ああ、そうだよ」

「ああ、なにがあったのかおしえてくれない？」

「なにも覚えていないのか、フローラ？」

「ええ、そうなの、ヘンリー。でも、あれはなんなの？　誰も私に話してくれないのよ、ヘンリー」

「落ち着いて。誰かが強盗に入ろうとしたのは間違いない」

「そう思うの？」

「ああ。張り出し窓は特に、忍び込もうとする奴には都合がいい。でも、ここは違う部屋だから、もう安心して眠れるよ」

「恐怖で死んでしまいそうだわ、ヘンリー。今でも、あのぞっとするような醜い目が私を睨みつけている気がする。恐ろしいわ。とても、怖いの、ヘンリー。私を哀れだと思って、夜、私を見守っていてくれると約束してくれる人など、誰もいないでしょう」

「それは違う、フローラ。君は間違っている。僕は武装して、君の枕もとで番をするつもりだ。あらゆる危険から、君を守る」

　フローラは、必死でヘンリーの手を握って言った。

「お願い、ヘンリー。兄さんなら守ってくれる。煩《わずら》わせて悪いけれど、愛するヘンリー」

「まったく構わないよ、フローラ」

「それならきっと、安心して眠れるわ。兄さんがそばにいてくれれば、あの恐ろしい吸血鬼もやって来られないことはわかっているから」

「な、なんだって、フローラ？」

「吸血鬼よ、ヘンリー。あれは吸血鬼だったのよ」

「おい、待ってくれ。誰がおまえにそんなことを言ったんだ？」

「誰も言っていないわ。マーチデールさんが貸してくれた、ノルウェーの旅行記の中で読んだのよ」

「なんてことだ！」ヘンリーは呻いた。「頼むから、忘れるんだ。そんな考えは頭から追い出せ」

「考えないようにするなんてできる？　心の力以外に、そんな力があるというの？」

「確かにそうだが」

「聞こえた？　あの音はなに？　なにか音が聞こえたような気がしたわ。ヘンリー、兄さんが行ってしまうなら、まず誰かを呼んで。音がしなかった？」

「どこかの扉が閉まった音だよ」

「そうかしら？」

「扉の音だよ」

「それなら、安心だわ。ヘンリー、私、時々、自分がお墓の中にいて、誰かが盛んに私の体から血を貪《むさぼ》っているのを想像するの。生きている者が吸血鬼に血を吸われると、その者自身が吸血鬼になってしまい、同じようにひどく血の味を求めるとも言われるでしょう。なんて、恐ろしいこと」

「君はそんなことを考えて自分で自分を苦しめているだけだ、フローラ。チリングワース先生が来るから、診てもらえるよ」

「心の病を治してくださるかしら？」

「君の場合は違うよ、フローラ。君の心は健全なんだ。先生の力はそこまでは及ばないが、ありがたいことに、君に精神の治療など必要はないんだ、フローラ」

フローラは深いため息をついて言った。

「なんてことなの！　私にはわからないわ、ヘンリー。あの化け物に髪をつかまれたとき、髪の毛が全部抜けてしまうかと思うくらいだった。逃れようとしたけれど、引き戻されてしまった。ものすごい力だった。そして、その瞬間よ、ヘンリー、奇妙なものが頭の中に突然現れたような気がしたの。そして、頭がおかしくなりそうになった！　あのギラついた目が私の目をのぞきこんできて、熱く、毒のある息が顔にかかるのを感じた——ああ、助けて——お願い！」

「大丈夫だ、フローラ、落ち着いて！　僕を見るんだ」

「落ち着いているわ。そいつは私の喉に歯をたてた。私は気を失ったのかしら？」

「君は気を失っていたよ。でも願わくは、これは皆、君の妄想だと思いたいね。少なくともほとんどは」

「でも、兄さんもあれを見たでしょう」

「ああ——」

「みんなが見たわ」

「確かに僕たちは皆、誰かの姿を見たよ。強盗だよ。強盗に違いない。いいかい、そう思い込む方がずっと楽だろう」

「なにか盗まれたの？」

「僕が知る限りではないけれど、騒ぎはあった」

フローラは首を振って、低い声で言った。

「ここにやってきたあれは、人間とは思えなかったわ。ああ、ヘンリー、あれに殺されていたほうが、ましだったかもしれない。もう生きられない――あれの息遣いが今でも聞こえるようだわ」

「話題を変えよう、フローラ」ヘンリーは困り果てた。

「こんなおかしな妄想にふけってばかりいると、ますます具合が悪くなってしまうよ」

「おお、あれは幻だというの！」

「そうだよ、絶対そうだ」

「頭の中が妙に混乱しているの。まったく思いがけないときに、いきなり睡魔が襲ってきたりするのよ。ヘンリー、ヘンリー、私はどうなってしまったの？　もう二度と元の私に戻れないのかも」

「そんなことを言うな。すべて夢のように消えてなくなるさ。ほとんど記憶にも残らないくらいにね。君の心にどうしてそんなに深く刻みつけられたのかどうかすら、不思議に思うときがくるよ」

「兄さんはそう言うけれど、ヘンリー。本心じゃないわね。ああ、いやよ、いや！　誰が来たの？」

バナーワース夫人が扉を開けた。

「私よ、フローラ。ヘンリー、チリングワース先生が食堂にいらしているわ」

ヘンリーはフローラのほうを向いた。

「先生に診てもらうんだ、フローラ。チリングワース先生のことは、君もよく知っているだろう」

「ええ、ヘンリー、そうね。先生に診ていただくわ。兄さんが言う人なら誰でも」

「先生をお通しして」ヘンリーは使用人に言った。

ほどなく、医師が部屋に入って来て、すぐにフローラに近寄って話しかけた。フローラのあまりの顔色の悪さを明らかに興味深そうに見て、同時に痛ましい思いにかられたようだ。少なくとも、その顔からすぐにわかった。

「それで、バナーワース嬢」医師が訊いた。「あなたが見たという恐ろしい夢とは、どんな夢でしたか？」

「夢？」フローラはその美しい瞳で医師の顔をひたと

見つめた。

「そうです。私はそう考えていますが」

フローラは身震いして、黙り込んだ。

「それなら、夢ではないのですか？」

フローラは、両手の拳を固く握りしめて、打ちひしがれたような苦し気な声を絞り出した。

「あれが、夢だったら――夢だったらどんなにいいか！　ああ、誰かあれは夢だと私に納得させてくれたら！」

「なんだったのか、話してくれませんか？」

「ええ、あれは吸血鬼だったんです」

チリングワース医師は、ヘンリーのほうをちらりと見た。

「それはつまり、悪夢の別の名だと思いますよ、フローラ」

「違う――違います――違う！」

「あなたは本気でそんな馬鹿げたことを信じているんですか、バナーワース嬢？」

「自分の感覚を証明するのに、どう言えばいいのでしょう？　私は見たんです、ヘンリーも見ました。ジョージも、マーチデールさんも、母も、みんな見たんです。全員が同じタイミングで見間違いをしたなんて、ありえません」

「なんと、弱々しい話し方だ」

「今にも気が遠くなりそうで、具合が悪いんです」

「そのようですな。ところで、その首の傷はどうしたのですか？」

フローラは、険しい表情を見せた。筋肉を強張らせ、全身の血が凍りついたかのように震えだした。

「吸血鬼が残した歯の跡です」

チリングワース医師は、無理やり笑顔をつくった。

「窓の日よけを上げてもらえませんか、ヘンリー。妹さんが異様なことを言っているその傷をよく診てみましょう」

日よけを上げると、強い日の光が部屋に差し込んだ。医師はフローラの首の小さな二つの傷をじっくりと調べた。ポケットから強力な拡大鏡を取り出して、さらに丹念に見た。調べ終わると医師は言った。

「ごく小さな傷ですな」

「でも、こんな傷がどうしてついたのでしょう？」

「虫だと思いますよ。たくさんの虫が発生する季節ですから、窓から飛び込んできたのでしょう」

「そうおっしゃるのもごもっともですわ」フローラが言った。「当然といえば当然のご意見で、それに反論するつもりは毛頭ないのですが、私が見たものは、自分が本当に狂っているのでない限り、そんなものは見なかったと納得できるようなものではないのです。確かに自分の頭がおかしくなってしまったと思ったのは、一度や二度ではありません」

「今の体調はいかがです？」

「いいとはとても言えませんわ。時々、異様な眠気に襲われます。今もそうです」

フローラはそう言いながら、枕にもたれて、深いため息をついて目を閉じた。

チリングワース医師は、ヘンリーを手招きして部屋を出ようとした。ヘンリーはフローラのそばにいると約束していたので、呼び鈴を鳴らして、母親に来てくれるよう頼んだ。バナーワース夫人は、感情を抑えきれず、いてもたってもいられなくて、部屋を出ていたのだ。

母親がやってくると、ヘンリーは医師と一緒に階下へ降りた。医師の意見をすぐにでも知りたかった。

オークの部屋と呼んでいる古い部屋で二人きりになると、ヘンリーはすぐに医師に向き直った。

「先生の率直なご意見はいかがです？　妹をごらんになって、明らかに異様なこの症状をどう思われますか？」

「ええ、実を言うと、大変当惑しています、ヘンリー」

「そうだろうと思いました」

「こんなことを言いたがる医者はそれほどいませんし、こう言うのは賢明ではない場合も多いのですが、このケースには、ほとほと面食らっています。私の考えとはことごとく反しているからです」

「あの傷のこと、どう思われますか？」

「まるでわかりません。さっぱりわからないのです」

「しかし、それではあれは虫に刺されたような傷ではないと？」

「そうです」

「それなら、これまでのところあの傷は、かわいそうなフローラが憑りつかれている恐ろしい妄想が正しい証拠ということですか？」

「これまでのところは、確かにそうです。嚙まれた傷に間違いありませんが、その歯型が人間のものだという結論に飛びついてはいけません。これは異様なケースで、あなたがたにかなりの不安を与えるのは間違いありません。私もそうですから。でも、前にも申し上げたように、この奇妙な話にまつわるあらゆる状況を正当化するような、恐ろしく恥ずべき迷信に、自分の判断を委ねるつもりは私はありません」

「確かに恥ずべき迷信です」

「私の考えでは、どうやら妹さんはなんらかの催眠剤の影響に苦しんでいるように見えます」

「まさか?」

「ええ、実際に大量に血を失っているわけではなくても、血の喪失が心臓の働きを低下させ、現在、苦しんでいるような明らかな倦怠感を生じさせているのです」

「ああ、これまでの先生の推測はよくわかりますが、フローラは催眠剤など決して使っていないことは確かです。誤って服用することもありえません。この屋敷の中にそのような薬物はまったくありませんから。妹はそんな不注意な人間では決してありません。そんなものを服用することは断じてありません」

「それなら、なおさら困惑します、友よ。あなたが昨夜、目撃した人物を実際にこの目で見るためなら、私の財産の半分を差し出しても惜しくないと言うしかありません」

「どうするおつもりです?」

「世界の富にかけても、その姿を見てやろうじゃありませんか」

「きっと血も凍るような恐怖を感じると思いますよ。それはおぞましい顔をしていました」

「それでも、それがどこへ行こうと、追いかけていきますよ」

「あなたがここにいてくださったら、どれほど」

「神に祈るだけです。またそれがやってくる機会がほとんどないとしても、一ヶ月でも毎晩辛抱強く待つつもりです」

「今夜、僕が妹のために寝ずの番をするとは言えませんが、友人のマーチデールさんが手伝ってくれると思います」ヘンリーは言った。

チリングワース医師は、しばらく考え込んでいるようだったが、いきなり立ち上がった。まるでこの問題に、合理的な結論を出すのは不可能だとわかったたか、あるいは結論には達したが、彼自身の中に留めておくことにしたかのようだ。

「そうですね、今はこのままにしておきましょうか。時間がなんらかの進展を見せてくれるかもしれません。でも今は、人間の計算が完全に狂ってしまうような、いまだかつてない謎に遭遇したことは明白ですから」

「僕だってそうですよ。こんなことは初めてです」

「フローラのためになりそうな薬をいくつか届けましょう。明日の朝十時に必ず来ます」

「先生はもちろん、吸血鬼のことについて聞いたことがおありでしょう」ヘンリーは、手袋をはめて帰り支度をしている医師に向かって言った。

「確かにあります。一部の国では——とくにノルウェーやスウェーデンでは、そうした迷信は一般的に信じられていると理解しています」

「そして、レヴァント〔東部地中海やその沿岸諸国〕でも」

「ええ。イスラムの悪鬼グールは、似たような生き物です。ヨーロッパの吸血鬼について私が聞いているのは、殺すことができるが、満月の光を浴びると、再び生き返るということです」

「そうです。僕もそのように聞きました」

「そして、それはおぞましいことに、頻繁に血を飲まなくてはならず、血を得られないと衰弱していく。最後には消耗しきってボロボロになって、つまり死んでいくと」

「そう、僕も理解しています」

「知っていますか。今夜は満月ですよ」

ヘンリーはぎょっとした。

「もし、君が奴を殺していたとしても——馬鹿な、私はなにを言っているんだ。私までおかしくなっているに違いない。身の毛もよだつ迷信に、君たち全員だけでなく私まで毒され始めているようだ。妄想と良識がこんなふうにぶつかりあうなどとは、なんと奇妙なことだ」

「満月……」ヘンリーは窓のほうを見ながら繰り返した。「もうすぐ夜になる」

「そんな考えは頭から振り払いなさい」医師は言った。「さもないと、本当に病気になってしまいますよ。まだ宵の口ですよ。それでは、明日の朝に会いましょう」

チリングワース医師は、しきりと帰りたがっているように見えた。ヘンリーにはこれ以上、引き留めることはできなかった。医師がいなくなってしまうと、孤独感に襲われた。

「今夜は」ヘンリーは繰り返した。「満月だ。前の晩にこんな恐ろしいことが起こったなんて、なんとも不思議な感じがする。非常に奇妙なことだ。どれ、見てみようか」

ヘンリーは、本棚からフローラが言っていた『ノルウェーの旅』というタイトルの本を取り出した。確かにその本の中に、吸血鬼を信じる風習があるという記述が見つかった。

あてずっぽうに本を開いてみると、何ページか特定の箇所が折ってあるのがわかった。長い間、本のその部分を開いておくと、よくそうなるように、綴《と》じ部分がほかの箇所よりも広がってしまっている。そんな痕跡のあるページの下にメモが記されていた。「こうした吸血鬼に関することが、怖ろしい迷信を信用する傾向のある人たちによって信じられている。吸血鬼はいつも満月の直前の晩に、肉体の力を取り戻すために、血の饗宴を行う。銃で撃たれて死傷するといった、どんな災難が起ころうとも、満月の光を浴びられる場所に横たわれば、復活することができるというのだ」

ヘンリーは手から本を取り落とし、呻き声をあげて身震いした。

第五章　寝ずの番——提案——月の光——恐ろしい冒険

まるで麻酔をかけられたように、ヘンリー・バナーワースは茫然としたまま、自分がどこにいるかほとんどわからないかのように、十五分ばかり座っていた。理性的にまともな考えをまとめることもできなかった。ジョージが肩に手をかけて声をかけたとき、初めてヘンリーは我に返った。

「ヘンリー、寝ているのか？」

ヘンリーは、ジョージが来ていたことにも気づいていなかったので、銃で撃たれたかのように飛びあがった。

「ああ、ジョージ、君か」

「そうだよ、ヘンリー。具合が悪いのか？」

「いや、違う。考え込んでいた」

「ああ。なにを考えていたのかは訊くまでもないだろうけどね」ジョージが悲しそうに言った。「実は、兄さんにこの手紙を見せようと思って」

「手紙？」

「ああ、兄さん宛ての手紙だ。まるで重要人物からの手紙みたいな封印がしてある」

「本当だ！」

「そうなんだよ、ヘンリー。読んでみれば、誰からの手紙なのかわかるだろう」

十分に明るい窓際に手紙を持っていって、ヘンリーは声に出して読んだ。


「フランシス・ヴァーニー卿が、バナーワース氏にお悔やみのご挨拶をするとともに、氏に家庭の問題がふりかかっていることを大変憂慮されています。卿は、一人の隣人としての誠実で愛情のこもった同情が、押しつけとみなされないことを望み、できる範囲での援助や助言を申し出たいと、懇願しておられます」――ラトフォード大修道院

「フランシス・ヴァーニー卿？　いったい誰なんだ？」ヘンリーは言った。

「忘れたのかい、ヘンリー。数日前に、同じ名前の紳士がラトフォード大修道院の土地を購入することになったと知らされたじゃないか」

「ああ、そうだった。この人物に会ったことがあるのか？」

「いや、まだだ」

「できれば、新たな知り合いを作りたくないんだ、ジョージ。僕たちには財産がない。この界隈の人たちに比べてかなり見劣りする。まもなく、ここを手放さなくてはならないと思うが、そうなれば誰もがやっぱりと思うことだろう。もちろん、この紳士には丁寧に返事をしなくてはならないが、あまり慣れ慣れしくないようにしなければいけない」

「僕たちがここにとどまるなら、隣家が非常に近接していることを考えると、それは難しいだろうね、ヘンリー」

「そんなことはないさ。僕たちがあまり近所づきあいをしたくないと思っていることは相手にもすぐにわかるはずだ。彼が正真正銘の紳士なら、僕たちに近づこうとするのは諦めるだろう」

「そうしてもらおう、ヘンリー。確かに、僕も新たな知り合いはつくりたくない。とくに今のような不景気な状況のときはね。そこでだけど、ヘンリー、僕はいくらか休養をとったから、フローラの部屋の寝ずの番に協力することができるよ。いいだろう？」

「いや、やめておいたほうがいいと思う、ジョージ。わかっているだろうが、君の健康は良好だとは言えない」

「いや、頼むよ。許してもらわないと、フローラの部屋で番をするよりももっと、不安に押しつぶされて、ずっと大きな害をこうむるだろう」

ジョージがあまりに熱心に言い張るので、ヘンリーは認めざるを得ないと感じ、寝ずの番について、それ以上は反対しなかった。

「それに、有利な点があるよ」ジョージは言った。

「二人で協力すれば、もし、なにかが起こっても、二人は一緒に行動できるだろう。とにかく、フローラを一人にしてはおけない」

「確かにそうだ。それは大きな利点だな」

柔らかく優しい銀色の光が空に広がり始めた。月が徐々に高くなり、昨夜の嵐の影響がまだ残っているのか、空気が澄んで感じられた。月の光がより輝きを増し、普段よりも美しく見える。

刻々と夜が更けていき、兄弟が寝ずの番の準備をする頃には、月はすっかり高くなっていた。

ヘンリーもジョージも、マーチデール氏が仲間に加わるのに反対する理由はなかった。どうするかは彼に自分で決めてもらうことにし、一緒に寝ずの番をすることで、自身の夜の休息を損なわないよう念を押した。だがそれに対して、マーチデール氏は言った。

「私にも協力させて欲しい。私は年齢も上だから、君たちよりも冷静な判断ができると思う。またあれが現れたら、今度は絶対に逃さないと決めたんだ」

「どうするつもりです？」

「神の名にかけて、私はあいつを捕まえてやる」マーチデール氏の声には凄味があった。

「昨夜、あなたはあれに触れたんですよね」

「そうだよ。引きちぎったものを見せるのを忘れていた。ほら、これだ。いったいなんだろうか？」

マーチデール氏は、一枚の布きれを取り出した。古めかしいレースと、二つのボタンだ。近くでよく見てみると、昔のコートの襟の一部のように見えた。突然、ヘンリーは強い不安を覚えた。「ずいぶん昔の服のように思われますね、マーチデールさん」

「まるで脆《もろ》く朽ち果てているように、ちょっと触れただけでボロボロに崩れて、私の手の中に残ったんだ」

「この世のものとは思えないような妙なにおいがしま

すね」

「君もそう思うか。正直言うと、まさに墓の中から漂ってくるようなにおいだと私も感じたんだよ」

「本当に――そうですね。昨夜の出来事のこの痕跡について、誰にも言わないでください」

「もちろん、言わないさ。どうしても認めたくないこんな証拠のことを、みんなの心に植えつけるようなまねはまっぴらごめんだからね」

マーチデール氏は、あの怪物が着ていたコートの一部であるその布を、自分のポケットに入れた。そして三人はフローラの部屋へ向かった。


真夜中まであと数分だった。月が高くのぼり、こんなに明るく美しい夜は、もうずいぶん長いことなかった。


フローラは眠っていた。部屋には、二人の兄弟とマーチデール氏が、静かに黙って腰を下ろしていた。フローラの眠りが落ち着かなかったので、その浅い眠りを妨げるのが怖かったのだ。

起こさないように、時々、小声で話をした。今度の部屋は、前の寝室よりも狭かったが、ベッドから十分な距離をとることはできた。

真夜中になるまで三人は沈黙したままだった。だが、真夜中を告げる鐘の音の最後の残響が消えると、三人は不安にかられ、それを解消するためか、思わずしゃべり出していた。

「なんと、月が明るいのだろう」ヘンリーが低い声で言った。

「こんなに明るい月は見たことがない」とマーチデール氏。「まるで、今夜はあいつがやって来ることは絶対ないと確信したくなるような夜だ」

「奴が来たのは、もっと遅い時間だった」とヘンリー。

「それなら、まだ来ていないことを喜べないな」

「やけに屋敷が静かだな！」ジョージが気づいた。「こんなに静まりかえっていることはこれまでなかったみたいな気がする」

「確かにすごく静かだ」

「シーッ、彼女が動いた」

フローラが呻き声をあげて、体を少し動かした。ベッドのそばのカーテンはしっかり引いてあり、眩《まばゆ》い月の光が部屋に入ってこないようにしてある。窓の日よけも下ろしておけばよかったのかもしれないが、誰かが部屋に忍び込もうとするのを目撃することができなくなり、監視の意味がなくなるので、それはしたくなかった。

十五分ほどたったと思われたとき、マーチデール氏が小声で言った。

「そういえば、昨夜、奴から引きちぎった服の切れ端は……フローラの前の寝室にかかっている肖像画の服と色もデザインも驚くほどよく似ている」

「僕もそう思いました」ヘンリーが言った。「初めてあの切れ端を見たとき、正直言って昨夜の出来事につながる新たな証拠かもしれないと、口にするのが恐ろしかったのです」

「それなら、君に見せるべきではなかったな。後悔している」マーチデール氏は言った。

「いいえ。決してあなたのせいではありません。あなたはまったく正しい。愚かなほど過敏になっているのは僕のほうです。でも、あなたが服の切れ端のことを話してくれたから、あの肖像画と比較して調べてみたいという強い願望がわいたのは確かです」

「比較するのは、簡単だろう」

「僕はここに残るよ」ジョージが言った。「あなたたちがはずしている間に、フローラが目覚めるかもしれないから。あの部屋は廊下をはさんで向こうですよ」

ヘンリーはすぐに立ち上がった。

「行きましょう、マーチデールさん。すぐにでも、この点について確認しましょう。ジョージの言ったとおり、あの部屋は廊下の向こうですから、すぐに戻ってくることができます」

「もちろん、行くよ」マーチデール氏の声はどこか悲しそうだった。

明かりは必要なかった。雲一つない夜空に月がこうこうと輝いているし、独立して建っている屋敷には窓がたくさんあり、そこから差し込む月明かりで昼間のように明るかった。

二つの部屋を隔てているのは廊下だけだとはいえ、廊下という言葉が示す以上に広い空間が広がっていた。というのも、廊下はかなり広く、すぐ反対側に横切ればいいというわけではなく、かなり斜めに位置していた。だが、一方の部屋からなにか異常な音が聞こえれば、もう一方の部屋に必ず聞こえるくらいの距離ではあった。

ヘンリーとマーチデール氏が、前の部屋にたどり着くのには数分もあれば十分だった。刺し込む月明かりのおかげで、壁の肖像画はことさらに生きているように見えた。

こうした不気味な効果は、月の光が届かない部屋のほかの部分のせいも大きいと思われた。月明かりは廊下の窓、開け放した部屋の扉から、肖像画を照らし出している。

マーチデール氏は、服の切れ端を手にして、肖像画の衣装と比べてみた。ひと目でまるでそっくりだとわかった。

「なんてことだ！」ヘンリーが声をあげた。「同じものだ」

マーチデール氏は、切れ端を取り落とし、身震いした。

「この事実はあなたの疑いを決定づけますね」とヘンリー。

「どう考えたらいいのか、わからない」

「その件で、ひと言。僕の家系のことをどこまでご存知かわかりませんが、この人物はうちの祖先の一人です。立派な人物と言いたいところですが、自ら命を絶ち、そのまま埋葬された先祖なのです」

「そ、それは——本当のことかい？」

「間違いありません」

「私たちが避けている恐ろしい仮説の、奇妙にも裏付けとなる事実が刻々と明らかになり、嫌でも注目せざるをえない。ますます訳がわからなくなるばかりだ」

しばらく、二人は沈黙した。ヘンリーがマーチデール氏のほうを向いて、なにか言おうとしたそのとき、忍び足で歩く足音が、バルコニーのすぐ下の庭から聞こえてきた。

とたんに、ヘンリーは吐き気をもよおすような感覚に襲われ、壁に寄りかかって体を支えると、かろうじて言葉を絞り出した。

「吸血鬼だ——吸血鬼が来た！　ああ、またやって来たんだ」

「さあ、神よ、死を恐れぬ勇気を我らに与えたまえ」マーチデール氏は叫ぶと、すぐに部屋の窓を開け、バルコニーに飛び出した。

ヘンリーもすぐに我にかえって、すぐその後に続いてバルコニーに出た。マーチデール氏が下を指さして言った。

「誰かがそこに隠れている」

「どこ——どこです？」

「月桂樹の茂みの中だ。何発か撃ったら、倒せるかもしれない」

「待て！」下から声が聞こえた。「撃たないでくれ。頼む」

「え？　あれは、チリングワース医師の声だ」ヘンリーが叫んだ。

「そうです。チリングワースです。れっきとした人間ですよ」そう言うと、医師が月桂樹の茂みから現れた。

「どうして、ここに？」マーチデール氏が訊いた。

「私も協力しようと決心し、今夜は外で張り込みをしようと思ったからですよ。吸血鬼を捕まえたいですからね。門をよじ登って入り込みました」

「でも、それならそうと、どうして知らせて下さらなかったのです？」とヘンリー。

「一時間半ほど前まで、自分でも決めかねていたからです」

「なにか見たのですか？」

「なにも。しかし、壁の向こうの庭園でなにか物音を聞いたような気がしました」

「なんですって！」

「ヘンリー、すぐに下へ降りて、庭や敷地を調べてみないと」

「もちろん、そうします。その前にジョージと話をさせてください。長く戻らないと、心配するかもしれませんから」

ヘンリーは、急いでフローラの寝室へ戻り、ジョージに事情を話した。「三十分ほど、ここにおまえを一人にしてもいいか？　僕たちで庭を調べてみたいんだ」

「なにか武器を持たせてくれるなら、構わないよ。僕の部屋から、剣を取って来る間、ここにいて」

ヘンリーは承知して待っていた。ジョージがいつも自分の寝室に置いている剣を持って戻ってきた。「さあ、行って、ヘンリー。こういう状況では、僕は銃よりも剣のほうが好きなんだ。なるべく早く戻ってきて」

「必ずそうするよ、ジョージ」

ジョージは一人残された。ヘンリーは、マーチデール氏が待っているバルコニーへと戻った。庭へ降りるには、バルコニーをよじ登って飛び降りるのが一番早い。高さはそれほどではなかったので、できないことはなかった。ヘンリーとマーチデール氏は、下へ降りて、チリングワース医師と合流した。

「ここに私がいるとわかって、さぞかし驚いたことでしょう」医師は言った。「実は、先ほどここに伺ったときに半分心は決まっていたのですが、まだ完全には決心がつかず、だから、あなたに事前に知らせることができなかったのですよ」

「協力しようとしてくださるとは、なんとありがたいことか」ヘンリーが言った。

「強烈な好奇心にかられてのことです」

「武器は持っていますか？」マーチデール氏が訊いた。

「この杖の中には」医師が答えた。「剣が仕込まれているので、非常に頼りになります。吸血鬼とおぼしき相手はすべて切りつけてやるつもりですよ」

「あなたならきっとうまくやってくれるでしょう」マーチデール氏が言った。「私は銃で武装しています。装塡もしてあります。よければ君も持ったらどうだ、ヘンリー。これで全員、武装したことになりますな」

それから、緊急事態に備え、全員で屋敷じゅうを見回ったが、すべて戸締まりは完璧で、静まり返っているだけだった。

「それなら、庭の壁の外の庭園を調べてみましょうか」マーチデール氏が提案した。

全員同意したが、庭園の中へとさらに進もうとする前に、マーチデール氏が言った。

「梯子《はしご》があります。昨夜、吸血鬼と思われる者が飛び越えたあたりの壁に梯子をかけるのはどうでしょうか？　より高い位置から、広い草地のほうを眺めることができますし、なにか怪しい姿が見えたら、簡単に外側へ降りられます」

「悪くない案ですな」医師が言った。「そうしましょう」

「わかりました」ヘンリーが木の剪定用の梯子を持ってきた。そして、吸血鬼が飛び乗ろうとしてさんざん苦労した末に、まんまと逃げおおせた場所へと運んだ。

三人は急ぎ足でしばらく歩き、長い並木を抜けて目指す場所へとたどり着いた。昨夜、ヘンリーが、墓場から出てきたあの化け物を見てうろたえた場所に、できるだけ近いところに梯子を立てかけた。

「一人ずつ登りましょう」マーチデール氏が言った。「壁の上に座って監視するのに、十分なスペースがあります」

そのとおりだった。数分以内に、三人全員が壁の上に登った。高さはたいしたことはなかったが、ほかの方法では不可能な、遥かに広い視野が得られることがわかった。

「夜のこんな美しさを堪能できるとは、わざわざ来たかいがあったというものです」チリングワース医師が言った。

「現在、我々が直面している困難を解き明かせるかもしれないものに会えるかどうかは、誰にもわかりませんがね」マーチデール氏は言った。「昨夜の出来事が君やフローラに与えた恐怖を解消するために、私が全力を尽くすことは神がご存じだよ、ヘンリー・バナーワース」

「大変心強いです、マーチデールさん。僕自身や家族の幸せがあなたにかかっているなら、きっと僕たちは幸せなはずです」

「チリングワース先生、なんだかだんまりですね」しばらくしてから、マーチデール氏が言った。

「シーッ!」チリングワース医師が言った。「静かに!」

「なんです? なにか聞こえたのですか?」ヘンリーが訊いた。

医師はヘンリーの腕に手をかけて言った。「あそこ、右手のライムの若木のところに」

「ええ――ええ」

「そこから林のほうへできるだけ水平に視線を動かしてみて」

ヘンリーはそのとおりにしてみて、驚きの声をあげ、地面が少し盛り上がっている部分を指さした。そこは近くにあるたくさんの高い木々のせいで、部分的に陰になっていた。

「あれはなんだ?」

「私にもなにか見えました」マーチデール氏が言った。「なんてことだ! 地面に大の字になっている人間のように見える」

「そう、まるで死んでいるように」

「いったいなんでしょう?」とチリングワース医師。

「口にするのも恐ろしいが、遠目からでも私の目には、昨夜、私たちが追いかけたもののように見える」マーチデール氏が言った。

「吸血鬼?」

「そう――そうです。見てください。月光が奴を照らしていきます。木々の影がだんだん後退していく。ああ、奴が動いた」

ヘンリーの目は、そのおぞましい姿に釘付けになった。今やその光景は、驚き、驚愕、そして最大級の畏怖と警戒の念が入り混じった様相を露《あら》わにした。

空に月が高くなっていくにつれ、地面に寝そべっているものの盛り上がった姿に光があたり、それが体を動かし始めているのがわかった。手足を痙攣させてているように見え、立ち上がることはできないが、全身に生命力がよみがえろうとしているかのようだ。

「吸血鬼――吸血鬼だ！」マーチデール氏が言った。「もはや、間違いない。昨夜、間違いなく奴に弾が命中したのに、月光が再び新たな命を奴に吹き込んだのだ」

ヘンリーはおののいていた。チリングワース医師でさえも蒼褪めたが、いち早く我に返り、なにか行動を起こそうとした。

「壁を降りて、奴のところへ行きましょう。これは私たち自身への義務であると同時に、社会への義務でもあります」

「ちょっと待って」マーチデール氏は銃を取り出した。「君も知ってのとおり、私は的を外さない、ヘンリー。今いるここから動く前に、あいつをまた倒すことができるかどうか、弾丸の効力を試してみたい」

「奴が起き上がる！」ヘンリーが叫んだ。

マーチデール氏は、銃をかまえて、じっくりと確実に標的に狙いを定めた。それがよろよろと立ち上がろうとしたそのとき、引き金を引いた。それはびくりと体をはずませ、また地面に倒れた。

「命中した」ヘンリーが言った。

「やりましたね」医師が言った。「これならもう、近づけるでしょう」

「シーッ！」とマーチデール氏。「静かに！　何度撃っても、月光が奴をよみがえらせてしまうのではないだろうか？」

「そう……そうですね」ヘンリーが言った。「月光が奴を生き返らせてしまう」

「もうこれ以上、我慢できません」チリングワース医師が、壁から飛び降りた。「私の後に続くかどうかは、ご自由に。私はあいつが横たわっている場所を探しに行きます」

「ああ、そんなに慌てないで」マーチデール氏が止め

た。「見て。あいつがまた起き上がった。体が大きくなったように見える」

「私は天と正しい大儀を信じます」医師は杖型の剣の鞘《さや》を投げ捨てた。「私と一緒に来ないのなら、一人で行きます」

すぐにヘンリーも壁から飛び降り、マーチデール氏も続いた。

「行くぞ。ひるむことなどない」

三人は、小高くなっている場所に向かったが、そこにたどり着く前にそれは立ち上がって、すぐそばにある木立の中へ素早く逃げ込んだ。

「追われていることが奴はわかっている」医師が言った。「振り返って、スピードをあげているぞ」

「撃て、ヘンリー」マーチデール氏が言った。

ヘンリーも発砲したが、命中しなかったのか、まったく影響を与えなかった。当たっていたとしても、こちらが奴を捕らえられるほど接近する前に、森の中に逃げ込まれてしまったのだ。

「森の中では追うことができない」とマーチデール氏。「開けた場所なら、近くまで追い詰めることができるだろうが、複雑に木が生い茂る森の中では無理だ」

「追っても無駄でしょう」ヘンリーが言った。「深い闇に包まれているのですから」

「あなたがたに、あんな森の中までついて来いと言うほど、私は無分別ではありません。この事件にすっかり困惑しています」チリングワース医師は言った。

「私だってそうですよ」とマーチデール氏。「いったいどうしたものか？」

「なにもできません――なにも！」ヘンリーが吐き捨てるように言った。「でも、僕は天に誓って――ああ、神よ、力をお貸しください。このおぞましい出来事の解明に、時間も労も惜しまないと断言しますよ。あの化け物が着ていた服に、誰かなにか気づいたことはありますか？」

「古い時代の服だった」チリングワース医師が答えた。「百年前には流行していたが、今のものとは違う」

「私もそういう印象だった」とマーチデール氏。

「僕もです」ヘンリーもいきり立って言った。「これは、僕たちが見たものが吸血鬼だという、とんでもない証拠になるのではないでしょうか？　そして、百年前に自殺した、僕の祖先にほかならないということに？」

これほどの衝撃、精神的な苦痛はなかった。チリングワース医師が、ヘンリーの腕をとって言った。

「屋敷に戻ろう。さあ、もう今はこれ以上のことはできない。君までひどく具合が悪くなってしまうぞ」

「そんなことはありません――大丈夫です」

「とにかく、屋敷に戻りなさい。どうか頼む。君はこの問題のことで頭に血がのぼりすぎていて、こういうときに必要な冷静な判断ができていない」

「ドクターの言うことを聞きなさい、ヘンリー」マーチデール氏も言った。「言うとおりに、すぐに屋敷に戻るんだ」

「お二人の言うとおりにします。自分の感情を制御できないような感じがしているんです。わかりました。僕よりももっと冷静な人たちの言うことを聞きます。ああ、フローラ、フローラ、僕は今、君のためのなんの慰めにもならない」

哀れなヘンリー・バナーワースは、いきなり家族にふりかかってきた悲惨な出来事のせいで、精神的にすっかりまいっているようだった。どんな状況下でも、この世の将来の幸せの希望を、ことごとく打ち砕くような超自然の力が働いているとしか思えない恐怖が、ほかのあらゆる悪に上乗せされていた。こんなことがなければ十分闘うことができる家族だというのに。

　ヘンリーは苦悩に苛まれながら、チリングワース医師とマーチデール氏に引っ張られて、屋敷に戻った。もはや、吸血鬼と思われるものの恐ろしい事実について、疑問を唱えようという元気もなかった。あのようなものは、彼がもつあらゆる神の概念に反し、自然界の仕組みの一部として記録・確立されたすべてのものとはまるで相反する存在だ。その存在を証明するために集結したかに見える、すべての裏付けとなる状況に対して、なにも反論することができなかった。

「僕は否定できません」ヘンリーは屋敷に戻ると言った。「あんなものが存在しえることを。でも、わずかな時間調べただけでは、その可能性はわからないでしょう」

「天と地の間には、我々の哲学などでは思いもよらぬ出来事があるのだ」〔シェイクスピア『ハムレット』第一幕第五場のハムレットの台詞〕マーチデール氏が言った。

「まさにそのとおりのようですな」チリングワース医師も言った。

「先生は、考えを変えたのですか？」ヘンリーが医師のほうを向いた。

「なんの考えです？」

「吸血鬼の――存在を信じないという考えを？」

「私が？　とんでもない。吸血鬼がうようよいる部屋に閉じこめられても、面と向かって、絶対におまえたちの存在など信じないと言ってやりますよ」

「しかし、今夜、我々が見たものはどうなのです？」

「私たちが見たもの？」

「あなたも目撃したでしょう」

「確かに。男が地面に倒れているのを見ました。その男が立ち上がるのも見ました。その後、男は撃たれたようですが、命中したのかどうかは、本人にしかわかりません。男がものすごい勢いで逃げたのも見ました。それ以外は、なにも見ていません」

「確かにそうですが、この状況をほかの事実と合わせて考えてみると、あのおぞましい化け物の真実に恐怖を感じませんか？」

「ええ、感じません。あのような天への冒瀆そのものである生き物が、神の創造物の一つだなどとは、死ぬまで決して信じません」

「そうなんです！　僕もあなたのように考えていました。でも、こんな状況が続いていては、あまりにもショックで」

「勇気を出すんだ、ヘンリー。気をしっかりもって」マーチデール氏が言った。「よく考えなくてはならない状況が一つある。我々がこれまで見てきた限りでは、フローラの部屋にあった肖像画に描かれた君のご先祖が、吸血鬼だということを裏づける肯定的な事実がいくつかあるようだということだ、ヘンリー」

「着ているものが同じです」ヘンリーが言った。

「それは私も気がついた」

「私も」

「それなら、この問題の一部なりともなんとか落ち着かせるためにできることはなにかないか、その可能性を考えてみようではないか」

「なんです――それは？」

「君のご先祖はどこに埋葬されている？」

「ああ、あなたの言いたいことがわかりました」

「私もです」とチリングワース医師。「奴のねぐらに行ってみるということですな」

「そうです。どんな方法でも、この事件を明らかにして、不可解な謎を解決するのに役立ちそうなものであれば、なんでもいいのです」マーチデール氏が言った。

一瞬、ヘンリーの顔が輝いたようだった。

「彼は、例にもれず、ほかの一族の者と一緒に村の古い教会の地下納骨堂に安置されているはずです」

「誰かに見られて怪しまれることなく、納骨堂に入ることはできるだろうか？」マーチデール氏は訊いた。

「できると思います。納骨堂への入り口は、古い教会の一族に割り当てられた信徒席の床のところにあります」ヘンリーは答えた。

「それなら、入れますね」とチリングワース医師。

「間違いなく入れます」

「本当に納骨堂に忍び込むつもりですか？」医師が訊いた。「やってみれば、気が済むかもしれませんが」

「彼は、着衣のまま納骨堂に安置されています」ヘンリーが考え込みながら言った。「考えてみましょう。このような提案について、すぐには決められません。明日まで考える時間をください」

「もちろん」

それから三人はフローラの部屋へ向かった。ジョージの話によると、一人で番をしている間に、警戒するような恐ろしいことはなにも起こらなかったとのことだ。また夜明けが近づいていた。ヘンリーは、マーチデール氏にどうか休んでくださいと頼み、彼はそのとおりにした。二人の兄弟は、朝の光が不安な思いをすべて拭い去ってしまうまで、フローラのベッド脇で番を続けた。

ヘンリーは、屋敷の外でなにがあったのかジョージに話した。二人はこの出来事について、また、自分たちの幸せのために極めて大切なことについて、長々と有意義な話をした。朝早い陽光が窓から部屋にさし込むと、二人は立ち上がり、何時間もぐっすり眠っていたフローラを起こそうと考えた。

第六章　バナーワース家の内情を少し――謎めいた化け物の出現による予想された結果

ここまでで、怖ろしいものの来訪を受けたこの家族の運命はどうなるのか、読者諸君の関心をかなり引いたのではないかと思う。この家族に関する情報をいくつか、彼らが今置かれている特殊な状況について、ここで少々説明させてもらっても、まったくの場違い、あるいは受け入れ難いことではないと思う。

バナーワース家は、彼らが住んでいるこの地ではよく知られていた。おそらく、彼らが地域の人々に好かれているというより、その名でよく知られるようになったというほうが真実に近いかもしれない。というのも、不幸なことに、一家の長が過去のかなりの期間、あらゆる意味で最悪の人間の見本のようなものだったからだ。一方、一族の若者は、人当たりが良く教養もあり、彼らを知る者すべてに好感をいだかせるような心持ちや態度の持ち主が少なくなかった。家督を継ぎ、現在、フローラや二人の兄が住んでいる屋敷に住んだ者の中には、良くも悪くもないまあまあの人物もいた。

今述べたような状況が、不思議な運命の巡り合わせによってか、百年近くも続いた。その結果、お察しのとおり、つまり、バナーワース家を受け継いだ歴代当主が、その悪行と放蕩によって徐々に財産を食いつぶし、ヘンリー・バナーワースの代には、多くが抵当に入っていたため、ほとんど資産価値がなくなってしまっていた。

ヘンリーの父親は、一家の長として、並外れるほどの、とくにすばらしい功績を残した人物ではなかった。もし、彼が多くの先祖と同じくらい悪《わる》でなかったのだとしたら、そんな喜ばしい状況は、彼がそれほど図太かったわけではなく、百年の間に変わった習慣や風習、法律のせいで、たとえ地主であっても、ちょっとした暴君を演じることが容易でなくなったのが原因だという推測によって説明がつく。

彼は、多くの前任者たちを悪行にかりたてた下劣な気質を一掃しようとして、賭博に頼り、かろうじて残っていた財産を少しでも増やそうとしたが、当然のことながら、完全に予想通り、すべてを失った。

ヘンリーの父は、ある日、屋敷の庭で倒れて死んでいるのが発見された。その傍らには、手帳が落ちていた。手に鉛筆を固く握りしめていたため、死の直前になにかを書き留めようとしていたのではないかというのが、家族の印象だった。

おそらく、自分が病に蝕《むしば》まれているのを感じて、家族になにかを伝えておきたいという思いが心に重くのしかかっていたが、そうしようとした矢先、死の魔手に急に襲われて阻まれてしまったものと思われた。

その死の数日前、父親のふるまいはひどく謎めいていた。屋敷や土地を抵当に入れた金額以上の値で売り払って、すべての抵当をきれいにしてから、永遠に英国を去るつもりだと宣言したのだ。

だが、遺体で発見される数時間前、父親はヘンリーにおかしなことを言った。

「長い間、我々のものだった古い屋敷を手放そうとしていることを悔やむな、ヘンリー。生涯で初めてのことだが、私がこうしようとしているのには、れっきとした理由があるのだから、安心しろ。我々は、ほかの国へ行くことができ、そこで王族のような暮らしができるのだ」

王族のような暮らしをする財力が、いったいどこを突つけば出てくるのか、父親がドイツの王子かなにかと知りあいでもない限り、本人以外には誰も知る由もない。彼の突然の死によって、一番肝心なその謎が共に葬られてしまった。

手帳のページにはいくつかの言葉が書きつけられていたが、不鮮明で意味をなしていなかった。そこには――こうあった。

「金は――」

その後は、突然襲ってきた死の苦しみのせいか、延々とミミズのような文字が続いているだけだった。

当然のことながら、それらの言葉は矛盾しているだけで、まるで意味をなさなかった。一家の弁護士は、法律家の話し方にしてはふざけた調子で、もし「金はない」と書こうとしていたのだとしたら、そのほうがよほど真実味があるだろうと言った。

しかし、父親はとても善人と言えるような人物ではなかったものの、子どもたちはその死を惜しんだ。彼らは、父親の欠点にこだわるよりは、最良の面を思い出すことを選んだのだ。

そして、バナーワース家始まって以来初めて、あらゆる点で紳士的な当主が登場した。勇敢で、寛大で、高い教養があり、優秀で高貴な資質を多々備えた人物。それがこれまで読者に紹介してきた、さまざまな困難な状況にまみれたヘンリーだ。

今、この家族の財産はすべて散逸され、風前の灯火《ともしび》なのだから、次になにか変化が起きるのではないかと読者は言うだろう。バナーワース家は、生活のためになにか立派な稼業を興し、嫌われ疎《うと》まれる前の、尊敬されていた家系に戻るはずだと。

まさにこれが、今、ヘンリーが置かれている不安定な立場だった。父親の驚くほど如才ない行為の一つが、土地を徹底して抵当に入れるということだった。そのため、ヘンリーが財産の管理をするようになったとき、それが果たして望ましいことなのかどうか、一家の弁護士はかなり疑った。

しかし、一族の古い屋敷への愛着が、将来、どんな逆境にみまわれたとしても、ここをできるだけ長く所有したいという気持ちを若い当主の心に引き起こした。

父親が亡くなってわずか数週間後、ヘンリーが正式に財産を引き継ぐと、突然、見知らぬロンドンの事務弁護士から、意外な申し出を受けた。その弁護士の顧客の希望で、ヘンリーの屋敷と土地を買い取りたいと言うのだ。その顧客の詳細については、弁護士はなにも言わなかった。

申し出の金額はかなり太っ腹で、実際の土地の相場よりも高かった。

父親が死んで以来、ヘンリーのために雑事を執り行っていた弁護士は、ぜひともこの申し出を受けるべきだと助言した。しかし、母親やフローラ、ジョージと話し合った結果、屋敷はできるだけ長く所有したいと全員で決め、結果的にその申し出は断った。

その後、では売るのではなく貸してくれないか、金額はそちらの言い値でいいと言われたが、ヘンリーはその申し出にも応えなかったため、交渉は完全に打ち切られた。なんとしてでもバナーワース家の土地を我が物にしようとする、この見知らぬ人物の執拗さに、家族はただ驚くばかりだった。

もう一つ、バナーワース家の家族の心に、この屋敷に残りたいという気持ちを強くさせるような重要な出来事があった。

そのいきさつはこうだ。今はもう亡くなっていて、その財産もない彼らの親戚の一人が、晩年の最後の六年間、慣習としてヘンリーに百ポンドを送っていた。ヘンリーやジョージ、フローラが家族で、その年の秋に大陸や国内へちょっとした旅行ができるようにとのことだった。

若い者にとって、これ以上ないほどの嬉しい贈り物で、こんなに楽しい金の使い道はなかった。三人ともいつものように、秘かにじっくりと計画をたて、このように自由に使えるようになったかなりの金額で、遠くへ旅して、すばらしい場所をたくさん見て回るという旅を考案した。

そんな旅の一つで、イタリアの山岳地帯に行ったとき、フローラの命が危険にさらされる出来事が起こった。

三人が狭い山道を登っていたとき、乗っていた馬が足を滑らせて、フローラが崖っぷちから転げ落ちてしまったのだ。

そのとき、近くを歩いていた見知らぬ若者が、すぐに駆けつけてくれ、彼の知識と骨折りのおかげで、フローラは無事保護されて事なきを得た。

若者は、フローラにそのまま動かずにじっとしているよう言い、すぐに助けるからと勇気づけた。自分も危険にさらされながら、大変な苦労をしてフローラが落ちた岩棚にたどり着き、兄たちがゆうに二マイルはある最寄りの家に行って助けを呼んでくるまで、フローラを支えてくれたのだ。

兄たちがいない間、ひどい嵐になった。フローラは、この若者が一緒にいてくれなかったら、岩棚から投げ出されて、深くて底が見えないほどの谷に落ちて死んでいたに違いないと感じた。

フローラが、無事助けられたのは言うまでもない。勇猛果敢に行動して助けてくれた若者に対して、フローラだけでなく兄二人も心から感謝の意を伝えた。

若者は、気さくに自分はチャールズ・ホランドだと名乗り、気晴らしと教養のために旅をしている芸術家だと話した。

チャールズがその後、しばらく三人と一緒に旅をしたのは、こうした状況においてはまったく不思議なことではない。チャールズと、彼に命を救われたと恩義を感じている美しい少女の間に、愛情とこの上なく優しい気持ちが芽生えたのも、当然といえば当然といえよう。

二人は互いに愛情のこもった眼差しで見つめ合った。そして、チャールズが次にイギリスに戻ったときは、尊敬に値する大切な客人として、すぐにバナーワース家に招かれることが決まった。

これはすべて、ヘンリーやジョージも十分に理解し、納得した上で決定された。あらゆる点で彼を知る人すべての好感度を満たすような、若いチャールズ・ホランドに対して、二人とも奇妙なほどの愛着を抱いていたのだ。

ヘンリーは、自分たちの置かれている状況をホランドに腹蔵なく説明した。屋敷に来てくれれば、誰からも歓迎されるだろうが、もしかしたらつむじ曲がりな気質の父親だけは別かもしれないと話した。

若いチャールズは、家族が手配してしまったので、どうしても二年間はイギリスを離れなくてはならないが、戻って来たら必ず変わらぬ姿でフローラに会いたいと言った。

これは、新しい年が明ける前の、バナーワース家の最後の大陸旅行のときの話だ。三きょうだいにすばらしい旅をプレゼントしてくれるような、気前のいい親戚は、今ではもうおらず、さらに前述のように父親の死も重なって、チャールズがイギリスを離れている二年の間に、また大陸で彼に再会するというフローラの期待と望みの可能性はなくなった。

このようなわけで、フローラはチャールズが会いにきてくれるはずの屋敷を手放すのは、どうにも気が進まなかった。妹の幸せはヘンリーにとっても大切なことであり、簡単に犠牲にできるものではなかった。

そのため、バナーワース館と呼ばれることもある彼らの屋敷は、チャールズ・ホランドが訪ねて来るまで、どんなことがあっても維持することになった。三きょうだいにとって、すでに彼は家族も同然だったため、彼の助言を受けて、どうするのが望ましいか考えた末のことだ。

　バナーワース家に関して、一つ特例がある。それは、マーチデール氏に関することだ。

　彼はバナーワース夫人の遠い親戚で、若い時分、夫人に誠実な優しい気持ちで好意を寄せていた。しかし夫人は当時、若い娘の例にもれず、思慮が足りないところがあり、よくあるように何人かいる崇拝者の中から、よりによって最悪な相手を選んでしまった。当然のことながら夫人はその男に熱をあげ、結婚を承諾した。ところがその男はその後、夫人を冷淡に扱い、ほとんど関心を示さなかった。

　その男こそが、バナーワース氏だった。その後の経験で、夫人はすっかり目が覚め、この結婚が間違いであったことに気づいた。若気の至りでのぼせあがって結婚を承諾してしまったことをたびたび深く後悔し、子どもたちへの愛情だけが、夫人の心の拠り所になっていた。

　バナーワース氏が亡くなって一ヶ月たった頃、屋敷に夫人に面会を求めてやってきた者があった。それがマーチデール氏だった。

　それは、マーチデール氏に対する、夫人の心に残っていたわずかな優しさだったのかもしれないし、かつてよく知っていた人物と久しぶりに会えたという単なる喜びだったのかもしれない。だが、それはそれとして、夫人は優しく彼を迎えた。氏のほうも、しばらく、客として屋敷に滞在して欲しいという申し出に同意して、その気さくなふるまいと洗練された教養で、家族全員の尊敬を勝ち取った。

　マーチデール氏は、世界中を旅していて見聞も広く、見聞きしたものすべてをその知性の糧《かて》にしていた。非常に健全な感覚の持ち主であるだけでなく、一緒にいてとても楽しい人物でもあった。

　ほとんどの人が知らない多くのことについて詳しく知っていて、考え方も正しかった。めったにお目にかかれないほど、物静かで紳士的な人物で、こうしたことすべてが、バナーワース家の人々から尊敬される要因になった。マーチデール氏は、自分だけの独立した世界をもっていて、世間とは完全に一線を引いていて、妻も子どももいなかったが、バナーワース家の人たちと生活を共にしていることに喜びを感じていた。

もちろん、マーチデール氏は、まともに生活費を払うと言い出して、バナーワース家の者たちの気分を害することまではできなかった。だが、自分が居候《いそうろう》をしていることで、バナーワース家の者たちが困ることがないよう気を配った。ちょっとした贈り物をあれこれ手配して簡単に埋め合わせできることだったが、彼が見繕《みつくろ》ったものはすべて、装飾品などだけでなく、親切にもてなしてくれる人たちが、自分がいなければ、べつに回せるに違いない出費を免れることができるようなものでなければならなかった。

この好意的なふるまいが、なにかの策略なのかを、バナーワース家の面々が見抜いたかどうかを問うのは、ここでの目的ではない。もし、見抜かれていたとしても、マーチデール氏への敬意がなくなるわけではないだろう。というのも、同じような状況なら、彼ら自身がこうした気遣いをされることが嬉しいだろうし、彼らがとくになにも気がつかなかったのなら、それはそれでマーチデール氏がますます満足するだけだからだ。

バナーワース家の内情の簡単な概要について、読者はこう考えるかもしれない。この状況は変化の兆《きざ》しをみせていて、それは今や、急激かつ決定的になりそうだと。

吸血鬼のような恐ろしい訪問者の出現によって、代々の古い屋敷に対するバナーワース家の人たちの感情がどこまで変化していくのか、問わずにはいられない。だから、そうした感情は、話が進むにつれて変わっていくだろう。

吸血鬼の来訪が、学のあるなしに関係なく、この家に住む者全員に深刻な影響を及ぼしたことは確かだ。二日目の朝、ヘンリーは三人の使用人から、ここでの仕事を辞めると言われ、屋敷を維持していくのが難しくなった。

使用人が辞めると言い出したのも無理もないと、ヘンリーにはよくわかっていた。だから、手のうちようがないと思わざるをえない迷信について、わざわざ反論しようとはしなかった。ヘンリーが自分自身の目で目撃し、厳然たる証拠があるとはいえ、吸血鬼などというものは存在しないと主張してもどうなるというのだろう?

ヘンリーは、黙ったまま使用人たちに給料を払い、この事件に関わらずに、すぐに出て行くことを許した。

さしあたり、新たに何人か来てもらったが、見るからにびくびくと怯えていて、ほかに代わりを務める人間を調達できないため、その場しのぎになるだけだった。屋敷で快適に過ごすことは、完全にできなくなりつつあり、ここを去る理由ばかりが急速に目につくようになったように思われた。

第七章　バナーワース家の納骨堂への訪問と不可解な結果——謎

ヘンリーとジョージは、寝ていたフローラを起こした。昨夜のことを妹に話すのはあまりに不謹慎だという意見で一致したので、優しい言葉をかけて勇気づけるだけに留めた。

「フローラ、昨夜はぐっすり眠れただろう」ヘンリーが言った。

「ずいぶん長く眠っていたわ、兄さん」

「快適に眠れたならいいのだけど」

「夢もみなかったわ。今はとてもすっきりした感じ。また元気が出てきたみたい」

「ああ、よかった」ジョージが言った。

「お母さまに私が起きたことを伝えてくだされば、助けをかりて起きるわ」

二人の兄は部屋を出た。フローラが前の晩のように、一人にしないでと言わなかったのは、いい兆候だと話し合った。

「フローラは、早く回復しているみたいだ、ジョージ」ヘンリーが言った。「今回のすべての恐怖が去って、二度とこのことを耳にすることがないと確信できれば、これまでのささやかな幸せが戻ってくるかもしれない」

「きっとそうなると信じよう、ヘンリー」

「だが、ジョージ、僕はあそこを訪ねてみるまでは、まだ安心できないんだ」

「訪ねる？　どこへ？」

「一族の納骨堂だよ」

「なんだって、ヘンリー！　兄さんはその考えは諦めたと思っていたのに」

「確かにそうだが。何度もやめようと思ったさ。でも繰り返し心をよぎるんだ」

「それはいけない」

「いいか、ジョージ。これまで起こったすべての出来事からは、おぞましい吸血鬼に関するあらゆる迷信を信じるしかないように思えてならない」

「そのようだね」

「僕の大きな目的は、ジョージ、こんな状況をなんとか打破することだ。わずかでもいいからあの有害な生き物の情報を得て、なにも問題なく安心できるように」

「よくわかるよ、ヘンリー」

「今、吸血鬼がやって来たというだけでなく、その吸血鬼が僕たちのご先祖とそっくりで、その肖像画が奴が忍び込んだ部屋の壁にかかっている僕たちは考えざるをえなくなった」

「確かにそうだ」

「だから、僕たちは一族の納骨堂を調べて、証拠の一つに決着をつけよう。必ずあるだろうが、服装やその姿を手がかりに、この恐ろしい事件と関わっていると思われる先祖の棺を見つければ、ある意味、安堵できるだろう」

「でも、どれくらい年月がたっているのか、考えないと」

「そうだ。かなりの年数だろう」

「そんなに長い間、納骨堂に置かれていた遺体のなにが残っていると思う？」

「もちろん、腐敗しているはずだが、遺体が自然界に共通して起こる過程を経たことがわかる、なんらかの痕跡があるはずだ。倍の時間が流れたとしても、あらゆる痕跡を確実に消し去ることはできない」

「それには理由があるわけだね、ヘンリー」

「それに、棺はすべて鉛でできている。石のものもあるから、すべてがなくなってしまうわけではない」

「そのとおり」

「刻まれた碑文や日付から、目指す先祖の棺が発見できれば、遺体の痕跡を見つけることができる。奴が自分の墓の中にちゃんと眠っていれば、安心できる」

「兄さんは、もう心を決めているんだね」ジョージが言った。「兄さんが行くなら、僕も一緒に行くよ」

「やみくもに決行するつもりはないよ、ジョージ。最終的に決断する前に、もう一度、マーチデールさんと相談してみる。彼の意見は重要だからね」

「ちょうどいい。マーチデールさんが庭を横切ってこっちに来るよ」ジョージが、自分たちがいる部屋の窓の外を見ながら言った。

マーチデール氏が部屋に入ってくると、兄弟は温かく迎えた。

「動き出すのが早いですね」ヘンリーが言った。

「そうだよ。君の勧めもあったからベッドに入ったはいいが、実は眠れなかった。それで、もう一度、我々があれを見たあたりを調べてみたんだ。あれを――なんと呼んでいいかわからない。吸血鬼と呼ぶのは、すごく抵抗がある」

「名前に大した意味はありませんよ」とジョージ。

「それが、今回の場合は大ありなんだ」マーチデール氏が返した。「この呼び名は、恐怖を暗示するものだからだ」

「なにか発見がありましたか？」ヘンリーが訊いた。

「なにもない」

「誰かの痕跡もなにも？」

「まったくだ」

「マーチデールさん、ジョージと僕でうちの一族の納骨堂へ行ってみる計画を話していたところです」

「ああ」

「あなたの意見を聞いてから、どうするか決めようと思っているのです」

「率直に言わせてもらうよ。君は言い出したらきかないのがわかっているから」

「あなたの意見は？」

「行ってみるべきだな」

「本当ですか」

「ああ。それはこういった理由だ。君は今、主のいない棺を見つけてしまうかもしれないという、どうしようもなく不愉快な気分になっている。仮にそんな棺を見つけたとしても、すでに強力な仮説であり、時間と共にますます堅固になりそうなものを、さらに確認することになるだけで、問題がこれ以上悪化することはほとんどない」

「確かにそうですね」

「逆に、すっかり肉が朽ち果てた君のご先祖が、墓の中で静かに眠っている疑う余地のない証拠を見つけたら、君はだいぶ安心できるだろうし、現在一方的に進行している一連の出来事に対して、先んじて対処することができる」

「それがまさに、少し前にジョージと話していたことなんです」

「それなら、ぜひとも納骨堂へ行ってみよう」ジョージが言った。

「決まりだな」とヘンリー。

「慎重にやろう」マーチデール氏が言った。

「なんとかなるなら、もちろんなんとかしたい」

「夜にこっそり行くべきじゃないかな？　もちろん、日の光は差し込まないが、夜間に納骨堂を訪れてもなんの損もないと思う」

「確かに」

「それなら、夜に決行しよう」

「だが、教会側の承諾を得なくてはならないと思う」

「いや、そうは思わない」マーチデール氏が遮《さえぎ》った。

「そこは実際、君の家が所有する納骨堂だろう。君が望めばいつでも、君の都合のいいときに、どんな方法ででも自由に訊ねることができる権利がある」

「でもこっそり入ったことがばれたら、まずい結果になるかもしれません」

「古い教会だから、入り込む手段は簡単に見つかるよ」ジョージが言った。「ただ、今一つ気がかりなのは、フローラを守る者が誰もいなくなってしまうことだ」

「そうだ。それを考えてもみなかった」

「フローラ本人に話して、彼女自身の考えを直接聞いてみるべきだな」マーチデール氏が言った。「彼女が安全のために誰かにそばにいて欲しいと考えるなら、あとは母上に頼むしかない」

「棺を調べるのに僕たち三人がそろわないのは、もったいないですね」ヘンリーが言った。

「そのとおり。十分すぎるほどの証拠なのだからね」とマーチデール氏。「だが、このことで、フローラが不眠や不安になるようなことになってはいけない。とはいえ我々がどこへ行くのか、なにをしようとしているのかを、詳しく彼女に説明することはできない」

「おっしゃるとおりです」

「それでは、僕たちがフローラに話します」ヘンリーが言った。「正直言って、僕はこの計画に乗り気なので、先に進めないのは嫌なんです。といって、三人一緒でないのも気が進まない」

「君の心が決まっているなら、そうしなさい。今夜、決行しよう。君は納骨堂のことをよく知っているから、必要な道具もわかるだろう」マーチデール氏が言った。

「信徒席の下に落とし戸があるんです」ヘンリーが説明した。「戸は閉められ施錠されていますが、僕が開ける道具をもっています」

「なるほど」

「すぐ下に短い石の階段があって、そのまま納骨堂に下りられるようになっています」

「広いのかな?」

「いいえ。手ごろな部屋くらいの広さで、単純な造りです」

「それなら、簡単に済みそうだな」

「邪魔が入らなければ、大丈夫でしょう。そんなことは、まずありえないと思いますが。必要なものはねじを取り外すねじまわしと、棺の蓋をこじあけるレンチのような道具ですね」

「あとは明かりがあれば簡単だな」とマーチデール氏。「墓を調べることで、君たちの心の重荷が少しでも軽くなることを天に祈るよ。そして、この恐ろしい化け物に関する次から次へと出てくる証拠に、うまく立ち向かうことができるといいのだが」

「まったく、そのとおりですね」ヘンリーが答えた。「これからすぐにフローラのところへ行って、今夜僕たちがついていなくても安全だと納得させましょう」

「ついでながら」マーチデール氏が言った。「チリングワース医師にも参加してもらうのはどうだろうか。調べる上で大いに利点があると思うが」

「専門家の先生なら、棺の中の遺体について——もし遺体があればの話ですが——僕たちにはできない正確な判断をしてくれることでしょう」

「それなら、とにかく、先生を引っ張り込みましょう」ジョージが言った。「昨夜、先生はこのような危険に乗り出すことを厭わないような様子でしたから」

「今朝、フローラを診察にみえたときに、訊いてみます。先生が加わりたくないということであっても、僕たちが納骨堂に行くことは、きっと黙っていてくれるでしょう」

すべて段取りを整えて、ヘンリーはフローラの部屋へ行き、夕方、日が暮れてからジョージとマーチデール氏と三人で数時間出かけたいが、そばにいなくても大丈夫かどうか訊いた。

フローラの顔色が変わり、少し身震いしたが、いつまでも怖がっているのは恥ずかしいと思ったのかこう言った。

「いいわよ。引き止めないわ。お母さまがいてくだされば、きっと大丈夫だから」

「あまり遅くならないうちに戻るよ」ヘンリーが言った。

「私は本当に大丈夫よ。それに、一生、恐怖にかられて生きるなんて、そんなこと、絶対に嫌。私も自分で自分を守る術《すべ》を学ばなくては」

ヘンリーはその思いにすぐに答えた。

「銃を置いていったら、それを使う勇気はあるかい?」

「ええ、ヘンリー」

「それなら、銃を渡しておこう。君の部屋に押し入ろうとする者には、少しもためらうことなく撃つんだ」

「そうするわ、ヘンリー。人間がこんな恐ろしい武器を使うことが正当化されるなら、今の私がそうね。神さま、お守りください。あれがまたやって来ても、屈することのないよう、お守りください。あんな苦しみを味わうくらいなら、ああ、百回死んだほうがましだわ」

「そんなことを言ってはだめだよ、フローラ。気にしすぎてくよくよと思い悩むのはよくない。僕は今でもまだ、楽天的な期待を持っているんだ。なにが起こったのか君が話したことについて、まったく怖ろしくもなんともない説明ができることがなにか起こるかもしれないという期待をね。元気を出すんだ、フローラ。僕たちは日が暮れてから一時間後に出かけるが、それから二時間ほどで戻ってくる。心配しなくていいから」

フローラは覚悟を決めたのか、勇気を振り絞っておとなしく了解したようだった。だが、ヘンリーには、夜になったらまた、フローラが恐怖にさいなまれるのではないかという心配がないわけではなかった。それから、チリングワース医師に今夜の件を話し、同行の承諾を得た。

医師とは、九時きっかりに教会の入り口で待ち合わせようと約束した。すべて準備を整え、ヘンリーははやる気持ちと不安を胸に、日が暮れるのを待った。自分の想像力が今の状況から引き出した怖ろしい妄想の一つが、これで解消すればいい。

ヘンリーは、フローラに自分の銃を渡した。これがあれば頼りになるのはわかっていた。きちんと装塡もしてあるので、決定的瞬間に外すことはありえなかった。

「いいかい、フローラ。君が今よりももっと幼かった頃、銃を撃ったのを見たことがある。だから、教えることはなにもない。侵入者があったら、とにかく撃つんだ。狙いを定めて、低く撃てばいい」

「そうするわ、ヘンリー。そうする。兄さんは二時間で戻ってくるのね」

「絶対、戻ってくるよ」

　時間がたって夕方が近づき、夜が深くなりつつあった。雲の多い夜で、月の輝きは前夜には及ばなかった。それでも、頻繁にあたりを覆う霧をしのぐ十分な力があり、かなりの光の効果をもたらしていたので、夜の闇と呼ぶにはまだまだだった。

　ジョージ、ヘンリー、マーチデール氏は、出かける前に屋敷の一階で集合し、必要な道具がすべてそろっていることを確認した。マーチデール氏は、小さいがほどよく焼き入れされた鉄のバールも持って来た。夜やってきた吸血鬼は、フローラの部屋の窓を無理やり開けて入って来たのだ。一行は屋敷を出ると、足早に教会へと向かった。

「それで、フローラは一人残されることを怖がっていないようだった？」マーチデール氏が訊いた。

「ええ」ヘンリーが答えた。「僕がよく知っているいつもの勇気を出そうと、心に決めていました。あの恐ろしい化け物から受けたひどい仕打ちにくじけないよう、できるだけ抵抗しようという気概がありました」

「本当に頭がどうかしてしまいそうになるほど、ひどい出来事だからね」

「まさにそうなんです。妹は正気を失いそうになっていましたが、おかげさまで、回復しています」

「生涯ずっと、そうであって欲しいと心から願うよ」マーチデール氏は言った。「二度とあんな目に遭わないといいのだが」

「あんなことがまた起こるなんて、これっぽっちも信じたくありませんね」

「彼女は千人に一人の幸運だったのかもしれない。若い女性ならたいていは、あんな恐ろしいショックを受けたら、決して完全には回復しないだろう」

「ただ回復しただけでなく、元気も出たようで、僕も喜んでいます。あくまでも抵抗するという思いに支えられているのですよ。お話しするのを忘れていましたが、また襲われたときのために、武器をくれと実際に彼女に言われたのです」

「それは驚きだ」

「そうなんです。僕も驚きました。同時に頼もしかった」

「あの子がそんな要求をするのがわかっていたら、私の銃を一挺渡したのに。フローラは銃を使えるのかな？」

「ええ、使えます」

「残念だったな。私は二挺持っているのに」

「もう渡してあります」

「渡した？」

「ええ、僕が大陸にいたときに携帯していた銃がいくつかあって、弾を装填したものをフローラに渡しました。ですから、吸血鬼がまた現れたら、手荒な歓迎を受けることになるでしょう」

「それはいい！　だが危険ではないのか？」

「まったく問題ないと思います」

「もちろん、君が一番よくわかっているだろう。そうとわかったら、奴にまたご来訪願いたいものだ。我々が戻ったときに、奴が死んでいるのがわかれば万々歳だ。ああ、そういえば、明かりの素《もと》を持ってくるのを忘れてしまった。必ず私が持ってくると言ったのに」

「それはまずいですね」

「ゆっくり先に行っていてくれたまえ。急いで取りに行ってくる」

「もう、ずいぶん来てしまいましたが」

「おーい！」前方遠くにいる誰かが声を上げた。

「チリングワース医師だ」ヘンリーが言った。

「おーい」医師がまた叫んだ。「君たちか、ヘンリー・バナーワース？」

「そうです」ヘンリーが返事をした。

チリングワース医師が近づいてきた。

「約束の時間よりも早いが、丸見えの教会の入り口で一人待っているよりはいいだろう。歩いていれば、君たちに会えるだろうと思ってね」

「僕たちがこの道を来ると？」

「ああ。この道が教会への最短ルートなのは間違いないから、わかったよ」

「私は戻らなくてはならないんです」マーチデール氏が言った。

「戻る？　なんのために？」

「明かりの素を忘れてきてしまったんです。蠟燭は持っていますが、火をつける手段がありません」

「まあ、その点は大丈夫ですよ」チリングワース医師が言った。「私は自分で作った化学マッチを必ず携帯していましてね。あなたが蠟燭をお持ちなら、そのまま教会に向かうのに支障はありませんよ」

「それはよかった」ヘンリーが言った。

「まさにそうだね。また一マイルも歩くのは私にはきつい。少なくとももう半マイルは来てしまっているからね。さあ、行きましょうか」マーチデール氏が言った。

四人は足早に教会に向かった。村の教会と呼ばれているが、村の中ではなく、村から一マイルほど行った長い道のはずれにある。バナーワース家の屋敷の方角になるので、屋敷から向かえばその分距離は短くなる。

教会はぽつんと単独で建っていて、ほかにはここに常駐して神聖な建物を管理し見守る者が住む、教区の建屋と二つの小屋があるだけだ。

初期の英国建築様式もしくはノルマン様式の古い教会で、フリント石でできた古く四角い小塔の一つがセメントにしっかりはめ込まれていて、時間の経過とともに石そのものに同化している。たくさんのアーチ型の窓は、装飾的とは言えないが、華やかなゴシック様式風だ。半エーカーほどの広さの墓地の中心に教会の建物があり、何マイルもの周辺地域で、もっとも美しく田園情緒あふれた古い教会の一つだった。

古き良きもの、絵のように美しいものを愛する多くの人たちが、わざわざここまでやってきて、あたりを見て回るほどで、建物の階級と様式の優れた見本として、ここは広くしかるべき評価を得ていた。

ケント州では現在に至るまで、古いローマ様式教会建築の優れた見本がいくつかあるが、現代建築家の乱用と投機家の強欲のせいで、急速に蹂躙されている。聖職者の虚栄心が、ローマ様式ではなく、イタリア風の薄っぺらな建築物を建てる後押しになっている可能性があるが、イギリスのあちこちには、旅人の興味を引くのに十分な数の建築物がまだ残っている。ロンドンのウィルズデンには、訪れる価値のあるこうした教会がある。今まさに、四人が忍び込もうとして向かっているのが、そうした教会だった。不謹慎、不正な目的のためではなく、正しく適切な動機に基づく行為だが、できるだけ秘密裏に行うことが望ましかった。

一行が、いつも使う小さな門から教会の墓地に入り込んだとき、月は夕刻よりもさらに厚い雲に覆われていた。

「好都合な夜ですね」ヘンリーが言った。「誰にも邪魔されることもなさそうだ」

「だが問題は、どうやって中に入るかじゃないか？」チリングワース医師が足を止めて、古い教会を見上げながら言った。

「扉は簡単には開かないでしょうね」とジョージ。

「それなら、どうする？」

「考えられるのは」ヘンリーが提案した。「低いところにある窓から、小さな菱形の窓ガラスを外して、そこから手を突っ込んで、簡単な造りになっている窓の留め金をはずすしかありません。扉と同じように窓が開けば、そこから教会の中に入ることができます」

「それはいい」マーチデール氏が言った。「あまり時間もないしな」

四人は教会をぐるりとまわって、壁の角にある低い窓のところへやってきた。そこは大きな迫台《せりだい》が墓地に向かって張り出しているところだ。

「兄さんがやる？」ジョージが訊いた。

「ああ。留め金のことはよくわかっている。ちょっと持ち上げれば、すべてうまくいくよ」

ヘンリーは、ナイフを使ってガラスを支えている鉛の枠を難なくずらすと、ガラスを丸ごと取り出して、それをジョージに渡した。

「これを持って、ジョージ。帰るときには、簡単に戻すことができるだろう。そうすれば、侵入した痕跡は一切残らない」

ジョージが、厚みのあるそのくすんだガラスを受け取り、ヘンリーがうまいこと窓を開けた。古い教会への侵入方法はたくさんあったとしても、全員の目の前に公平で簡単な入り口が開かれた。

「こんなに簡単に忍び込める場所が、泥棒に入られないのは不思議だな」マーチデール氏が言った。

「まったくそうですな」チリングワース医師が言った。

「わざわざ盗んで得になるようなものなどなにもないのでしょう」

「そうですな」

「物はなにもなく、確か、色褪せたビロードの布で覆われた説教壇と、それ以外は本が何冊か残された古い箱があるだけです。わざわざ盗みに入る気にはならないところですね」

「ほとんどなにもないのは間違いない」

「さあ、気をつけて」ヘンリーが言った。「窓の下には足がかりになるものはなにもなく、高さは二フィートほどあります」

四人はうまいこと教会の中に入り込み、ヘンリーが窓を閉めて中からしっかり閉めた。

「あとは、納骨堂へ下りるだけです。こうすることで見えてくるものがあることを考えれば、きっと天も先祖の墓をこのように冒瀆することを許してくれるでしょう」

「とはいえ墓の秘密をみだりにいじくるのは、悪いことのように思えるが」マーチデール氏が言った。

「とても考えられないような秘密ですな！」医師が言った。「いったい、墓にどんな秘密があるというんでしょう」

「いや、しかし、先生」

「いやいや、我々全員が避けられない運命である死は、もっと哲学的な視点で考えるべきですよ。墓そのものに秘密はないが、そのようなものは、あえて秘密にしておいたほうがいいのかもしれない」

「どういう意味です？」

「我々は非常に不愉快なことを発見するかもしれない可能性が高いということですよ」

「というと？」

「腐敗した生物の死骸のにおいは心地いいものではありませんし、それ以外に墓が見せてくれる秘密を私は知りませんな」

「職業柄、そのようなにおいには、慣れていらっしゃるのでは」

「確かにこのような冒険には、好都合な職業です。そうでなければ、みんながみんな、恐ろしくて死体をまともに見ることもできない、触るなんてとんでもないとなったら、解剖もできなくなってしまい、もっとも残虐な性格をもつ犯罪の多くが、罰せられないままになってしまいます」

「教会には窓がたくさんありますから、ここで明かりをつけたら、外から見られてしまう危険性がありますね」

「とりあえず、今は明かりをつけるのはやめておきましょう」チリングワース医師が言った。「マッチ一本あれば、信徒席の下に降りて、納骨堂を開けられますよ」

「そうするしかないでしょうね」

ヘンリーは先頭に立って、一族用の信徒席に向かった。床には確かに落とし戸があった。

「最後に開けたのはいつです？」マーチデール氏が訊いた。

「父が死んだときです」ヘンリーが答えた。「十ヶ月くらい前でしょうか」

「だから、ネジにはまだ新たな錆《さび》がついていないというわけだな」

「ここにマッチがあります」チリングワース医師が言うと、急に美しくくっきりした炎が信徒席を照らし出した。マッチは一分ほどで燃え尽きた。

ネジの頭はすぐに見分けがついた。マッチの火が燃えている短い間に、ヘンリーは持ってきたドライバーを差し込んで回すことができた。

「明かりがなくても、ネジは回せますね」ヘンリーが言った。

「できるか？」

「ええ、でもあと四つあります」

「やってみて」

ネジの頭はとても大きく、必要なときに簡単に取り外せるように、ねじまわしを受ける窪みも意図的に深く作られていることから、ヘンリーは難なく適切な箇所を探し当てることができ、明かりがなくても、白っぽい天井のおかげでネジを引き抜くことができた。

「チリングワース先生、もっとマッチを擦ってもらえますか。ネジを全部緩めましたから、もうつまめば取り外すことができます」

「ほら」医師は火をつけた。

次の瞬間、信徒席が真昼のように明るくなった。ヘンリーが引き続いてネジを次々引き抜き、それを失くさないようポケットに入れた。もちろん、納骨堂が開けられ、別の目的でこっそり入り込んだ者がいたと誰かに疑われないため、すべてをきっちり元通りに戻す必要があったからだ。

「下りましょう」ヘンリーが促した。「もうこれ以上、行く手を阻むものはありませんから」

「もし、誰かに」納骨堂へと続く階段をゆっくりと下りながら、ジョージが小声で言った。「一世紀近く前の遺体が動き出して、吸血鬼になったかどうかを確かめに納骨堂へ下りるなどと言われたら、僕だって、人間の頭に浮かんだもっとも馬鹿馬鹿しい考えだと、罵倒するだろうな」

「私たちは、まさに状況に振り回されているんだ」マーチデール氏が言った。「自分たちがするかもしれないこと、あるいは、しないかもしれないことは私たちにはわからない。あるときは、不可能そのものでまるでありえないようにみえることも、べつのときには、追究することが可能に思え、それが私たちの前に開かれた唯一の行動になることもある」

四人は納骨堂にたどり着いた。床には赤いタイルが、悪くない並びでびっしりと敷き詰められている。ヘンリーによると、納骨堂内部は決して広くないという。確かに、屋敷の生者のための部屋は、死者には広すぎる。

空気はじっとり湿っていて、胸が悪くなるようなにおいが漂っているが、ここが最後に開けられ、蒼褪めた動かぬ遺体を受け入れてから、何ヶ月も経過していることを考えれば、予想していたほどひどいものではなかった。

「火をお願いします、チリングワース先生。マーチデールさん、火元は忘れたけれど、蠟燭は持っているんですよね」

「あるよ。ほら」

マーチデール氏がポケットから蠟燭が何本か入った包みを取り出し、開けようとしたとき、ちいさな包みが地面に落ちた。

「おや、これはマッチじゃないですか」チリングワース医師がその包みを拾い上げながら言った。

「そうでしたね。あなたがマッチを持っているとおっしゃらなかったら、屋敷まで戻って無駄足を踏むところでした」マーチデール氏が言った。「慌てて出発したので、すっかり忘れたと思い込んでいたのです。ご覧のとおり、蠟燭と一緒にちゃんと包んでおいたのですがね。本当に、無駄に屋敷に取りに戻るところでした」

チリングワース医師は、蠟燭に火を灯し、それをマーチデール氏に渡した。ほどなくして、納骨堂の中は隅々まではっきり見えるようになった。

第八章　棺——消えた死体——不可解な状況、ジョージの驚愕

四人はしばらく黙ったまま、興味津々であたりを見回した。マーチデール氏とチリングワース医師は、当然のことながらここに入るのは初めてだった。ヘンリーとジョージは、亡くなった父親を安置するために、一年ほど前にここに来ていたが、まるで初めて来たかのように、熱心にまわりを見回していた。

思慮深く、想像力豊かな者なら、このような場所に足を踏み入れたら、大いに興味をそそられて夢中になるのは間違いないだろう。まわりに安置されている、死してここに静かに横たわっている者たちを皆、知っているのだ。彼らと同じ血が自分にも流れていて、かつて同じ名前を名乗っていた。まだ短い自分の人生のドラマの前に、彼らは存在していて、その美徳や悪行が合わさった行動が、今の自分の運命と地位に大きな

影響を与えている。

ヘンリー・バナーワースと弟のジョージ・バナーワースは、そんな強い感情を痛切に感じることができる人間だった。二人とも、思慮深く、想像力が豊かで、教養もある若者だ。二人の顔を照らし出している蠟燭の明かりで、両者が自分たちが置かれている状況を深く感じ入っているのがはっきりわかった。

チリングワース医師とマーチデール氏は、黙っていた。二人の兄弟の心に、どんな思いがよぎっているのか、わかっていたのだ。兄弟は、非常に繊細な神経をもっているので、その一連の思考を妨げることはできなかった。まわりに横たわる死者たちに対しては、なんら親近感はないとはいえ、兄弟と思いを共有することはできなくても、敬う気持ちはあった。やっと、ヘンリーが驚いたかのようにはっとして我に返った。

「さあ、始めよう、ジョージ。感傷にひたっている場合ではない。行動しよう」

「そう、そうだね」ジョージは納骨堂の中央に進んだ。

「二十近くはありそうなこれら棺の中に、目当てのものが見つかりますかな?」チリングワース医師が言った。

「見つかるでしょう」ヘンリーが答えた。「先祖の古い棺のいくつかは、大理石でできているものもあれば、金属でできているものもあるし、両方が混じっているものもあります。少なくとも、百年の時の流れに耐えうるでしょう」

「調べてみよう」とジョージ。

まわりの壁には棚や壁龕《へきがん》がたくさんあり、そこに棺が置かれているので、一つ一つ確かめてみるのはそれほど難しいことではなさそうだった。

だが、調べ始めてみると、腐敗のせいで思ったより大変な作業になりそうなことがわかった。古い棺をあらためようとすると、すぐにぼろぼろ崩れて塵になってしまうのだ。

刻まれている碑文も判読不明のものもあり、取りつけられていたプレートが床に落ちてしまっていて、どの棺のものなのかもわからなくなってしまっている。

当然のことながら、最近納められた新しい棺は調べなかった。この事件の不気味な訪問者とは関係がなさそうだからだ。

「結論は出ないかもしれないな」ジョージが言った。

「先祖のランナゲート・バナーワースのものだと思わ

れる棺の中の遺体はすべて、腐り果ててしまっているようだ〔原文では、「マーマデューク・バナーワース」となっているが誤り。後でわかるが、マーマデュークはヘンリーとジョージの父親〕」

「ここに、棺のプレートが落ちている」マーチデール氏が床からそれを拾い上げた。

　それを渡されたチリングワース医師は、明かりに近づけてよく見て、声をあげた。

「これは、目指す棺の持ち主のものだぞ」

「なんと書いてありますか？」

「〝ランナゲート・バナーワース、小地主。神よ、彼の魂を安らかに眠らせ給え。一六四〇年〟」とヘンリー。

「まさに、探している棺のプレートだ」

「だが、まだ肝心の棺が見つからない」

「まさに」ジョージが言った。「このプレートがついていた棺をどうやって見つけたらいいんだ？」

「まだ希望はあるはずだ」マーチデール氏が言った。

「私は、かつて好きだった古い伝承を求めて、数多くの納骨堂に入ったことがあるが、外側の木の棺はちょっと触れただけでもすぐに崩れてしまうほど腐ってしまっていても、内側の金属の棺は頑丈でしっかり残っていることが多い」

「そういう場合もあることはわかりますが、それが目指す棺を見つけるのに、どう役立つのですか？」

「私の経験で言えばいつも、内側の棺の蓋に刻まれた死者の名前や階級を探すんだ。外側に取りつけられたプレートは、どうしても劣化しやすいから」

「そのとおりだ」チリングワース医師が言った。「どうして、それを考えてみなかったのだろう。君のご先祖が鉛の棺に埋葬されているなら、どれがその棺なのか、すぐわかるだろう」

　ヘンリーは明かりをつかむと、腐敗が進んでいそうな棺の一つに近づいた。腐った木をのけると、驚きの声をあげた。

「あなたは正しい。中にしっかりした鉛の棺があります。真っ黒になっているが、それ以外にはとくに問題はないようだ」

「なんて書いてある？」ジョージが訊いた。

　蓋に刻まれた名前はなかなか読めなかったが、探している棺ではないことがわかった。

「手っ取り早くやろう。外側の棺からプレートがなくなっている、鉛の棺だけを探すんだ。そんな棺はそれほどないだろうから」マーチデール氏が提案した。

マーチデール氏は、ヘンリーが持っている明かりから火をもらった、べつの明かりをつかむと、黙々と十分以上探し続けた。

突然、マーチデール氏が、興奮したような叫び声をあげた。

「見つけたぞ。これだ」

四人はすぐに集まって来て、マーチデール氏が指さす棺の蓋に目をやった。ハンカチで蓋の塵を払うと、文字が見えた。「ここを見て」

蠟燭の明かりで、刻まれている文字が読めた。「ランナゲート・バナーワース、小地主。一六四〇年」

「そうだ。間違いなくこれですね」とヘンリー。「この棺だ。開けましょう」

「ここに鉄のバールがある」マーチデール氏が言った。「これは、私の昔からの相棒なんだ。いつもこれを使ってきた。私が棺を開けようか?」

「お願いします」ヘンリーが言った。

マーチデール氏が、慎重を期して棺を開ける間、一同は黙って見守った。かなり分厚い、頑丈な鉛の蓋のようだ。

湿気の多い場所にずっと置かれていたせいで、金属の一部が朽ちていたのかもしれない。思ったよりも簡単に開けることができた。だが、驚くほど簡単に外れたのは、頭の部分だけだった。あまりに簡単に外れたので、あくまでも推測だが、きちんと固定されていなかったのかもしれないと思われた。

刻々と時間が過ぎる中、待つ者にとっては、それは非常に不安な手持ち無沙汰の時間だった。ほかのことはすべて目に入らないほど我を忘れて、今まさに進行中のこの事件への強い関心に没頭していたと言ってもいい。

チリングワース医師たちが持っている蠟燭が、棺を明るく照らし出している。ついに蓋が開けられ、ヘンリーがじっくり中をのぞきこんだ。

確かになにかが横たわっている。「なんてことだ!」ヘンリーが声をあげた。

「遺体があるぞ」ジョージが叫んだ。

「確かに」とマーチデール氏。「そうだが、ほかにもなにかある。いったいなんだろう?」

「明かりを持っていて」チリングワース医師が言った。

「誰か明かりを頼む。確かめよう」

ジョージが明かりを持つと、チリングワース医師は

ためらうことなく棺の中に手を突っ込み、ボロの切れ端を取り上げた。それはすっかり朽ち果てていて、医師の手の中で燃えかすのように崩れてしまった。

死を思わせるような間がしばらく続いた。チリングワース医師が低い声で言った。

「ここには、遺体の痕跡はまったくない」

ヘンリーが深い呻き声をあげた。

「チリングワース先生、この棺の中に腐敗した死体はないと言い切れるのですか？」

「君が慌ててそう問うのもわかるが、そのような質問に正確に答えることは、私にはできない。だが、言えるのは、この棺の中には生き物の遺骸はない。この中にどんな遺体が入っていたとしても、時間の経過とともに跡形もなく完全に消滅してしまうことなどありえない」

「わかります」とヘンリー。

「それじゃあ！」ジョージが声をあげた。「僕たちがすでに大いに疑っている、世にもおぞましい迷信を裏づける決定的な証拠が、もう一つ増えたということじゃないか」

「どうやら、そのようだな」とマーチデール氏が残念そうに言った。

「ああ、死にそうだ。どうして、こんな恐ろしいことが？　死んでしまえば、このようなことを想像する苦しみを味わわなくて済むのに」

「もう一度よく考えて、チリングワース先生。考え直してみてください」マーチデール氏が言った。

「残りの人生、この先ずっと考えるとしても、ほかの結論にはたどり着かない。これは意見ではなく、事実なんだ」

「それなら、あなたはランナゲート・バナーワースの遺体はここにはないと確信しているのですね？」ヘンリーが訊いた。

「間違いない。自分たちで探してみたまえ。鉛が少し変色しているが、そこそこきれいで新しく見える。腐敗の痕跡がないだけでなく、骨や残骸すらもないんだ」

一同は、自分たちで棺の中を探ってみた。一目見るだけで、もはや疑いようがないことがわかった。

「すべては終わりだ」ヘンリーが言った。「ここを出ましょう。皆さんにお願いしたいことは、この恐ろしい秘密をあなた方の胸の奥深くにしまっておいて欲しいということです」

「消して口外しないよ」マーチデール氏が言った。

「私もだ。信用してくれていい」医師が言った。「できれば、今夜のことが今、君たちの心を占めている不気味な妄想を決定的にするのではなく、追い払って欲しいものだ」

「なんですって！　あなたはまだこれを妄想だと言うんですか、先生？」ジョージが声をあげた。

「そうだよ」

「まだ疑っていると？」

「若い友よ、最初から言っているだろう。君たちが言う吸血鬼などというものは、私は決して信じないと。吸血鬼がやって来て私の首に手をかけたとしても、息が続く限り、奴にとんでもない詐欺師だと言ってやるだろう」

「この期に及んでも信じないほど頑固だとは、とても信じられない」

「頑固どころではないな」

「どうしても納得しないのですか？」マーチデール氏が訊いた。

「この点に関しては決して譲れません。信じませんよ」

「それなら、あなたは自分の目で見ても、奇跡を疑うということですか」

「ええ、そうです。私は奇跡など信じませんから。不思議な現象を論理的、科学的に説明する方法を徹底的に見つけようとしますよ。だから当節、奇跡など起こらないのです。ここだけの話だが、預言者や聖人といった類のものは、すべて存在しないのですよ」

「このような神聖な場所で、そうした見解は避けるべきですな」マーチデール氏が言った。

「いや、いる場所に左右されて、意見を言ったり表現するような、臆病風を吹かせてはいけません」チリングワース医師は言った。

「どう考えればいいのかわかりません」と、ヘンリー。「すごく当惑しています。とにかく、ここを離れましょう」

マーチデール氏が、棺の蓋を元通りにし、一行は階段のほうへ向かった。ヘンリーは階段を昇る前に振り返って、納骨堂内部をちらりと見た。

「そうだ。もし、なんらかの間違いや判断の誤りがあったと考えたら、まだ希望がある」

「納骨堂を訪ねるようなことを、熱心に勧めたのを深く後悔しているよ。なにかいい結果が得られるかと期待したんだが」マーチデール氏が言った。

「あなたが、そうした期待をもつのももっともでしょう」チリングワース医師が言った。「私だって、同じことを言ったでしょう。正直言って、この結果にはすっかり驚かされました。でも、そう考えざるを得ないように思われるすべての結論に、すぐには飛びつくようなことはしませんせん」

「僕は満足していますよ」ヘンリーが言った。「お二人とも、最高の策を助言してくださった。とにかく、天の災《わざわ》いが今、僕と我が家に降りかかっているように思えます」

「そんなことは、ありえませんよ」とチリングワース医師。「なんの災いです？」

「それは、わかりません」

「それなら、天はそんな妙なことはしないと信じなさい。そもそも、天が誰かを呪うことなどありません。それに、苦しみに値しないところに痛みを負わせるなど、あまりにも不当ですよ」

四人は、納骨堂の陰気な階段を上がった。ヘンリーもジョージも表情は暗かった。考えることがあまりに多すぎて、会話をする余裕などないのは明らかだった。二人とも、特にジョージは、声をかけられても、なにも耳に入らないようだ。ジョージは。二人は、先祖の遺体が消えていたという予想外の状況に、ただ呆然としているように思われた。

自覚はないだろうが、四人ともランナゲート・バナーワースの遺体があるはずだと思っていたに違いない。彼が吸血鬼であるという仮定は、どんなに迷信深い心でさえも、まったく物理的にありえないことだ。

だが今、この問題全体がますます不可解な様相を呈してきたことは確かだ。死んだ人間ならば、静かに長い眠りについているはずなのに、棺の中に遺体はなかった。いったいどこへいってしまったのか？　人間の遺体が、なにかに変わってしまったのか？　どこで、どのようにして、遺体がなくなってしまったのか？　死のいましめを破って、かつて生活をしていたこの世におぞましくも再び舞い戻り、いかにも現世の住民であるかのように振る舞って、普通の人間が住むあの屋敷であしたた暴挙に出るために、百年もの間、恐ろしい存在として永らえていたのか？

ヘンリーもジョージも、こうしたあらゆる疑問を考えずにはいられなかった。それらは思い浮かべるのも恐ろしい疑問だった。

しかし、冷静で、正気で、思考力、教養がある人間に、自分たちが見たものすべてを見せ、自分たちが味わったことすべてを体験させた上で、人間の理性と、もっとも鋭敏な頭脳が受け入れられるすべての論拠が、これほど膨大な量の恐ろしい証拠に対抗して、〝私は信じない〟と言い切れるだろうか。

チリングワース医師は、今後どうするかしか考えていなかった。こうした疑問をあれこれ論ずるつもりはなく、すぐに言った。「とにかく、私はこんなことは信じませんよ。この点について、どんな証拠を突きつけられようと屈しません」

信じないことが、疑問に対処する唯一の方法だったが、それができる人はそう多くない。とにかく、信じないで済むなら、信じないままでいたいと望んでいるバナーワース兄弟ほど、それができればこしたことはないと思った者は他にはいないだろう。

再び落とし戸の板が慎重に元通りにされ、ネジも締められた。ヘンリーではすっかり元通りにすることはできなかったので、マーチデール氏が代わりに手をかし、なんとか最初に戸を見つけたときとまったく同じ状態にして、信徒席の下に敷かれていたマットまできちんと戻した。

それから明かりを消して、重い心を引きずったまま侵入した窓へと向かい、入ったときと同じ方法で、この神聖な場所を後にした。

「窓ガラスを元に戻そうか?」マーチデール氏が訊いた。

「ああ、それはどうでもいいでしょう――たいしたことはありませんよ」ヘンリーが力なく答えた。「もう、なにも気にすることはありません。自分がどうなろうと構いません。こんな苦しみと恐怖の人生に、ほとほと疲れ果てています」

「そんな気持ちになってはいかんよ」医師が言った。「さもないと、たちまち私の患者になってしまうぞ」

「どうしようもありません」

「男なら、手に負えない悪に悩まされても、できるだけ戦い抜くんだ」

「できません」

「いいかね、聞くんだ。窓ガラスのことはもういい。

さあ、行こう」

医師はヘンリーの腕をとると、ほかの者よりも少し先に立って歩いた。

「ヘンリー、大なり小なり、悪に立ち向かうには、抵抗する頑固なまでの反骨心をもつことが一番だよ。今、私になにか不都合なことが起こったとしても、私はきっと、こっちのほうが不当に害を与えられたと自分に納得させるよう努めるだろう。それは難しいことではない」

「そのとおりです」

「そう、怒りを奮い立てて、意地を張れば、多くの人がするように諦めという口実で悪に屈し、泣き言を言い始めるような、精神的な苦痛は半分も感じない」

「でも、我が家のこの苦しみは、ほかの人のどんな苦しみよりも遥かに大きいのですよ」

「それはどうかな。私が君の立場なら、ますます頑固になるだけだという考えだよ」

「僕はどうすれば？」

「まず、自分にこう言い聞かせるんだ。〝通常の自然物から逸脱し、生きている人間におぞましい思いをさせるような、超自然の存在はいるかもしれないし、いないかもしれない。いたとしても、そんなものはくそくらえだ！　それが吸血鬼であっても、断固否定する〟とね。想像力を働かせて、最悪の恐怖を頭に描き、その脅威をなすがままにさせ、恐れを心に巣くわせる。そうすれば、なにに対しても縮み上がることはなく、それを毅然としてはねつけることすらできる」

「天に逆らうようなことにはならないのですか？」

「とんでもない。我々はすべての言動において、天から与えられた心の衝動で行動しているのだよ。天が一定の秩序をもった知性や精神を作ったなら、それにふさわしい仕事をすることに、難癖をつけるわけはないだろう」

「それらがあなたの意見なのはわかります。前にも、そうおっしゃっているのを聞いたことがありますから」

「これは、すべての道理をわきまえた人間の意見だよ、ヘンリー。理性の試練に耐えうることだからね。私が君に強く求めるのは、たとえ、吸血鬼が君の屋敷を襲ってきても、精神的に屈しないで欲しいということだ。奴を退け、戦えと言っているんだ。自衛の本能は我々の心に植えつけられた自然の理《ことわり》だよ。それを総動員して、自身の助けにするんだ」

「おっしゃるとおりに考えるよう、努力してみます。何度、信仰の助けをかりようと思ったことか」

「それが、信仰というものだよ」

「まさにそうですね」

「私はそう考えている。あらゆるものの中でもっとも理性的な信仰だよ。宗教について我々が読むもので、それにはっきりと同意しているように見えないものはすべて、寓話として考えることだ」

「でも、チリングワース先生、僕は聖書の崇高な真実を否定することはできませんし、そのつもりもありません。聖書は、理解不能で矛盾していて、一部は馬鹿馬鹿しく思えるかもしれませんが、それでも神聖で崇高なものです。自分の理性と一致しないからといって、拒絶することはありません。聖書は天の法則なのですから」

この力強い主張が、チリングワース医師を黙らせたのも無理もない。この医師は、社会の中でも、もっとも強硬な意見の持ち主で、できるなら、宗教信仰と世界じゅうのあらゆる宗派をぶっつぶして、代わりに人間の理性や奥深い哲学の冷徹な体系を導入しようとする者たちの一人だった。

だが、信心深い人間がいかに素早く相手を黙らせ、その件について相手にそれ以上考えさせないようにさせることか。相手がその話題について、これ以上なにも反論しなくなるのは、こちらの愚かさに嫌気がさしているせいではなく、相手がすっかり打ちのめされ、ぐうの音も出ないからなのだ。

教会を後にして、もうほとんど屋敷も近くなってきた。チリングワース医師は、非常に好人物だった。地獄へ道連れにするような一連のこの出来事を一切信じていないにも関わらず、翌朝、また屋敷を訪ね、フローラを診察すると約束して、マーチデール氏や兄弟と穏やかに別れた。

それからヘンリーとジョージは、マーチデール氏と熱心に話し合いながら、屋敷に向かった。納骨堂でのことは、明らかに全員に深く陰鬱な影響を与え、簡単には払拭することはできないように思われた。

第九章　屋敷で夜に起こった出来事――再び現れた吸血鬼と銃声

母親の見守りと自分の勇気さえあれば、屋敷にとり残されても大丈夫だと言ったものの、実際に兄たちがいなくなってしまうと、思った以上に大きな不安が忍び寄ってくるのをフローラは感じていた。

なにか不吉なことが今にも起こりそうな嫌な予感がしきりにして、兄さんたちを行かせるのではなかったと、何度も口にしそうになった。

バナーワース夫人もまた、不穏な感情を完全に拭い去ることはできなかった。あの恐ろしい化け物がまた現れたら、愛しい娘を守るには自分ではあまりに非力であることを考えると、ただでさえ乏《とぼ》しい力を奪われかねない、恐怖の大きさを痛感していた。

「でも、二時間だけのこと。二時間なんてすぐたってしまうわ」フローラは考えた。

だが、最悪の出来事から生じたとはいえ、フローラにいくらかの自信を与えてくれる別の感情もあった。それは、自分を襲ったと信じている、超自然の存在に対する怖ろしい信念に、どれほどこだわっているかを強く示すものだった。

つまりこういうことだ。屋敷に男手がなくなった午後九時から十一時の二時間、フローラは、吸血鬼に怯えてびくびくしてばかりいたわけではなかった。

「あれが前に来たときは真夜中過ぎだったわ。今度来るとしたら、それより早いことはないでしょう。真夜中までは、あれにはあんな恐ろしいことをする力はないのかもしれない。だから、きっと私は安全だわ」

フローラは、兄たちが戻ってくるまで床に入らないと決めた。そして居間として使っている小さな部屋に、母親と二人で座った。この部屋には、芝生に面した格子窓があった。

窓には、内側に頑丈なオークの日よけがついていて、兄たちやマーチデール氏が、気が滅入るような遠征に出かける前から、できる限りしっかりと施錠してあった。もっとも、兄たちが出かける目的をフローラが知ったら、憐れな彼女の恐怖は、余計に増しただろう。

だが、離れていれば想像すらつかなかったので、あれこれ余計なことを思い悩んで、さらに苦しまずに済んだ。とはいえ、部屋で待っている間、あらゆる恐怖の妄想がやたらと頭をよぎり、それが、恐ろしい化け物がまた現実に現れるかもしれないという新たな確信を引き寄せてしまう。しかし、化け物がやって来ては、去っていくこの状況に、フローラはむしろ、これは夢の中の幻影なのだと自分を納得させたかった。

兄たちが出発したのは、午後九時前だった。十一時には戻るということだったので、屋敷の時計が十時を告げたとき、あと一時間で帰ってくると、フローラは期待した。

「かわいい子、今は、いつも以上にあなたらしく見えるわ」母親が言った。

「私が、お母さま？」

「また、元気になったわね」

「ああ、忘れられるのなら――」

「時間が解決するわ、フローラ。きっとそうなる。あなたを苦しめたものは、みんな消えてなくなる。すぐにすべて忘れられるわ」

「そうなるといいのだけど」

「安心なさい。いずれきっとそうなるわ。ヘンリーが言うように、理性や通常の物事の理にかなうなんらかの方法で、起こったことすべての説明がつくわよ、フローラ」

「ああ、私もぜひそう信じたいわ。頼りになる判断をしてくれるヘンリーにそう言ってもらって、いつでも彼の口からそうした言葉を聞くことができれば、なんとかいくらかは恐怖を追い払うことができる。でも実を言うと、今はまだ、自分の感情にとらわれているの」

フローラは母親の腕に手をかけて、低い声で不安そうに言った。「耳をすませてみて、お母さま」

バナーワース夫人は蒼褪めた。「なにに？」

「この十分くらいの間に、何度か外でかすかな音がしたような気がしたの。いいえ、お母さま、心配しないで。たぶん気のせいだわ」

フローラは震えていて、まるで死人のように蒼くなっていた。一、二度、額を手で拭う。精神的に非常に苦しんでいる様子が明らかだった。

二人は不安な面持ちで小声で話し、兄たちやマーチデール氏が、早く戻って来ないかとそればかり言っていた。

「あなたは幸せになれるし、安心していいのよ。頼りになる人たちがいるのだから」バナーワース夫人が言った。「使用人を呼んで、私たちの一番の守り神であるヘンリーたちが戻ってくるまで、一緒にいてもらいましょう」

「シーッ、シーッ、シーッ、お母さま！」

「なにか聞こえるの？」

「なにか――かすかな音が聞こえたのよ」

「私にはなにも聞こえないわ」

「もう一度、耳をすませてみて、お母さま。そんなに何度も騙されないわ。最初は違うかと思ったけど、もう少なくとも六回は、同じ音を聞いたわ。誰かが窓の外にいるみたいな」

「違う。そんなことないわ。想像力がたくましすぎるだけよ。神経が高ぶっているだけ」

「そうかもしれないけれど――」

「いい？　気のせいよ」

「私もそう思いたいわ」

それから数分が過ぎ、バナーワース夫人がまた使用人を呼ぼうとした。ほかにも人がいれば、娘の気持ちがまぎれるのではないかと思ったのだ。だが、フローラは母親が呼び鈴に手をかけるのを見て言った。

「いいえ、お母さま、だめ、まだだめ。まだ今は。きっと私の気のせいよ」

バナーワース夫人は、その言葉に腰を下ろした。しかしすぐに、呼び鈴を鳴らさなかったことを後悔した。なにか言おうとする前に、聞き間違いなどではない、まぎれもない音が聞こえてきたのだ。それは、窓の外からなにかを引っかくような奇妙な音だった。

フローラの唇から、かすかな叫び声がもれた。絞り出すような苦しみの声だった。

「ああ、神さま！　ああ、どうしよう。あれがまたやってきたわ！」

バナーワース夫人は、気が遠くなりそうになって、動くことも言葉を発することもまったくできなかった。麻痺したようにそこに座ったまま、ただ耳をすませ、事の成り行きを見つめるしかなかった。

引っかく音はしばらく続き、突然やんだ。別に何事もない通常の状態なら、このような窓の外の音について、とくになにも気に留めることはない。あったとしても、それは自然物、つまり鳥などの動物が家の中に入り込もうとしているくらいにしか思わないだろう。だが今、この家族にとっては、どんな些細な音でも大きな意味をもつようになっていた。以前なら、このようなことはまったく気にせず、とくに警戒心など抱くことなく見過ごしていたが、今は異様なほど全神経を集中させている。

音がやんだとき、フローラは低く不安そうな声でささやいた。

「お母さま、聞こえたでしょう?」

バナーワース夫人は答えようとしたが、声が出なかった。突然、ガシャンという大きな音がしたかと思うと、内側から日よけをしっかりと閉めているはずのかんぬきが、まるで見えない力が働いたかのように外れた。窓を守るはずの日よけが、外から簡単に開いてしまう状態になってしまったのだ。

バナーワース夫人は、両手で顔を覆った。前後にぐらりと体を揺さぶったかと思うと、椅子から転げ落ちて、あまりの恐怖に気を失ってしまった。

早口で十二数えるほどの間に、フローラは自分の理性が遠のきそうになるのを感じたが、そうはならなかった。しっかり気を落ち着け、座ったまま窓のほうにじっと目を据えた。血肉をもった生身の人間というよりも、まるで絶望を刻み込まれた見事な彫像のようになって、気が狂いそうになりながら、おぞましいものの姿に目を奪われる瞬間を、刻一刻、待ち構えているかのような状態だった。

そしてまた、窓ガラスをたたくような、引っかくような不穏な音が聞こえてきた。


それは数分続き、この間、屋敷のどこかでも、なにか騒ぎが起こっているような気配がした。フローラの耳には、声や扉をたたく音が聞こえたような気がしたのだ。

フローラにとって、もうずいぶん長い間、こうして座ったまま窓のほうを見つめているような感じがしていた。そして、日よけがゆらりと揺れたかと思うと、大きな蝶番がついた部分がゆっくりと開くのが見えた。

再び、恐怖に苛まれたフローラの頭が狂気で爆発しそうになった。だが、前と同じように、冷静な感情がふいに起こった。

なにかが窓のところにいるのがはっきりわかったが、部屋の明かりのせいで、それがなんであるかは見分けられなかった。しかし、窓が開き、目の前にその姿が現れたとき、その謎はたちまち解けた。

そのおぞましい姿をひと目見ただけで、フローラの魂すべてが集中し、それがなんであるかがのみこめた。背が高く痩せた体、古い衣服は色褪せ、金属のような目はぎらぎらし、半分開いた口からは、牙のような歯が見えている! そう、あれは――あれは――吸血鬼！

　それは立ったまましばらくフローラをじっと見つめていた。そして、前もそうだったが、世にも奇怪な方法で、なにか言葉を発しようとしたようだが、それは人間の耳にははっきりとは聞き取れない言葉だった。目の前に銃があった。フローラは無意識のうちにそれを取り上げ、化け物に狙いを定めた。そして、一歩踏み出すと、引き金を引いた。

　その後、驚くべきことが起こった。大きな苦悶の叫び声をあげると、吸血鬼が逃げ出したのだ。その場に煙がたちこめて混乱したせいもあって、フローラには、化け物が走って逃げ出したのか、歩いて立ち去ったのかどうかもよく見えなかった。まるでそれが落下したかのように、窓の外の草木になにかがぶつかるすさまじい音がしたような気がしたが、はっきりとはわからなかった。

　なにも考えず、まったく機械的な動きで、フローラはもう一度、銃を取り上げると、吸血鬼が逃げていったと思われる方向へ向けて銃を放った。そして銃を投げ捨てると、一目散に部屋を逃げ出した。勢いよく扉を開けて飛び出そうとしたそのとき、そこで待ち構えていたのか、あるいは駆けつけたばかりの誰かの腕の中に捕らわれた。

　フローラは、あの吸血鬼に捕まったと思った。どうやってこんなに早く、こちら側にたどり着いたのかまったく謎だったが、それが今、フローラを餌食にし、完全に我がものにしようとしている。その瞬間、フローラは完全に意識を失ってしまった。

第十章　納骨堂からの帰還――
危険を察知、屋敷周辺の捜索

ヘンリーとジョージ、そしてマーチデール氏が、屋敷の庭に続く門にたどり着いたとき、銃声が聞こえ、全員は凍りついた。

夜の静けさの中、突然の衝撃に、三人とも思わず足を止め、それぞれが緊張の面持ちになった。

「いったいなんだ？　フローラが侵入者に発砲したのか？」ジョージが叫んだ。

「そうに違いない」とヘンリー。「屋敷の中で、彼女が持っている唯一の武器だから」

マーチデール氏は蒼くなって、少し震えていて、言葉が出なかった。

「急ごう。ああ、どうか神よ。急がなくては」ヘンリーが叫んだ。

一行は飛ぶようにして門を抜けると、ものすごい速さで、花壇の花や木々に目もくれずに屋敷へまっしぐらに向かった。

だが、どんなに急いだところで、屋敷まであと残り半分あった。そこで、またしても銃声が聞こえてきた。まるで、弾丸がぎりぎり頭のすぐそばを通り抜けていく音を聞いたような気がした。この妄想は、銃声がどこから聞こえてきたのかを知る手掛かりになった。そうでなければ、どの部屋で発砲されたかはわからなかっただろう。屋敷を出る前に、フローラと母親がどの部屋で帰りを待っているかを、訊いておくことを思いつかなかったからだ。

銃声の方角について、ヘンリーの考えは正しかった。翼をもつ死の使者は、ヘンリーの頭近くを危険なほどかすめて通り抜けた。そのため、弾が発射された部屋の開いた窓の方へ、ほぼ正確に向かうことができた。

夜はそれほど漆黒の闇ではなかったが、夜明けにはまだかなりあった。ヘンリーは目指す部屋を見つけた。窓が大きく開け放たれていて、中のテーブルの上に明かりが見える。すぐさま中へ入ると、まず目に入ったのは、フローラと、彼女を腕の中に抱える男の姿だった。一瞬にして、その男の喉に手をかけると、男が大声を上げた。その声に聞き覚えがあった。

「このやろう、気でも違ったか？」

ヘンリーは、手を緩めて男の顔を見た。

「どういうことだ？　チャールズじゃないか！」

「そうだよ。僕がわからなかったのか？」

ヘンリーはうろたえて、よろよろと椅子に腰を下ろした。そのとき、母親が床の上に意識を失って倒れているのに気がついた。すぐに母親を抱き起こすと、マーチデール氏とジョージが、次々と開いた窓から素早く入って来た。

狭い部屋の中、今、目の前で繰り広げられている奇妙な光景は、バナーワース館で初めてのことだった。前述の、フローラの婚約者である若者チャールズ・ホランドが、気を失っているフローラをその腕に抱きかかえている。ヘンリーも同様に、母親を抱きかかえ、床には二挺の銃が転がっている。蠟燭の一本がこの騒ぎの中、ひっくり返っている。窓のところで、ジョージとマーチデール氏の慌てふためいた混乱ぶりが、この光景をさらに妙なものにしていた。

「いったい、なんだ！　なにが起こったんだ？」ジョージが叫んだ。

「僕にもわからない」ヘンリーが言った。「誰か、使用人を呼んでくれ。頭がおかしくなりそうだ」

ジョージは、今にも意識を失いそうになっていて、とてもできそうになかったため、マーチデール氏がすぐに呼び鈴を鳴らした。呼び鈴の音がけたたましく響き、すぐに聞こえたのか、急に辞めた者の代わりに雇われた二人の使用人が、何事かと飛んできた。

「奥さまを介抱してくれ」ヘンリーが言った。「死んでいるか、気を失っている。頼むから、誰かこの混乱の顚末を説明してくれないか」

マーチデール氏が訊いた。「部屋に不審者がいるのがわかっているのか、ヘンリー？」

そして、チャールズのほうを指さした。

ヘンリーが答える前に、チャールズが言った。「確かに、あなたにとっては僕は見知らぬ侵入者でしょうね。まあ、僕にとっても、あなたはまるで見知らぬ人だが。でも、僕はこの家の家族にとっては、不審者などではありません」

「そうだよ」ヘンリーが慌てて言った。「君は僕たちにとって、まったく他人などではない、チャールズ。三度目のようこそになるが、これ以上、来訪を待ち望んだ相手はほかにはいないよ。マーチデールさん、彼はチャールズ・ホランド。彼のことを話したことがあると思いますが」

「知り合いになれて、光栄だよ」マーチデール氏が言った。

「ありがとうございます」チャールズは冷ややかに言った。

ありがちなことだが、ひと目で、この二人は互いに、すんなりと親しい仲になれるのを阻むような、敵対感情のようなものをもったように見えた。

なにが起こったのか、とヘンリーが使用人たちに訊いたが、その答えは要領を得なかった。わかったことは、彼らが二発の銃声を聞いたこと、その後、呼び鈴が激しく鳴らされるまで、恐怖のあまりその場を動けなかったことだけだ。それ以外の情報はまったくなく、母親、あるいはフローラが回復するのを辛抱強く待つしかなかった。彼女たちが目覚めれば、どちらかからでも、すぐになんらかの情報が得られるだろう。

バナーワース夫人は、本人の部屋へ運ばれた。フローラも運ぼうとしたが、彼女を抱きかかえていたチャールズが言った。

「窓から風が入るほうが、彼女のためにいいのではないでしょうか。回復するのによさそうな気がします。ああ、今、僕から彼女を奪わないでください。やっと再会できたのですから。フローラ、フローラ、僕を見て。僕がわからないか？　君はまだ、僕のことを一度もちゃんと認識してくれていない。フローラ、愛しいフローラ」

チャールズの声は、フローラの意識を回復させるのに、強力な効果があったようだ。死にも似た昏睡状態から覚め、フローラはその美しい瞳を開けて、チャールズの顔をしっかり見た。

「ああ、そうだわ、チャールズなのね。あなたはチャールズね」

感極まったフローラの目にふいに涙があふれ、怯えた子どもがこの世でたった一人の友だちに再会したかのように、チャールズにしがみついた。

「ああ、僕の愛しい友よ」チャールズが声をあげた。

「どうか、本当のことをおしえてくれ。フローラは病気だったのか？」

「僕たちはみんな病気なんだよ」ジョージが言った。

「みんな？」

「ああ、頭がおかしくなりそうなんだ」ヘンリーが言った。

チャールズは、驚いたように二人の顔を見た。その

驚きは、先ほど、フローラが彼の腕の中から必死で逃れようとしたときに匹敵するほどだったかもしれない。

「別れなくては。あなたは私から離れなくては、チャールズ。永遠に！　決して、決して私の顔を二度と見てはいけない！」

「どういうことなんだ？」チャールズはうろたえた。

「今は一人にして」フローラは続けた。「私は、あなたにはふさわしくないと思ってちょうだい。きっとそう考えるようになるわ、チャールズ。私はだめなのよ。今はもう、私はあなたのものだなんて、とても言えないの」

「これは夢なのか？」

「ああ、夢だったらどんなにいいことか、チャールズ。お互いに二度と会わなければ、あなたは幸せになれる。私はこれ以上、惨めにならなくて済むわ」

「フローラ、フローラ、フローラ、僕の愛を試すために、そんな恐ろしいことを言っているのか？」

「違う。これは天の裁《さば》きなの。私の判断ではないわ」

「なんだって？　いったい、どういう意味なんだ？」

フローラは身震いした。ヘンリーが近寄って、優しく妹の手をとった。

「また、あれが来たのか？」

「来たわ」

「君が撃ったのか？」

「命中したはずよ、ヘンリー、でもあいつは逃げたのよ」

「逃げたって？」

「ええ、そうよ、ヘンリー。でもまた来るわ。きっとまた来る」

「弾は命中したのか？」マーチデール氏が口をはさんだ。「殺したのでは？」

「絶対命中したと思う。私の頭がおかしくない限り」

チャールズは、驚愕の表情で一人一人の顔を見回した。ジョージがすぐに言った。

「チャールズ、君にすべてきちんと説明しなくてはならないな。君も事情を知るべきだ」

「ここでは、君だけが理性的な人間らしいな」チャールズは言った。「君たちが言う〝あれ〟とはいったいなんなんだ？」

「シーッ――シーッ！」ヘンリーが言った。「すぐにわかるよ。でも今は話すときではない」

「聞いて、チャールズ」フローラが言った。「今この瞬間から、あなたが私にしてくれた、あらゆる誓いの言葉、あらゆる忠誠と愛の約束から、あなたを解放するわ。あなたが本当に利口なら、私の言うことを受け入れてくれるでしょう。そして、今すぐにこの屋敷を出て、二度と戻らないでしょう」

「嫌だ」チャールズが言った。「だめだ。誰がなんと言おうとも、僕は君を愛している。フローラ！　外国で、天にも昇る気持ちで君に言ったことを、もう一度、言うためにここに来たんだ。君を忘れて、君を苦しめるどんな困難も野放しにしたら、僕は神に忘れられ、自分自身の右手が誠実な奉仕をすることを忘れてしまうだろう」

「ああ、もう、それ以上は――もうやめて！」フローラがすすり泣いた。

「いや、まだある。僕の愛と信念と忠誠を表現するのに、これ以上、力強い言葉があるなら、おしえてくれ」

「落ち着いて」ヘンリーが口をはさんだ。「もう、やめるんだ」

「だめだ。フローラへの気持ちなら、語りつくせないほど語ることができる。君は僕を捨てるのかもしれないが、フローラ、ほかに愛している男がいると君に言われるまでは、死ぬまで僕は君のものだ。僕の胸には、ふたりが再会して、この愛しい人と決して離れないという、明るい希望があるのだから」

フローラは、激しくむせび泣いた。

「ああ、なんてむごい。この世の地獄でしかないわ」

「むごいだなんて！」チャールズが繰り返した。

「もう、妹にかまうな」ヘンリーが言った。「妹に悪気はないんだ」

「ああ、だめ――だめなのよ！」フローラが叫んだ。

「さようなら、チャールズ。愛しいチャールズ」

「その言葉をもう一度言って！」チャールズは、急に元気づいて言った。「初めて耳にする、心地いい言葉だ」

「これが最後になるはずよ」

「いや、違う。そんなことはない」

「あなた自身のために今、チャールズ、今、本当に私があなたを愛していたことを示すことができるわ」

「僕を捨てるのではなく？」

「ええ。たとえそうなっても。それが、私があなたを愛していることを示すことになるでしょう」

フローラはいきなり両手を高く上げると、興奮したように言った。「宿命の呪いが私にかかっているの！私は迷える呪われし者として選ばれてしまった。ああ、なんて恐ろしく、忌まわしい！　恐怖によって私は死ぬのよ！」

チャールズはよろめいて後ずさりし、テーブルをつかんで体を支えた。顔は蒼褪め、かすかな声で言った。

「彼女がどうかしてしまったのか、それとも僕の頭がおかしいのか？」

「私がおかしいのだと彼に言ってあげて、ヘンリー」フローラが叫んだ。「どうか、これ以上、彼が一人で恐ろしいことを考えすぎないようにしてあげて。私がおかしいのだと、彼に言って」

「僕と一緒に来て」ヘンリーがチャールズにささやいた。「どうか、今すぐに僕と一緒に来て欲しい。そうすれば、すべてがわかるから」

「い、行くよ」

「ジョージ、しばらくフローラと一緒にいてやってくれ。さあ、チャールズ。君にはすべてを知る権利がある。その上で、自分で決めてくれ。さあ、こっちへ。いくら君の想像力が豊かでも、これから僕が説明することは、君の考えも及ばないことなんだよ」

今のチャールズ・ホランドほど、この数時間のうちに起こった出来事にすっかり困惑した人間はいないだろう。確かに、彼はすっかり途方に暮れていた。チャールズはイギリスに到着すると、できるだけ急いでバナーワース家の屋敷に向かった。聡明で、高い文化的素養もあるこの家族を称賛していたし、しかも家族の一人は、この世の幸せをなによりも願っている相手だ。だから、困惑、矛盾、謎、途方にくれるほどの狼狽以外なにも感じられなかった。

自分が夢の中にいるのか、目覚めているのかも怪しい。頭がどうかしてしまったのは、自分なのか、彼らなのかもわからない。

そして今、チャールズは、苦悩にまみれ、蒼白い顔をしたフローラを、長いこと愛し気に見つめてから、ヘンリーの後について部屋から出た。だが、頭の中では、これから聞かされる内容に関して、漠然としているが、突拍子もない想像があれこれと飛びかっていた。

だが、確かにヘンリーが言ったように、かなり荒唐無稽な想像力を働かせでもしなければ、ここまで不可解で恐ろしいヘンリーの話を、理解することはできないだろう。そして、チャールズは、ヘンリーと二人きりで離れた小さな部屋にこもったが、最初からそうだったように、ますます戸惑い、ただただ呆然とするばかりの状態に陥っていた。

第十一章　恋人とのやりとり——絶望の極み

チャールズ・ホランドの様子を見た者は誰でも、その狼狽ぶりに大いに同情するだろう。今、彼はヘンリー・バナーワースと顔を突き合わせて腰を下ろしていた。愛してやまない、なによりも大切な相手への希望が永遠に吹き飛んでしまうほどの話を聞かされるのではないかという恐怖にかられていた。少し前までは、あれほど喜びと期待に満ちた大声で、屋敷の扉をノックした青年と同じ人物とはとても思えないほどだった。

とはいえ、チャールズは、ヘンリー・バナーワースのことをよく知っていたので、どれほど非現実的な理由を聞かされても、蒼褪めるようなことはないと思っていた。フローラのこともよくわかっていたので、彼女にとって恐怖でしかない別れの言葉が、気まぐれに彼女の口から突きつけられるなど、一瞬たりとも想像だにできなかった。

フローラのあの態度がただの気の迷いで、チャールズの心からの献身が、真に高貴な贈り物を捧げるのにふさわしくない者の足元に投げ出されただけなのだと、諦めることができるのなら、そのほうがどんなに幸せだったことだろう。それならまだ誇りを保つことができ、あのような打撃に確実に耐えることができる。自分の気持ちをもてあそばれただけなのかという、正直な憤《いきどお》りの感情が、確かにチャールズの支えになっていたが、今回の場合は、まるで違う事情のような気がした。

確かにフローラは、これ以上、自分のことを考えないで欲しい、胸の中でずっと大事にしてきた甘い愛の夢を、もうこれ以上育まないで欲しいと、チャールズに懇願した。だが、そう言いつつも、彼女の態度には、非常に根深い謎に関わってしまった、よんどころない理由から、チャールズに対する彼女自身の感情を、高潔にも犠牲にしなければならないことを、なんとしてでもわかってもらわなくてはならない、といった様子が見てとれた。

だが今、チャールズは、すべてを聞こうとしている。

ヘンリーは余すところなく話すと約束した。チャールズは、蒼褪めてはいるがハンサムで知的なヘンリーの顔をじっと見ながら、半分、打ち明けられる内容を怖れ、半分、聞きたくてはやる気持ちを抑えられなかった。

「全部話してくれ、ヘンリー。すべてを」ホランドは言った。「君の口から聞いたことなら、信頼できるから」

「これ以上、君に隠し立てすることはできない」ヘンリーは悲しそうに言った。「君はすべてを知るべきだし、いずれ知ることになるだろう。だが、世にも奇妙な話を聞くことになるのを覚悟してくれ」

「まさか！」

「きっと、君は聞いても簡単には信じないだろう。それを、君が確認する機会も決してないことを望むよ」

「まるで謎かけみたいだな」

「だが、本当のことなんだ、チャールズ。フローラがあれだけ必死になって、自分のことは忘れてくれと望んだのを聞いただろう？」

「ああ――聞いた」

「フローラの言うことは正しい。あの子はあれほどのことを言えるだけ、潔《いさぎよ》い心を持った女性だ。うちの家族に怖ろしいことが起こったんだ。それは、君がうちの家族の一員と運命を共にする前に、一旦、立ち止まって考えてしまってもおかしくないようなことなんだ」

「ありえない。フローラに対する僕の気持ちは、なにものにも屈しない。彼女は誰よりもそうするにふさわしい人だ。だから、なにが変わろうと、どれほど運命が変わろうと、彼女は僕のものなんだ」

「運命が変わったせいで、さっきのようなことになったと思っているわけではないだろうね」

「それなら、ほかになにが？」

「話すよ、チャールズ。君のこれまでの旅や、読んだ書物の中で、吸血鬼というものに出くわしたことはあるか？」

「なんだって？」「なんのことだって？」ホランドは椅子を少し前に引いて叫んだ。

「自分の耳を疑うかもしれないな、チャールズ。そして僕にもう一度、その名を繰り返させたがるだろう。君は吸血鬼というものについて知っているかと言ったんだ」

　チャールズは、妙な表情でヘンリーの顔を見つめた。ヘンリーがすぐに続けた。

「今、君の頭にどんな思いがよぎったか、想像がつくよ。無理もない。僕の気が狂ったに違いないと思っているのだろう」

「ああ、本当に、ヘンリー、君の驚くべき質問は――」

「わかっているよ。僕が君だったら、やはりそんな話はなかなか信じられないはずだ。でも、うちの家族の一人が、吸血鬼と呼ばれるおぞましい超自然の存在の一人になってしまった、その事実を信じるあらゆる根拠があるんだ」

「なんだって、ヘンリー、そんな迷信を頭から信じるなんて、そんなことができるのか？」

「僕だって、何百回とそう自問したよ。だけど、チャールズ、判断力も、感情も、あらゆる先入観も、自然なものも、後天的なものも、実際にこの目で見たものにはかなわないはずだ。いいかい、口をはさまずに最後まで聞いてくれ。君はすべてを知ることになる。詳細をすべて」

　そして、ヘンリーは最初にフローラに襲いかかった危険から、部屋から逃げ出してきたフローラをチャールズが抱きかかえたその瞬間まで、起こったことをすべて話した。チャールズは、ただただ驚くばかりだった。

「この話を聞いてしまった今」ヘンリーは最後に言った。「君がこの異様な出来事について、どんな意見をもつかはわからない。このことについて、屋敷の中で、数人に訊いてみて欲しい。偏見のない証言を聞くことができるだろう。それだけでなく、使用人たちも恐ろしい訪問者を目撃しているんだ」

「僕はすっかり戸惑っているよ」チャールズは言った。

「僕たち全員がそうだ」

「だが――しかし、いくらなんでも、それはありえない」

「事実だ」

「いや、違う。なにかとんでもない間違いがあるに違いない」

「今、君に話したこの現象を説明するのに、ほかにどんな仮説があるというんだ？　ほかの説明がつくというのなら、頼むからしてみてくれ。僕以上に、それに執着する者はほかに誰もいないぞ」

「新種の生き物か超自然現象という説が、議論されるのかもしれないが、僕の理解では、あまりに突拍子なさすぎて、とても事実とは思えない。僕たちが見て知っている、自然の仕組みとはあまりにもかけ離れている」

「まさにそうなんだ。僕たちが繰り返し自分に言い聞かせてきたことだが、あらゆる人間の理性なんて、〝それを見た〟というひと言でたちまち崩れてしまうものだ」

「僕は、自分の目を疑うだろうけれどね」

「見た者が一人ならそうかもしれないが、複数の人間が同じ幻覚に騙されることはありえない」

「友よ、頼むから、そんな恐ろしい憶測がありえるなどと言って、僕を震え上がらせないでくれ」

「いいかい、チャールズ。こんな邪悪なもののことを話して、誰かを怯えさせるつもりなどまったくない。だが、君がフローラとの婚約をきっぱり破棄することを考えても、決して恥ずかしくはない状況にいることが、これではっきりわかると思う」

「とんでもない！　決してそんなことはしない！」

「いいかい、チャールズ。こんな呪われた家族と婚姻関係を結んだらどうなるか、考えてみてくれ」

「ああ、ヘンリー・バナーワース、こうした状況になったからといって、すべての善良な感情に対して僕が麻痺してしまい、名誉ある衝動を完全に失って、僕の心を完全にとりこにしている彼女への思いを諦めるとでも思っているのか？」

「君がそうしても、誰も責めないだろう」

「冷淡に考えれば、そうかもしれない。男が、特定の行動を正当化できる状況は無数にあるが、それは名誉でも、正当なことでもないだろう。僕はフローラを愛している。彼女が超自然の存在に苦しめられているとしても、それでも僕は彼女を愛している。いや、それならなおさら、できる限り僕が、彼女とその邪悪な化け物の間に立ちはだかるのが、僕の崇高な義務ということになる」

「チャールズ、チャールズ」ヘンリーが言った。「もちろん、僕は君の寛大な心に、称賛と感嘆を感じずにはいられない。でも、いいかい、僕たちの感情や好みとは裏腹に、吸血鬼の存在を信じざるをえないのなら、彼らについて記録されているすべてを真実としてすぐに受け入れないのはなぜだろう」

「なんのことを言っているんだ？」

「今回のことだよ。吸血鬼に襲われた者の血が、あのような生き物のおぞましい糧にされ、血を吸われた者は死後に、忌まわしい一族の一人として、またほかの人間を同じように襲うということをだ」

「ああ、こんなことは狂気の沙汰だ」チャールズは叫んだ。

「確かにそういう面もある」とヘンリー。「ああ、君はどうしても、僕の頭がどうかしてしまっただけだと納得したいんだな」

この家族は本当にどうかしてしまったのかもしれない、とチャールズは思い、あまりの苦悶に思わずうめき声をあげた。

「すでに」ヘンリーが悲し気に言った。「君はこのおぞましい話に相当影響されかけている、チャールズ。フローラが懇願したことに、もう一つつけ加えさせてくれ。フローラは君を愛しているし、僕たちも皆、君を尊敬している。だからこそ、僕たちから離れて、僕たちだけでこの苦境に立ち向かわせて欲しい。僕たちとは縁を切るんだ、チャールズ。そして、ここでは味わえない君の幸せを願う僕たちの気持ちをくんで欲しい」

「だめだ」チャールズは、絞り出すように言った。「僕は、フローラに自分の存在を捧げたんだ。僕は臆病者ではない。こんな状況で、愛する人を捨てて去るなんて。僕は人生を彼女に捧げたんだ」

ヘンリーは、感極まって、しばらく言葉が出なかった。やっとのことで、口ごもるようにして言葉を絞り出した。

「なんということだろう。こんな怖ろしい出来事によって、幸せが壊れるなんて。こんな忌まわしい仕打ちを受けるなんて、いったい僕たちがなにをしたというんだ？」

「ヘンリー、そんな言い方をしないでくれ」チャールズが言った。「むやみに嘆いて時間を無駄にするよりも、邪悪なものに打ち勝つために、全員の力を結集しようじゃないか。君が言う、フローラを襲ったそんな化け物の存在を、僕はまだ信じられないけれどね」

「だが、証拠があるんだ」

「いいかい、ヘンリー。人間の能力では絶対に不可能なことが起こったと、自分で確信するまでは、僕は超自然の影響のせいにはしないつもりだ」

「だが、あれが人間がやったことだと言うなら、チャールズ、どんな手段を使えば、僕が今君に話したようなことができるのだろうか？」

「今はとにかく、わからない。でも、僕ならこのことを、細心の注意を払って検討するよ。しばらくこの屋敷に、滞在させてもらえないだろうか？」

「君なら、自分の家のように大いに歓迎されるだろう」

「確かにそうだと思う。僕がこの奇怪な出来事について、フローラと話をすることを、君は反対しないだろうな」

「とんでもない。もちろん、君は彼女の恐怖を増すようなことは、なにも言わないよう気をつけてくれるだろうから」

「細心の注意を払うよ、信じてくれ。弟のジョージ、チリングワース医師、君自身、そして、あのマーチデール氏は皆、この状況をわかっていると言ったね」

「ああ、そうだ」

「それなら、僕がこの件について、全員と自由に話すことを許してくれるね？」

「間違いなく」

「それなら、彼らと話をしてみよう。元気を出すんだ、ヘンリー。一見、恐怖でしかないように見えるこの事件だが、怖ろしい面を取り除くことができるかもしれないぞ」

「今、なにか嬉しいことがあるとすれば、君がこの事件を、かなり哲学的にとらえていることだな」

「さあ」チャールズが言った。「君自身が言ったことで、僕はこの事件の見るもおぞましい最悪な面を見ることができて、希望を持つことができたんだ」

「僕がなんと言ったって？」

「適切だし自然なことだが、君は、吸血鬼の存在を信じるに足る証拠がたくさんあって、それに屈せざるを得ないと感じたら、吸血鬼に関する一般的な感情や迷信をすべて受け入れたほうがいいのかもしれないと言った」

「確かにそう言った。いったんあのようなものの存在を受け入れてしまったら、心はどうやって安息を得ればいいんだ？」

「それなら、この吸血鬼を見張って捕まえよう」

「捕まえる？」

「そうさ、きっと捕まえることができる。僕は、この生き物は、幽霊のようなものではないと理解している。薄い空気でできているのでもなく、人間がまったく触れることができないものでもない。それは、よみがえった死体なんだ」

「そう、そうだ」

「それなら、実体があるものだから、破壊することができる。そうだ！　もし僕がそいつとちょっとでも出くわして、奴の棲《す》みかに連れ込まれたら、それがどこであろうと、きっと捕まえてみせる」

「ああ、チャールズ、そのときに味わう恐怖を、君はまだ知らないだけだ。君の血管の中で温かな血が固まってしまうような感覚、全身が麻痺して動けなくなってしまうような感覚は、君には想像もつかないだろう」

「そんな思いをしたのか？」

「したさ」

「そうした感覚に陥らないように、努力するよ。フローラへの愛が、そんな感情を打ち消してくれるはずだ。君は、そいつが明日もまた来ると思うのか？」

「どうなるかは、まったくわからない」

「そうだろうな。全員でなんとか調整しなくてはいけないな、ヘンリー、自分たちの健康や力を損なうことないように、見張りの計画をたてて、必ず誰かが一晩中起きていて、警戒しなくては」

「そのとおりだ」

「フローラには、すぐそばに武装した勇敢な守護者がいると、安心させて眠らせてやらなくてはいけない。見張りはフローラを守るだけでなく、必要なときには全員に急を知らせる覚悟をしておくべきだ」

「吸血鬼を捕らえるなんて、恐ろしいことになりそうだ」ヘンリーが言った。

「そんなことはないよ。むしろ望むところだ。それがよみがえった死体であろうと、完全に破壊することはできる。そうすれば、これ以上誰も苦しめられることはない」

「チャールズ、チャールズ、僕をからかっているのか？　それとも、君は本当にこの話を信じてくれたのか？」

「友よ、僕はいつだって、最悪の事態を想定して考えるようにしている。そうすれば失望しなくて済む。僕は、吸血鬼の存在が完全に立証されたかのようにこの問題を論じるのに、満足しているんだ。それから、それについてなにをするのが最善かを考える」

「君の言うとおりだ」

「もし、その事実に誤りがあることがわかれば、それでいい。全員が幸せになれる。だが、そうでないなら、武装して徹底的に戦う準備をするんだ」

「それなら、そうしよう。この非常時に、君が僕らの中で一番冷静で落ち着いているとは、驚きだよ、チャールズ。だが、今はもう時間も遅い。君のための部屋を用意させよう。少なくとも今夜は、あんなことが起こった後だから、案ずることはないと思う」

「おそらく、そうだろう。だが、ヘンリー、もしよければ、君が吸血鬼だと考えている人物の肖像画がかかっている部屋に、僕を泊まらせてくれると嬉しいのだが」

「嬉しいだって！」

「そうだよ。僕は、わざわざ危険を求めるような人間ではないが、むしろその部屋に居座って、そこに固執していると思われる吸血鬼が僕を襲いにくるかどうか、見てやるつもりなんだ」

「好きなようにやってくれたまえ、チャールズ。君にはフローラが使っていた部屋を提供するよ。あれから、なにも変えていないはずだ」

「そうさせてくれるなら、僕がここにいる間、そこが僕の部屋だと言っていいね？」

「もちろん」

この申し合わせには、家の者全員が驚いた。あれからその部屋で眠った者はいなかったし、どれほど報酬を積まれても、そこで眠ろうとする者は、誰一人としていなかっただろう。だが、チャールズ・ホランドは、自らすすんでその部屋を使おうとする、彼なりの理由があった。それから三十分ほどで、ヘンリーはチャールズを問題の部屋へ案内し、身震いしながらあたりを見回すと、おやすみと言って、若い友を一人にした。

第十二章　チャールズ・ホランドの悲しみ——肖像画——屋敷での夜の事件

どんな人間でもそういうときはあるが、チャールズ・ホランドも、無性に一人になりたかった。その心の内は、怖ろしいほどの重苦しさに苛まれていた。ヘンリー・バナーワースとの話は、あまりに信じがたいことなのに、事実だと認めざるをえない点も多く、とても対処しきれず、心の整理がつかなかった。取り乱した結果、根拠の乏しい想像上の化け物が生まれただけだと、軽蔑するしかなかった。

フローラが錯乱状態だったのは、ヘンリーが言ったように、あのような恐ろしい体験をしたせいだとしか思えなかった。まったく想定外の出来事だったが、ずっと抱いていた、有頂天になるほど明るい幸せの夢を、諦めるよう言われたのだ。

真の愛の道は、平坦ではないことを思い知らされた。今、心にのしかかっている奇妙な原因のせいで、このような不幸が生じるなどと、誰が想像しただろう。

フローラは、移り気で不実な娘だったのだろうか。自分は彼女のいい面だけを見ただけだったのかもしれなかった。こちらの思慕をつなぎ留め、新たに心の鎖を絡めとっただけなのか。まるで、彼自身と、もっとも大切にしていた希望の実現との間に、死が忍びこんだかのようなショックだ。財産を失ったということが、贅沢な暮らしの中で育った若く美しい少女を、不幸でがんじがらめにして、残酷な愛へと走らせたのだろうか。本人も、彼女を愛する者たちでさえ、後年になっても、一家の困窮を感じたことなどなかった。

すべては憶測にすぎないが、一部はありえることだ。とはいえ、まだなにも事実だとはいえない。フローラは、まだチャールズを愛していたし、彼女の善良な面をたくさん目の当たりにし、輝くような美しい笑顔に包まれてきたチャールズも、彼女の誠実さを忘れたり、愛するこのイギリス人女性への献身を失うことなど、一瞬たりともなかった。

チャールズには、二人で暮らす分には十分な財産があった。死ですら、チャールズが勝ち取った、高貴で忠実な心といった貴重なものを脅かすことはなかった。だが、怖ろしい思いが浮かんできた。それは、二人の間の越え難い深淵に、すぐにたちはだかるように思われた。チャールズは、激しく威嚇するような声で自らに問いかけた。

「チャールズ・ホランド、おまえは自分の花嫁を吸血鬼にくれてやるつもりなのか?」

おぞましいことこの上ない考えだった。チャールズは、薄暗い部屋をせわしなく行ったり来たりした。そのうちに、ある考えが心に浮かんできた。自分がいかに取り乱しているかを、親切なヘンリーたちに公言しているだけでなく、自分も同じように彼らをかなり混乱させているのではないかということだ。

そう気づくと、チャールズは腰を下ろして、しばらくじっとしていた。それから、明かりのほうにちらりと目をやり、無意識のうちにずいぶん長い間、夜が更けるまで考えこんでいたことに気がついた。

こうしたとりとめもない恐怖にすっかり気をとられていたことを半分恥じて、急いで火を消そうとしたそのとき、たまたま例の謎めいた興味の尽きない肖像画に目をやった。

本人にそっくりかどうかは別として、それは絵としてはよく描かれていた。まるで生きているかのように生き生きとしていて、見ているうちに、むこうからもしっかり見返してくるような、こちらがどこにいてもその視線が追いかけてくるような、そんな印象の肖像画だった。

昼間の光よりも、蠟燭の明かりだと余計にそれを強く感じた。チャールズは光から目を遮り、肖像画にしっかり光が当たるようにした。そして改めて、その生きているかのような姿に、大いに興味をそそられた。

「これを描いた画家は、本物の腕を持っているな。こんな絵は初めて見た。会ったこともない男に、ここまで見つめられているような気がするなんて、なんとも妙だ」

チャールズ自身が無意識のうちに、肖像画の〝生きているような〟効果を助長していた。鉄の精神に恵まれていない人が必ず感じるように、蠟燭のわずかな揺らぎのせいで、肖像画の顔の表情が、まさに生命が吹き込まれたかのように見えてしまうのだ。

チャールズは、かなりの時間、肖像画を見つめていた。まるで魅入られたかのように、目をそらすことができなかった。見続けていたのは、恐怖の感情からではない。死後、新たにおぞましい存在の姿を借りたとされる男の肖像が、その芸術的な価値と相まって醸し出すこの雰囲気に、その場を動くことができなかったのだ。

「今」チャールズは言った。「僕はあの顔をもう一度、目に焼きつける。自分がどこにいようと、どんな状況にあろうと、あの顔がわかるように。特徴の一つ一つが、今や僕の記憶にしっかりと刻みつけられ、もう決して見まごうことはない」

チャールズは、こう言うと視線をそらし、絵を縁どる装飾が施された額の一部に目をやった。そこがまわりとは色が違っているように見えたのだ。

興味がわき、チャールズはすぐに近づいて、詳しく見てみた。じっくりと熱心に見るうちに、わりと最近、この肖像画がこの場所から動かされたのではないかと思うようになった。

漠然とそんな気がしたというだけだったのに、いったんそう思い始めると、わずかな根拠しかないのに、その考えがすっかり心を占めてしまった。これを証明、あるいは間違いであることを確認したくてたまらなくなった。

さまざまな角度から蠟燭の光を当ててみて、調べれば調べるほど、最近この絵が動かされたのは、間違いないと確信した。

絵を動かした際、彫刻が施された古いオーク材の枠の一部が、たまたま破損したようで、それが違った印象を与えていたのだ。枠の破損の様子から、これは、実際に絵を取り外したか、あるいは取り外そうとしたようで、それ以外の原因で起こった可能性はかなり低いとチャールズは感じた。

チャールズは近くの椅子の上に蠟燭を置くと、絵が描かれた画板がその場所にしっかり固定されているのかどうか、調べようとした。触れた瞬間、そうではないことを確信し、簡単に取り外せると考えた。その方法は難しそうだったが、どうしても取り外してみたくなった。

「この裏になにがあるのかは、誰にもわからない」ホランドは独りつぶやいた。「ここは、古い貴族の屋敷だ。その大部分が、重要な建物には必ず隠し部屋や複雑な階段が必要だと考えられていた時代に建てられたものなのは間違いない」

肖像画の後ろになにかがあるはずだという思いが強くなってきた。だが、確かにそうだという明確な根拠はなかった。

おそらくそうした願望が、半分興奮状態の彼が実際に想像する以上に、思いを強いものにしていたのだろう。それは確かにそうだった。絵を壁から外して、裏になにがあるかを直に見るまでは、どうにもおさまりがつかないと、チャールズは感じていた。

その場所に絵が設置された後、枠の部品が周囲に差し込まれたようで、それが、絵がしっかり固定されている印象を与えていた。チャールズが最初に絵が動かされたのではないかと感じたのは、そうした部品の一つが破損していたからだ。絵を取り外す前に、少なくとも、枠の二つの部品を取り除かなくてはならないのは明らかだった。さて、どうしたものか、と思案しているとき、突然部屋の扉がノックされ、チャールズは飛びあがった。

急に誰かがやってくるまで、チャールズは自分がどのような精神状態になっていたのか、ほとんど気がついていなかった。そのノックはちょっと変わっていた。まるで中に入れてくれというような、たった一度だけのノックで、ほかの者に気づかれないよう、できるだけ少ないノックで、チャールズの注意を引きたいという意図が見えた。

「入って」鍵はかけていないことはわかっていたので、チャールズは言った。「どうぞ」

返事はなかった。だが、ほどなくして、また低くはばかるようなノックが聞こえた。

もう一度、チャールズは返事をした。「どうぞ」だが、相手はこちらから扉を開けるべきと考えているのか、外から入って来ようとする気配はまるでない。三度目のノック。チャールズが、足音をたてないように戸口に近寄っていたときに、その音が聞こえたので、さっと扉を開けた。だが、そこには誰もいなかった！　チャールズは、すぐに左右に延びる廊下に出た。突き当たりの窓から月の光が差し込んでいるため、あたりはわりと明るかったが、誰も見えなかった。ノックした相手を探すのは無駄だと感じた。三度目のノックと部屋の扉を開けたのは、ほぼ同時だったからだ。

「おかしい」チャールズは、しばらく戸口のところでたたずんだ。「気のせいなどではない。確かにノックの音がした」

静かに部屋に戻ると、後ろ手に扉を閉めた。

「一つ確かなことは」チャールズは言った。「この部屋にいて、こんな不可解なことに悩まされたら、眠ることができずに疲れきってしまうだろうということだ」

こんな考えは、自分でもとても癪《しゃく》に障った。自分からこの部屋に泊まりたいと申し出たくせに、やはり辞退するという理由を考えれば考えるほど、そんなことをしたらどう思われるかと、ますます悩んだ。

「ここで一人で寝る勇気もない、臆病者だと思われるかもしれない。もちろん、彼らは口には出さないだろうが、僕の見せかけの豪胆さは、本当は勇気などではない、ただのからいばりの一種だと思われるだろう」

このような見方は、こうした状況で、この部屋に留まろうとするチャールズの自尊心を逆にあおった。一人なのに、恥ずかしくなって頬を赤くして、チャールズは声に出して言った。

「なにかが起こるかもしれないから、やはりこの部屋に留まろう。現実のものでも、実体のないものでも、どんな恐怖もこの決心を揺るがせはしない。ものともせずに、この部屋に居座ってみせる」

また扉を叩く音がした。今度は恐れることなく苛立たし気に、チャールズは扉に向かい、耳をすませた。しばらくしてまたノックの音。チャールズは顔をしかめて近寄り、今度ノックされたら、即座に開けられるよう、ノブに手を置いた。

それほど待つまでもなく、ノックの音がまた聞こえた。と同時に、扉を勢いよく開けたが、そこには誰もいなかった。だが、廊下で妙な音が聞こえた。うめき声ともため息ともつかない、両方が入り混じったような、苦悩と悲しみをあわせもったような音だった。音がどこから聞こえてきたのか、一瞬わからなかった。

「誰だ？　誰かそこにいるのか？」

答えはなく、チャールズ自身の声がこだまするだけだった。それから、どこかの扉が開く音が聞こえ、聞きなれたヘンリーの声が聞こえた。

「どうしたんだ？　誰だ？」

「ヘンリーか」チャールズが答えた。

「そうだ——そうだよ」

「起こしてしまったか」

「君も眠れなかったのだろう。そうでなければ、そんな声は出さないからね。今すぐ、そっちへ行くよ」

チャールズは、自分がヘンリーのところへ行くつもりだったので、来なくといいと言おうとしたが、その前にヘンリーは自分の部屋の扉を閉めていた。不可解だとはいえ、些細な出来事だったため、図らずも助けを求めたような形になったことを、チャールズは恥じた。とはいえ、わざわざヘンリーのところへ行って、来なくていいと言うこともできなかった。前よりもさらに悩ましく思いながら、自分の部屋へ戻って、扉は開けたままヘンリーが来るのを待った。

ちゃんと服を着たヘンリーは、部屋に入ってくるなり言った。

「なにがあったんだ、チャールズ？」

「たいしたことじゃないんだ、ヘンリー。こんなことで君を起こしてしまったのが恥ずかしいよ」

「いいんだよ。僕はずっと起きていたから」

「僕が、部屋の扉を開けた音が聞こえたのか？」

「ああ。だから耳を澄ませていたんだ。だが、君が廊下で声をあげるまでは、どの部屋の扉かはわからなかった」

「この部屋の扉を二度開けた。繰り返しノックされたんだ。確かに誰かがノックしたはずなんだが、扉を開けたら、なんと、誰もいなかった」

「なんてことだ！」

「というわけだよ」

「驚きだな」

「驚かせてしまって、申し訳ない。こんな状況で、あんな大声を出すんじゃなかったよ。廊下で叫んだとき、そんなつもりはなかったんだが」

「それほど悔やむことはないさ。そんな妙なことがあったのなら、君が警戒するのは無理もない」

「まったく不可解だが、それでも、偶然が重なって起こっただけかもしれない。それがわかってさえいれば、すぐに十分な説明が可能だと思う」

「確かにそうかもしれないが、すでになにかが起こった後では、異常な光景や音と、僕たちが目撃した怖ろしいものとの間に、謎めいた関連性があると考えても不思議ではない」

「それもそうかもしれない」

「それはそうと、あの妙な肖像画に、やけにじっと見られているような気がしないか、チャールズ？」

「そうなんだ。注意深く調べてみたんだが、どうも、あの絵は最近動かされたような気がするんだ」

「動かされた！」

「そうだ。僕が見る限りでは、額から外された、つまり絵が描かれている画板が外されたように思う」

「なんだって！」

「触ってみると、緩んでいるのがわかる。近くで見てみると、絵をしっかりはめこんでいるはずの枠の部品が破損しているんだ。絵を外そうとして、壊れたのではないかと思う」

「そんなはずはない」

「もちろん、そうだとは断言できない、ヘンリー。あくまでも、推測だよ」チャールズは言った。

「だが、そんなことをする者はこの家にはいない」

「それは、僕にはなんとも言えない。あの絵を外してもいいかな？　手伝ってくれないか？　絵の裏になにがあるのか、知りたくてたまらないんだ」

「もちろん、いいよ。外してくれ。二人でやろう。だが、フローラがこの部屋から移ったとき、絵を移動させようとしたんだが、無駄だと思って諦めたんだ。しばらく、そのままここにいてくれ。絵を外すための道具を、なにか探してくる」

ヘンリーは、この謎めいた部屋を出た。なにか道具があれば、あの絵は簡単に外せるだろう。ヘンリーがいない間、チャールズは、前よりもさらに熱心に、じっくりと絵を見つめた。

しばらくすると、ヘンリーが戻って来たが、見つけてきたものは、役に立ちそうにない道具だった。だがとにかく、二人で絵を取り外しにかかった。

〝成せば成る〟と言うが、確かにそうだった。目的にかなう道具は一切なしで、若者たちは、なんとか枠から絵を外すのに成功した。パネルの片方の端を軽くたたき、てこ代わりにしたナイフを反対側の端に差し込んで、見事に取り外すことができた。

だが苦労したわりには、がっかりだった。絵の裏に

は、荒削りな木製の壁以外、とくになにもなかった。その壁は、美しいオーク材できれいに仕上げられている、部屋のほかの部分とは対照的だった。

「とくに謎めいたものはなかったな」ヘンリーが言った。

「まったくだ」指の関節で壁をたたきながら、チャールズが言った。すべて固くしっかりしていて、なんの仕掛けもなさそうだった。「行き詰まったな」

「まさに」

「妙な予感がしたんだ。この問題解決につながるなにかが見つかるはずだとね。だが、そうはならなかったようだ。ごく普通の壁があるだけで、ほかにはなにもなかった」

「よくわかるよ。画板そのものは通常よりは厚いが、結局のところ、オークの木を削ったものにすぎず、明らかに、肖像画を描くためだけに作られたもののようだ」

「そうだな」

「元に戻そうか？」

チャールズはしぶしぶ同意し、絵は元どおりに戻された。絵の後ろにはなにもなかったことを、自分の目ではっきり確認したのは事実だ。だが、そうした事実を突きつけられても、古い屋敷の造りにはよくある、ごく普通の木枠だとはいえ、絵になんらかの仕掛けがあるのではないかという疑いを完全に打ち消すことはできなかった。だから、気が進まなかったのだ。

「納得していないようだな」ヘンリーは、チャールズの疑わし気な表情を見て言った。

「友よ」チャールズが口を開いた。「君はなんでもお見通しだな。絵の後ろになにも発見できなかったことに、僕は非常にがっかりしているんだ」

「うちの家族に、十分な謎があることだけは確かだよ」とヘンリー。

そのとき、窓のあたりでカタカタと妙な音がしたので、二人はぎょっとした。続いて聞こえてきたのは、金切り声のような甲高い声、夜の空気を切り裂く、この世のものとは思えないような恐怖の声だった。

「あれはなんだ？」チャールズが言った。

「わからない」とヘンリー。

二人は自然と窓のほうに、視線を向けた。窓には前述のように、日よけはなかったが、下のほうから人間のような姿をしたものがゆっくりと上がってくるのが見え、驚愕した。ヘンリーが窓に駆け寄ろうとしたが、チャールズはそれを止め、すぐに大きなホルスターから銃を取り出した。相手に狙いを定めながら、ささやく。

「ヘンリー、これで外したら、僕は自分の首を差し出すよ」

チャールズが引き金を引くと、大きな音がして、部屋の中に煙が充満した。そして、すべてが静かになった。だが、発砲によって空気中に衝撃が走った結果、二人が想定していなかった事態が起こった。唯一の明かりが、消えてしまったのだ。

こんな状況にもかかわらず、チャールズは発砲と同時に、銃を投げ捨てて、窓に向かって突進した。だが、窓を閉じている複雑な旧式の留め金がよく見えなかったため、手間取ってしまった。

「ヘンリー！　頼む、この窓をあけてくれ。ヘンリー！　この窓の留め金の仕組みは僕にはわからないが、君にはわかるだろう。開けてくれ」

ヘンリーも、すぐに窓に向かった。このときには、銃声のせいで屋敷中が大騒ぎになっていた。廊下から部屋の中に明かりが差し込み、すぐにヘンリーが窓を大きく開け放つと、チャールズはバルコニーに飛び出した。ジョージとマーチデール氏が、部屋になだれ込んで来て、なにがあったのか知りたがった。ヘンリーがそれに答えた。

「今は訊かないでくれ」それから、チャールズに言った。「そこにいてくれ、チャールズ。僕がすぐに、バルコニーの下の庭へ下りるか

ら」

「ああ――わかった」チャールズが答えた。

ヘンリーは驚異的な速さで、たちまちのうちに出窓の下の庭へと下り、チャールズに言った。

「君も、下りてくるか？　ここではなにも見えないが、二人で調べよう」

ジョージとマーチデール氏は、今はバルコニーに出ていた。二人とも同じように下りようとしたが、ヘンリーが言った。

「全員で屋敷を離れるのはまずい。この状況だと、なにが起こるかわからないから」

「それなら、僕が残るよ」ジョージが言った。「今夜は僕がずっと起きていて、見張りをしてきたから、そのまま続けるさ」

マーチデール氏とチャールズは、それほど高さのないバルコニーから軽々と庭に下りた。夜は美しく、しんと静まりかえっていた。空気の流れもなく、木の葉もそよとも動かない。チャールズがバルコニーに残した蠟燭の炎が、どんな動きにも揺るがされることなく、しっかり燃えていた。

窓の近くに十分な明かりがあったので、すべてがはっきりと見え、そこになにもないのは、ひと目でわかった。だが、チャールズの放った銃弾が間違いなく命中していたとしたら、相手が血肉をもつ生身の人間なら、すぐ下に落ちたはずだ。

地面をざっと調べてから顔を上げ、チャールズが叫んだ。

「窓のところを見て！　今、明かりがあるから、窓ガラスの一つに、僕の放った銃弾が貫通した穴が開いているのが見える」

全員が見上げると、確かに丸い穴があいているのがすぐにはっきりわかった。弾は窓ガラスの近くから発射されたので、穴ははっきりと識別することができた。

「命中したのは間違いないな」ヘンリーが言った。「あれの姿が見えたまさにその場所だから、間違いないと思う」

「だが、ここにはなにもない」マーチデール氏が言った。「これら一連の出来事について、どう考えたらいいのだろう？　この事件のもっとも恐ろしい推測に対して、どういう心の持ちようをすればいいのだろうか？」

チャールズもヘンリーも、黙ってしまった。実のところ、彼らにもどう考えればいいのかわからなかったのだ。マーチデール氏にずばりと言われて、即座になにか言い返すこともできず、二人ともすっかり途方にくれていた。

「今夜、僕たちが見たような化け物には、人間の武器などまったく役にたたないことがわかった」チャールズが言った。

「若い友よ」マーチデール氏が、感情的になって、ヘンリーの手をつかんだ。その目には涙がにじんでいた。「私の大切な友よ、こんな危険が続いたら、君は死んでしまう。君は追い詰められ、君がつかんだ幸せが壊れてしまう。こんな恐ろしい感情は、抑制しなくてはならない。それを解消するには、たった一つの可能性しかない」

「それはなんです？」

「この屋敷から永遠に去るんだ」

「なんですって！　このような理由で、僕は先祖代々の屋敷から追い出されなくてはならないのですか？　どこへ逃げるというのです？　どこに安全な場所があると？　ここを去ることは、債権者がいる苦しみに対して、今、一致団結している家族の結束が、一気に崩れてしまうことになります。僕がほかの誰もやらないこと、つまり、周囲の不動産からのほんのわずかな収益の範囲内で、細々と返済を続けている限り、まだ、債権者の利益になっているのです」

「今、君を徐々に蝕んでいる恐怖から、逃げ出すことだけを考えるんだ」

「たとえ、そうした逃げが確実に有利になるとしても、僕は危険を冒してでも、やりとげたいのです」

「かわいそうなフローラについては」マーチデール氏は言った。「どう言えばいいのか、どう考えればいいのか、私にはわからない。彼女は吸血鬼に襲われた。あの不死の化け物が死んだとしても、あんなに美しく、聡明で、純粋な心をもち、そのあらゆる美徳と資質で誰からも愛され、心を寄せられるフローラが、おぞましいやり方で他人の生き血を吸って生き永らえる怖ろしい種族の一人になってしまうかもしれないと考えると、とても耐えられない。考えるのも身の毛がよだつ。こんなことは、あまりにひどすぎる！」

「それならどうして、そんなことを話題にするのです？」チャールズが、辛辣《しんらつ》な言い方をした。「今、僕たちの心の内すべてを見透かしている神に誓って、僕はこんなおぞましいことに決して屈しないし、信じない。信仰が足りない僕が、死そのものに値するというのなら、こんな恐ろしいことは信じないままで、この瞬間に死んでもいい！」

「ああ、若き友よ」マーチデール氏が言った。「フローラを愛し、称賛し、尊敬するすべての者が、彼女が置かれている不幸な状況に対して感じるに違いない苦しみが増すとしても、それは、彼女を生涯導き、彼女の運命の幸せな伴侶になるという、明るい未来がある君の気高い資質となるだろう」

「これまでどおり、僕の気持ちは変わりませんよ」

「断じて、それはだめなんだ。今、我々は、内輪でこの件について自由に話すことができる。いいかい、ホランドくん、君たちが結婚したら、子どもに恵まれるだろう。愛らしい子どもは、どれほど辛いときでも、すばらしい絆で家族を結びつけてくれる。だが、一瞬でも想像してみて欲しい。そんな子どもたちの母親が、静まり返った真夜中に、赤ん坊に与えたはずの生命の血を、その血管から飲み干そうとする姿を。そんな恐ろしい出来事が起こるかもしれないと考えたら、君や子どもたちは恐怖で気も狂わんばかりになり、夜が忌まわしいものになり、一日中、憂鬱な思いを抱えることになってしまう。ああ、君がフローラ・バナーワースを妻にすると言うのは、自分が恐怖の世界のまさに瀬戸際に立っていることがわかっていないということなのだ」

「それ以上、言わないで！」ヘンリーが言った。

「いや、私の言葉が受け入れられないのはわかっている」マーチデール氏は続けた。「人間にとって残念なことは、もっとも善良で崇高な感情と真実が相容れず、悲しい争いをすることがあまりに多いことだ――」

「もうこれ以上、聞く耳はもたない」チャールズが叫んだ。「もう、いやだ！」

「言うべきことは言った」とマーチデール氏。

「こんなことを言わなくてもよかったのに」

「いや、そんなことはない。私は厳粛な義務だと考えたことを言ったまでだ」

「義務――厳粛な義務か――他人の感情や意見など、どうでもいいというのだな」チャールズが皮肉をこめて言った。「このような悲惨な結果をもたらす他の二つの原因を合わせたよりもより多くの災い、たくさんの心痛と不安が生み出されることだろう。もう、これ以上聞きたくない」

「マーチデールさんと言い争うのはやめるんだ、チャールズ」ヘンリーが止めた。「彼に悪気はない。僕たちの幸せを考えてのことなんだよ。いくら彼の言葉が、僕たちの耳に痛いからといって、彼を非難するべきじゃない」

「とんでもない！　僕はそんなに心の狭い人間じゃない」チャールズが激して言った。「だが、他人の問題に積極的に干渉する人間の真意がわからない無知だからといって、その真意が立派であるに違いないという結論に、必ずしも飛びつくつもりはないだけだ」

「明日、私はこの屋敷を出て行くよ」マーチデール氏が言った。

「出て行く？」ヘンリーが声をあげた。

「ああ、永遠にね」

「今はだめです、マーチデールさん、これは寛容な言い方ではないでしょうか？」

「私が、君のお客から大いに寛大な扱いを受けて、彼に対して、喜んで友情の証《あかし》である右手を差し出そうとしているとでも？」

ヘンリーは、チャールズのほうを見た。

「チャールズ、僕は君の寛大さを知っている。怒らせるつもりなどないのだと、母の友人に言ってくれ」

「悪気はないと言うことが、侮辱するつもりはないという意味なら、僕は大いにそう言うよ」チャールズが返した。

「もうたくさんだ」マーチデール氏は言った。「よくわかったよ」

「でも、もうこれ以上、すでに僕の想像力に植えつけられたような恐ろしいことを、言わないでくださいお願いです」チャールズがつけ加えた。「やろうと思えば、自分の空想の宝庫から、自分を惨めにさせるものをいくらでも見つけ出すことができるのですから。それでも僕は、巨人が枯れた葦を踏みつけるように、この忌まわしい迷信に蹂躙されるのは決して許さないと、何度でも言うでしょう。僕は命ある限り、抵抗し続けるつもりです」

「勇敢な物言いだ」

「それに、僕がフローラを見捨てたりしたら、その瞬間から、僕は天に見放されるでしょう」

「チャールズ！」ヘンリーが感極まって叫んだ。「ああ、チャールズ、友人以上の友人、僕の心の兄弟、高潔なチャールズ！」

「違うよ、ヘンリー。僕には、君の称賛を受ける資格などない。僕は、自分がそうありたいと願う理想に反する卑しい人間かもしれない。でも、なにがあろうと、どんなことが起ころうと、僕は君の妹の誠実な夫だ。そう、僕と彼女を結びつけている絆を断ち切ることができる者がいるとすれば、それは彼女だけなんだ」

第十三章　屋敷についての提案――フランシス・ヴァーニー卿を訪問――驚きの類似――恐ろしい連想

一同は、庭を隅々までくまなく捜したが、何者かの痕跡が見つかる手がかりは、一切出てこなかった。ただ一つだけ、よくよく考えなくてはならないことがあった。それは、ヘンリーたちが納骨堂に行っている間、フローラと母親がいた部屋の窓の下に、かなりの量の血の跡がはっきり残っていたことだ。

そう、フローラが得体の知れぬものに向かって発砲し、それが負傷の痛みと思われる絶叫をあげて、すぐに姿を消したのを覚えているだろう。

そのとき、それが傷を負ったことは、窓の下の血だまりが明らかな証拠だ。これを発見したとき、ヘンリーとチャールズは、さらに庭を詳しく調べ、手負いの相手――人間か吸血鬼か――がどの方向へ逃げたかを突き止めようとした。

だが、どんなに目を皿のようにして調べても、窓のすぐ下以外に一滴の血痕も見つからなかった。その化け物が傷を負ったのは確実なのに、不思議なことに、その行方はまるでわからなかった。

この立て続けの騒ぎに疲れ果て、寝不足もあって、ついに、一行は屋敷に戻った。

フローラは、銃を発砲するような危険な目にあった以外は、煩わされることはなにもなかった。ヘンリーたちはフローラに余計な心痛を与えないため、庭に潜んでいるかもしれない者に、この屋敷の住人は、どんな攻撃からも身を守る覚悟があると通告する予備的な手段をとったとだけ話した。

こうした心優しい嘘を、フローラが信じたかどうかは、ヘンリーたちにはわからなかった。フローラは深いため息をつくと、さめざめと泣いた。吸血鬼がまたやってくると疑っている可能性はあったが、それを指摘するのは控え、ヘンリーとジョージは、フローラを母親と二人にして、部屋を後にした。ヘンリーは、休息をとるようにする必要があった。次の夜の寝ずの警護は、彼の番だったからだ。ジョージは、警戒が続く間、交代で見張りや監視をすることになっている、フローラの部屋の近くの小部屋に陣取った。

やっと、夜明けがこの不幸な家族に再び訪れた。彼らほど太陽の光を心待ちにしていた者はいないだろう。

窓の下では、鳥たちが心地よさそうにさえずり、温かみのある濃厚な秋の太陽が、あらゆるものに黄金色の光沢を投げかけている。外に目を向け、光にあふれた自然の姿を見ると、あれほどの悲惨な体験がなければ、この世に暗黒、不幸、犯罪などが存在するなど、一瞬でも思う者はいないくらいだ。

ヘンリーは、屋敷の窓から外を眺め、光がキラキラと波打つ周囲の庭園、堂々とした木々、花、低木など、あたりに広がる多くの自然の美を見つめながら言った。

「僕はこの場所から、僕自身と一族の屋敷から、あの怪物のせいで追い出されなければならないのか。自分の家が忌まわしい場所になってしまったから、どこかに逃げ場を探さなくてはいけないのか」

なんと残酷で痛ましい考えだろうか！　ここを出て行くことは、必要不可欠なこととして決まったわけでもないし、まだそれを確信することもできなかった。だが、今は朝の太陽がさんさんと輝いている。夜の闇、静寂、不安のただ中、彼の胸に巣くった感情は、丘、谷、小川に降り注ぐ神々しい陽光と、光あふれる空気に響く、活気ある心地よい無数の生活音に追い払われた。

このような感情の急激な変化は、十分に自然なことだった。暗い間の多くの苦悩や精神的な不安は、夜が明けるとともに消え去り、ヘンリーの心に重くのしかかっていたものを、かなり和《やわ》らげてくれた。

ヘンリーが物思いにふけっていると、呼び鈴の音が聞こえた。今では珍しくなってしまった訪問者のようだ。こんな早い時間にいったい誰だろうかと、少し不安を覚えながら待った。

ほどなく、使用人の一人が一通の手紙を持ってやってきた。

封には、大きく見事な封印があった。一見して、かなり地位のある人物からの手紙らしい。もう一度見てみると、隅に〝ヴァーニー〟という名前が見えた。へンリーは、少し苛ついて舌打ちした。

「会ったこともない厄介な隣人から、またしてもお悔やみの手紙がきた」

　手紙を取り次いだ使用人が言った。「だんなさまがいらっしゃるこの場をかりて、よろしければ、聞いてもらいたいのですが。あたしがここに来てからの一日と二晩のことを考えたら、なにも反対されないのではないでしょうか。どんな種類であれ、幽霊がはびこるご家庭にいることはできません。そんな同居人に慣れることは、とてもできないですから」

「どういう意味だ？」ヘンリーが訊いた。

　答えを聞かなくても、この女使用人の言いたいことは明らかだった。あんな恐ろしい怪物が現れるような屋敷に、長くいたがる使用人など一人もいないのは確かだろう。

「どういう意味かですって？」使用人は言った。「いいですか、だんなさま。あなたにとっては〝お馴染み〟かもしれませんが、あたしは、〝きうけつ鬼〟の家系ではありません。あんな気持ち悪いのが幅を利かせているお屋敷に残るなんて、嫌です。そういう意味です」

「給金の支払いはどうなっている？」ヘンリーが訊いた。

「お給金は、こちらに仕事に来た日ごとにもらっています」

「それなら、もう行って、母と話をつけてくれ。なるべく早くこの屋敷を出るほうがいいだろう」

「本当に、もうここにはいたくありません」

　この女性は、難癖をつけるためなら必ず、どんなことでも口実にして武装するタイプで、どんな契約を結ぶ際にも、どんな相手にも、必ず面倒を起こさずにはいられないたちだった。そのため、ヘンリーが彼女の言うことを、癪に障るほど落ち着いた態度で受け止めているのを見て、ますます腹をたてているのだ。だからといって、そうした苛立ちの原因をどうすることもできない。彼女は、吸血鬼に関すること以外に、いさかいの種を見つけることができなかったのだ。ヘンリーが挑発に乗って来ないので、がっかりして諦めざるを得なかったというわけだ。

　この煩わしい使用人がいなくなって、一人になると、ヘンリーは手にした手紙に目を向けた。隅の自筆の署名から、新しくやって来た隣人であることがわかる。

このフランシス・ヴァーニー卿とは、どういうわけか、まだ一度も顔を合わせたことがなかった。

非常に驚いたことに、手紙には次のように書かれていた。

拝啓

すぐ隣の土地を購入した隣人として、少し前に私は、貴殿に心からの友好と奉仕の申し出を致しましたが、きっと貴殿はそれを許し、好意的に受けとめてくださっていると確信しております。しかし今、さらに明確なご提案をするにあたって、それが貴殿のご見解と一致するか否かにかかわらず、貴殿のご寛大なお考えに見合うと信じています。

世間一般の噂から私が聞き及んだところによりますと、バナーワース館は、ご自身や、貴殿の愛らしい妹さんにとって、住居としてふさわしくないと思わざるをえません。もし、私の当て推量が正しく、そして貴殿がお屋敷を離れることを真剣に考えておいでならば、このような物件に関わったことのある経験者として、すぐにでも売却されることを、ぜひとも強くお勧めします。

今、このようなご提案でこの手紙を締めくくることは、こうした忠告が、私利私欲からのものではないのかと、貴殿に疑いをいだかせてしまうものであることは、承知しております。しかしそれでも、これは、まったく利害抜きの、私の心からの気持ちであることは確かなことで、ぜひにも、そこのところをおわかりいただきたいと、お願いする次第です。もし、売却をご検討いただけるのであれば、お屋敷を買い取らせていただく一連の手続きをお決めくださるよう、お願いいたします。現時点で、お屋敷の資産価値を低下させるような外的な事情に関しまして、買いたたくような取引を要求することはございません。公正な価格を提示させていただきたいと思っております。このような次第で、私の申し出について、情け深いお考えをしてくださると信じています。そして、たとえ貴殿がこれを拒絶なさっても、隣人として、互いに平和と友好のうちに暮らし、私たちの間に存在するに違いない、善意の交流ができることを望んでおります。

お返事をお待ちしております。どうか、信じてください。あなたの忠実なる僕《しもべ》であるフランシス・ヴアーニーより。
ヘンリー・バナーワース殿

ヘンリーは、この非の打ちどころがないといっていい手紙を読むと、再び折りたたんでポケットに入れた。深く考え込むときによくやるように、握りしめた手を腰の後ろに回し、しばらく庭を行ったり来たりした。

「なんとも奇妙なことだ」ヘンリーは独り言を言った。「すべての状況が、僕がこの古い先祖の屋敷を明け渡す方向に向かっているように思える。まるで、今起きているあらゆることが、そうした流れに直につながっているみたいだ。これらすべては、いったいどういうことなのだろう？　あまりに奇妙で、驚くほどだ。今の状況では、どんな人間でも特定の場所から出て行かざるをえない。しかもこのタイミングで、信用できると思われる、ひたむきさと判断力を備えた一人の友人が、その手順をアドバイスしてくれ、すぐに公正で腹蔵ない申し出をしてきた」

今回の状況がすべて、明らかにつながっているように見えることに、ヘンリーは相当困惑していた。一時間近くも庭をうろうろしていると、あわただしく近づいてくる足音が聞こえた。その方向を見ると、マーチデール氏だった。

「今回の件について、マーチデールさんの助言を聞こう。彼がどう言うか聞いてみよう」

「ヘンリー」マーチデール氏は、そばに来ると言った。「どうして、こんなところに一人でいるんだ？」

「隣人から手紙をもらったのです。フランシス・ヴァーニー卿ですよ」ヘンリーは答えた。

「なんだって！」

「手紙はここにあります。ご自身で読んでみてください。そして、どう思うか、忌憚のないところをおしえてください、マーチデールさん」

マーチデール氏は、手紙を開きながら言った。「君の家庭の事情に対する、友好的なお悔やみがまた来たか。残念なことに、黙らせることができない使用人たちのおしゃべりが、近隣の村や領地の至るところで、ゴシップの種になっているんだ」

「僕がすでに味わっている苦しみがさらに増すとすれば、それは低俗なゴシップの餌食にされることでしょう。でも、手紙を読んでみてください、マーチデールさん。その内容は、あなたが想像しているよりも、重要なものであることがわかるでしょう」

「確かにそうだな」マーチデール氏は、手紙に熱心に目を走らせながら言った。

読み終えると、マーチデール氏はヘンリーをちらりと見た。

「それで、あなたのご意見は？」ヘンリーが訊いた。

「言うことはないね、ヘンリー。私自身の忠告は、この屋敷を去ることだったのはわかっているだろう」

「ええ」

「現在のおぞましい出来事が、君や君の家族にではなく、そのまま屋敷そのものに関係し続ける可能性を願っているが」

「そうだといいのですが」

「私には、すべてがそのように見えるよ」

「僕にはわかりません」ヘンリーは身震いした。「正直言うと、マーチデールさん、僕の感覚では、この苦難の元凶であるあの忌まわしい吸血鬼は、出没することで僕たちを苦しめようとしているようで、屋敷というよりもむしろ、家族につきまとっている可能性が高いように思うのです。だから、どこへ行こうと、あの吸血鬼は僕たちを追ってくるかもしれません」

「もしそうなら、もちろん、屋敷を出るのは悲劇なだけで、なにも益はないということになる」

「まったくそうです」

「ヘンリー、一つ考えが浮かんだ」

「聞かせてください、マーチデールさん」

「それはこうだ。この屋敷を売らずに、試しにここから少し離れてみたらどうだろうか。一年ほど、誰かに貸してみるということはできるだろうか、ヘンリー？」

「できるかもしれません」

「かなりの期待がもてるし、公正さも保てる。このフランシス・ヴァーニー卿という紳士に、一年間この屋敷を使ってもらって、気に入るかどうかを確かめてから、所有者になることを提案してみてはどうだろうか。もし、彼が吸血鬼に悩まされるようなら、ここの購入は諦めるだろう。あるいはその後も、吸血鬼があくまでも君たちをつけ狙うようなら、たとえ今のような苦しい状況にあっても、子どもの頃から慣れ親しんだこの屋敷でなら、一番幸せになれるかもしれないと判断して、君は自ら屋敷に戻るかもしれない」

「一番幸せ！」ヘンリーは声をあげた。

「そんな言葉を今、使うべきではないかもしれないが」

「確かに、使うべきではありませんね」ヘンリーは言った。「僕と話すときは」

「だが——本当の意味で幸せという言葉を、はっきりと力強く君に言えるときが、それほど遠くない未来にやって来ることを期待しようじゃないか」

「ああ、そう思いたいですが、今は僕をからかわないでください、マーチデールさん。お願いですから」

「まさか、そんなつもりはないよ」

「あなたがそんなことをする人だとは思いません。でも問題は、屋敷での事件についてのことです」

「はっきり言えるのは、私が君なら、フランシス・ヴァーニー卿を訪ねて、一年間、屋敷に仮り住まいしてもらうよう提案するということだ。その間、君たちは好きなところへ行き、留守の間に、ここでの夜を恐ろしいものにする、あのおぞましい訪問者が現れなくなるかどうか、見極めてみるんだ」

「母とジョージ、フローラにこのことを話します。彼らが決めるでしょう」

マーチデール氏は、現在よりもずっと輝く未来を描くことで、できるだけヘンリーを元気づけ、もう少しすれば、やがて彼自身も彼の大切な人たちも、以前のような平静を取り戻すことができるという希望を信じ込ませようとした。

ヘンリーは、こうした優しい心遣いをされても、それほど心の慰めを感じられなかったが、そんなマーチデール氏に感謝していた。その気持ちをきっぱりした言葉で伝えると、ヘンリーは屋敷に戻った。屋敷をどうするかについて、自分で考えるだけでなく、相談すべき人たちと真剣に話し合うためだ。

ヴァーニー卿の提案に対するマーチデール氏の意見は、あらゆる面で理にかなっていて、予想どおり、家族全員の同意を得た。

一時、かなり執着していた屋敷を離れることを考えただけで、フローラにいつもの顔色が戻り始めた。

「ええ、兄さんがそれでいいのなら、ここを離れましょう。きっと、恐怖の世界とは縁が切れると思うわ」

「フローラ」ヘンリーは、少し非難がましく言った。「そんなに、このバナーワース館を出て行きたかったのなら、どうして、他の人からこうした提案をされる前にそう言わなかったんだ？　君の気持ちがわかっていれば、僕はそうしたのに」

「兄さんが、この古い屋敷にこだわっていることがわかっていたからよ」フローラが答えた。「それに、あまりにも突然、私たち全員にこんな恐ろしいことが起こったから、考える暇がほとんどなかったのよ」

「確かに――それはそうだ」

「それで、兄さんもここを出るのでしょう？」

「まず、僕がフランシス・ヴァーニー卿を訪ねて、この件について話をしてみる」

全員の心の中で、常に多くの恐怖と結びついていたこの場所を去るという考えに、家族全体が新たに活気づいたように見えた。それぞれが前よりもほっとして、自由に息がつけるような気がしたため、こうした展開はほとんど奇跡のように思えた。チャールズ・ホランドもまた、とても喜んで、フローラにささやいた。

「愛するフローラ、今はもう、君を愛する誠実な心を受け入れないなどと、決して言わないだろうね」

「シーッ、チャールズ。シーッ！」フローラが言った。「一時間後に庭に来て。そのときに話しましょう」

「一時間が、永遠のようだよ」

ヘンリーは、すぐにでもフランシス・ヴァーニー卿に会おうと決めていた。マーチデール氏が希望したので、一緒に行くことにした。このような取引の交渉を進めるには、第三者が同席しているほうが望ましいからだ。フランシス・ヴァーニー卿と名乗る人物が、最近引っ越してきた地所は、本人が購入したと言われていて、小規模ながらも、完全な所有地だ。バナーワース館に隣接しているため、バナーワース家に情け深い感情を示すこの紳士の屋敷は、歩いてすぐのところにある。

「フランシス・ヴァーニー卿に会ったことはありますか、マーチデールさん？」ヘンリーは門の呼び鈴を鳴らしながら訊いた。

「いや、会ったことはない。君は？」

「僕も一度も会ったことはありません。二人とも、この人物の人となりをまるで知らないのは、どこか気まずいですね」

「私たちの名前を伝えるだけでいいだろうが、彼の手紙を通して感じられる、非常に慇懃《いんぎん》な態度から察するに、最大級の紳士的な歓迎を受けることは間違いないだろう」

フランシス・ヴァーニー卿の屋敷の前の芝生に面し

た鉄の門のところに、立派なお仕着せを着た使用人が現れた。ヘンリーはこの使用人に自分の名刺を渡した。そこには鉛筆で、マーチデール氏の名前も書いてある。

「ご主人がご在宅でしたら、お目にかかりたいのですが」

「フランシス卿はおります」使用人は答えた。「ですが、具合が良くないのです。中にお入りいただければ、おいでの旨、主人に伝えてまいります」

ヘンリーとマーチデール氏は、使用人の後について、立派な応接室に足を踏み入れた。使用人が来訪を伝えにいっている間に、そこで待つことになった。

「この紳士は、准男爵か、ただのナイト爵なのかどうか知っていますか？」ヘンリーが訊いた。

「いや、知らないな。会ったこともなければ、この近所にやって来る前に、その名を聞いたこともないよ」

「僕は、最近のおぞましい事件のことで頭がいっぱいで、隣人のことはなにも知りませんでした。チリングワース先生に訊ねたら、なにか知っているかもしれません」

「そうに違いないな」

そのとき、使用人が現れ、短い会話は中断された。

「お客さま方、主人はあまり体調がよくないのですが、本人の最高級の敬意をお伝えするようことづかっております。お客さま方のわざわざのお運びを、大変喜んでおりまして、ぜひとも書斎でお目にかかりたいとのことです」

二人は使用人の後について、石造りの階段を昇り、広い部屋を抜けて狭い部屋に通された。その部屋には明かりがほとんどなかった。部屋に入ったとたん、座っていた長身の男が立ち上がり、窓際の日よけのバネに触れた。すると、日よけが上がり、眩《まばゆ》い光が一気に差し込んできた。ヘンリーの口から、驚きと恐怖が入り混じった声がもれた。

目の前に、あの肖像画のモデルがいる！

そびえたつような長身、血色の悪い細長い顔、わずかに突き出た歯、黒く光る、どこか陰気な目、その表情は、まさにあの肖像画の人物そのものだった。

「ご気分でもお悪いのですか」フランシス・ヴァーニー卿は、柔らかく心地のいい声でこう言うと、当惑しているヘンリーに椅子を進めた。

「なんてことだ！　こんなにそっくりだなんて！」ヘ

ンリーが言った。

「なにか驚かれているようだが、以前にお会いしたことがありますかな?」

フランシス・ヴァーニー卿は、背筋を伸ばし、ヘンリーに妙な視線を投げかけた。ヘンリーの目は、卿の顔に釘づけになったまま離れない。まるで、とても抗いきれない魅力をもつ生き物に惹きつけられているかのようだ。

「マーチデールさん」ヘンリーは、喘ぎ声をあげた。「マーチデールさん、ああ、友よ。僕はどうかしてしまったに違いない」

「シーッ! 落ち着いて」マーチデール氏が小声で言った。

「落ち着けですって? わからないんですか? マーチデールさん、これは夢なのだろうか? 見て——見て。ああ、見て」

「頼むから、ヘンリー、気をしっかりもって」

「あなたのお友だちは、よくこんなことがあるのですか?」ヴァーニー卿が、歌うような声でまた言った。いつもこんなしゃべり方をするようだ。

「いえ、違います、ヴァーニー卿。でも最近、大変なことがありまして、少し神経がまいっているのです。実を申しますと、あなたさまが彼の屋敷にある古い肖像画の人物にあまりにそっくりでして、彼の動揺も無理もないことかと」

「なるほど」

「似ている！」ヘンリーが言った。「そっくりだ！　なんということだ！　あの顔そのものだ」

「あなたがたには、とても驚かされますね」

ヴァーニー卿のそばの椅子に座ったヘンリーは、激しく身震いした。忌まわしい考えと推測が一気に頭に浮かび、身震いするのもしかたのないことだった。「彼が吸血鬼なのだろうか？」という恐ろしい疑問が、焼き印のように脳裏に焼きつけられた。「本当に吸血鬼なのか？」と。

「大丈夫ですか？」相変わらず、ヴァーニー卿は歌うようなしゃべり方をする。「お飲み物をお持ちしましょうか？」

「いえ――いえ」ヘンリーは、やっとのことで答えた。「どうか、これだけおしえてください。あなたのお名前は本当にヴァーニー卿ですか？」

「なんですって？」

「ほかに、お名前をおもちではないですか？　そちらのほうをメインに使っていらっしゃる、お気に入りのお名前のようなものを？」

「バナーワースさん、私はうちの家系の名前にとても誇りをもっていますので、なんであれ、ほかの名前に変えるなどということはないことは確かです」

「すばらしいことです」

「あなたが、それほど苦しんでおられる様子を見るのは辛い、バナーワースさん。お体の不調が、神経にも影響を及ぼしているのではないでしょうか」

「いえ、体調のせいではありません。なんと申し上げていいかわかりませんが、フランシス・ヴァーニー卿、最近、うちの家族の身に起こった出来事のせいで、あなたのお姿を見ていると、怖ろしい妄想が浮かんでくるのです」

「どういう意味です？」

「噂でご存じと思いますが、僕たちの屋敷に恐ろしい訪問者があったのです」

「吸血鬼――と、うかがっております」ヴァーニー卿は、例の声と見事なまでの笑顔で言った。そのとき、輝くばかりの完璧な白い歯が見えた。

「ええ――吸血鬼です。どうぞ、続けて下さい。そして――」

「あなたはそのような低俗な迷信を信じているのですか？」

「私の判断力は、あまりに多くの形で痛めつけられていて、このような怖ろしい迷信に対抗するのに、持ちこたえることができそうにないのですが、今ほど当惑したことはかつてありません」

「どうしてでしょう？」

「それは――」

「だめだ、ヘンリー」マーチデール氏がささやいた。「本人に直接、吸血鬼に似ているなどと言うのはもってのほかだぞ」

「でも、でも……」

「どうか」ヴァーニー卿が遮った。「バナーワースさんに、自由に話をさせてあげてください。率直なことほど、私がこの世で称賛するものはありませんからね」

「それなら、言わせていただきますが」ヘンリーが言った。「あなたが、その吸血鬼にとてもよく似ているのです。ですから――ですから、私はどう考えていいいか、わからなくて」

「それは、気のせいでは？」ヴァーニー卿が訊いた。

「厳然たる事実です」

「ああ、それは、私にとっては不運なことですなあ。うっ！」

ヴァーニー卿は、突然、体のどこかが激しい痛みに襲われたかのように、顔を歪めた。

「おかげんが悪いのですか？」マーチデール氏が訊いた。

「いえ、いえ――違います。腕が痛みましてな。痛む箇所に、たまたま椅子の肘が当たったのです」

「痛む？」ヘンリーが言った。

「ええ、そうです、バナーワースさん」

「お怪我かなにか？」

「ええ、たいした傷ではありません。かすり傷程度ですよ」

「どうして、傷を負われたのか、うかがっても？」

「いいですよ。ちょっと転倒したのです」

「ほう」

「よくあることではありませんか？　些細な原因で、深刻な傷を負うことがあるやもしれませんが、その瞬間がいつ起こるかは決してわかりません。人生のただ中で、死に瀕することがあるのも確かですからね、バナーワースさん」

「死のただ中で、怖ろしい人生が見つかるかもしれないのも、同様に真実ですね」ヘンリーが言った。

「ああ、不思議なことではありませんよ。この世には、本当に奇妙なことが数多くあります。今となっては、もう私は何事も疑問に思わないようにしています」

「奇妙なことといえば――」ヘンリーが言った。「あなたは、うちの屋敷をお買いになりたいとのことですが」

「あなたが売りたいとおっしゃるなら」

「あなたはあそこに愛着がおありになるようですね？ひょっとして、遠い昔の思い出がおありになるとか？」

「それほど遠い昔ではありませんよ」ヴァーニー卿が言った。「居心地のよさそうな古い屋敷のように思えるのですよ。敷地には驚くほど木々が多く、私のようなロマンチスト気質には、このような場所は、いつもこの上なく魅力的です。初めて拝見したとき、ひと目でとても気に入りました。そして、ここの持ち主と呼ばれたいという願望が、心を占めるようになったのです。その景観の美しさには目を見張るものがあり、今まで見てきた限りでは、これ以上の風景はありません。あなたも間違いなく、かなりの愛着がおありでしょう」

「子どもの頃からの屋敷ですし」ヘンリーが答えた。「私の祖先が何世紀も代々住んできました。ですから、愛着があるのは当然です」

「確かに――おっしゃるとおりです」

「この百年で、確かに屋敷も相当傷みが進みました」ヘンリーが言った。

「そうでしょうな。百年という時間は、耐え忍ぶには長い時間ですから」

「まさに。そこまで長いこと紡いできた、どんな人間の人生も、もっとも大切な最愛のつながりを失ってしまえば、その魅力は失なわれてしまうに違いありません」

「ああ、それも確かですね」ヴァーニー卿が言った。

ほどなく、さきほどヴァーニー卿が鳴らした呼び鈴に応えて、使用人がトレイにのせたワインや軽食を運んできた。

第十四章　ヘンリーとフランシス・ヴァーニー卿の合意
――屋敷への突然の到着――フローラの危機

使用人が部屋に運んできたトレイには、ワインを始め、さまざまな軽食が乗せられていた。使用人に下がるよう合図すると、ヴァーニー卿が言った。

「歩いていらした後の一杯のワインで、ご気分が良くなると思いますよ、バナーワースさん。あ、あなたもどうぞ。失礼ながら、お名前を失念してしまいましたが」

「マーチデールです」

「マーチデールさん、ああ、そうでした。どうぞ、ご自由に」

「あなたは、なにも召し上がらないので？」ヘンリーが訊いた。

「厳しい食事制限をしているところでして」ヴァーニー卿は答えた。「ごく簡単な食事だけしか摂れないのですよ。長い節制生活にももう慣れましたが」

「飲み食いをしないのか」ヘンリーは思わずつぶやいた。

「それで、お屋敷を私にお売りになるつもりはありますか？」ヴァーニー卿が訊いた。

ヘンリーは、もう一度、ヴァーニー卿の顔を見た。一瞬だけ、目をそらしたが、やはり、フローラの部屋にあった肖像画の男と瓜二つであることに、驚きを隠せなかった。似ていると思わせるものはそれだけではなかった。誰が見てもわかる額にある傷跡のようなものだった。肖像画を描いた画家は、絵のその箇所をわずかにくぼませていたが、同じような跡が、目の前にいるヴァーニー卿の額にもはっきり見てとれるのだ。今、ヘンリーはこれまで気づかなかった、この特徴的な傷跡を見て、確信した。自分が今、あの身の毛もよだつ化け物、吸血鬼の前にいるのだと思うと、胸が悪くなるような感覚に襲われた。

「お飲みにならないのですか」ヴァーニー卿が言った。「お若い方はたいてい、この上なく美味なワインのデカンタを前にしたら、それほど遠慮はしないものですがね。どうぞ、ご自由にお召しあがりください」

「いえ、いただきません」

ヘンリーは立ち上がって、マーチデール氏のほうを向いた。

「お暇《いとま》しましょうか？」

「君がそう言うなら」マーチデール氏も立ち上がった。

「しかし、まだ」ヴァーニー卿が遮った。「お屋敷の件について、お返事をいただいていませんね」

「まだ、お返事できません」ヘンリーが答えた。「考えさせてください。今の私の胸の内は、あなたがどんな条件を提示されようとも、私の条件の一つに同意してくださるなら、いつでもあなたにお譲りしようというう気持ちなのです」

「なんなりと」

「その条件とは、決して私の家族の前に姿を見せないで欲しいということです」

「それは、ずいぶんとご無体な。あなたには、若くて美しく聡明な、とても魅力的な妹さんがおありでしょう。正直言いますと、妹さんとお近づきになりたいと思っていたのですがね」

「妹に近づく？　あなたの姿を見たら、妹はショックを受け、狂気に苛まれてしまうでしょう」

「私は、そんなに醜いのでしょうか？」

「いえ、そういうことではありません。でも、あなたは――」

「シーッ、ヘンリー、もういい」マーチデール氏が止めた。「ここは、この紳士の屋敷であることを忘れずに」

「確かにそうだ。どうして、あの男はこんな恐ろしいことを、僕に言わせるよう仕向けるのだろう？　言いたくなどないのに」

「さあ、もう行こう。すぐにここを出よう。フランシス・ヴァーニー卿、友人のバナーワース氏は、あなたのお申し出をもう少し考えてから、お返事します。バナーワース館の持ち主になりたいというあなたのご希望は、かなえられるものとお考えになってもいいかもしれません」

「そうあって欲しいものですな」ヴァーニー卿が言った。「これだけは言えますが、私が屋敷の主人なら、いつでも、どなたでもご家族のご訪問を喜んでお受けします」

「訪問！」ヘンリーは身震いした。「墓参りのほうが、遥かにましですよ。それでは、さようなら」

「さようなら《アデュー》」フランシス・ヴァーニー卿は、この上なく優雅なおじぎをした。一方で、その顔には見るからに奇怪な、いや、じっくり考え込み、苦渋に満ちたような表情が浮かんでいた。ヘンリーとマーチデール氏は、戸惑いと恐怖を感じながら、そそくさと屋敷を後にした。哀れなヘンリーは、言葉を発することもできず、マーチデール氏に腕を引かれるままに、屋敷からいくぶん離れたところまで連れて行かれるというありさまだった。やっと、ヘンリーが口を開いた。

「マーチデールさん、これは、僕を殺すための、奴の博愛精神とやらでしょう」

「君を殺すため？」

「ええ。そうでないとしたら、僕は気が狂ってしまうに違いありません」

「そんなことはない。しっかりするんだ」

「あの男は――ヴァーニー卿は吸血鬼ですよ」

「シーッ、シーッ！」

「いいですか、マーチデールさん」ヘンリーは、激しく興奮して叫んだ。「あいつは、吸血鬼です。真夜中、誰もが寝静まった時間にフローラを襲って、彼女の血管から生き血を飲み干した怖ろしい化け物です。あれは、吸血鬼だ。あんな化け物が、本当にこの世に存在しているんだ。もう、間違いない。ああ、神よ、あなたの放つ稲妻が、今、僕が立っているここに落ちて、なにもかも消滅させてくれたら、どんなにいいか。あんな恐怖が、本当に存在するのだと認めざるをえなくなって、気が狂いそうなのだから」

「ヘンリー、ヘンリー」

「だめだ、僕に話しかけないでください。僕はどうすればいいんだ？　奴を殺せばいいのか？　あのような生き物を破壊するのは、神聖な義務ではないのだろうか？　なんという恐怖。奴を殺して、破壊し、燃やしてしなわなくてはならない。奴を焼き尽くして残った灰は、天を渡る風に散らしてしまわなくては。それは、成し遂げなくてはならないことなんだ、マーチデールさん」

「シーッ！　静かに！　そんなことを言うのは危険だ」

「僕は気にしません」

「悪意ある耳に、盗み聞きされたらどうする？　それが、厄介な結果を招くかもしれないぞ。あの妙な男についてなにか言うときは、頼むからもっと慎重になってくれ」

「僕が奴を殺さなくては」

「どうして？」

「なぜ、そんなことを訊くんです？　奴が吸血鬼ではないとでも？」

「そうだ。だが、ヘンリー。よく考えるんだ。君がどれほど危険なことを実行しようとしているか、もう少しよく考えてみろ。吸血鬼は、人間の血を吸った吸血鬼によって作られると言われているが、そうでなければ、普通の人間と同じように息絶え、墓の中で朽ちていくだろう。だが、あれは、生前に吸血鬼に襲われて、死後に自分が吸血鬼になった」

「それが、僕にとって、なんだというのです？」

「フローラのことを忘れたのか？」

哀れなヘンリーの唇から、絶望の叫びがもれた。一瞬、彼は精神的にも肉体的にも、完全に打ちひしがれたようになっていた。

「なんということだ！　彼女のことを忘れていた！」

ヘンリーはうめいた。

「そうだと思ったよ」

「僕の命を犠牲にすれば、次々と襲いかかってくるこの恐怖をすべて終わらせてくれるなら、僕は喜んで命を投げ出すでしょう。ああ、どんなことをしてでも。どんな死に方でも、僕は動じないだろう。どんな苦しみも、僕を怖気《おじけ》づかせることはない。殺し屋に向かって、笑みを見せ、〝待っていたぞ、望むところだ、ひと思いにやれ〟と言ってやる」

「それより、ヘンリー。君が愛する人たちのために死ぬのではなく、彼らのために生きる方法を探すんだ。君が死んでも、遺された者たちを惨めにするだけだ。生きていれば、悲運の連鎖を断ち切ることができるかもしれない」

「そうするよう、努力できればいいのですが」

「フローラは、君が彼女に与えることができる愛情にしか、頼る術がないことを考えるんだ」

「フローラには、チャールズがしっかりついていますよ」

「フン！」

「彼なら、間違いないと思わないのですか？」

「いいかい、友よ。私はそれほど年寄りではないが、君よりはかなり年長だ。世界をたくさん見てきた。おそらく、人間というものについても、かなり正確に判断できるようになったと思う」

「それは、間違いないと思いますが……でもまだ」

「いや、聞いてくれ。こうした判断は経験に基づくもので、こんなことを言うと予言じみたようになってしまうが、あえて今、君に言おう。チャールズ・ホランドはすでに、吸血鬼がフローラを襲ったという状況に苦しんでいる。だから、彼は決してフローラを妻にしないだろう」

「マーチデールさん、僕の意見はまったく違います」ヘンリーは言った。「チャールズ・ホランドは、名誉の権化のような人間であることはわかっていますから」

「その件については、君と議論することはできない。それはまだ事実とはいえないからね。僕が間違っていることを、切に願うだけだよ」

「あなたは決めつけているかもしれませんが、まったく間違っていますよ。チャールズが、僕の期待を裏切るわけがありません。いくらあなたにそんなことを言われても、なんの影響もありません。あなたの他人についての評価は、かなり間違っていると残念に思うだけです。あなた以外の誰かから言われたら、僕は怒りの感情を抑えきれなくなっていたかもしれませんが」

「真の友情を感じる相手を大いに怒らせてしまうのが、これまでの生涯での私の度重なる過《あやま》ちだ。このような場でいつも、私があまりに自由に物を言ってしまうせいだろう」

「いや、気を悪くしたということではありません」ヘンリーは言った。「ただ、取り乱していて、なにを言っているのか、自分でもほとんどわかっていないのです。マーチデールさん、あなたが僕の誠実な友であることは、もちろんわかっています。でも、僕はもう、ほとんど気が狂いそうなんです」

「ああ、ヘンリー。もっと落ち着いて。ヴァーニー卿との面会について、屋敷に戻って皆にどう話をするか、考えよう」

「ええ、よくよく考えるべきことですからね」

「夜、秘かに忍び込んできて、君の家族を悩ませた者が、隣人の中にいるのがわかったなどという、不愉快な事実を持ち出すのは、決して賢明なことだとは思わないからね」

「ええ――そのとおりです」

「私は、そのことについてなにも言うつもりはない。君が彼に言ったように、ヴァーニー卿の本名がなんであろうと、君の前に出しゃばってくることは、もう、おそらくありえないだろう」

るでしょう」

「もしそんなことをしたら、彼は確実に死ぬことにな
「彼はおそらく、このような展開は自分にとって危険だと考えるだろう」

「致命的なことになりますからね。どうか、天よ、助けたまえ。あの男が、再びこの地上を歩けるような、どんな蘇生力ももたないよう、僕は特別に用心するつもりです」

「吸血鬼を破滅させる唯一の方法は、その体を杭で地面に打ちつけることだと言われている。そうすれば、奴は動けないし、当然のことながら、通常の場合のように腐敗が進行する」

「火で焼き尽くすのが、手っ取り早い方法ですね」ヘンリーが言った。「でも、こうしたことは、恐ろしい考えです。現時点では、彼に手出しはできないでしょう。母やフローラの前では、偽善者になりきって、平静を装っているように振る舞う努力をするべきですね。その間、僕の心臓は張り裂けそうになっているでしょうが」

　そうこうするうちに、ヘンリーとマーチデール氏は屋敷に到着していた。ここで二人は別れ、ヘンリーはなんとも気乗りのしない感情のまま、ゆっくりと母親とフローラのいる部屋に向かった。

第十五章　老提督とその付き人――「ネルソンズ・アームス」の主人からの連絡

　バナーワース館で、こうした重大かつ深刻な問題が進行している間、最初はあまりに奇怪で、とても信じられないと思われた事件の決定的な証拠が、毎日、毎時間、次から次へと出現していた。近所のゴシップ好きな連中の耳に入れば、大げさに話が誇張され、さぞかし大騒ぎになったことだろう。

　本人たちは決してそんなことはしていないと言い張っているが、おぞましい吸血鬼の襲撃に恐れをなして、バナーワース館を辞めた使用人たちが、この話をさらに遠くへと広めていた。だから、隣接する村や市場町でも、バナーワース家の吸血鬼話は、恰好の話題の種になっていた。

　怪異好きにとって、まさに天の恵みともいえるこのような話は、地方に古くから住んでいる、物知りの記憶の範囲には現れることはなかった。

さらに、学があり、より分別ある判断力をもった一部の人々を、動揺させたことが一つあった。それは、始めからとんでもない嘘だと決めつけていることに、可能な限り理路整然と決着をつけようと、苦労して突き詰めようとすればするほど、この問題に対する自分たち自身の感覚を揺るがすような、証拠が次々と見つかることだ。

家じゅうの至るところで、あるいは公私問わず、吸血鬼に関する噂がささやかれ続けた。子守女たちは、幼い子どもがなかなか寝つかないと、怖がらせて静かにさせる手段として、昔の悪魔や幽霊よりも、吸血鬼のほうが遥かに効果があると考えるようになった。

しかし、バナーハウス館に一番近い市場町の、目抜き通りにあるネルソンズ・アームスという宿ほど、吸血鬼に関するゴシップが熱狂的に、しかも組織だって語られていた場所はほかにはなかった。

ホラー愛好家たちが、わざわざ本部のようなものを設けて、客同士で怪奇をとことん話し尽くしたい渇望を大いに盛り上げた。そのため、客や主人は、まるで吸血鬼が選挙戦を争っているようなものだと、本気で考えるほどだったという。

マーチデール氏とヘンリーが、フランシス・ヴァーニー卿の屋敷を訪ねた同じ日の夕方、このネルソンズ・アームスに、一台の駅馬車が到着した。馬車には、その風貌も態度もまるで正反対な二人の人物が乗っていた。

一人は、齢《よわい》七十になろうかという男だが、まだまだ血色のいい顔色と大きな声から、この先も、世の中と対等に渡り合っていくつもりでいるのは明らかだった。男は、高価な服を着て、きちんと盛装していた。衣服に関して言えば、海軍気質があらゆるところに見受けられた。ボタンには錨のマーク、服の種類と色は、五、六十年前の海軍高級将校の略装にできるだけ似せてあった。

連れはもっと若い男で、水兵の制服を着ているので、その正体は隠しようもなく、紛れもない船乗りだった。元気そうで、身なりもきちんとしていて、明らかに食事も十分足りている様子だった。

馬車が宿屋の正面に停まると、この若者が老人に言った。

「ホーイ」

「おい、グズ水夫、今度はなんだ?」

「ここが、ネルソンズ・アームスですよ。身震いしますね。彼がここで、人生の最良の半分を一人で過ごしたのはご存じでしょう」〔彼とは、海軍提督ホレイショ・ネルソン、初代ネルソン子爵のことで、彼は一八〇五年に亡くなっているため、明らかに時代錯誤な言い方〕

「ほお〜!」若者の蘊蓄《うんちく》に対する返事はそれだけだったが、年かさの男は非常に満足そうだった。

「止めろ!」若者は、馬車を中庭に入れようとした御者に向かって叫んだ。「止めるんだ。ろくでなしの鉄砲玉め! 俺たちは波止場に入りたいわけじゃない」

「まあいい!」老人が叫んだ。「馬車を降りよう、ジャック。ここは港だ。いいか、まったく、おまえって奴は。汚い言葉はいかんぞ。怠け者の役立たずめ」

「へい《アイ》、へい《アイ》」ジャックが言った。「十年ぶりに陸《おか》にあがったんですよ。お上品もなにもあったもんじゃありませんや、提督。俺に土地勘がなければ、あなたの使いっ走りなんかやってませんよ。今じゃ誰も、俺のことを船乗りだなんて、思ってくれないでしょうねえ、提督」

「黙らんか！」

「わかりましたよ《アイ・アイ・サー》」

ジャックと呼ばれた男は、扉が開くと投げ出されるようにして馬車から降りた。その動きは、まさに襟首をつかまれて引きずり出されるような素早さだったので、このような早業は、目に見えないなにかの作用によって、成し遂げられたに違いないと信じたくなるほどだった。

ジャックは、提督が馬車から降りるのを手伝った。宿の主人がいつものように、盛んにペコペコしながら出迎え、乗り合い馬車の乗客よりも優先して歓迎した。

「御託は並べんでいいぞ！」提督が叫んだ。「静かにしてくれ」

「最高級のサービスをご提供しますよ、だんな。高級ワイン、評判のベッド、きめ細やかなサービス、おいしい空気」

「もう、そこらへんでやめときな」ジャックが言った。優しく諭《さと》すような言い方だったが、実はその間に主人の脇腹を小突いていて、パントマイムのピエロが、〝ホット・コドリング〟〔通りの屋台で売られている焼きリンゴ〕と、大声でどなるときのように、何度も腕を動かしていた。

「それで、ジャック、〝航海指示書〟はどこにある？」提督が訊いた。

「ここですよ、提督」ジャックは自分のポケットから一通の手紙を取り出し、提督に渡した。

「中にお入りになりませんか、だんな」宿の主人が言った。脇腹を小突かれた痛みから、少しは回復し始めたようだ。

「それが正しいものかどうかわかるまで、港に入って入港税やなんやらを払うことがいったいなんの役に立つんだ？　この間抜けが、え？」

「あ、いや、だんな、もちろん――どうか、お助けを。この老紳士はいったいなにをおっしゃってるんで？」

提督は手紙を開いた。


ウクソターのネルソンズ・アームスに立ち寄っていただければ、私のことがわかるでしょう。使いをよこしてくだされば、もっと詳しくお話しできます。

あなたの従順で謙虚な――

ジョサイア・クリンクルス

「いったい、こいつは誰だ？」

「ここは、ウクソターですよ、だんな」宿の主人が言った。「それに、確かにあなたがたはネルソンズ・アームスにいます。上等なベッドに最高のワイン――すばらしい……」

「黙っとれ！」

「はい、だんな。も、もちろん」

「いったい、このジョサイア・クリンクルスという悪魔野郎は、どこのどいつなんだ？」

「ハハハ！　笑わせてくれますね、だんな。悪魔ですって？　悪魔と弁護士とはよく言ったものですなあ。紙一重みたいなもんですからね――笑えますなあ」

「すぐに、あんたのその昇降口みたいな口を、もっと大口あけて笑わせてやるよ。で、クリンクルスとは誰なんだ？」

「ああ、クリンクルスさんですね。みんな知ってますよ。まったくもって、ご立派な弁護士でさ、だんな。非常に尊敬に値する人物で」

「弁護士だって？」

「ええ、そうです、弁護士ですよ、だんな」

「これは、驚いた」

ジャックが長く口笛を吹き、提督と宿の主人は、驚いたように互いを見た。

「なんと！　これほどまでに驚いたことがあるだろうか」

「ごもっとも《アイ・アイ・サー》」とジャック。

「はるばる、百七十マイルもやって来て、できそこないのずる賢い弁護士に会おうとはな」

「そのとおり《アイ・アイ・サー》」

「奴をぶちのめしてやるぞ――ジャック！」

「閣下？」

「また、馬車に乗るぞ」

「でも、チャールズどのはどこにいるんです？　ちゃんとした弁護士ってやつは、まったくいまいましい悪党です。でも、人生で一度くらいは、ここで我々に正しい航路をおしえてくれるような、珍しい奴なのかもしれませんよ。もし、そいつがそんな人間なら、海賊たちの中に彼を置き去りにするような、無法者みたいな真似はしないでくださいよ。恥ずかしいですよ」

「おまえって奴は、地獄のやくざ者だな。わしに向かって、よくそんな説教ができるものだ。おまえこそ、ぐずな悪党だ」

「あなたがそうだからですよ」

「これは反乱だ――反乱だ――とんでもないことだ！　ジャック、おまえに手かせ足かせをはめて拘束してやる。おまえは、ただのやくざ者だ。船乗りではない」

「船乗りじゃない！　船乗りじゃないだって！」

「船乗りのはしくれでもないさ」

「よくわかりましたよ。もう、潮時です。どうせ俺は、船の責任者リストから、はずされていたんだ。あなたにさよならを言いますよ。あなたが、もっとばっちり世話してくれる、優秀な船乗りを助手にできることを祈ってますよ。ジャック・プリングルとは違うご立派な私設秘書をね。どうなっても知りませんからね。コルフ湾で弾丸が俺たちの頭をかすめたときには、あなたは俺のことを、船乗りじゃないなんて言わなかったのに」

「木偶《でく》の坊《ぼう》のジャック、さあ、仲直りの握手をしよう。いいから、来るんだ、この野郎。わしを捨てて去るつもりなのか？」

「俺の知ったこっちゃない」

「それなら、来い」

「俺のことを船乗りじゃないなんて、言わないでください よ。呼びたければ、木偶の坊でもなんでもいいですから、俺をそんなにいじめないでくださいよ。俺は、赤ん坊みたいにヤワなんですから。そんなことしないでください」

「おまえを困らせるなんて、誰がそんなことをする？」

「悪魔ですよ」

「誰が？」

「もういいですよ」

という具合に口喧嘩をしながら、二人は宿に入った。まわりに集まってきた野次馬たちにとって、二人のこの口論は、大いに見ものだった。

「個室をご希望ですか？」宿の主人が訊いた。

「それが、どうした？」ジャックが言った。

「いいから、おまえは黙ってろ」提督が言った。「答えはイエスだ。個室とグロッグ酒〔ラム酒の水割り。特にイギリス海軍の乗員に支給された〕を頼む」

「鬼みたいに強烈なやつをね！」とジャック。

「はい、かしこまりました。極上のワインに――上質なベッド――すばらしい――」

「それ、前にも言ったぞ」ジャックはそう言うと、また宿の主人の脇腹を激しく小突いた。

「そうだ」提督が声をあげた。「そのいまいましい弁護士のところに、使いを出してくれんか、ご主人」

「クリンクルスさんのことですか、だんな？」

「そうだ」

「で、恐れ入りますが、どなたがお会いになりたがっているとか？」

「ベル提督だ」

「かしこまりました、提督。確かに承りました。きっと、ご想像とは正反対の、小柄ですがご立派な紳士だということがおわかりになるでしょう、だんな」

「それで、彼にジャック・プリングルというのも、ここにいると伝えてくれ」

「はいはい、もちろん、承知しました」宿の主人は、さっき脇腹を小突かれたことで、少々困惑していた。さっきまで大声で口論していたかと思ったら、急に用向きを言いつけられて、どちらが主人で、どちらがおつきの者なのか、よくわからなかった。

「ジャック、弁護士に会いにはるばるやってきたとはな」提督は言った。

「まったくです《アイ・アイ・サー》」

「もし、最初から相手が弁護士だと言われていれば、こちらの身の振り方も違っただろうに。だが、これはペテンだな、ジャック」

「俺もそう思います。でも、彼をつかまえたら、しめあげてやりましょうよ」

「よし、そうしよう」

「でも、奴はチャールズどののことについて、なにか知っているかもしれませんよ、提督。ああ、そういえば、昔、彼があなたに会いに、ポーツマスに来たときのことを覚えていますか？」

「ああ、覚えとるとも」

「そのとき、彼がどんなにフランス人が大嫌いか、まったく厄介な相手だと思っているか、言っていましたよね。見上げた忍耐力と感覚でした。彼はあなたにこう言いましたよ。

〝伯父上、僕は大人になったら、船に乗って、大勢のフランス人と戦います〟ってね。そうしたら、あなたは〝奴らをやっつけてやれ、甥っ子よ〟と言った。きっとあなたは、彼はそんなことは忘れてしまうだろうと思ったのでしょうけど、彼はこう返したんです。

〝なにを今さらそんなことを言うんです？　僕のことを馬鹿だと思っているんですか？　いつだって、僕たちは彼らを負かしているじゃないですか？〟」

　提督は笑い、手をすり合わせて大声で言った。

「覚えているとも、ジャック。彼のことはよく覚えておる。あんなことを言ったのは愚かだった」

「そうですよ。俺だって、なんて愚かなもうろくじじいだと思ったものですよ」

「おいおい、なんということを言う！」

「じゃあ、俺のことを船乗りじゃないっていうなら、なんて呼ぶんです？」

「なあ、ジャック。おまえは船乗りみたいに根に持つな」

「また、そこですか。いいかげんにしてくださいよ。ヤンキーのフリゲート艦二隻とぶつかりあって、マストの帆桁《ほげた》から帆桁へと飛び移って、両方ともやっつけたときのことを忘れたんですか？　甲板の排水溝に血が流れていたあのときでも、あなたは俺のことを船乗りだと言わなかった。それでも、俺は船乗りだったというわけですか？」

「おまえは、船乗りだったよ、ジャック。間違いない。おまえはわしの命を救ってくれた」

「救ってませんよ」

「いや、救った」

「俺が、救ってないって言ってるんですよ。あなたの命を救ったのは、綱通しスパイクですよ」

「だが、わしがそう言っているんだ、卑しいよた者めが。わしがきっぱり言っているんだ。自分の船で、間違うことなどない」

「あれをあなたの船と呼ぶんですか？」

「いや、くそっ。わしは――」

「クリンクルスさんがみえました」そのとき、宿の主人が、勢いよく扉を開けたので、いつものようにヒートアップしそうな言い争いが、たちまち中断された。

「悪徳弁護士が、ちょうどいいところに！」ジャックが言った。

　きちんとした身なりの小柄な男が現れ、おずおずと部屋の中に入って来た。おそらく、宿の主人から、使いをよこした連中は野蛮な奴らだとでも聞いていたのだろう。

「で、あなたがクリンクルスさん？」提督が大きな声で言った。「お座りください。弁護士でいらっしゃる

とか？」

「ありがとうございます、提督。私は弁護士で、確かにクリンクルスという名前です」

「これを見てください」

提督は、弁護士の小さな手に手紙を渡した。

「これを読んでも？」

「いかにも」

「声に出して？」

「悪魔に向けてでも、豚の鳴き声のようでも、西インドのハリケーンのようにでも、お好きなように」

「ああ、わかりました、提督。喜んで、声に出して読んでみましょう。差支えなければ」

そして、弁護士は手紙を開くと読んだ。

ベル提督殿
提督、諸事情に

より、あなたが甥御さまのチャールズ・ホランドを温かく見守り、並々ならぬ関心を寄せておられることを知り、思い切ってお手紙をさしあげた次第です。というのも、あなたの迅速かつ積極的なご協力が、このままでは非常に不利になり、究極の不幸を招きかねない状態から、甥御さまを救うことができるかもしれないという問題を憂いているからなのです。

　ここにお知らせするのは、チャールズ・ホランド氏が、予定よりもだいぶ早くイギリスに戻ってきていること、そしてその目的が、あらゆる点で好ましくない家系の、非常にふさわしくない娘との結婚のためである、ということです。

　提督は、ホランド氏にもっとも近い、この世でたった一人のご親戚であり、彼の財産の管理者でもあります。ですから、彼を破滅的な結婚から救うため、阻止に乗り出すのはあなたの義務といえましょう。このような結婚の結果は、彼自身と彼の幸福に関心をもつ者すべてに、荒廃と苦痛をもたらすに違いありません。

　ホランド氏が、結婚を望んでいる家族の名はバナーワース、相手の娘の名はフローラ・バナーワースです。この家族の中に、吸血鬼がいることをお知らせしておきます。もし、ホランド氏がこの家族と縁続きになり、吸血鬼と結婚して、吸血鬼の子どもをもつようなことになったら！　私はこの件に関して、十分にあなたに警告申し上げたと確信しております。一刻も早く、あなたさまが解決のために、現地へ向かわれることをお勧めします。

　ウクソターのネルソンズ・アームスに立ち寄っていただければ、私のことがわかるでしょう。使いをよこしてくだされば、もっと詳しくお話しできます。

　あなたの従順で謙虚な――

　ジョサイア・クリンクルス

追伸：以下に、ジョンソン博士の「吸血鬼というものの説明」を同封致します。
「吸血鬼（ドイツの吸血動物）は、太古の昔からどれくらいいたのだろうかと考えるかもしれないが、彼らはイギリス人《ジョン・ブル》の費用を使って、聖ジェームズ宮廷で、大いに歓待されてきたに違いない。そこでは、会えるのはドイツの吸血動物ばかりというくらい、その数は多かっただろう」

弁護士は手紙を読み終えると、ベル提督の顔を見た。その驚きの表情は、状況が違えば、大いに提督を面白がらせたことだろう。だが、提督の頭は、甥のチャールズ・ホランドの危機のことでいっぱいで、とても面白がるどころの話ではなかった。小柄な弁護士がなにも言わなかったので、提督が大声で促した。

「それで？」

「ええ――ええ、と」弁護士が言った。

「あなたに使いをやって、あなたは今、ここにいる。私もここにいる。ジャック・プリングルもいる。なにか言うことは？」

「ただこれだけ」クリンクルスは、少し正気を取り戻した。「ただ、これだけしか言えません、提督。私はこんな手紙は、生まれてこのかた見たこともありません」

「見たことが――ない、ですと？」

「ええ」

「つまり、あなたが書いたのではないと？」

「誓って、私はこんな手紙は書いていません」

ジャック・プリングルが口笛を吹いた。提督は困惑していた。歌の中の提督のように、〝ますます蒼褪めていた〟。クリンクルスが言った。

「私の名前を騙《かた》って、このような手紙をでっちあげた者は誰なのか、まったく想像もつきません。あなたへの手紙ということですが、私はあなたのことは、長い間、国のために立派に戦ってきた勇敢な将校で、すべてのイギリス人の称賛と喝采を受ける資格がある人物といった、巷《ちまた》で言われていること以外は存じあげません」

ジャックと提督は、驚いて互いに顔を見合わせた。提督が言った。

「なんと！　弁護士どのの口からこんなことを言われるとは？」

「弁護士でも」クリンクルスが言った。「勇敢な男の偉業を褒めたたえる方法くらい知っていますよ。多くは、彼らの真似をすることなどできませんけどね。その手紙は、偽物ですよ、提督。それでは、私はこれで失礼しますよ。この国の歴史に名を残すであろう紳士と、お話しできる機会を持てて、まことに光栄でした。それでは、これで」

「いや、いや、そんな風にあなたを帰らせてしまったら、男がすたります」ジャックはこう言うと、入り口のところへ飛んで行って、扉に背中を押しつけた。

「あなたが二十人の精鋭弁護士の一人なら、古き英国の軍艦に敬意を表して、一緒に一杯やりませんか」

「そのとおりだ、ジャック」提督が言った。「さあさあ、クリンクルスさん。こうしたよしみで言わせてもらいますが、世の中には、しかるべき弁護士は二人はいて、そのうちの一人は、あなただと思っていますよ。最高級のワインがあったはずですから、船――つまり家で一緒にやりましょう」

「あなたのご命令とあれば、提督、喜んで従いますよ」弁護士は答えた。「しかし、名誉にかけて断言できますが、あの手紙は私が書いたものではありません。でも、書かれていることについては、ここらあたりではかなり有名になっています。そのことについて、いくらかの情報をお伝えすることはできますよ」

「本当に？」

「当事者たちは尊敬に値する人物たちですので、こんな話をするのは残念なのですが」

「まあ、お座りください。座って。ジャック、将校宿舎へ一っ走りして、ワインを取って来い。我らは右舷や左舷へ行ってみましょう。それにしても、いったい誰がこの手紙を書いたのでしょうね？」

「まったく、見当もつきません、提督」

「まあ、まあ、気にせんでください。あの手紙のおかげで、私はここに来ているのですからな。なにかがあるのでしょう。だからそれほど文句を言いません。甥がイギリスにいることは、知りませんでしたよ。あえて言えば、甥も私がここにいることを知りませんがね。だが、二人とも確かにイギリスにいます。甥に会って確かめてみるまでは、心休まりませんがね。その、なんでしたっけ――」

「吸血鬼」

「そうそう、吸血鬼とやらのことを」

「いやあ、びっくりですよ」自分たちの特権が踏みにじられると思ったウェイターたちの反対を押し切って、ワインを持って戻って来たジャックが言った。「いやはや、きうけつ鬼なるものを知っていたら、奴がデイヴィ・ジョーンズ〔海の悪霊〕の遠い親戚でなくても、肝を冷やしますねえ」

「いいから、黙ってろ」提督が言った。「おまえの話など、誰も聞きたかないさ。このうすのろめ」

「わかりましたよ」ジャックはそう言うと、テーブルの上にワインのボトルを置いて、部屋の隅に下がった。弾丸が頭をかすめ、船の帆桁から帆桁へと動き回って敵と戦ったときには、うすのろだなんて言われなかったのに、とぶつぶつ言った。

「では、弁護士どの」荒くれ船乗り気質のベル提督は、相手に向き合った。「我々の良き出会いのために乾杯を。貴殿のことが気にくわないとしても、とりあえずは」

「おっしゃいますな、提督」

「どういたしまして。かつて、ある若い悪徳弁護士を、私の船室で食事に誘おうと考えたこともありました。しかし今、法律の世界にも、まっとうな良き人間がいるのかもしれないと、思い始めているところです。だから、あなたは運がいいんですよ。ベル提督に蓄えがあるうちは、あなたは友人や酒を欲しがらないでしょうからね」

「うそつけ《ガモン》」ジャックが口をはさんだ。

「なんだと。どういう意味だ？」提督は激怒して言った。

「あなたに言ってるんじゃないですよ」ジャックが、甲高い声で叫んだ。「路上で二人の少年が、喧嘩しているふりをしているけれど、実はそうじゃないってことはわかってるんでね」

「黙ってろ」

「黙りますよ。ベイルートでうちらの頭を弾がかすめたときは、黙れとは言われませんでしたけどね」

「奴のことは、気にせんでください、弁護士どの」提督が言った。「あいつは、自分がなにを言っているのかわかっとらんのですよ。構わずに、あなたの知っていることを話してください。その――きゅ……」

「吸血鬼について！」

「そうそう、どうも妙な魚の名前はいつも忘れてしまってね。で、結局それは、人魚かなにかの仲間ですかね？」

「それが、なんとも言えないのですよ。しかし、その痛ましい話の詳細が、国中を揺るがす大騒ぎになっていることは確からしいです」

「ほう！」

「そうなんです。事の発端は、若くて美しく、彼女を知る者の誰からも尊敬、称賛されているフローラ・バナーワース嬢が、ある夜、窓から侵入してきた奇怪な生き物に襲われたのです」

「なんてこった。その場にいたかったなあ」ジャックが口を出した。

「フローラはあまりの恐怖で凍りついてしまい、ベッドから半分はい出して、叫び声をあげるくらいしかできず、たちまち、その妙な化け物につかまってしまったとか」

「ああ、俺の哀れな乙女」ジャックが言った。「さぞかし悲鳴をあげたに違いない」

「また、小言をくらいたいか？」提督が吠えた。

「確かに、やっちまいましたね。そろそろまた別の争いの種をまいたかな」

「この、とうへんぼく。今度、この紳士の話の腰を折ったら、その馬鹿頭に思い知らせてやるぞ」

「暴力はやめてください」

「申し上げているように」弁護士は話を続けた。「幸いなことに、彼女はなんとか声をあげることができました。その声が屋敷じゅうに響き、すぐに彼女の部屋の扉が破られたのです」

「ほう、それで――」

「へえ」とジャック。

「部屋に飛び込んだ者たちが、悪魔のような化け物に捕まっているフローラの姿を見たときの、恐怖と狼狽を想像できるでしょうか。その化け物は、彼女の首筋に歯をたて、彼女の生き血を吸っていたのですよ」

「悪魔だ！」

「その化け物を捕まえようとすると、そいつはおぞましい食事をやめて、素早く逃げ出したのです。銃を放ったらしいのですが、命中しませんでした」

「逃がしたのか？」

「後を追って、その化け物が庭の塀を乗り越えるのを見たらしいのですが、まんまと逃げられたそうです。後に残された彼らの恐怖たるや、想像に難くありません」

「それに匹敵するような話は聞いたことがないな、ジャック、おまえはどう思う？」

「まだ、頭が働いてません」ジャックが答えた。

「で、我が甥のチャールズについてはどうなのかな？」提督が訊いた。

「甥御さんについては、私はなにも知りません」

「なにも？」

「まったくなにも、提督。あなたに甥御さんがいらっしゃることも知りませんでした。それに、これほど謎めいた説明のつかない事態に、あなたと関係のある御仁が関わっていることも。これが、吸血鬼事件について巷で言われていることをまとめた、私が知っているすべてです。これ以上は、なにも知りません。それは確かです」

「う〜む、知らないことを話すことは誰にもできんな。誰が、わし宛てにこの手紙を書いたのかと考えると、非常に悩ましい」

「それは、私もまるでお手上げです」クリンクルスは言った。「勇敢なる提督、こんな不可解な事件に、こんな形で私の名が使われたことに、非常にショックを受けています。ですが、あなたがせっかくここにいらっしゃるのですから、どうか言わせてください。私の祖国を守った勇敢な守護者、そして、その名前と偉業の記憶が、すべてのイギリス人の心に刻まれている人物のために、少しでもなんらかのお役にたてたこと、これは私の誇り、私の喜び、私の残りの人生の自慢となることでしょう」

「まるで、一冊の本みたいな話だな」ジャックが言った。「どうやって読んだらいいかわからないから、自分ではそんな本は読めないが、読まれていると聞いても、まったくわけのわからない作り話みたいだ」

「おまえの無知な物言いはもうたくさんだ。黙ってろ」提督が言った。

「はい、はい《アイ・アイ・サー》」

「それで、弁護士どの。貴殿は正直なお方だ。正直な人間は、たいてい思慮深いものですな」

「提督、ありがとうございます」

「もし、その手紙に書かれていることが真実なら、我が甥チャールズは、吸血鬼に首を嚙まれたその少女に恋をしているということですな」

「そう思います、提督」

「では、貴殿ならどうする?」

「もっとも困難で、なにより不本意な仕事の一つは、家族の問題に外から首を突っ込むことでしょう」弁護士は答えた。「冷静かつ冷徹な理性の目は、一般的に、感情や愛情が非常に危うくなっている人々の目に映るものとは、まったく異なる光で物事を見ているものです」

「いかにも。続けて」

「親愛なる提督、僭越ながら、私のささやかな判断が、この事件に関して理性的な見方をしていると思われるなら、言わせていただきますが、あなたの甥御さんが、吸血鬼の襲撃を受けやすい家庭と縁戚関係になったら、怖ろしいことになると思います」

「愉快なことにはならんな」

「この若い娘は、いずれ子どもを産むかもしれません」

「ああ、どっさりとね」ジャックが口をはさんだ。

「黙っとれ、ジャック」

「了解《アイ・アイ・サー》」

「彼女自身が、死後に吸血鬼になって、自分の子どもたちの生き血を吸いにやってくるかもしれないのです」

「吸血鬼になるだと！　その娘も、吸血鬼になってしまうというのか？」

「親愛なる提督、ご存じないでしょうか？　吸血鬼の生理学によりますと、この恐ろしい化け物に嚙まれた者は皆、吸血鬼になってしまうという驚くべき事実があることを」

「なんということだ！」

「これは事実なのですよ、提督」

「ヒュー！」ジャックが口笛を吹いた。「その娘は、俺たち全員に嚙みつくかもしれないってわけだ。とすると、きうけつ鬼だらけの船の船乗りになるのか。そりゃ、とんでもない話だ！」

「聞き捨てならん話だ」提督は、椅子から立ち上がって、部屋を行ったり来たりした。「まことに不愉快だ。もしそうなら、自分の船の帆桁で、吊るしあげをくらってしまう」

「誰がそんなことを言ったんです？」とジャック。

「誰もおまえに聞いとらん、間抜け」

「提督」クリンクルスが言った。「知っている限りの情報はお伝えしました。あとは、前に謹《つつし》んでお話しさせていただきましたことを、長々と繰り返すだけになってしまいます。つまり、私はあなたの謙虚な僕《しもべ》であり、いつでも喜んで、あなたのために参じる心づもりがあります」

「それは、ありがたい。いや、ありがとう。ミスター……えーと」

「クリンクルス」

「ああ、クリンクルスさん。すぐにまた、ご連絡することになるだろう。今、私はここにいる。たとえ、これまでの理解を超える、底知れぬものであろうと、この事件の真相を見極めてやろう。チャールズ・ホランドは、わしの哀れな妹の息子で、この広い世の中でたった一人の親戚だ。彼の幸せは、わしの幸せよりも大切なものなのだよ」

「神のご加護がありますよう、提督」弁護士は言った。「それでは失礼します」

「ごきげんよう」

「さよなら、弁護士さん」ジャックが言った。「お気をつけて。ちっ、あんたがまともな人間に見えなくても、航海の終わりでぶざまなヘマをやらかさなければ、結局のところ、悪魔を遠ざけ、帆脚索を使って、天国の狭き門に入れるかもしれないいな」

老いた提督は、深いため息をつきながら、椅子にどさりと座った。

「ジャック」

「なんでしょう《アイ・アイ・サー》」

「さて、どうしたらいい？」

ジャックは、窓を開けて、弁護士が吸血鬼のことを話している間にこもった湿気を排出すると、主人のほうを向いた。

「どうするかですって？　今すぐに、我らが甥っ子チャールズを見つけ出して、彼にすべて訊ねるんですよ。それで、その若いお嬢さんにも会って、できれば、そのきうけつ鬼とやらもとっ捕まえる。そして、この事件を船べりから船べりまでとことん調べて、すべての詳細を明らかにして、それから、頭を整理し直して、どうしたらいいかを考えるんです」

「ジャック、おまえの言う通りだ。一緒に来い」

「俺が正しいのはわかってますよ。どっちへ舵をとるかわかってるんですかい？」

「もちろん、わからん。これまで、こんな緯度に来たことはないからな。しかも、航路はかなり入り組んでいるようだ。操舵手を集めれば、ジャック、問題ないだろう。もし衝突でもしたら、そいつの責任だからな」

「そりゃ、大船に乗ったみたいに安心できますねえ。さあ、行きますよ」ジャックが言った。

第十六章　庭での恋人たちの逢瀬──感動的なシーン──そこに突然現れるフランシス・ヴァーニー卿

読者諸氏は、フローラ・バナーワースとチャールズ・ホランドが、屋敷の庭で会う約束をしたことを覚えているだろう。この逢瀬は、さまざまな葛藤を抱え、どんな結果が待ち受けているのか、疑念に苛まれながら苦しい状態を過ごしている若者にとって、待ち望んでいたものだった。

二人の未来は諦めて欲しいと、フローラから強く求められているのは、心から誠実に彼女を愛しているチャールズにとって、耐え難い苦しみだったが、彼女は、こちらにそう決心させるために、できる限りの説得をするだろうと思われた。しかし、チャールズにとって、フローラを諦めるなどという考えは、最悪でしかなかった。

「こんな苦難のときに彼女を見捨てたりしたら、自分の評価、彼女の評価、そしてすべての高潔な心をもつ人たちの評価において、僕は最低な男になってしまうのではないか？　〝フローラ、君の美しさが悲しみによって損なわれていないとき、君のまわりのすべてが生き生きと喜びを解き放っているように見えたとき、君が与えてくれるであろう、より大きな幸福のために、僕は自分勝手に君を愛しただけだ。でも、不幸の魔の手が君にのしかかっている今、君が本来の君ではない今、僕は君を捨てる〟こんなことを、実際に彼女に言うほど、僕は見下げ果てた人間なのか？　決して──決して、そんなことはない！」

哲学的な隣人からしてみれば、チャールズ・ホランドは理性よりも感受性のほうが勝っているように思えるだろう。だが、彼の論理の誤りがどうであれ、彼が追い求めているような、自己犠牲的な寛大な道を命ずる魂の高潔さは、称賛に値するのではないか？

フローラはといえば、まさにそのとき、ほとんど圧倒されそうになっている出来事の試練に、自身の知性がしっかり持ちこたえていたかどうかは、まったくわからない。

フローラの心は、二つの大きな感情に憑りつかれているようだった。またあの吸血鬼がやってくるのではないかという恐怖と、チャールズ・ホランドの自分への変わらぬ気持ち、繰り返される誓いの言葉から、なんとか解放してあげたいという思いに苦しんでいた。

　感情、寛容、判断、どれをとっても、若いチャールズを自分と同じ運命に巻き込んでしまうと考えると、胸が悪くなりそうだった。彼と結ばれることは、本当の意味で運命共同体になってしまうということだ。彼の口から、これからも君を愛し続けるという寛大な言葉を聞けば聞くほど、一緒になったら、彼はとても苦しむことになるという思いが一層強くなった。

　フローラは正しかった。喉に吸血鬼の歯型が残っている、こんな自分を祭壇に導こうとしているチャールズのこの上なく寛大な気持ちは、すべての不幸、あらゆる苦悩と嘆きのただ中にあるフローラにとって、彼が十分な心の拠り所になってくれるという感情の深さを確かなものにしていた。

　バナーワース家の屋敷で親しまれている庭は、半円形の土地で、四方に広がる木々で木陰になっていて、もっぱら花の成長に役立っている。

　土地の一部は、屋敷からはほとんど見えなくなっていて、その中心にはあずまやがある。例年ならば、あらゆる蔦《つた》植物に覆われ、この上なくいい香りがして、稀有なほどの美しさだ。周辺には、豊かな土壌と守られた環境のおかげで、美しく香しい花々が咲き乱れている。

　だが、なんということか。このところ、一家の財政状況が悪くなったせいで、かつては自慢だった屋敷や庭をきちんと整備する使用人がいなくなってしまい、評判だった花壇には、枯れた雑草がはびこるようになった。そんな花の庭を、チャールズとフローラは会う場所に選んだのだ。

　当然のことながら、約束の時間より前にその場に来ていたチャールズは、愛してやまない大切なフローラが現れるのを今か今かと心待ちにしていた。彼にとっては、そこに咲き誇っている、美しく香しい無垢な花々など、なんの意味があるというのだろう？

　彼の心にとっての花とは、どんな花よりも美しいのに、今はしおれてしまっている。愛するフローラの蒼褪めた頬を見ると、輝く薔薇の代わりに百合がとってかわられているようで、チャールズはため息をついた。

「愛する、愛するフローラ」チャールズは、思わず声に出していた。「確かに君は、この場所から離れるべきだ。こんな、痛ましい記憶ばかりの場所からは。どうも、マーチデール氏は僕にとって友人とは思えないが、彼のアドバイスは正しいという確信、いやむしろ印象がある。それを認めないほど、僕の判断力は鈍ってはいない。短剣のように人の心をえぐるような言葉ではなく、なるべく穏やかな言葉で言ったのかもしれないが、そのひと言ひと言が、僕の心をひどく傷つけた。だが、それでも彼の結論は正しいと思わざるを得ない」

花の間を進む妖精のような軽い足音が聞こえてきた。すぐに音のしたほうを見ると、チャールズの気持ちを安心させてくれるもの、つまり、フローラがやってきたことがわかった。

そう、まさにフローラ本人だった。だが、その顔は蒼褪めて力なく、なんとも憂鬱そうで、いかに彼女が精神的に苦しんでいるかがはっきり見てとれた。若く快活な彼女は、どこへいってしまったのか？　いつもあの瞳に宿っていた、輝かんばかりの陽気な美しい光は、どこへ消えてしまったのか？

ああ、すべてが変わってしまった。類まれなほどの美の造形は、確かにそこにあるが、その神々しい顔に並外れた魅力を与えていた喜びの光はもうない。チャールズは、フローラのそばに身を寄せて、その手を握りしめ、もう片方の手で、フローラの細い腰を優しく抱きしめる。

「フローラ、愛するフローラ」チャールズは言った。「少しは元気になった？　優しい空気が君を元気にしてくれると言ってくれないか」

フローラは、なにも言わなかった。あまりの苦しみに胸がふさがれていたのだ。

「ああ、フローラ。僕だけのフローラ、僕の美しい人」その声は、まさに心からの叫びで、優しさというものとはかなり違う。「なにか言ってくれ、愛するフローラ。ひと言だけでもいいから、僕になにか話しかけてくれ」

「チャールズ」フローラが発することができた言葉は、これだけだった。すぐにわっと泣き出し、チャールズの腕の中に激しく身を投げ出した。支えてやらなければ、フローラは崩れ落ちてしまったに違いない。

チャールズはこの展開を歓迎したが、フローラのあまりにも悲しげな姿に、自分自身の悲しみが相まって、ますます辛くなった。だが、まもなくフローラは落ち着き、悲しみでいっぱいの心を和らげてくれるのはわかっていた。

チャールズは、フローラの感情のほとばしりが落ち着いて、泣くのがおさまるまで、あえて黙っていた。低く優しい声でささやき、フローラの苦しみと恐怖に苛まれた感情をなだめるよう努めた。

「愛するフローラ、君を愛する温かな心がここにあることを思い出して。時間も状況も、君を愛し、いつくしむ僕の気持ちを変えることは決してないことを思い出して。ああ、フローラ、この世界で、愛が勝てない悪などあるだろうか、気高い気持ちの高さで、笑い飛ばすことができない悪などあろうか」

「ああ、言わないで。お願い、黙って、チャールズ」

「フローラ、どうして純粋な愛の声を、黙らせてしまうんだ？　僕は君を愛してやまない。こんなに君を愛する者はほかにはいない。僕の心にあふれるとめどもない感情を、僕が口にすることをどうして禁じると言うのか？」

「だめよ、だめ――だめなの」

「フローラ、フローラ、どうして、だめだと言うんだ？」

「お願い、チャールズ、今、愛という言葉を私の前で言わないで。もう、私を愛しているなんて、言わないでちょうだい」

「君を愛していると言えないだなんて！　ああ、フローラ、このような心情をうまく語るには未熟な僕の舌だが、その代わり、僕の顔の表情一つ一つが、間違いなく雄弁に語ってくれることだろう。仕草の一つ一つが、僕がどれほど君を愛しているかを示すだろう」

「今、私はそれを聞いてはいけないの。神さま、どうかその目的を果たすだけの力を私にお与えください」

「いったいなんのための力を、そんなに熱心に祈らなくてはならないんだ、フローラ？　それが愛の威厳に逆らう理性の力のためなら、忘れるんだ。愛は天からの贈り物だ。生き物に授けられた、もっとも偉大で、輝かしいものなんだ。人間の本性を不名誉な世界から救う、唯一の救済法を否定するなんて、天は君を助けてはくれないぞ」

フローラは、しゃにむに手をふりほどいて言った。

「チャールズ、道理が通らないのはわかっているわ。うまく表現する言葉の力もないし、あなたを精神的に論破するほどの思慮深さもないのはわかっている」

「フローラ、僕となにを言い争うというんだ？」

「あなたが、愛を語るからよ」

「僕はこれまでも、止めることのできない愛について君に話してきたじゃないか」

「そうよ。これまではね」

「でも、どうして今はだめなんだ？　まさか、心変わりしたなんて言わないでくれ」

「私は変わってしまったのよ、チャールズ。怖ろしいほど変わってしまった。神の祟《たた》りが私にふりかかってきたの。どうしてだか、私にもわからないわ。言葉上のことなのか、それとも思考の中でのことなのか、知らないうちに、たまたま私が悪いことをしてしまったのかどうかもわからない。でも、吸血鬼だなんて」

「そんなものを恐れてはいけない」

「恐ろしいにきまっているわ！　あれは、私を殺してしまったのよ」

「違う、フローラ。君はあまりに考えすぎている。僕はまだ、これにはもっと合理的な説明がつくという希望を捨てていない」

「それなら、あなた自身の言葉で、チャールズ、あなたに過ちを自覚してもらわなくてはならないわ。私はあなたと一緒にはなれないし、あえてなるつもりもないの。あんな恐ろしい状況が私の身にふりかかっているのだから。チャールズ、もし、私自身の妄想が、私を襲ったあの化け物に形を与えているだけで、それ以上の合理的な説明が見つかるというのなら、それを見つけて、私を絶望と狂気から救ってください」

二人は話をしながら、いつの間にかあずまやのところまで来ていた。フローラは身を投げ出すように腰を下ろすと、その美しい顔を両手で覆い、しゃくりあげるようにすすり泣きを始めた。

「よく話してくれたね。君が僕に言いたいことはわかったよ」チャールズは、落胆したように言った。

「いいえ、いいえ。まだ全部は話していないわ、チャールズ」

「辛抱強く聞くつもりだけれど、君がこれ以上なにを言っても、僕の心の糸は切れてしまうに違いない」

「でも、最後まで言わなくてはならないの、チャールズ」フローラはおののきながら言った。「正義、信仰、慈悲など、美徳と言われる人間のあらゆる特性が、私に強く求めているの。今とは違う幸せだった状況の下で交わされた誓いに、あなたをもうこれ以上縛りつけてはいけないと」

「続けて、フローラ」

「だから、私はあなたにお願いしているの、チャールズ。私が何者なのかを知って、天が私に科した運命に私を委ねてください。私を愛さないでと、お願いしているわけではないのよ、チャールズ」

「わかった。続けて」

「もう二度と会えないかもしれないけれど、あなたがまだ私を愛してくれていると思いたいからなの。でも、私のことは考えてはいけない。あなたはほかの誰かと幸せになるよう、努力しなくてはいけない――」

「フローラ、君自身が思い描いているようなことを追い求めることはできないよ。今言ったことは、君の本心ではないからだ」

「そう――そうよ――そうだわ」

「君は僕を愛してくれたことはあるのか？」

「チャールズ、チャールズ、どうして、また私の心を引き裂くとわかっているような苦しみを与えるの？」

「違う、フローラ。君の心を引き裂くよりも先に、僕は自分自身の心臓を胸から引きちぎるだろう。優しい乙女が謙虚さゆえに、その唇を閉じて、僕を愛しているという甘い告白を封印しているのはわかっている。そんな言葉を、君の口から聞ける喜びは期待できない。優しく献身的な恋人は、ただ、美しい恋人の目が語る真の情熱を見て安心するだけだ。恋人同士のように、ひたと見つめ合うわけではない目には、無意味に見える、幾千もの行為から、その真意を解釈することに満足を見いだすのだ。でも、君にほかの人と幸せになれなどと言われたら、傷ついて疼《うず》く僕の胸に、〝君は僕を愛してくれたことはあるのか？〟という不穏な疑問が沸くのも無理もないだろう」

チャールズの言葉に、フローラは感極まった。愛の言葉には、なんと魔法のようなものがあることか。一瞬、すべてを忘れ、以前の頰色さえ戻ってきたようだ。チャールズの声に、そして、自分の幸せな空想を作り上げているその考えに耳を傾け、彼の顔をじっと見つめた。

チャールズの声が消えた。フローラにとって、それはまるで音楽がクライマックスで突然ぷっつりと止まってしまったかのようだった。フローラはチャールズの腕にすがりついて、懇願するように彼を見上げた。そして、その胸に顔をうずめて、叫んだ。

「チャールズ、チャールズ、あなたを愛している。今も心から愛している」

「それなら、悲しみや不幸の恐ろしいくびきを、なりふり構わず振り払い、僕と一緒に心を合わせ、手を取り合って、立ち向かうんだ」

　チャールズは両手を空に上げながら話していたが、そのとき、大地を芯から揺るがすほどの稲妻のとどろきが激しく鳴り響いた。

　フローラの唇から、恐怖の叫び声があがった。

「あれは、なに？」

「ただの雷だよ」チャールズが穏やかに言った。

「ものすごい音だったわ」

「あんなものさ」

「でも、私たちを不幸にする運命に抗うと、ちょうどあなたが言った瞬間に鳴ったわ。ああ、チャールズ、不吉な予感がしない？」

「フローラ、本当にそんなくだらない妄想を信じるのか？」

「太陽が暗くなってきたわ」

「ああ、だが一時的な日食のせいだから、またもっと明るく輝くよ。雷雨が多くの有害な蒸気をきれいにしてくれるのと一緒だ。ジグザグの閃光は、悪さをするだけでなく、有益な力ももっている。ほら！　またきた」

　また、さっきと同じくらいの激しい雷鳴がとどろき、天空を揺るがした。フローラは身震いした。

「チャールズ、これは天の声だわ。やっぱり、私たちは別れなくてはいけないのよ。永遠に。私はあなたと一緒になることはできないのだわ」

「フローラ、それは狂気の沙汰だ。もう一度考えてごらん、愛するフローラ。一時的な災いが、僕たちにとっての最高の幸運を隠しているだけだ。あの輝かしい太陽を見えなくしている雲のように、いずれどこかへ消えてしまい、その痕跡すら残さない。喜びの太陽の輝きが、また君を照らすさ」

　天をのぞき込む窓のように、雲が少し途切れ、そこから一条の光が差し込んだ。それは明るく、目も眩《くら》むようで、神々しく、見るからに不思議な光景だった。その光がフローラの顔を照らし、その頬を温め、蒼褪めた唇と涙でいっぱいの瞳に輝きを与えた。それは、小さなあずまやを、まるで聖人の聖堂であるかのように照らしていた。

「見て！」チャールズが叫んだ。「君の言う不吉な予感などどこにあるというんだ？」

「神よ！」フローラは叫ぶと、両腕を伸ばした。

「今、君の心を覆っている雲は、いずれどこかへ消え去っていく。この一筋の光を、神からの保証として受け入れるんだよ」

「ええ、受け入れるわ――そうよ。なんとかなりそうだわ」

「それは天の合図なんだよ」

雲の小さな切れ間が閉じてしまい、また元のように、あたりをうす暗がりが包み込んだ。

「フローラ、もう僕と別れるだなんて言わないでくれるね？」チャールズが訊いた。

フローラは、チャールズの胸に身を任せた。彼の心臓は、フローラのために、フローラのためだけに鼓動していた。

「君を愛することを許してくれるね？」

その問いに答えるフローラの声は、耳ではなかなか心に中継できないような、遠いメロディのささやきのようだった。

「チャールズ、私たちはともに暮らし、愛し合って、死ぬのね」

あずまやは、まとわりつくような静けさに包まれ、しばらく喜びに恍惚とするような時が続いた。二人は黙ったままだったが、時々、フローラはかつての笑顔でチャールズの顔をじっと見つめた。チャールズは心から喜びにひたり、その目からは今にも涙があふれそうになっていた。

突然、フローラの口から叫び声があがった。あらゆるものを目覚めさせてしまうほどの、あたりに響き渡る鋭くけたたましい声だった。チャールズは、まるで銃で撃たれたかのように、後ろによろめいた。彼が長いこと記憶から遠ざけていた、苦悶に満ちた声で、フローラが叫んだ。

「吸血鬼よ！　あの吸血鬼だわ！」

第十七章　説明――ベル提督が屋敷に到着――混乱とその結果

あまりに突然のことでふいをつかれて、フローラの口から予想もしなかった叫び声があがった。このようなとき、誰もがぎょっとして肝をつぶしてもおかしくない。チャールズも一瞬、完全に石のように固まり、なにも考えられなくなってしまったのも無理もなかった。

チャールズは、機械的にあずまやの入り口のほうへ目を向けた。そこには、優雅な着こなしの長身痩軀の男がいた。例の肖像画に驚くほどよく似ていて、誰もが驚かされるほどだ。

男は、あずまやの入り口に立ち尽くしたまま、どうするか決めあぐねているように、それ以上は動かない。邪魔をしたくないが、引き返すのも気まずいと思っている様子だ。

チャールズは、言うべき言葉も浮かばず、しがみついているフローラをふりほどこうという考えもなかった。すると、その見知らぬ男は、深々とうやうやしく頭を下げ、なんとも魅力的な声で言った。

「お邪魔をしてしまったのではと、大変に恐縮しています。心からお詫びを申し上げます。お二方、このあずまやに、どなたかいらっしゃるとは思いもしなかったものですから。かなりの雨が降ってきましたので、雨宿りができるかと思ったのです」

もっともな説明だったし、どこぞの王国の謁見室にいるかのような、なんとも優雅な物言いだった。

フローラは、男がしゃべっている間、じっと彼に目を据え、震えながらチャールズの腕にすがって、うわ言のようにつぶやき続けていた。

「吸血鬼だわ！　吸血鬼よ！」

「若いご婦人を怖がらせてしまったのではないかと、非常に心を痛めております」男は変わらぬ物静かな声で言った。

「離して」ホランドがフローラにささやいた。「離してくれ。あいつをすぐに追いかける」

「だめよ。一人にしないで。置いていかないで。あれは吸血鬼よ。怖ろしい吸血鬼なのよ！」

「でも、フローラ――」

「シーッ、静かに！　またなにか言うわ」

「こちらのお庭にうかがった理由を、きちんとご説明するべきです

ね」男は取り入るように言った。「実は、ヘンリー・バナーワース氏を、訪ねてまいったのですよ」

フローラが身震いした。

「庭の門が開いていましたのでね。取次の手を煩わせることなく、勝手に入り込んでしまいました。非常に後悔しております。どうやら、ご婦人を怖がらせてしまったようですね。マダム、どうか、お許しください」

「いったい、どちらさまでしょうか？」チャールズが訊いた。

「ヴァーニーと申します」

「ああ、あなたが近くに住んでおられるフランシス・ヴァーニー卿ですか。それにしても、怖ろしいほど似て――」

「どうぞ、続けてください。うかがいましょう」

「あなたはこの屋敷にある肖像画にそっくりなのです」

「おや、思い出しましたよ。ヘンリー・バナーワース氏も、くしくも同じようなことをおっしゃっていましたが、それは奇妙な偶然の一致でしょう」

そのとき、誰かが近づいてくる音が聞こえてきた。

ヘンリーとジョージ、そしてマーチデール氏だった。チャールズたちの姿を目にすると、一同は足を速めた。ヘンリーがすぐに叫んだ。

「叫び声が聞こえたような気がしたんだ」

「気のせいじゃないよ」チャールズが言った。「この紳士を知っているのか？」

「フランシス・ヴァーニー卿だ」

「そのとおり！」

ヴァーニー卿は、新たにやってきたヘンリーたちに丁寧に頭を下げた。その態度は、落ち着き払っていて、余裕そのものだったが、一同のほうはまるで正反対だった。チャールズですら、このような育ちのよさそうな紳士のそばに行って、〝僕たちはあなたのことを吸血鬼だと思っています〟などと思わず言いそうになったが、現実にはとてもそんなことは口に出せないことはわかっていた。

「とてもそんなことは言えない」チャールズは思った。「だが、彼を見張らなくては」

「私をここから連れ出して」フローラがささやいた。「間違いないわ。彼よ。どうか、ここから連れ出して、チャールズ」

「シーッ、フローラ。黙って。君は、なにか勘違いしているのじゃないか。偶然よく似ているからというだけで、この紳士に無礼を働くわけにはいかない」

「でも、あの吸血鬼なのよ！　あれは吸血鬼なの」

「それは確かなのか、フローラ？」

「私は、あなたの顔はわかるし、自分の顔も、兄さんの顔だってわかるでしょう？　それを疑うなんて、そんなことを言わないで。確かなのよ。おぞましいものがいるこの場所から、とにかくどこかへ私を連れていって、チャールズ」

「お嬢さん、お気を悪くされたのではないといいのですが」ヴァーニー卿が、同情するように言った。「私の腕をお貸ししましょう。お助けすることができれば、大変光栄です」

「いいえ——いいえ！　絶対に嫌」フローラが叫んだ。

「マダム、もちろん、無理強いは致しません」

ヴァーニー卿は、頭を下げた。チャールズが、フローラをあずまやから連れ出して、屋敷へ向かった。

「フローラ、僕は戸惑っているんだ。どう考えていいか、わからない。あの紳士は、君の前の部屋にある肖像画の真似をしているか、あるいは、彼自身を描いたものであることは確かだろう」

「あれが、夜中に私を襲いに来たのよ」フローラは叫んだ。「彼が吸血鬼だわ。あの、フランシス・ヴァーニー卿が吸血鬼なのよ」

「なんてことだ。どうしたらいいんだ？」

「私にもわからないわ。ほとんど気が狂いそうよ」

「落ち着いて、フローラ。もし、あの男が、君が言うとおり本当に吸血鬼なら、この禍《わざわい》の元凶がはっきりわかったということだ。いずれにしても、利点になったじゃないか。あいつを見張ればいいんだ」

「でも、ここで彼と顔を合わせるなんて、怖ろしくて」

「それに奴は、この屋敷を手に入れようと、えらくご執心なんだ」

「まさか——まさか」

「この事件は、まったくもって不可解だ。だが、フローラ、一つだけ確かなことがある。それは、君自身の安全だ」

「安心してもいいの？」

「もちろんだよ。さあ、母上のところへ。もうここまで来れば、屋敷の中も同然だ。母上のところへ行くんだ、愛するフローラ。なにも言わずに黙っているんだよ。僕はなにくわぬ顔で、あの謎めいた男のところへ戻るつもりだ」

「あの男を見張るつもりなの、チャールズ?」

「そうだよ」

「あの男を、単独でこの屋敷に近づけさせないわね?」

「そのつもりだ」

「ああ、全能の神が、あんな生き物をこの地上にうろつかせるなんて!」

「シーッ、フローラ。すべてを知り尽くしたような奴の意図を、こちらが判断することはできない」

「罪のない人間が、あのような存在に苦しめられるなんて、ひどいことだわ」

チャールズは、同意して悲しそうにうなずいた。

「こんなに恐ろしいことはないでしょう?」

「静かに——落ち着いて、愛する人。どうか、落ち着いて。この問題で考えなくてはならないのは、結局は、ただそっくりだという偶然のせいだけなのかもしれないということを思い出すんだ。でも、すべて僕に任せて。僕は、この問題の手がかりをいくつかつかんでいる。フランシス・ヴァーニー卿のことは、僕は決して見落とさない」

そう言うと、チャールズはフローラを母親に託し、急いであずまやに戻ったが、その途中で、屋敷に向かってくる一向と出くわした。雨が激しくなっていた。

「戻るところなのですよ」ヴァーニー卿が会釈して、チャールズに微笑みかけた。

「隣人のフランシス・ヴァーニー卿に君を紹介させてくれ、ホランドくん」ヘンリーが言った。

礼儀正しく振る舞わなくてはいけないことはわかっていたが、チャールズの胸の内では、ヴァーニー卿をめぐるさまざまな思いが葛藤していた。だが、吸血鬼と思われる人物の、極端なほどのうやうやしさに合わせて、表面上は同じような調子で応えても、自分のあらゆる営《いとな》みや習慣に矛盾するような、ひどく無礼なふるまいにどうしてもなってしまいそうだった。

「あいつをそばで観察してやろう」チャールズは思った。「近くで見張るしかない」

フランシス・ヴァーニー卿は、ごく一般的な人物で、話題も豊富なようだった。あらゆる事柄について、淀みなく楽しそうに話した。しかし、フローラに言われたことを聞いていなかったわけではないはずだが、そのことについてはなにもふれなかった。

この沈黙は、すぐにほかの者にもなんらかの疑惑を引き起こすのではないかと思われた。チャールズは、卿に対して不利なことをかなり聞かされたように感じ、やはり、卿は本当に吸血鬼なのかもしれないと一瞬信じそうになって、身震いした。

「彼は、実際に吸血鬼なのだろうか？」チャールズは自問してみた。「本当に吸血鬼なるものがこの世にいて、上流階級の洗練さをもち、才能も教養もありそうなこの紳士が、その仲間のひとりなのだろうか？」これは、考えるのもおぞましい疑問だった。

「すばらしいお屋敷ですね」屋敷の入り口に続く階段を上がりながら、ヴァーニー卿が言った。そして、少し高みから振り返って、眼前に広がる景色を見た。

「ここは、絵のように美しい景色で評判の場所なんです」ヘンリーが言った。

「そうでしょうとも。よくわかりますよ。ホランドさん、あのお若いお嬢さんのご気分は、良くなられましたか？」

「ええ」チャールズが答えた。

「まだ、ご紹介の光栄にあずかっておりませんが」

「僕のせいです」ヘンリーはこの異質な客に、無理やり明るい調子で語りかけた。「あなたに妹を紹介しなかったのは、僕のせいなんです」

「妹さん？」

「ええ、そうです」

「噂どおり、美しい方ですね。しかし、顔色がかなり悪いようにお見受けしました。お体の具合がすぐれないのでは？」

「健康そのものなのですが」

「それは、それは。おそらく、ご近所のゴシップのネタにされるような、ちょっとした嫌な出来事が、妹さんの精神に影響を与えたのではないでしょうか」

「そうですね」

「吸血鬼が、この屋敷に現れたことを言われているのですか？」チャールズが、ヴァーニー卿の顔にじっと目を据えながら言った。卿は動じず、揺るぎない確信をもった真剣な眼差しでチャールズを見つめ返した。ついに根負けして、チャールズは自分から目をそらした。

「彼は動じない」チャールズは思った。「経験からこうした尋問に慣れているようだ」

　ふいにヘンリーは、ヴァーニー卿の屋敷で、卿にバナーワース館に来ないでほしいというようなことを言ったのを思い出した。

「ここで、お会いできるとは、思いもよりませんでしたよ、ヴァーニー卿」

「ああ、そうだと思いましたが、あなたが私の好奇心を刺激したのですよ。私にそっくりの肖像画があると、あなたはおっしゃった」

「僕が？」

「あなたがそうおっしゃったのですよ。そうでなければ、私がどうして知りえましょう？　それほど似ているのなら、ぜひ、拝見したいと思いましてな」

「僕の妹が、あなたがあまりに肖像画に似ていることに、非常に驚いたのをお聞きになりましたか？」

「いいえ、まったく」

「どうぞ、中にお入りください。そのことについて、もっと詳しくお話ししましょう」

「喜んで。宮廷の華やかな生活ではなく、田舎で単調な人生を送る者もいます。現在、私は、社会的しがらみはなにもありません。お隣同士、いい友人になれるにこしたことはありませんね。こうして、礼儀正しく頻繁に行き来して、いい関係を築いていくのは、田舎では特に価値あることです」

　ヘンリーは、その意見に賛同できるほど、自分を偽ることはできなかった。だが、今の段階では、礼を欠かない程度の返答をする以外になかった。

「ああ、そうですね。もちろん、確かにそうなのですが、私は多忙でして、妹と母は人づきあいは、できないのです」

「いや、それは良くないですな」

「良くない？」

「ええ。確かに。個人同士を調和させるものは、その欠点ゆえに私たちが愛する、神の創造物の美しい片割れのいる社会です。私は、よりたおやかな異性、健康な若者に惹きつけられます。薔薇色に染まった頬、その皮膚のすぐ下にある血管を流れる、温かな血の息づきを見たい。すべては、生き生きと生命にあふれているものですからね」

　チャールズは、たじろいだ。〝悪魔〟という言葉が、思わず口からもれた。

　ヴァーニー卿は、それに気づいたような表情はまったく見せずに、まるで、そこにいる全員と至福の言葉を分かち合ったかのようにひとり話し続けていた。

「どうぞ、こちらへ。すぐに肖像画のある部屋へご案内しましょう」ヘンリーが言った。「それとも、まずはお飲み物でもお持ちしましょうか？」

「いえ、私には必要ありません」ヴァーニー卿が言った。「親愛なる友人殿、申し上げにくいのですが、一日のこの時間には、私は決してものを口にしないのです」

「この時間だけの話ではないだろう」ヘンリーは思った。

一行は、チャールズが不可解な夜を過ごした例の部屋へ向かった。ヘンリーが、壁の肖像画を指さして言った。

「あれです、ヴァーニー卿。あなたにそっくりだ」

卿は絵をじっと見て、近づいた。そして、誰かに聞かせるというより、独り言のように小声でつぶやいた。

「見事なほど似ている」

「そうでしょう」とチャールズ。

「私が隣に立ったら」ヴァーニー卿は、自分と肖像画の顔がよく比べられるように、絵の隣に立った。「前にも増して、あまりにそっくりなことに、あなた方は驚くでしょうな」

確かに瓜二つだった。画家がこの肖像画を描いたときと同じ光が、卿の顔にも当たっていて、全員が、思わず数歩後ずさりするほどだった。

「画家の中には」ヴァーニー卿が言った。「絵を描く前に、その絵がどこにかけられるのかを訊ねる者もいます。描いたときと同じような位置で、光や影が当たるように合わせるのです」

「もう我慢できない」チャールズはヘンリーに耳打ちした。「彼にどうしても直接訊かなくてはならない」

「どうか、頼む。彼を侮辱するようなことはしないように」

「しないさ」

「彼は今、僕の屋敷にいる。僕たちの彼についての考えは、まだ結局、怖ろしい疑惑にすぎないんだ」

「わかっているよ。大丈夫だ」

チャールズが前に進み出て、もう一度、ヴァーニー卿と向き合い、じっと見つめた。

「卿、バナーワース嬢が、この部屋にやって来たと思っている吸血鬼も、この肖像画の人物とまるでそっくりだと断言していることをご存じですか？」

「彼女がそんなことを言っているのですか？」

「そうです」

「ということは、彼女は私のことを吸血鬼だと思っているというわけですね。あの肖像画にそっくりだから」

「そう思っても驚きませんね」チャールズが言った。

「なんとも、奇妙なことです」

「とてもね」

「しかし、おもしろいですね。私はむしろ、おもしろいと思いますよ。吸血鬼がいるという考えが。ハッ、ハッ！　また、仮面舞踏会に行くことがあれば、今度は吸血鬼の扮装でもしましょうかね」

「まさに、はまり役でしょうね」

「きっと、大騒ぎになるでしょうね」

「そうなるでしょうな。皆さん、フランシス・ヴァーニー卿が、実生活でも吸血鬼の役を演じているとは思いませんか？　いや、まさに、あまりにも真に迫っているので、誰もが本物の吸血鬼かと、簡単に思ってしまうくらいでしょう」

「ブラヴォー、ブラヴォー」ヴァーニー卿は、まるでボックス席でオペラを堪能しているかのように、上品な拍手を送った。「すばらしい。若い人たちの情熱を見るのは好きですね。その想像の産物には、まるで本物の天才の炎が宿っているかのようです。ブラヴォー」


なんと厚かましいことこの上ないと、チャールズは思った。だからと言って、どうしたらいいものか？　なんと返せばいいのか？　ここまで水を向けても、まるで動じないヴァーニー卿の冷静さに、なす術がなかった。

ヘンリー、ジョージ、マーチデール氏は、黙ったままヴァーニー卿とチャールズのやりとりを聞いていた。口をはさむことで、チャールズの皮肉の効果を減じてしまうのを怖れていた。さらに、ヴァーニー卿の口から出るひと言ひと言に、注意を怠りたくなかったのだ。

だが今、チャールズは、言うべきことはすべて言ったと、悟ったかのようで、窓のほうを向いて外を見つめるばかりだった。どうやら、これ以上の舌戦を繰り広げるのを、しばらく諦めようと心に決めたらしい。

負けたという感覚や意識から、さじを投げたというより、もっと適切なべつの機会に、より効果的に仕切り直すことができると確信したからだろう。

今度は、ヴァーニー卿がヘンリーに訊ねた。

「あなたが私を訪ねてきてくださったときの話題については、こちらにいらっしゃるどなたもがご存じなのですか」

「いいえ、まったく」

「それなら、あなたが決心されたかどうかをうかがうのは、まだ時期尚早ですね」

「確かに、考える時間はほとんどありませんでしたからね」

「どうか、あなたを急《せ》かしていると思わないでくださ い。押しつけがましいと思われるのは不本意です」

「あなたは、この屋敷を手に入れることにご執心のようだが」マーチデール氏が口をはさんだ。

「ええ、そうです」

「こうしたことは、初めてですか?」

「そうとも言えませんが。私はこのあたりに、少年の頃の思い出があるのです。中でも、こちらのバナーワース館は、非常に印象深い家なのですよ」

「それは、いつ頃のお話なのか、うかがってもよろしいでしょうか?」チャールズが唐突に訊いた。

「よく覚えていませんねえ、熱心なお若い友よ。あなたはおいくつでいらっしゃる?」

「二十一そこそこです」

「そのお歳にしては、なかなかどうして、分別の鏡のようだ」

もっとも正確に人間性を観察できる者でも、この言葉が本心なのか、皮肉なのか、見極めるのは難しかったことだろう。チャールズは、それに対してなにも答えなかった。

「初めて当屋敷にお越しいただいたのですから、ヴァーニー卿、なにか召し上がってください」ヘンリーが言った。

「ああ、それではワインを一杯――」

「なんなりとどうぞ」

ヘンリーは、客を小さな客間に案内した。この屋敷の中で一番豪華な部屋というわけでは決してなかったが、きめ細やかで絶妙な彫刻がふんだんに施されていて、芸術品に確かな判断力のある者の好みにぴったりだった。

ワインを持ってくるよう命じたタイミングを狙って、チャールズはヘンリーにささやいた。「彼が本当に飲むかどうか、注意していて」

「わかった」

「彼のコートの下に、盛り上がった部分があるのがわかるか？　まるで腕を包帯で吊っているみたいに見える」

「ああ」

「僕たちが教会にいた間に、フローラが撃った銃弾があそこに当たったんだ」

「シッ！　頼む、黙って。君はどんどん歯止めがきかなくなっている、チャールズ。落ち着くんだ！」

「僕を責めるのか――」

「違う、違う。だが、今、僕たちになにができるというんだ？」

「確かにそうだ。現時点では、僕たちにできることはなにもない。手がかりがあるだけで、お互い今は、それをたどっていくしかないし、それが僕らの方向性だし、義務でもある。どうだい、僕がいかに冷静になれるか、わかるだろう」

「頼むから、冷静でいてくれ。彼が君を見て、目を光らせたぞ。決して友好的な視線ではないな」

「彼の友情など、禍でしかない」

「シーッ！　彼がワインを飲むぞ」

「よく見ているんだ」

「ああ」

「紳士諸君」ヴァーニー卿が、美しく耳に心地よい声で言った。彼が話すのを聞くのは、確かになんとも魅力的だった。「皆さん、あなた方とご一緒できることは大変光栄です。今後の楽しいおつきあいのために、僭越ながら乾杯しましょう。お見苦しいところがありましても、どうか、ご無礼の段、お許しを」

卿はワインのグラスを口に持っていった。飲んだように見えたが、グラスをテーブルに戻した。

チャールズがグラスを見ると、まだなみなみとワインが残っていた。

「お飲みになっていませんね、ヴァーニー卿」チャールズが指摘した。

「失礼ながら、情熱的なお若い方」ヴァーニー卿が言った。「私がワインを好きなときに、好きなように飲むことを、寛大にもお許し下さるでしょうな」

「あなたのワインはまったく減っていませんよ」

「それが？」

「お飲みにならないのですか？」

「誰の指図も受けません。絶対にね。もし、美しいフローラ嬢がこの場にいらして、花を添えてくだされば、話は別かもしれませんがね」

「いいですか、卿」チャールズが声をあげた。「もう我慢できません。我々は、この屋敷の中で、もっとも恐ろしくおぞましい証拠をつかんでいるのです。吸血鬼なるものが存在するという証拠をね」

「本当ですか？　夕食に生の豚肉をお食べになったので、悪夢をみたのでは？」

「冗談は場合によっては歓迎ですが、あなたの高尚な礼儀にかなうならば、どうか聞いてください」

「ええ、もちろん」

「それなら、言わせていただきますが、我々は人間の判断力が及ぶ限り、吸血鬼がここにいると思っています」

「どうぞ続けて。たいへんおもしろい。私はいつでも、突拍子もない話が大好きなのです」

「我々には」チャールズは続けた。「あなたがその吸血鬼だと信じる理由があるのです」

ヴァーニー卿は、自分の額をたたきながら、ヘンリーの顔をちらりと見た。

「なんと、存じませんでした。彼の頭が少しおかしいことを、あらかじめ話してくださるべきでしたな。本来なら決闘を申し込むところでしょう。まあなんとも、彼の哀れなお母上にとって、まことに嘆かわしいことです」

「そんなことにはなりませんよ、フランシス・ヴァーニー卿、またの名をバナーワース」

「ああ、落ち着いて――頼む、どうか落ち着いて」

「僕は真っ向からあなたに立ち向かいますよ、卿！　神もなにもない。あなたにだ！」

「なんと、哀れな若者だ。なんと」

「あんたは、卑劣な悪魔だ。僕はここに誓う。あんたを破滅させるため、全力を尽くす」

フランシス・ヴァーニー卿は、背筋を伸ばして仁王立ちになった。その背丈がそびえたつように高く見えた。「お願いです、バナーワースさん。私はあなたの屋敷で、このようにひどく侮辱されています。ここにいるあなたのお友だちは、狂っているのか、正気なのかおしえてくださいませんか？」

「彼は狂ってはいませんよ」

「それなら――」

「お待ちください、卿。この口論は、もとはといえば僕のものです。迫害された我が妹の名において、天の名において、フランシス・ヴァーニー卿、僕があなたに立ち向かいます」

ヴァーニー卿の、鉄壁の冷静な表情がわずかに崩れた。「私はなんとか侮辱に耐えてきました。でも、これ以上は無理です。この手に武器があれば――」

「私の若い友人たちは」マーチデール氏が遮り、熱くなっている男たちの間に割って入った。「感情的になっているだけです。自分でなにを言っているのか、わかっていないのですよ。そう考えれば、あなたにもおわかりいただけるでしょう、ヴァーニー卿」

「口出しは無用です」ヴァーニー卿は声を上げた。これまでのもの静かな声は、激怒に替わっていた。「頭に血がのぼった愚か者が、戦いを望んでいる。死ぬまで――そう、死ぬまで戦うつもりなのでしょう」

「いいえ、彼にはそんなつもりはありません」マーチデール氏はそう言うと、ヘンリーの腕をつかんで、ジョージのほうを向いた。「ジョージ、君の兄さんに、この部屋から出るよう説得するのを手伝ってくれ。彼になにかあったら、妹や母上がどれほど苦しむか想像してみてくれ」

ヴァーニー卿は、これを聞いて、悪魔のように冷笑した。

「お好きなようにどうぞ――どうぞ。時間はたっぷりあります。ひょっとしたら、これはいい機会かもしれませんな、諸君。それでは、ごきげんよう」

癇に障るほどの冷静さで、ヴァーニー卿は出口へ向かい、部屋を出て行った。

「ここにいるんだ」マーチデール氏が言った。「私は彼を追いかけて、本当に屋敷を出て行くかどうかを確かめる」

残された若者たちは、ヴァーニー卿がゆっくりと庭を横切っていき、その後をマーチデール氏が追っていくのを窓から見た。

ヘンリーたちがすっかり気をとられていると、門のところでけたたましい呼び鈴の音がした。だが、全員の関心が庭を横切っていくものに集中していたため、誰も気がつかなかった。

第十八章　提督の忠告——吸血鬼への挑戦——屋敷の新しい使用人

大きな呼び鈴の音は、やっとジョージがそれに応えるまで、ずっと続いていた。今は、屋敷に使用人は一人もいなくなってしまっていた。最近も、一人がヘンリーに辞めさせてくれと言って出て行ってしまい、ほかの者も、一人で残されるのを怖れて、なにも言わずに、そそくさと勝手に屋敷を後にしてしまった。彼女は後から、ちゃっかりと自分の給金を受け取りに少年をよこしており、大いに人を見下した行為と言えるかもしれない。

そんな状態の中、ジョージが自分で門へと急いだが、必要以上にしつこく呼び鈴が鳴らされるのが、気にくわなかった。急いで門を開け、いつもならこんなことはしないのだが、苛立ってかなり大きな声を出した。

「門を開けるまでの、ちょっとの間も待っていられないほどのせっかちな奴はいったい誰なんだ？」

「そういうおまえはいったい誰だ？」すぐに外から声がした。

「なにか用ですか？」ジョージが訊いた。

「なんだと？」その声は、ほかならぬ、あのベル提督だった。「それが、あんたにとっていったいなんだというんだ？」

「その通りだ」ジャックが口を出した。「できれば答えて欲しいねえ。役立たずの陸野郎《おか》め」

「頭がおかしいのが二人いる」ジョージは声をあげ、二人の目の前で門を閉めようとしたが、ジャックが門と柱の間に、太い棒の先端を差し込んで言った。

「待てよ。誰だか知らんが、この屋敷に入るのに、こちとらこんなに苦労してんだ。あんたが、顧問弁護士か牧師なら、チャーリー氏がどこにいるかわかるだろう」

「もう一度、言ってみろ。誰に会いたいって？」ジョージは今は、せっかちな訪問者の行動を少し面白がっていた。

「俺たちは、提督の甥っ子に会いたいんだ」ジャックが言った。

「でも、あんたが言う提督の甥っ子が誰なのか、どうやったらわかるんだ？」

「チャールズ・ホランド氏だよ。ここの船に乗ってるのか、乗ってないのか？」

「チャールズ・ホランドくんなら、確かにここにいるが。さっさと彼に会いたいとはっきり言ってくれれば、すぐに答えられただろうに」

「ここにいる？」提督が言った。

「確かにいますよ」

「それなら、一緒に来てくれ。いや、ちょっと待て。お若いの、その前に、甥が吸血鬼に傷を負わせたのかどうか、おしえてくれないか」

「なんですって？」

「きうけつ鬼だよ」ジャックが、いつものように口をはさんだ。提督よりもう少しましな説明ができると考えたのだ。

「どういう意味かわかりませんね」とジョージ。「チャールズ・ホランドくんに会いたいのなら、中へ入って会えばいい。彼は屋敷の中にいますよ。でも、僕はあなたがたのことを知らないから、どんな質問にも答えません。どうぞ、ご勝手に」

「おや！　あいつらはなんだ？」ジャックが声をあげた。遠く離れた草地のはずれで、言い争いをしているように見える、二人の人物のほうを指差した。

ジョージがジャックが指さす方向を見ると、フランシス・ヴァーニー卿とマーチデール氏が、少し離れて互いに向き合い、なにか言い争っているのが見えた。

ジョージが、すぐにでも二人のほうへ駆けつけようと思った瞬間、マーチデール氏がヴァーニー卿に殴られて、地面に倒れるのが見えた。

「失礼」ジョージはそう言うと、提督の巨体の脇を通り抜けようとした。だが、門が狭かったため、もたもたしていると、ヴァーニー卿がとてつもない速さで逃げていくのが見えた。マーチデール氏は、やっとのことで立ち上がると、屋敷のほうへ戻って来た。

マーチデール氏が、庭の門に近づき、ジョージに気づくと、そのままそこにいるようにと仕草で示し、足早にこちらへやってきた。

「マーチデールさん」ジョージが呼びかけた。「ヴァーニー卿とやりあっていたように見えましたけど」

「そうだよ」マーチデール氏は、興奮冷めやらぬ様子で言った。「奴を追いかけたが、まるで赤子のように、簡単にぶちのめされてしまった。超人的な力だった」

「あなたが倒されるのを見ました」

「そうだろうな。でも、あのままだったら、私は彼に殺されていただろう」

「まさか！」

「あのひょろりとした、騎馬水兵みたいなおかしな奴は、悪党なのか？」提督が訊いた。

マーチデール氏は、二人の訪問者に気づき、驚いた様子でジョージのほうを向いた。

「こちらの紳士は？」

「ホランドくんに会いに来たらしいです」ジョージが答えた。「でも、名前をうかがう光栄にはあずかっていませんが」

「それなら、すぐにでも私の名前を聞かせてしんぜよう」提督が大声で言った。「昔の英国の敵なら誰でも知っている――まあ、誰が知っていたってわしは構わんが――老ベル提督なるぞ。今はだいぶ腹に肉がついたが、必要とあらば、まだまだ船の甲板で指揮をとることはできる」

「そうだ、そうだ《アイ・アイ》」ジャックは叫ぶと、ポケットから甲板長のホイッスルを取り出して、長く大きな甲高い音をたてて吹いた。あまりの音に、ジョージはたまらずに両手で耳をふさいで、脳天を突き抜けるような音を遮断した。彼にとっては異常なほどの音だった。

「それで、あなたはホランド氏のご親戚かなにかですか？」マーチデール氏が訊いた。

「わしは、まさに彼の伯父だ。ご存じかもしれんが、その若い甥が、人魚だか、幽霊だか、吸血鬼だかと結婚を考えていると耳にしたのだ。だから、あれの亡くなった哀れな母親のためにも、そんな結婚はするなと忠告しに来たのだ。まあ、他人にはどうでもいいことだろうが」

「入ってください、提督」ジョージが言った。「ホランド氏に会わせてさしあげましょう。あちらはあなたの使用人ですか？」

「まあ、正確には違う。ジャック・プリングルといって、わしの甲板長だった。使用人との中間みたいなものだが、正確には使用人ではない」

「はい、はい《アイ・アイ・サー》」ジャックが言った。「どうとでも勝手に言ってくださいよ。給料はちゃんともらってますからね」

「黙っとれ。恥知らずの与太者め」

「いけね、忘れてた。提督は支払いのことを言われるのが好きじゃないことを。気になっちまうからな――」

「このやろう。黙らんと帆桁に吊るしてやるぞ、こののろまめ」

「黙りますです。了解しました」

このときには、提督、ジャック、ジョージ、マーチデールら一行は、庭を半分以上横切っていた。チャールズとヘンリーも、何事かと屋敷の前の階段のところに出てきていた。チャールズは提督の姿を見たとたん、顔色を変えて叫んだ。

「なんと驚いた。僕の伯父がいる」

「君の伯父上だって！」ヘンリーが言った。

「そう。昔からずっと変わらず心意気のある人なのに、思い込みが激しくて、人生の機微を知らない子どものような人ですよ」

ヘンリーがなにか言う前に、チャールズはさっさと前に進み出ると、伯父の手をつかみ、心からの愛情のこもった声で言った。

「伯父上、愛する伯父上、どうして、僕がここにいるとわかったんです？」

「チャーリー、かわいい甥よ」提督が言った。「おまえに神の御恵みを。おまえの生意気なところには、ほとほと困り果てているのだよ、この悪ガキめ。会えて嬉しいが、いや、嬉しかないぞ、やんちゃ坊主め。いったい、これはどういうことなんだ？　みっともなくてぶざまな、愛する甥ッ子め。ああ、おまえは地獄の悪党だよ」

こう言いながら提督は、相手の肩が外れてしまいそうな勢いで、甥と握手した。チャールズは、なんとか我慢しなくてはならなかった。

とても、こちらから口をはさめるような状況ではなく、しばらくの間、チャールズはほとんど息も絶え絶えになっていた。やっとのことで、話を遮って割り込むことができた。

「伯父上、驚かせることがあるのです」

「驚くだと！　もう十分に驚いておるよ」

「きっと、納得していただけるよう、説明することができます。友人を紹介させてください」

チャールズは、ヘンリーのほうを向くと言った。

「こちらは、ヘンリー・バナーワース氏。そしてこちらは、弟のジョージ・バナーワース氏。二人とも僕のいい友人です。そして、こちらはマーチデール氏。彼らの友人です。伯父上」

「うむ、なるほど」

「そして、こちらはベル提督。僕のもっとも大切な、でも相当な変わり者の伯父です」

「生意気にもほどがあるぞ」

「どうして伯父がここへやって来たのかは、わかりませんが、勇敢な将校で、紳士であることは確かです」

「よけいなお世話だ」

「そして、ジャック・プリングル、ここにありですぞ」誰も紹介してくれそうにないので、ジャックが自己紹介した。「どんな空模様でもどんと来いの全天候型船乗り、フランス嫌い、武骨な船と一緒に海に乗り出しゃ、こんなに幸せなことはない男でさ」

「それは、確かに本当だな」と提督。

「屋敷の中にお入りになりませんか、提督？」ヘンリーが、丁重に促した。「チャールズ・ホランドゆかりの方とあらば、どなたでも歓迎します。現在、家族にふりかかった事件のせいで、使用人の数が不足しておりますので、その点、どうかご容赦を。事の次第については、甥御さんが全部説明してくれると思いますが」

「おお、よろしい。君たち全員に、物の道理、わしが見てきたことをおしえてしんぜよう。それでは、まいろうか。一緒に来い、ジャック」

屋敷の中に入る提督に、チャールズが訊いた。

「どうして、僕がここにいることがわかったのです、伯父上？」

「ある輩《やから》がな、わしに火急の手紙を送ってきたのだ」

「なんですって！」

「そうよ。おまえが家族の一員に加えるべきではない、おかしな奴と結婚するつもりだと言ってきた」

「それは、吸血鬼のことですか？」

「まさにそんなようなものだな」

「シーッ、伯父上。静かに」

「どうしてだ？」

「どうか、お願いです。僕の親切な友人たちの前で、その話題を持ち出さないでください。これから、僕がすべてを説明します。その後で、僕の名誉と幸せがかかっている状況に関して、伯父上ご自身で寛大な判断をなされればいいでしょう」

「馬鹿者めが」提督が言った。

「なんですって、伯父上？」

「すべて納得したと言わせるために、おまえがわしを丸め込むつもりなのはわかっておる。わしの判断と寛容は、そんなことのためにあるのではない。わしに、愚かな老いぼれ、呪われたまぬけになれとでもいうのか？」

「そんな、伯父上」

「なんだ、甥っ子」

「まあまあ、今はやめておきましょう。このことは、あとでゆっくりと話し合いましょう。僕の説明を聞くまでは、なにも言わないと約束してください、いいですね、伯父上？」

「よくわかった。なるべく早く、できるだけ手短に説明してくれ。わしの頼みはそれだけだ」

「わかりました。わかりました」

チャールズは、伯父がこの件について関わることにかなりの不安を覚えていた。遠方でささやかれている噂話から情報を仕入れて、この屋敷までやって来たに違いない。いったい、どこのでしゃばりが、そんな手紙を伯父に送ったのだろうか？　まったく想像もつかなかった。

ほとんど言葉を要しなくても、チャールズ・ホランドが置かれている正確な立場を説明するのに十分だろう。彼には、かなりの額の財産が遺されたが、それを実際に手に入れるのは、通常、分別がつくと言われている年齢、つまり二十一歳を過ぎてからでなければならないという条件が課せられていた。伯父である提督は、チャールズの財産の管財人でもあり、珍しく思慮深くも、チャールズのためにひと肌脱いでくれた。その結果、偉大な名誉と高い地位をもつある紳士の、積極的かつ熱心な専門的支援を得られることになったのだ。

この紳士は、二十歳から二十二歳の間の二年間、旅に出るべきだとチャールズに勧めた。そのため、チャールズは、イギリス社会で財産を持っている身分にもかかわらず、丸一年という歳月を、自分の財産を手にする日を待っているという、なんとも中途半端な立場で過ごすことになった。

このような状況において、よほどの分別がある若者でない限り、金貸しにがんじがらめにされるのが関の山だと、弁護士は言った。一人前の年齢になれば、彼の持っている手形や紙幣、債券はすべて使えるようになるが、そのときはもう、裕福な未成年よりも、よっぽど悲惨な状況になってしまうだろうと。

このことをきちんと説明されたチャールズは、なにより熱望していた、二年間の大陸放浪の旅を思いついた。その間、たくさんの場所を訪ねることができる。これは、彼のような読書家にとって、もっとも楽しく生き生きとした連想に胸をふくらませることができる、楽しみの一つになった。

だが、旅の途中でフローラ・バナーワースと出会ったことは、チャールズの感情に大きな変化をもたらした。彼女が住んでいる場所は、この世でもっとも愛おしく美しい場所になった。途中で、バナーワース家のきょうだいたちと別れて一人になったとき、チャールズはどうしたらいいのかわからないくらいだった。これまで追い求めてきた喜びにすら、嫌悪感を覚えるほどになってしまった。すぐに、彼は実際にすっかり疲れ果ててしまい、イギリスへ戻って、すぐにでも愛する相手を探そうと心に決めた。そうと決めて素早く行動に移すと、たちまち健康と元気を取り戻し、できるだけ急いで、生まれ故郷へと向かったのだ。

もうすぐ二年がたとうとしていたが、チャールズは、伯父の提督とも、高度で価値ある判断力をもつ例の紳士とも、連絡をとらないと決めた。バナーワース館にいれば、誰からも絶対に邪魔をされないと考え、確かにこれまではそうだったのだが、例のベル提督宛ての手紙が、すべてをぶち壊した。ジョサイア・クリンクルスという名前が署名してあったが、本人は手紙のことなどまるで知らないと断言しているという。誰がこんな手紙を書いたのかは、今のところ謎のままだが、この話が進むにつれて、明らかになっていくだろう。

チャールズ・ホランドがバナーワース館に到着したのが、タイミングが良かったというより、むしろ悲惨な分岐点になってしまったことは、私たちはよくわかっている。チャールズは、笑顔に会えることを期待していたのに、苦しみの涙に出迎えられ、水入らずの幸せな時間を過ごせるはずだと思っていたこの家族とともに、もっとも痛ましい性格をもつ事件の闇へと、一気に投げ込まれてしまったのだ。

読者諸君は、チャールズが吸血鬼の存在など、まるで信じていない状態でここへやって来たことも、わかっているだろう。この問題に関して示された、圧倒的な証拠の重みに、チャールズはある程度は折れざるをえなかった。だが、吸血鬼なるものが存在し、バナーワース館に現れたことを、確かに信じているとはいえなかった。疑いとためらいの間で揺れ動く、もっとも苦しい状態で、この問題に取り組もうとしていた。

今、チャールズは、ヘンリーと内密に話すチャンスを得て、自分と伯父との間の立場の違いについて、はっきりと伝えた。

「なあ、友よ。君がやめてくれと言うなら、僕は伯父に今度の悲しい事件について話すつもりはない。僕は僕で、自分で完全にそして自由に行動しなくてはならないが、伯父自身の判断も尊重しなくてはならないんだ」

「ぜひ、話してくれ」ヘンリーは言った。「なにも隠さず、うちの家族が直面している状況を、ぜひとも提督に正しく伝えてくれ。隠しごとをすることほど、禍をもたらすものはない。僕は秘密はなによりも嫌いだ。

提督にすべてを伝えてくれ」

「そうするよ、ヘンリー。同時に、僕のフローラに対する揺るぎない気持ちも、きちんと話そうと思う」

「今とはまったく違う幸せな状況の下で、君が見せてくれた愛する相手への寛大な執着は、本当に僕の心に深く刻みつけられているんだ」ヘンリーが言った。「フローラから、君と出会ったときのことを聞いているよ」

「ああ、ヘンリー、僕が言ったことを、彼女は君に話したかもしれないが、僕の気持ちの深さを表現できる言葉はないと思う。僕が彼女をどれほど愛しているか、証明できるのは時間だけなんだ」

「伯父上のところへ行くんだ」ヘンリーは、感極まった声で言った。「神のご加護があるように、チャールズ。君が僕の妹と別れるようなことになっても、それはまったく正しいことだし、誰も君を責めない。でも、君が選んだ、より高貴で寛大な道のおかげで、僕たちは皆、君を慕っているんだ」

「フローラは今、どこにいるんだ?」チャールズが訊いた。

「自分の部屋にいるよ。自分が置かれているこの悲惨な状況のことばかり考えすぎて、苦しみでがんじがらめにならないよう、なにかほかに没頭できることを見つけて、心をまぎらわすよう説得している」

「そのとおりだな。なにに没頭すれば、一番、彼女の心が楽になるだろうか?」

「かつて、妹はロマンス小説に夢中になっていたよ」

「それなら、一緒に来てくれ。いくつか読み物を持ってきているんだ。彼女が楽しめるものが、見つかるかもしれない」

チャールズは、ヘンリーを自分の部屋へ連れて行った。小さな旅行かばんをひも解くと、いくつかの読み物を取り出し、そのうちの一つをヘンリーに渡した。

「それを彼女に渡してくれ。ちょっとした冒険ものだ。今の僕たちが味わっている謎めいた苦しみよりも、人間というものは、もっと不当に苦しめられるものなのかもしれない、というような話だ」

「渡すよ」ヘンリーが言った。「君からだと言えば、きっと妹にとって、なによりも価値あるものに思えるだろう」

「じゃあ、僕は伯父を探しに行くよ」チャールズが言った。「伯父に、僕がどれほどフローラを愛しているかを話すつもりだ。話を全部聞いて、伯父が反対しなかったら、僕は喜んで彼女を伯父に紹介する。伯父は、どれほどの美人を目の前にしても、彼女のような美しい人は他にはいないし、今後、会うこともかなわないと、自分で悟るかもしれない」

「君は本当にぞっこんなんだね、チャールズ」

「そうでもないさ。僕がフローラのことを恋人の目で見ていることは確かだが、真の観察者の目でも見ているんだ」

「僕はフローラに、君の伯父上と会うことを話しておくよ。そして君に知らせる。伯父上も、君が大切に思う人物に会うことに、まさか反対はしないだろう」

二人は別れ、ヘンリーは美しい妹のところへ、チャールズは吸血鬼ヴァーニーにまつわる奇妙な話をしに、伯父のところへ向かった。

第十九章　部屋にいるフローラ――恐怖――読み物――冒険

ヘンリーは、部屋にいるフローラを見つけた。部屋の扉が叩かれたとき、フローラは深いもの思いにふけっていた。かなり神経が高ぶっている状態だったのか、ヘンリーが部屋に入ってもいいかと訊いたとき、突然、必要以上に警戒の叫び声をあげた。

「誰？　誰なの？」その声には、恐怖があふれていた。

「僕だよ、フローラ」ヘンリーは言った。

フローラはすぐに扉を開け、心からほっとした様子で言った。「ああ、ヘンリー、兄さんだけ？」

「いったい誰だと思ったんだい、フローラ？」

フローラは震えていた。

「わ、わからない。でも、なんだか自分がとても愚かで、びくびくと気弱になってしまったようで、些細な音にもすごく驚いてしまうの」

「かわいいフローラ、どうか、こんな苦しみに負けないよう、なんとか抗って戦って欲しい」

「努力するわ。さっきから誰か知らない人が来ているのね、兄さん？」

「僕たちにとっては知らない人だったが、チャールズにとっては、そうじゃなかったよ。彼がとても尊敬する伯父さんだったんだ。チャールズの居場所を突き止めて、会いに来たんだよ」

「そう、彼に忠告しに来たのね」フローラは椅子に身を沈めて、さめざめと泣き出した。「きっと、疫病神の吸血鬼花嫁と別れるよう、言いにきたに違いないわ」

「だめだよ。そんな言い方をしてはいけない、フローラ。君がそんなことを言うと、僕の心は悲しみに張り裂けそうになるのがわからないのか」

「ああ、許して、兄さん」

「もう、そんなことは言わないと約束してくれ、フローラ。言わないよう、気をつけるんだ。チャールズの伯父上が、君たちの結婚を認めるのをためらうかもしれない――その可能性は高いかもしれない――だが、間違いなく、君の心は完全に君自身のものだ。信じる気持ちを胸に、安心して構えるんだ。きっと、君が持ちこたえている間に、事は解決するだろう」

フローラの蒼白く美しい顔に、喜びの笑顔が浮かんだ。

「愛する兄さん、チャールズは、それだけ誠実だと思う？」

「誓って、僕はそう思っているよ」

「それなら、神が与えてくださる力で、私を押しつぶそうとするすべてのことに抗うために頑張るわ。決してくじけない」

「そのとおりだよ、フローラ。君がそういう性格なのが嬉しいよ。ほら、これは、君が少しでも楽しくなれるようにと、チャールズが選んでくれた読み物だよ。君を、彼の伯父上に紹介してもいいかどうか、訊いてくれと言われたんだが」

「ええ、ええ――ぜひ」

「彼にそう伝えておくよ。きっと彼もそれを望んでいるだろうから。辛抱強く待つんだ、フローラ。きっとすべてがうまくいくよ」

「でも、兄さん、本当のところをおしえてほしいのだけど、あの、フランシス・ヴァーニー卿は、本当に吸血鬼だと思う？」

「どう考えていいか、わからないんだ。今はまだ、その判断を急かさないでくれ。彼を監視するつもりだから」

ヘンリーは部屋を出て行き、フローラは、チャールズが渡してくれた読み物を前にして、しばらく黙った。

「そうよ」フローラは、静かに言った。「チャールズは、私を愛してくれている。私を愛しているのよ。私はこの上なく幸せなはず。私を愛してくれているという彼の言葉には、世界中の喜びが凝縮されているわ。チャールズが、私を愛している。彼は、決して私を見捨てない。ああ、こんなに愛おしい愛が、こんなに献身的な愛が、これまであったかしら？　きっとないわ。愛しいチャールズ、彼は私を愛している。私は愛されている！」

同じ言葉を繰り返しながら、フローラはうっとりした。これまでの大きな悲しみや、おぞましい吸血鬼のことなど忘れ、愛の光がフローラに注ぎ、輝いているかのようだ。フローラは、うわ言のように言った。

「彼は私のもの！　彼は私のものだわ。彼は心から私を愛してくれている」

しばらくして、フローラは兄が持ってきてくれた読み物を開いた。頭の中は多くの辛い思いが占めていたが、思ったよりものめり込むことができ、とても楽しく、関心をもってページを繰《く》って読み進んだ。

物語は、出来事もその語り口もともに、フローラを惹きつけた。それは『ヒューゴ・ド・ヴェロール：二重の陰謀』というタイトルのもので、次のように始まった。

ハンガリーの山あいに、ある貴族が住んでいた。彼は、父親が持っていた広大な範囲の岩山や山地、肥沃な谷を所有していて、屈強な小作人に管理を任せていた。小作人はこの仕事に満足していた。

この年老いたヒューゴ・ド・ヴェロール伯爵が、突然亡くなってしまったのだが、後継ぎは十歳にもならない男子一人しかいなかった。男子の後見人は、気まぐれで無節操な、その母親だった。

彼女の夫だった伯爵は、物静かで落ち着いた人物で、自分の置かれた領域を越えようとはせず、自分の財産の管理、自分の小作農の繁栄、周囲の者たちの幸せ以外は、なにも気にしないような人物だった。

伯爵の死は、あまりに突然で思いもかけないことで、領内に大きな悲しみをもたらした。死の数時間前までピンピンしていて、健康を謳歌していたのに、そのエネルギーが突然、苦痛と病に屈してしまった。家の習わしで、松明《たいまつ》が灯された盛大な葬儀が行われた。

あっという間に伯爵の体を蝕んだ、病魔の猛威はあまりに急激ですさまじかった。この事態に誰もが唖然としたが、伯爵の遺体が、自身の城の納骨堂にきちんと安置されたことには心から安堵できた。葬儀に参加するためにやって来て、葬列を見届け、伯爵の死に直面した未亡人にお悔やみの言葉をかけた人々は、何日も贅沢なもてなしを受けた。

夫人は、未亡人の役割をよく演じていた。夫を失った悲しみに沈み、立ち直れないほど憔悴し、その死をひどく悼《いた》んだ。夫人の悲しみは、相当深いように見えたが、多くの客たちに対して失礼のないよう、なんとか苦労して、見苦しくない程度に感情を押し殺していた。

ところが、客がさんざん気遣いをして立ち去り、最後の一人がいなくなるのを、城の胸壁から見届けると、夫人の態度は一変した。

夫人は城壁から降りてくると、城のすべての門を閉ざし、見張りをたてるよう、横柄な態度で命令した。自分以外で喪に服するのは一部だけにするよう命令し、自室に引きこもって、誰にも会わなかった。

夫人は二日近く、部屋にこもったまま深い瞑想にひたっていた。ほかの者は、夫人が亡き夫の冥福をひたすら祈っているのだと信じていたが、このままひきこもりが長く続くと、餓死してしまうのではないかと怖れた。

使用人たちは、夫人を引きこもりから引き戻し、扉を開けさせようと集まった。やっと部屋から出てきて、彼らの前に立つ夫人を見て、皆は驚いた。

「ここでなにをしているのです？」夫人は厳しい声で訊いた。

「奥さまが——大丈夫かどうか確かめに——」

「どうしてです？」

「我々はこの二日間、奥さまのお姿を見ておりません。あまりのお悲しみに、お体に障るのではないかと恐れたのです」

夫人は一瞬、眉をしかめ、すぐに言い返そうとしたが、その気持ちを抑えて、ただこう言った。

「わたくしは具合がよくありませんし、今にも気を失いそうですが、もしも死にかけていたとしら、わたくしを止めようと、邪魔しに来てくれたあなたたちに感謝するどころではなかったでしょうね。でも、あなたがたはいいところに来てくれました。もういいのです。わたくしになにか食べ物を用意してちょうだい」

使用人たちはそれぞれ、自分の持ち場へ戻った。その素早い行動から、いかに彼らが女主人を怖れていたかがわかる。

わずか六歳の若い伯爵は、自分の身にふりかかった喪失感というものが、よくわかっていなかった。一日か二日、しょんぼりしていたが、その後はさしあたって、その悲しみは忘れてしまった。

その夜、城の門のところに、黒いマントを着た男が、一人の従者を連れてやって来た。二人とも立派な馬に乗っていて、伯爵夫人にお目通りをと要求した。

この伝言を受け取ると、夫人は驚いたが言った。

「お通しして」

その男は、夫人のいる部屋へ通された。

使用人たちが下がり、伯爵夫人と男二人だけになった。しばらくして、夫人が低い声で切り出した。

「来たのですね？」

「来ましたよ」

「今となっては、もう脅しをかけることはできませんよ。夫の伯爵は、おぞましい病気にかかって、もういないのですから」

「あなたの愛する夫に、不義密通をバラしてやろうかと思っていたが、もう無理な話というわけですな。でも、同じようにあなたを大いに困らせることは、ほかにもできますよ」

「まさか」

「いや、あなたがこれ以上、私の敵になるつもりなら、それ以上の報復をしますよ。噂を広めますからね」

「やってごらんなさい」

「そうすれば、あなたは破滅する」

「そうかもしれません」

「どうするつもりです？　私を敵にするか、それとも友人にするか？　私はそのどちらにでもなれる。いずれにしても、私の意思次第ですがね」

「あなたはどちらをお望み？」夫人はぶっきらぼうに言った。

「私の条件を拒んだら、私は不倶戴天の敵になりますぞ。受け入れれば、利用しがいのある、いざというときの友人になるでしょうな」男が言った。

「わたくしの敵になったら、どうなさるつもり？」夫人が訊いた。

「自分の考えをあなたに明かすような野暮なことは、自分のシナリオにはないが、破綻者モルヴェン伯爵は、あなたの愛人だと言いふらすことはできますね」

「それで？」

「次に、あなたの夫の死は、あなたが仕組んだということを」

「よくも――」

「もっと言いましょうか。モルヴェン伯爵は、私から毒薬を買って、それをあなたに渡した。そして、あなたはそれを夫の伯爵に飲ませた」

「わたくしの友人になった場合、あなたは私になにをしてくれるというの？」夫人はなんの感情も交えず、声色を変えずに行った。

「今言ったことは、すべてやめますよ。モルヴェン伯爵が邪魔だというなら、あなたのために、彼を消してさしあげましょうか。どうせ、そのつもりなんでしょうが、私は彼のことをよく知っていますから、まさか、寝首をかかれるとは思ってもいないでしょう」

「彼を始末するですって！」

「そのとおり。同じようにして、おいぼれ伯爵も始末したんでしょう」

「では、あなたの条件をのむわ」

「決まりですな？」

「ええ。そうよ」

「それなら、ここの塔の中に、私のための部屋をいくつか見繕ってください。静かに学問ができる場所をね」

「姿を見られて、ほかの者に気づかれますよ。すべてが露見するでしょう」

「いいや、それは十分気をつけますよ。変装すれば、モルヴェン伯爵に私だと気づかれないようにすることもできます。私のことは哲学者とでも、降霊術師とでも、好きなようになんとでも言えばいい。誰も私のところになど来ないでしょうし、むしろ、怖れて近寄らないでしょう」

「いいでしょう」

「それで、黄金は？」

「手に入れ次第、知らせます。伯爵は、自分の黄金をすべて金庫に保管していました。わたくしが差し押さえることができるのは、期限がきたときの地代だけです」

「わかりました。だが、それは私によこすんですな。私はここか、近くの町に滞在するつもりで来たのだから、その間は、あなたに養ってもらわなくてはならない」

「まさか！」

「そうですよ。誰もここに入れたくないので、私の従者にも暇をやらなくてはならないしね」

夫人は使用人を呼んで、必要な命令を与えると、その後、無遠慮に無理強いし、奇妙で異常なこの状況での滞在を迫る男と、しばらく部屋に残った。

それから数週間たった頃、モルヴェン伯爵がやって来て、伯爵夫人と数日過ごした。二人は、儀礼的で礼儀正しく接していたが、いったんひと目がなくなると、夫人は冷徹で蔑《さげす》むような態度を、温かく親密な態度へと変えた。

「それで、わたくしの愛するモルヴェン」二人きりになると、すぐに夫人は言った。「愛しいモルヴェン、もう二人きりよ。おしえてちょうだい。今までどうしていたの？」

「いやはや、いくつかトラブルがあってね。黄金なんぞ、手に入ったためしはない。私がいつも文無しなのは、あなたもわかっているだろう」

「また、昔の愚痴が始まったのね」

「いや、自分の蓄《たくわ》えが底をついたので、本腰を入れ始めたよ」

「まあ、モルヴェン！」夫人はとがめるような声をあげた。

「まあ、いいじゃないか。自分の財布の中身が寂しいと、寒さで水銀が下がるように、気分も沈むね。あなたはいつも、私は移り気だと言うが、まさにそうだと思うよ」

「それで、どうしたの？」

「なにも」

「それが、わたくしに話そうとしたこと？」

「いや、それは違う。例のイタリアの偽医者のことを覚えているだろう？　私が、あなたのために毒薬を買った相手だ。あなたが伯爵を殺すための毒薬をね。奴は、さらに金を要求してきた。私に金の余裕はないから、これ以上、奴にやる金はない。それがわかると、奴は邪悪な本性を表して脅してきたから、こっちも脅し返してやった。その点では、奴は私がどんな約束でも、しっかり果たす能力と意思があることを知ったというわけだ。奴を捕まえようとしたが、すでに奴は、私に関するうさんくさい、とんでもない噂を世間に言いふらし始めていた。奴を見つけたら、徹底的にたたきのめしてやる」

「それで、まだ彼を見つけられないの？」

「ああ、まだだめだ」

「それなら、彼の今の居場所をおしえてあげるわ」

「あなたが？」

「ええ、そうよ」

「直感的に、あなたの言うことを鵜呑みにするわけにはいかないが」モルヴェン伯爵は言った。「あのご立派な偽医者めが。あなたは神の恩恵と言ってもいいくらいだ。で、奴はいったいどこにいるんだ？」

「わたくしがその場所へ案内するのが条件ということで、どう？」と伯爵夫人。

「あなたが、その情報を提供することを条件にするなら、そうせざるをえない」

「それなら、決まりね」

「よかろう。それで、奴はどこにいるんだ？」

「条件を忘れないでよ。あなたのその偽医者は、今、この城にいるわ」

「この城に？」

「ええ、この城の中にいる」

「なにかの間違いに違いない。あまりにも、運が良すぎる」

「彼は、あなたのところへ行ったのと同じ目的で、この城に来たのよ」

「なんてことだ！」

「そうよ。強引にお金を手に入れるためにね。わたくしが望む相手なら誰にでも、毒を盛る約束までしたわ」

「なんだって！　奴は私にも同じ話をした。あなたが私を毒殺するとね」

「彼は、あなたのことをわたくしに言ったわ。すぐにわたくしがあなたに飽きるに違いないとね」

「それで、奴を閉じ込めているのか？」

「いいえ。彼は東塔の一室にいる。そこで、哲学者でも降霊術師でも、好きなほうで通っているわ」

「どうして？」

「わたくしが、そこにいる許可を彼に与えたのよ」

「なんだって！」

「そうよ。もっと驚くことに、わたくしがあなたに飽きたら、あなたを毒殺するのを手助けしようという魂胆よ」

「これは、私には解けない謎だな。なにか解決法はあるのか」

「ええ、よく聞いて。彼はわたくしのところにやってきて、すでにわたくしが知っていることを話して、お金と、自分に都合のいい住む場所を要求したのよ。だから、わたくしが彼に収容所を提供してあげたというわけ」

「あなたが？」

「そうよ」

「なるほど。これで、奴に私のアンドレア・フェラーラ〔北イタリア出身の有名な刀剣師〕の剣をお見舞いしてやれる」

「だめよ――だめ」

「奴を野放しにしておくのか？」

「当分の間はね。いい、聞いて。わたくしたちは、鉱山で人手が必要なの。死んだ主人はここ数年、ほとんど労働者を送り込まなかったから、現場では人手不足になっているのよ」

「ふむ、ふむ」

「今、あなたがやることは、あの男のことなど知らないふりをすること。そうやって泳がせておいて、彼を捕まえて、鉱山に送り込んでしまうのよ。彼は毒を持ち歩いている危険な男だということで」

「すぐにでも、この世から消してしまうほうがいいのではないか？　逃げられたり、今後の心配もなくなるわけだから」

「だめよ、だめ。もうこれ以上、人を殺《あや》めるつもりはないの。それに、彼は使えるわ。さらに、わたくしを脅したことが過ちだったと、彼が反省する時間ができるわけだし」

「奴には、やった仕事の報酬は支払われるが、未来を主張することはできないということだな。だが、子どもはどうするんだ？」

「ああ、あの子は当分の間は、わたくしたちと一緒にここに残ることになるかもしれないわね」

「それは、危険じゃないのか。あの子は今は幼いから。親族たちが、子どもをどうするかはわからないだろう」

「親戚はあえて、この城の門の中には入ってこようとしないわ、モルヴェン」

「なるほど。だが、彼は父親と同じ道をたどることになるかもしれないぞ。そうなれば、すべてが万々歳だろうな」

「言ったように、人の命の話はもうたくさん。でも、ほかの方法でもっと簡単に、彼を監禁しておくことはできるわ。わたくしたちは、あの子からも、親族からも同じように自由になれるのよ」

「それで十分だ。この城には地下牢があることは知っている。彼をそこへ閉じこめておけば安全だ」

「確かにそうだけれど、わたくしの案は違うわ。鉱山に送り込んで、精神異常ということにして閉じこめてしまえば」

「すばらしい考えだ！」

「どうにかして、この鉱山の生産性をもっと上げなくてはいけないの。そうなるはずなのに、伯爵は聞く耳をもたなかったわ。鉱山労働は非人間的で、人生を破壊すると言っていた」

「フン！　とことん利用しないのなら、鉱山はいったいなんのためにあるんだ？」

「そのとおりよ。わたくしも再三、そう言ったのだけど、彼はいつも否定的だった」

「我々は、もっと肯定的な考えを活用しようじゃないか、麗《うるわ》しの伯爵夫人どの。路線変更の結果がどうなるか、見てみようじゃないか。ところで、我々の結婚の祝いは、いつになるんだ？」

「数ヶ月は、まだだめよ」

「そんなに先か？　もどかしいな」

「我慢しなくてはいけないわ。でも、まずはあの子をなんとかしなくては。伯爵の死が昔のことになれば、彼の友人だった気弱な愚か者たちの間で、スキャンダルになることもないでしょう。同時期に、多くの出来事が起こるのは危険だわ」

「あなたの思うとおりに行動するがいい。だが、まずしなくてはならないことは、あのイカサマ医者を、秘密裏に葬ることだろう」

「ええ」

「奴を捕らえて、鉱山へ送り込むようなんとか画策しなくてはならないな」

「彼が住んでいる塔の下に、落とし戸と納骨堂があるわ。そこから、べつの落とし戸と納骨堂を通って、鉱山のはずれへの扉につながる長い通路があるの。このはずれ付近に、数人の男たちが住んでいて、報酬を与えればきっと、彼を捕らえて、そこで働かせるのに協力するはずよ」

「奴が働かなかったら？」

「そのときは、彼らが折檻《せっかん》するわ。働かなければ、繰り返し同じ目にあわされるという恐怖を植えつけられるほどのやり方でね」

「そういうことか。だが、ごりっぱな偽医者殿が、激怒と敵意で半狂乱になって、檻に閉じこめられた虎のようになってしまうのではないか」

「でも、彼は牙も爪も奪われることになるわ」夫人は、微笑みながら言った。「だから、自分の雇い主を脅したことを悔やむ時間を、たっぷりもつことになるのよ」

　数週間が過ぎ、モルヴェン伯爵は、偽医者と接触するきっかけを画策していた。本当は互いに相手を知っていたが、二人は、まるで見知らぬ者同士のように振る舞った。偽医者も変装していて、この変装は見破られないと信じていたので、安心して居座っていた。

「ご立派なお医者さま」ある日、モルヴェンは言った。「あなたは、いろいろご研究されていますから、間違いなく、科学の秘密の多くをご存じなんでしょうね」

「そうですね、伯爵。始祖アルドロヴァンディ〔十六〜十七世紀のイタリアの博物学者〕のように、知らないことはほとんどないと言えましょう。私は、研究に長い年月を費やしてきましたから」

「そうでしょうな！」

「ええ。真夜中のランプの灯は、神々しい太陽が地平線に顔を出し、昼が戻ってくるまで消えることがありませんでした。それでもまだ私は、書物の傍らにいたのです」

「それは、たいそうなことですな。あなたのようなお人は、地球が産み出すもっとも純粋で、もっとも貴重な金属の価値をよくご存じでいらっしゃるはずだ」

「私は一つしか知りませんね——それは黄金です！」

「まさに、私が言いたかったのはそれです」

「しかし、その金属を地球の内部から——つまり、我々を取り囲むこの山脈の中心から、手に入れるのは至難の業《わざ》なのです」

「そう、確かにおっしゃるとおりです。しかし、あなたはこの城の所有者が、こうした金の鉱山を所有し、それを利用していることをご存じないのですか？」

「利用しているとは思いますが、彼らは何年も金の生産を中断していると思っていました」

「とんでもない！　それは金製品に対して、あれこれ要求してくる政府の目を欺くためです」

「ああ、そうだ。それでわかりました」

「秘かに発掘作業は続けられているのです。そして金の延べ棒がこの城の納骨堂に保管——」

「ここ――この城に？」

「そうです。まさにこの塔の下です。そこは人がほとんど訪れることなく、非常に頑丈で、城以外のどの方面からも、まったく近づくことができないので、もっとも安全な保管場所なのです」

「なるほど。その納骨堂にかなりの黄金があると？」

「とても数えきれないほどの膨大な量があると思います」

「で、貴重な金属の山が隠されていることを、私に話すあなたの目的は？」

「そこですよ、ドクター、あなたか私が、延べ棒の一部を失敬することができると考えたのです。我々が協力しあえば、一生金持ちでいられるだけのものを、何回かに分けて持ち出し、あちこちに隠すことができるかもしれないのです」

「この件について発言する前に、その黄金を見てみたいものですな」偽医者は思案しながら言った。

「お好きなように。突然の風でも灯が消えないランプか、再び点火できる手段があれば、私もおつきあいしますよ」

「いつ？」

「今夜はどうです、ドクター。願ったこともない、とても信じられないような黄金のお宝を、目のあたりにすることになるでしょう」

「それなら、今夜」医者は言った。「目的にかなうランプその他を持っていきましょう」

「お願いしますよ、ドクター」モルヴェン伯爵は、部屋を後にした。

「万事、計画どおりですよ」伯爵は夫人に報告した。「鍵をください。奴は日が昇るまでに囚われの身になるでしょう」

「疑われなかった？」

「まったく」


その夜、真夜中の一時間ほど前、モルヴェン伯爵は偽医者の部屋にこっそりと向かい、扉をノックした。

「どうぞ」医者が返事をした。

伯爵が中へ入ると、医者は椅子に座っていた。その脇には金網ですっぽり覆われた特殊な構造のランプと、外套が用意されていた。

「準備はできましたか？」伯爵が訊いた。

「すっかり」

「あれは、あなたのランプで？」

「そうです」

「それなら、ついてきてください。ランプをできるだけ高く掲げて。通路は変則的で、階段も急ですから」

「先導してください」

「心をお決めになったのでしたら、この共同作業の分け前について、お話ししますが」

「もし、引き受けないとしたら？」医者は冷ややかに言った。

「この話はなかったことになります。鍵を元のところへ返すだけです」

「断りはしませんと言っておきましょう。隠されている黄金の量や純度に関して、あなたが私を騙していなければの話ですがね」

「私には、この金属を評価することはできませんよ、ドクター。私は鉱物分析官ではないですからね。でも、私がお見せするものは、あなたの期待を遥かに超えるものだということが、おわかりいただけると思いますよ」

「わかりました。参りましょうか」

二人は今、最初の納骨堂に着き、はじめの扉の前に立って、苦労してなんとかそれを開けた。

「しばらく、開けていなかったようですな」医者が言った。

「私の知る限りでは、めったにここに人は来ませんね。極秘にされているようです」

「それなら、我々も同じように極秘にできるわけですね」

「確かに」

二人は納骨堂の中に入り、二番目の扉のところに来た。それを開けると、硬い岩を切り出した階段のようなものが現れ、それほど硬くなさそうな、岩山を切り開いた通路が続いていた。

「見てください」モルヴェン伯爵が言った。「この場所を、城から切り離して孤立させるために、いかに注意を払ったかがわかりますよ。これで、城主に左右されないで済みますからね。これが最後の扉です。さあ、心の準備をしてくださいよ、ドクター。これはとんでもないお宝ですぞ」

こう言いながら、伯爵は扉を開けて、少し脇にどいた。医者が近づくと、伯爵は後ろから素早く、彼を突き飛ばした。医者は階段を転げ落ち、坑道内で待ち構

えていた坑夫たちに取り押さえられ、そこで一生働くことになる鉱山の奥へと連れ去られてしまった。

伯爵はすべてを見定めると、再び扉を固く閉め、城へと戻った。この出来事の数週間後、めった切りにされ、顔もわからない若者の遺体が城に運び込まれた。伯爵夫人は、これは自分の息子の遺体だと証言した。

伯爵は、すぐに本物の相続人である息子を坑内に監禁して、そこで絶望的で惨めな人生を送らせた。


城では、大々的に宴《うたげ》が催された。門は開放され、来る者は無条件でもてなされた。

モルヴェン伯爵と伯爵夫人の結婚の宴だった。息子の死から、すでに何ヶ月もたっていたため、夫人は十分に喪に服したと、世間は納得した。

結婚式は、まさに壮大で華やかだった。伯爵夫人は、再び豪華に美しく着飾って現れ、相変わらずお高くとまった傲慢な態度で、伯爵も皇帝のように専制的だった。

一方、若きヒューゴ・ド・ヴェロール伯爵は、例の偽医者と一緒に鉱山に閉じこめられていた。

くしくも、二人は結託する仲間になった。医者は復讐をもくろみ、坑内に数年いる間に、できる限り若い伯爵をたきつけて、その心に同じように復讐心を抱かせた。ついに、二人は、一緒に鉱山を逃げ出し、オランダのライデンへ向かった。そこには、医者の友人たちがいて、若い伯爵は大学に行くことができた。若い伯爵への教育は、彼が自分の華麗な生活や地位を不当に奪われたのだと、正しく認識する手段を与えることになったため、もっとも効果的な復讐の手段となった。

若い伯爵は、成人するまでライデンにそのまま残ることを決め、父親のかつての友人たちや主権者に対して、母親とモルヴェン伯爵が犯した二重犯罪を罰し、財産を取り上げるよう申し出た。

モルヴェン伯爵と伯爵夫人は、相変わらず帝王のように豪勢に暮らしていた。領地から取り立てる莫大な税収と、亡くなった伯爵が蓄えた財宝、そして金鉱山がもたらす収入が、二人がふける趣味や娯楽を超えた、遥かに大きな浪費を支えていた。

二人は、医者と息子である若い伯爵が、鉱山を逃げ出したことについてなにも聞いていなかった。その事実を知っていた者たちは、自分たちの過失がどんな結果を招くかを怖れて、だんまりを決め込んでいたのだ。

最初に伯爵夫妻が国使から受け取った通達は、故伯爵の城の収入と財宝を、すべて引き渡すようにという命令だった。

二人はこれに驚愕して、引き渡しを拒否したが、まもなく、送り込まれた騎兵連隊によって取り押さえられ、例の医者からの要請による殺人の罪で起訴された。

二人は法廷に召喚されて、罪状認否が行われ、有罪が確定した。二人は貴族階級だったため、死刑は免れたが、最終的に追放された。これは、家族が公開処刑や囚人のように監禁されることによって、自分の家名が汚されることを望まなかった、若い伯爵の温情によるものだった。

モルヴェン伯爵と夫人は、ハンガリーを捨てて、イタリアに落ち着き、そこでわずかに残された伯爵の財産の名残り等《など》で細々と生活した。華やかな暮らしはできなかったが、使用人のする雑用をやらされるのは免れた。

若い伯爵は、母とその愛人が残していった世襲財産と財宝を、やっと正式に手に入れることができた。

例の偽医者はといえば、若い伯爵には自分の罪は隠し続け、なにも知らないと否定した。いったんは逃げ出したが、若い伯爵からなにがしかの報酬をもらって、故郷のライデンに戻った。

フローラは、読み終えると立ち上がった。そのとき、部屋へと近づいてくる足音を聞いた。

第二十章　恐ろしい勘違い——部屋での恐怖の話し合い——吸血鬼の襲撃

フローラが、物語を読み終えた時に聞いた足音は、自分の部屋に向かって廊下を急いで近づいてきた。

「きっと、ヘンリー兄さんだわ。チャールズの伯父さまと会う件で、戻ってきたのね」フローラは言った。「どんな方かしら。チャールズと同じように、尊敬できる方に違いないわ。それなら、なおさらいい印象を与えなければ」

部屋の扉が叩かれた。

ヘンリーが読み物を持ってきてくれたときのように、今度はフローラはまったく警戒していなかった。神経の妙な作用からか、自信がみなぎり、何事にも果敢に立ち向かう決意をしていた。ヘンリーに違いないと思い込み、再びノックされる前にふいに言った。

「入って」フローラは明るい声で言った。「どうぞ」

勢いよく扉が開いた。その人物は部屋の中へ入ってくると、素早く扉を閉め、その前に立った。フローラは叫び声をあげようとしたが、舌がそれを拒んだ。入り乱れた感情が頭の中を渦巻き、全身が震え、氷のように冷たい感覚が、一気に襲いかかってきた。それは、フランシス・ヴァーニー卿だったのだ。吸血鬼だ！

卿が背筋を伸ばすと、その体はことさらにそびえたつように見えた。胸の前で腕を組み、土気色の顔に醜怪な笑みを浮かべている。その低い声は、墓の底から響くようだった。

「フローラ・バナーワース、これだけは言っておかなくてはならない。私の言うことを聞きなさい。心を鎮めて聞くように。怖れることはなにもない。大声をあげたり、助けを求めたりしたら、足元の地獄の底で、おまえは破滅することになる」

死のように冷たく、まったく感情がつけ入る隙がないような言い方だった。まるで、機械がしゃべっているようで、とても人間の口から発せられたものとは思えない。

フローラは、これらの言葉を聞いてはいたが、理解するどころではなかった。ゆっくりと後ずさりすると、椅子にぶつかり、それをつかんで体を支えた。卿が言った言葉で唯一わかったのは、大声を出せば、悲劇的な結果が待っているということだった。だが、それだけが助けを呼べない理由ではなかった。とても大声を出せるような状態ではなかったのだ。

「答えてくれ」ヴァーニー卿が言った。「私が言うことを聞くと約束してくれ。悪意あることをしなければ、悪いようにはしない。大いなる安らぎを得ることができるだろう」

フローラは、なにか言葉を発しようとしたが、だめだった。唇は動いても、声にならない。

「おまえは恐れているが」ヴァーニー卿は言った。「私にはその理由がわからない。私はおまえを傷つけに来たのではない。だが、おまえは私を傷つけている。いいか、私はおまえを救いに来たのだ。おまえが今、陥っている魂のくびきから解放するために」

わずかの間があった。今にも気を失いそうになっていたが、フローラはなんとか声をふりしぼった。

「助けて！　助けて！　ああ、お願い、神さま！」

卿は、もどかしそうな仕草を見せた。

「天は今、なにもしてくれまい。フローラ・バナーワース、おまえに、その気高さと美貌と同じくらい、世間も認めるほどの知性があるなら、私の言うことを聞くはずだ」

「き、聞きましょう」フローラは椅子を引いて、卿との距離をとろうとした。

「よろしい。やっと、落ち着いたようだな」

フローラは震えながら、ヴァーニー卿の顔に目を据えた。間違いない。吸血鬼に襲われたあの恐ろしい嵐の夜、こちらを睨みつけてきた、異様なガラスのような目と同じ。見まごうはずのない、あの視線が再び戻って来た。その顔は、言いようもないほど醜く、奇妙に歪んでいた。

「おまえは美しい。最高の腕をもつ彫刻家なら、そのたおやかな四肢から、稀有な芸術作品を紡《つむ》ぎ出すことだろう。それはきっと、魔法をかけられたかのように、見る者を魅了するに違いない。その肌は、吹き寄せられた雪の白さにもひけをとらない。この上なく愛らしいその顔。なんという悪魔の力か」

フローラはなにも言うことができなかったが、ある考えが心をよぎり、たちまち頬を赤らめた。初めて吸血鬼に襲われたとき、確か気を失った。そして今、あの吸血鬼が、ぞっとするほどのうやうやしい態度で、美の数々を褒めたたえている。あのときも、悪魔のような視線で、見られていたのかもしれない。

「おまえは、わかってくれるだろう」卿は言った。「それはともかく、私は人間と切っても切れない存在なのだよ」

「用件を話して」フローラはあえぎながら言った。「さもないと、なんとしてでも、大声を出して助けを呼ぶわ。すぐに、みんなが駆けつけてくれるはず」

「わかっている」

「私が叫ぶことがわかっているというの？」

「いや。おまえは私の言うことを聞く。彼らがすぐにおまえを助けに来ることはわかっているが、おまえは助けを呼んだりしないだろう。そんな必要などないことを、見せてやろう」

「続けてちょうだい――続けて」

「私がおまえに、なにかを無理強いしようとしているのではないことはわかるだろう。私の用件は、ある意味平穏のためなのだから」

「その口から――平穏ですって！　なんて恐ろしい。

もし本当にあなたが、私があまりにショックを受けて、今でもその名を口にするのもひるむような存在なら、あなたにとって、絶対的な死さえも、祝福にはならないのでは？」

「平穏――平穏か。私は、平穏の講釈のためにここに来たのではない。時間がないので、手短に済ませなくてはならない、フローラ・バナーワース。私はおまえが憎いわけではない。なぜ、私がおまえを憎まなくてはならない？　おまえは若く、美しく、そして、私がもっとも尊敬するに値すべき、そして実際にそれに値する、名前を背負っているのだ」

「肖像画が」フローラが言った。「この屋敷にあるわ」

「もういい――言わなくていい。おまえがなにを言おうとしているのかわかっている」

「あなたの肖像画よ」

「この屋敷、そしてここにあるすべてのものを、私は欲している」卿は、少しそわそわしながら言った。

「そう言えば十分だろう。私はおまえの兄と口論した。おまえを愛していると思い込んでいる男とも言い争いをした」

「チャールズ・ホランドは、心から私を愛しているわ」

「そのことについて、今、おまえと議論するときではない。私は普通の人間よりも、人の心の奥底を知る術をもっている。いいかね、フローラ・バナーワース、おまえに愛を語る男は、おまえを本当に愛しているのではない。少年の儚《はかな》い空想の世界で、そう思い込んでいるだけのことなのだ。愛を声高に語ることはないが、心の奥深くに情熱の世界を隠し持っていて、そのホランドという男の儚い空想をはるかに超える愛で、おまえを愛している者がいる。それは、大海原や穏やかな湖が、夏の日差しをゆったりと浴びているような、おおらかな心のようなものなのだ」

卿のその言い方には、なんとも不思議な魅力があった。その声は、音楽そのもののようで、その舌から紡ぎ出される言葉は、一語一語が穏やかで発音も適切、強く訴えかけてくる魅力があった。

この男に、震えるほどの恐怖を感じているはずなのに、男の真の正体は吸血鬼だと確信できるほどの怖ろしい考えがあるのに、それでもフローラは、この男の話をもっと聞きたいという、抑え難い欲望を感じていた。そう、彼が今、話題にしているのは、フローラの心にとっては不愉快な内容であるにもかかわらず、この男に対する恐怖は次第に消えつつあった。卿が言葉を切ったとき、フローラはすかさず言った。

「あなたは、大きな間違いを犯している。チャールズ・ホランドの忠誠と真実に関しては、自分の命を賭けてもいいくらいなのですから」

「当然、そうだろうな」

「これで、もう話は終わりなの？」

「いや、まだだ。私はこの地所が、どうしても欲しいのだ。購入するつもりだが、おまえの気難しい兄上たちと口論になった。彼らは、もうこれ以上、私と話をする気はないだろう」

「兄たちは、お断りするかもしれませんね」

「そうかもしれないが、優しいレディ、私がここに来たのは、おまえに兄上たちとの仲介をしてもらいたいがためなのだ。先行きが芳《かんば》しくない中、これからふりかかってくる多くの出来事が予想されるからだ」

「なんですって」

「そうなのだ。過去の知恵や、今は詳しくは話せない力をかりれば、おまえに大きな苦しみを与えてしまったとしても、それ以上のものを与えることができるのはわかっている。だが、おまえの兄上たちや恋人は、私に敵対してくるだろう」

「そんな」

「そういうことになると思う。だが、いずれにしても解決できるだろう。私の力や技は、神業といっていいほどなのだから」

「なんということ！」フローラはあえいだ。

「条件次第で、どちらか一つ、もしくは両方の問題を回避することができる」

「いったい、どんな恐ろしい条件が？」

「恐ろしいことではない。おまえの恐怖は、事実をはるかに越えている。私がおまえに望むのは、お嬢さん、あなたの頑固な兄上たちを説得して、この屋敷を私に売るように仕向けて欲しいということだけだ」

「それだけ？」

「そうだ。それ以上はなにも望まない。その代わり、約束しよう。これ以上、兄上たちと争わないだけでなく、二度とおまえにも会わないということを。そうすれば、おまえは安心して眠ることができ、私に煩わされることも二度とない」

「ああ、神さま！　これまで苦しんだかいがあったわ」フローラが言った。

「それは保証される。ただし――」

「ああ、わかっていたわ。まだほかにも恐ろしい条件が出されると、直感でわかります」

「また、おまえは勘違いしている。私が頼みたいのは、ここで会ったことを、秘密にしておいて欲しいということだけだ」

「いえ、だめよ、だめ。それはできないわ」

「できない？　簡単なことなのに？」

「できません。愛する人たちに隠しごとをするなんて」

「そのとおりだが、少なくとも黙っているほうが、都合がいいことはすぐにわかるだろう。しかし、それができないというのなら、これ以上、無理強いはしない。気まぐれな女性の性質のおもむくまま、お好きなように」

　その言葉と態度の裏に、ほんのわずかだったが、腹立たし気なものが感じられた。

　卿はそう言いながら、扉から菜園に臨む窓のほうへ移動した。フローラは身を縮めるようにして、できるだけ彼から離れた。少しの間、二人は互いに沈黙したまま見つめ合った。

「若い血が」ヴァーニー卿は言った。「おまえの血管に脈打っている」

フローラは、恐怖に震え上がった。

「私が提案した条件を、心に留めておくのだ。私は、バナーワース館がどうしても欲しい」

「わ、わかっています」

「そう、私はどうしてもここを手に入れなくてはならない。たとえ、血の海の中を進むことになっても、手に入れるだろう。いいかね、お嬢さん。私たちの間に起こったことを、再び繰り返すか否か、おまえの好きなように決めなさい。私が提案した条件をのむ気がないのなら、私に用心しなさい、ということだ」

「ああ、この屋敷は私たち全員にとって、日ごとに嫌な場所になっていく」フローラは言った。

「いかにも」

「あなたは、多くをご存じなのでしょうね。今さら、それを言ったところで、仕方がないでしょうけれど。私が兄たちを説得してみます」

「ありがとう。大いに感謝する。このヴァーニーを友にしたことを、後悔しないで生きられる――」

「吸血鬼の友人なんて！」フローラが言った。

卿が近づいてくると、フローラは、思わず恐怖の叫び声をあげた。

鉄の万力のような卿の手に腰をつかまれ、その熱い吐息が頬にかかるのを感じた。すべての感覚が狂って目がくらみ、フローラは崩れ落ちた。ありったけの息を吸い込み、エネルギーをかき集め、鋭い金切声をあげると、床に倒れた。突然、ガラスが割れるすさまじい音がしたと思うと、すべてが静かになった。

第二十一章　伯父と甥の話し合い、そして危機

一方、チャールズ・ホランドは、伯父の腕をとって、自分の部屋へ案内していた。

「親愛なる伯父上、どうぞかけてください。余すところなく、すべてを説明します」チャールズは言った。

「座れだと！　とんでもない！　わしは歩き回っていたほうがいいんだ」提督が言った。「いいか、わしはゆったり座っていられるほど、辛抱強くない。昔も今も、せっかちは変わっとらん。さあ、説明しろ、若造め」

「まあ――まあ、そんなに僕をいじめないでくださいよ。伯父上が僕の立場だったら、きっと僕と同じように行動したと思いますよ」

「いや、わしがそんなことをするはずはない」

「でも――伯父上」

「ことあるごとに、わしのことを伯父上などと呼ぶな。いいか、聞け、チャールズ。この瞬間から、わしはもうおまえの伯父ではないぞ」

「はいはい、わかりました、提督」

「わかりました、じゃない。いったい、なんだってわしのことを提督などと呼ぶ？　このならず者め。よくもまあ」

「あなたのことは、好きなように呼ばせてもらいますよ」

「だろうが、わしの気に入る名で呼ばれることはあるまい。海賊モーガン〔十七世紀に実在した海賊〕とでも、呼べばいいだろう。奴は自分の好きなように呼ばれたんだからな。おい、この野郎。なんで笑っているんだ、え？　こういうとき、わしに笑いかける術を、おまえにおしえてやる。おまえが船に乗ってくれたらな。それだけだ、若造め。そうしたらすぐに、上官に笑いかける術をおしえてやるんだがな」

「ああ、伯父上、僕はあなたを笑ってなどいませんよ」

「それなら、なにを笑ったんだ？」

「冗談に対してですよ」

「冗談――なんだと、冗談などまったく言っていないぞ」

「ああ、そうですか」

「そうですか、じゃない」

チャールズには、いつものことだった。伯父のこの手のひねくれたユーモアは、まもなく終わりになり、その後は快く耳を傾けてくれるだろう。だから、チャールズは癇癪を起こしたり、苛々することなく、伯父のおかんむりが鎮まるまで、辛抱強く待つことに満足していた。

「ところで」ついに、老提督は言った。「わしを、こんな狭くて冴えない部屋に引っ張り込んだのには、なにか話したいことがあったからだろう。わしはまだなにも聞いとらんからな」

「今からお話ししますよ」チャールズは言った。「僕は恋しているのです――」

「フフン！」

「相手は、海外で出会ったフローラ・バナーワースという女性です。彼女はこの世でもっとも美しいだけでなく――」

「フン！」

「知性もあり、名誉を重んじ、素直で気立てもいい、すべてを兼ね備えた最高の女性なのです」

「フン！」

「本当です、伯父上。フフン、という反応ばかりだと、話を続けることができません」

「だが、わしが〝フフン〟と言おうが、言うまいが、いったいおまえになんの違いがあるというのだ？」

「僕は、彼女を愛しています。彼女は英国に戻りましたが、僕がいなかったので、体の具合が悪くなり、そのままでは間違いなく死んでしまったに違いありません。それで、僕はこの国に来たのです」

「だが、おまえ、わしは人魚のことが聞きたいのだ」

「吸血鬼のことですね」

「そう、そうだ。その吸血鬼とやらのことだ」

「伯父上、僕が話せるのは、ある夜、吸血鬼がやって来て、その歯でフローラの首に傷を負わせ、そいつはいまだに、彼女の血管を流れている若く純粋な血を使って、おぞましい自分の存在を回復させようとしていると思われているということだけです」

「そいつは、悪魔だ！」

「そうなのです。正直言うと僕は、この事件に恐ろしいほどの真実味を与える、あまりに多くの状況に、すっかり当惑しているのです。かわいそうなフローラは、心も体も相当傷つき、僕がここに着いたときすぐに、自分のことは諦めてくれと懇願しました。もう、自分のことは考えるな、このような恐ろしい状況で、僕の運命と彼女の運命を結びつけることなど考えられないと」

「彼女が？」

「それが、彼女の言葉でした、伯父上。彼女は〝懇願する〟という言葉を使いました。このまま自分を置き去りにして逃げ、ほかの女性と幸せを見つけて欲しいとまで、僕に言ったのです」

「それで？」

「でも、僕には彼女の心が張り裂けそうになっているのがわかりました」

「というと？」

「それは、大変なことなのです、伯父上。僕は彼女に、不幸な状況にある君を捨てたら、僕自身が天に見放されることになると、言いました。僕と別れないことで、彼女の幸せが壊れるのなら、神が僕に与えてくださった力と強さで、彼女とあらゆる悪との間に、立ちはだかるつもりだと」

「それから？」

「彼女は僕の胸の中で崩れ落ち、さめざめと泣いて、僕の幸せを祈りました。そんな彼女を見捨てられるでしょうか？　〝愛しい君、君が元気で美しかったときには愛していたけれど、今は悲しみにくれているから、君を捨てる〟などと言えますか？　そんなことを言ったら、男がすたるのではないでしょうか、伯父上？」

「まさにそうだ！」老提督は、部屋中に響くような大声を出した。「そんなことをしたら、このひよっこめ、おまえを羽交い絞めにして——わし自身が、その娘と結婚してやるぞ。うん——そうだ、わしが結婚してやる」

「とんでもない、伯父上！」

「いや、おまえ、女の目に涙という遭難信号が出ているとき、彼女を見捨てるようなことを言えるというのか？」

「でも、僕は——」

「おまえは、人でなしだ。とんでもなく愚かな奴だ。のろまの悪たれ野郎だ」

「伯父上、誤解です」

「いや、勘違いなどしておらん。神のご加護を、チャールズ。おまえは彼女と結婚すべきだ。船の乗組員が全員吸血鬼で、そいつらが全員ノーと言っても、おまえは彼女と一緒になるのだ。わしを彼女に会わせてくれ。会わせてくれ」

提督は、袖で唇を勢いよく拭った。チャールズは慌てて言った。

「親愛なる伯父上、バナーワース嬢は、とても若い女性なのを忘れないでください」

「そう思っとるよ」

「それなら、どうか、彼女とキスしようとしたりしないでくださいね」

「彼女にキスするなだと！　おまえなあ、恋人たちはキスが好きだ。相手が若い娘だから、彼女にキスするなだと！　おまえってやつは。わしが、海軍の伍長にキスすると思うか？」

「そうは思いませんが、伯父上、若い女性が、とても繊細なのはご存じでしょう」

「このわしが、繊細でないと言うのか？　これは、驚いた。わしは、繊細でないと？　娘はどこにおる？　それが、わしが知りたいことだ」

「では、僕がしたことを認めてくださるんですか？」

「おまえは若造だが、おまえの中にも、この老提督の家系の血が流れておる。だから、正直者らしく行動するのは当然のこと。やむにやまれぬことだったのだ」

「しかし、僕がそのように行動しなかったら」チャールズは笑みを浮かべながら言った。「我が家系の血はどうなります？」

「それがどうしたというのだ？　おまえとの縁を切るだけのことよ。それなら、おまえがまがい物で、一族の一員ではないと、はっきりわかるだろうからな」

「それは、問題を克服する一つの手ではありますね」

「問題など、まったくない。波間を運んでくれる自分の大事な船や、心を許してくれる女を捨てるような男は、切り刻まれて、野生の猿のエサにされるのがオチだ」

「僕もそう思います」

「当然だろう」

「どうして、当然なのですか？」

「それはだな、わしの甥ともあろうものにとって、まったく理にかなっていることだからだ。おまえは、それにどうにも抗えないのだ」

「すばらしい、伯父上！　あなたがこれほどまでに理屈っぽい人だとは夢にも思いませんでした」

「この、うすら馬鹿め、恋に骨抜きになっていなかったら、おまえは銃器室の飾りになっていたことだろう。ところで、そのひどく繊細な若い娘はどこにいるのだ？」

「彼女を連れてきますよ、伯父上」

「ああ、そうしてくれ。きっと彼女は、見事な船首像のような姿をしておることだろう。船尾には、あまりそぐわないだろうが」

「伯父上、なにをしても結構ですが、彼女にあまりおべっかを使わないでください。伯父上の苦労の末の褒め言葉は、かなりいかがわしいものがあるので、なにを言われるか、僕は聞くのが恐ろしいのです」

「もう、行け。余計なことは言うな。若いご婦人に言う、お上品なお世辞も学ばずに、だてに四十年も海の上にいたわけじゃない」

「でも、男所帯の船の上が、優雅なお世辞を覚えるのに絶好の場所だと、本当に思うのですか？」

「もちろん、思っているさ。船の上では、最高の言葉を聞くことができる。いいか、ずっと陸《おか》に張りついて生活しているおまえには、なんのことやら、わからんだろうが、わしら、海の男たちは、船の上で人生を学ぶんだ」

「おや――おや、あれを聞いて！」

「なんだ？」

「叫び声です――叫び声が聞こえませんでしたか？」

「きっと、遭難信号だぞ」

慌てて部屋を出ようとして、伯父と甥は、しばらく戸口で互いにもつれあった。提督の巨体が勝り、哀れなチャールズの体をほとんど押しつぶすようにして、先に部屋を飛び出した。

とはいえ、行く先がわからなかったため、先に飛び出してもほとんど役に立たなかった。そして、二度目の叫び声が聞こえた。吸血鬼につかまったフローラが発した声だ。これが、廊下に飛び出した伯父と甥に、声が聞こえてきた方向を示すいい目安になった。


チャールズはすぐに、フローラ自身の部屋からだとわかり、ものすごいスピードで、そちらに向かって走り出した。

ヘンリーはその時、たまたま近くにいた。フローラが自分の部屋にいることはわかっていたので、ためらうことなく、いち早く駆けつけた。チャールズは、ヘンリーが自分より先にフローラの部屋に入っていくのを見た。

その時間差はほんのわずかだったが、チャールズが部屋に入ったとき、ヘンリーがちょうどフローラを床から抱き起こしているところだった。

「なんてことだ！」チャールズは叫んだ。「なにがあったんだ？」

「わからない」ヘンリーが答えた。「まったくわからない。フローラ、フローラ、なにかしゃべってくれ。フローラ！　フローラ！」

「気を失っている」チャールズが叫んだ。「水があれば、気がつくかもしれない。ああ、ヘンリー、ヘンリー、こんなひどいことが」

「しっかりするんだ！　しっかりしろ」ヘンリーの声は、彼がひどく不安な状態に陥っていることをよく表していた。「デカンタに水を入れてきてくれ、チャールズ。ここには母上もいる。また、あいつが来たんだ。ああ、神よ」

　バナーワース夫人は、部屋のソファの端に座っていたが、両手を握りしめ、ただ泣くばかりだった。

「待て！」提督が部屋に入りながら叫んだ。「敵はどこにいるのだ、おまえたち？」

「伯父上」チャールズが言った。「伯父上、伯父上、また吸血鬼がここに来たのです。おぞましい吸血鬼が！」

「なんてことだ。そいつは逃げたようだが、窓の半分を盗んでいきおった。あれを見たまえ！」

　そのとおりだった。長い日よけのついた窓が、打ち破られていた。

「助けて！　ああ、助けて！」顔に水がかけられて意識が戻ると、フローラが叫んだ。

「もう、大丈夫だよ！」ヘンリーが声をかけた。「もう、君は安全だ」

「フローラ」チャールズも言った。「僕の声がわかるかい、愛しいフローラ？　目を開けて見て。なにもいないのがわかるだろう。君を愛する人たち以外は」

　フローラは、おずおずと目を開けた。「あれは、いなくなった？」

「そうだよ」チャールズが答えた。「まわりを見てごらん。ここには真の友人しかいない」

「それに、頼もしい友人どもだ、お嬢さん。わし以外はな」提督が言った。「わしの力を試したいなら、いつでもよろしいぞ。陸でも海でも、悪魔野郎の姿を拝ませてくれ。わしはひるんだりはせん。帆桁から帆桁、四爪アンカーから四爪アンカー、ピッチ鍋や手投げ弾、なんでもござれだ」

「こちらは、僕の伯父なんだ、フローラ」チャールズが紹介した。

「ありがとうございます」フローラは消え入りそうな声で言った。

「申し分ない！」提督が、チャールズにささやいた。「確かに、見事な船首像だわい！　スウォンジー〔ウェールズ南部の港町〕の売春婦は、彼女の四人分くらいはありそうな体格だったが、繊細な女ではなかったな。これは、これは」

「そうでしょうね」

「おまえの言うことも、たまには正しいことがあるな、チャーリー」

「なにが、そんなに恐ろしかったんだ?」チャールズがフローラの手を取りながら、優しく訊いた。

「ヴァーニー卿よ――吸血鬼のヴァーニーだわ」

「ヴァーニー卿だって!」ヘンリーが声を上げた。「ヴァーニー卿がここへ来たのか?」

「ええ。あの扉から入ってきたわ。私は叫び声をあげたと思うのだけど、はっきり覚えていないの。彼は窓から逃げたわ」

「これは」ヘンリーが言った。「あらゆる人間の忍耐を超えている。なんと、ひどい! とても耐えられない」

「これは僕の戦いだ」チャールズが言った。「すぐに行って、やっつけてやる。彼は僕の挑戦を受けるだろう」

「だめよ、だめ。やめて」フローラは、チャールズに取りすがって半狂乱になって叫んだ。「お願い、やめて。ほかにいい方法があるわ」

「どんな?」

「この屋敷は、完全に恐怖でがんじがらめになってしまった。ここを立ち去りましょう。彼が望んでいるのだから、売ってしまうのよ」

「ここをあいつに売る?」

「ええ、そう。吸血鬼の襲撃を避ける手段だと考えれば、これほどいいことはないと思うの。あの男が人間以上の存在だと信じる理由がたくさんあることを、忘れてはいけない。どうして、あんな男と直接衝突する危険を、わざわざ冒す必要があるの? あの男は、あなたの心臓の新鮮な血で、自分の邪悪な存在を保つチャンスがあれば、喜んであなたを殺すかもしれないのよ」

若いヘンリーたちは、ひどく驚いたようだった。

「それに」フローラは続けた。「あの男が持っている災いの力については、私たちにはわからないでしょう。人間の勇気をもってしても、太刀打ちできないような恐ろしい力かもしれないのよ」

「フローラの言っていることは」マーチデール氏が、前に進み出た。「確かに、理にかなっている」

「それなら、わしにそいつと対決させてくれ。それでいい」ベル提督が言った。「そうしたら、わしがそいつの正体をあばいてみせる。結局、そいつは図体がでかいだけの、のろまな野郎で、力なんぞ持っていないんだろう」

「奴の力は、とてつもないのです」マーチデール氏が言った。「私は奴を捕らえようとしましたが、サイクロプス〔ギリシャ神話の一つ目の巨人〕のハンマーで殴打されたかのように、ふっ飛ばされてしまいましたよ」

「なんだって？」

「サイクロプスです」

「う〜ん、わしは十一年間、サイクロプス号に乗っていたが、船にそんなでかいハンマーがあるのは見たことがないな」

「いったい、どうしたらいいんでしょう？」ヘンリーが言った。

「おお」提督が調子を合わせた。「いったい、どうしたらいいのか、という問題について、常に悩みはあるものだ。海でなら、なにをすべきか、すぐに答えが出るのだがな」

「この問題について、真剣に相談しなくてはならない」とヘンリー。「君はもう今は、安全だからね、フローラ」

「でも、私の言うことをきいて、この屋敷を諦めて」

「君は怖がっているね」

「そうよ、とても怖いわ、兄さん。この後に起こるかもしれないことが怖い。どうか、お願い。この屋敷を諦めて。ここを売るのよ。ここは今、私たちにとって恐怖でしかないわ。

ここを売るのよ。そうする以外に方法はないわ。フランシス・ヴァーニー卿と、話し合いをするのよ。あえて、こちらから彼に手を下すことはないわ」

「奴は絞め殺すべきだ」提督が言った。

「確かにフローラの言うとおりだな」とヘンリー。「限りなく怪しいという疑いがあっても、あえて彼の命を奪う必要はない」

「奴が吸血鬼であることが確実でも、卑劣な手段は確かにいけない。だが、言われているように奴が不死身だとは、僕には思えない」とチャールズ。

「ここにいる誰も、奴のことをそうは思っていない」マーチデール氏が言った。「いいかな、君が私のほうを見たので、あえて言うが、私が二度、奴を捕まえようとして、まんまと逃げられたのは事実だ。一度目は、コートの切れ端だけが私の手の中に残され、二度目には、私を殴り倒した。あのすさまじい殴打の影響が、まだ残っているくらいなのだよ」

「そのことは、聞いているの？」フローラが訊いた。

「ああ、聞いている」チャールズが答えた。

「どういうわけか」マーチデール氏は、やや感情的になって言った。「私が言うことは、ホランドくんには、いつも耳障りらしい。理由はわからないが、私の意見が彼のなんらかの反感をかうなら、私は今夜、バナーワース館を出て行こうと思う」

「そんなことはだめだ、だめです」ヘンリーが言った。「お願いですから、内輪もめはやめてください」

「まあまあ、お耳を拝借」提督が口をはさんだ。「船の乗組員たちが仲違いしていると、敵と存分に戦えませんぞ。さあ、チャールズ、この御仁は、どうやら正直で紳士的なお方のようだ。彼と握手をしてはどうかな」

「もし、チャールズ・ホランドくんが」マーチデール氏は言った。「少しでも私に対して反感があるなら、すぐにはっきり言ってもらうよう、お願いしますよ」

「必ずしも、そうするとは断言できませんね」チャールズが言った。

「いったい、なにがそんなに気にくわないのだ？え？」提督が言った。

「人の印象や感情は、いかんともし難いものなのですよ」とチャールズ。「でも、僕は喜んでマーチデール氏と握手しますよ」

「それは、私も同じですよ、お若いの」マーチデール氏が言った。「あらゆる誠意と善意をこめて、握手しますよ」

二人はとりあえず握手をしたが、それが心からの誠意をもっての握手ではなかったことは、誰の目にも明らかだった。それは〝あんたのことは嫌いだが、積極的にあんたに不利益を与えるつもりはない〟という感情を、互いに表しているように見えた。

「まあ、それでよろしい」提督が言った。

「それでは、このヴァーニー卿のことについて、相談しましょう」ヘンリーが言った。「皆さん、居間にいらしてください。なんらかの折り合いがつくよう、努力しましょう」

「お母さま、泣かないで」フローラが言った。「すべてはまた、良くなるわ。この屋敷を出て行きましょう」

「その問題も考えよう、フローラ」ヘンリーが言った。「君の願いは、僕たち全員と同じだと信じてくれ。いつもそうだったようにね」

バナーワース夫人とフローラを残して、全員は小さな居間へ向かった。ここには、前にも述べたように、手の込んだ美しいオーク材の彫刻が施されている。

ヘンリーは、誰よりも決然とした表情をしていただろう。屋敷で日々起こっている恐ろしい出来事に歯止めをかけるために、なにか決定的なことをすると心に決めているように見えた。

チャールズ・ホランドは、ひたすらなにかを真剣に思案している様子だ。自分でもはっきりわからないことについて、心の中でなんらかの一連の行動を展開させているかのようだ。

マーチデール氏は、どう見ても、誰よりも悲しそうで意気消沈しているようだった。

提督はといえば、明らかにこの驚くべき状況にあって、なにをどう考えたらいいか、わからない様子だった。なにか行動を起こしたくて、うずうずしてはいたが、どんなことをすればいいのか、まったく思いつかなかった。まるで、これまでの人生や経験とはまったくかけ離れたこの状況に、一切頭がついていけていないのと同じだった。

ジョージは、チリングワース医師を呼びに行っていたので、この深刻な話し合いの前半にはいなかった。

第二十二章　話し合い――屋敷を去ることを決定

これが、バナーワース館で行われた、恐ろしい吸血鬼に関する話し合いの中で、もっとも深刻かつ道理の通った議論になったことは確かだろう。はっきりと決め手となることをなにかしなくてはならないのは、火を見るより明らかだった。ヘンリーが約束したように、この屋敷を出たいというフローラの切実な望みも忘れてはならず、これから始まる話し合いの重要な要素として考慮しなくてはならなかった。ヘンリーの胸の内では、たくさんの愛しい思い出が詰まった屋敷だとはいえ、自分にとってはもう家ではないという思いが、急速に膨らんでいた。

だから、金銭的に満足できるような取引が可能なら、ヘンリーは、屋敷を去ることを提案したいという気持ちが強くなっていた。ヘンリーがどうしても考えざるをえなかったのは、この金銭的な観点であり、これが重要で厄介な問題だった。

読者はすでに、この家が経済的に特殊な状況にあることに、気づいていることだろう。ヘンリーや彼を頼る者たちが、恥ずかしくない生活ができるくらいの収入は、さまざまな収入源からたっぷりあるはずと思われたが、実際はそのほとんどが、父親がつくった借金の返済に消えていた。債権者たちは、借金のかたにすべてをとりあげて、一家を飢え死にさせるのではなく、分割返済という取り決めにしたことを大いに自慢した。

従って問題は、いずれにしても、少なくとも現在の問題の一つは、ヘンリーやその他の分家のものである屋敷から出て行くことが、この返済の取り決めにどこまで影響するかということだった。

少し考えてから、率直で誠実な性格が強みのヘンリーは、チャールズやベル提督に内情をすべて説明することに心を決めた。

いったんそう決めると、ヘンリーはぐずぐずしなかった。全員が狭いオークの居間に腰を下ろすやいなや、現在の財政状況を明らかにした。

「しかし」ヘンリーが話し終えると、マーチデール氏が言った。「君が債権者たちとの契約を履行している限り、彼らが、君が住む場所について文句を言う権利はないと思うが」

「確かにそうなのですが、彼らは常に僕が屋敷に残ることを期待しているのです。もちろん、いつでも彼らは、担保であるこの地所全体をいい値で売り払って、その収益を自分たちの給料にするということもできます。いずれにしても、僕にはもうなにも残されていないことは確かなのですが」

「そんな理不尽なことがありえるとは、とても信じられない」とマーチデール氏。

「見るにみかねますね」いつになく苛立ちを見せて、チャールズが言った。「ヴァーニー卿のような隣人に悩まされたという理由だけで、一家全員が住む家を捨てなくてはならないはめになるなんて。そんな状態を考えただけで、もどかしくて怒りがこみあげてきます」

「でも、悲しいかな事実なんだ」ヘンリーが言った。

「僕たちはどうしたら?」

「なんとかする手だてはあるに違いない」

「考えられる手段は一つだけです。それは僕たち全員の意思に反することですが、彼を殺すことかもしれません」

「それは問題外だ」

「もちろん、彼は僕自身と同じ名前をもつ祖先で、肖像画まで描かれているという思いがあります」

「僕たちが推測しているように、あの男がおぞましい生き物だと、ついに君が確信するほど実際に状況は差し迫っているのか？」チャールズが言った。

「今さらそれを疑うのか？」ヘンリーが激して叫んだ。「あいつは吸血鬼なんだ」

「それを信じるくらいなら、わしは絞首刑になる！」ベル提督が言った。「そんなものは、ナンセンスだ。吸血鬼なんぞ。まったく、いまいましい」

「提督、こんな恐ろしいことが現実にあると、信じざるをえないような状況を、僕たちは体験してきましたが、あなたはそれをご存じない。最初は、なかなか信じられないのは当然のことです。僕たちだって、こんなことを信じるようになろうとは、まったく思いもしませんでした」

「それが実情なんですよ」マーチデール氏が言った。「こんな現象はありえないという疑いが少しずつ、真実に違いないという、身の毛のよだつような確信に変わっていったことは間違いのないことなのです」

「同時に、多くの人間の感覚が騙されてきたということを認めない限りね」

「それはほとんどありえません」

「それなら、あんなおかしな奴が本当に存在すると？」提督が言った。

「僕たちはそう思います」

「なんてこった。海の男たちがあちこちの海で見てきたものについて、ありとあらゆるホラ話を聞いたことがあるが、これはそれらすべてをしのぐほどだ」

「まさに、怪物級なのですよ」チャールズが言った。

しばらく沈黙があって、マーチデール氏が、低い声で切り出した。

「ヘンリー、君自身が行動を起こすまで、たぶん、私がなにか提案すべきではないだろう。だが、でしゃばりを承知であえて言わせてもらうが、君たちはこの屋敷を出るべきだというのが、私の揺るぎない意見だ」

「僕も、その考えに傾きかけています」ヘンリーが答えた。

「だが、債権者たちは？」チャールズが口をはさんだ。

「事前にこの件について相談して、彼らにとって損にならないような取り決めなら、間違いなく黙認すると思いますよ」とマーチデール氏。

ヘンリーが言った。「彼らはよくわかっていますよ。僕が不動産を一緒に持っていくことはできないから、確かに彼らに損にはなりませんからね」

「まさにそのとおりだが、もし売るのが嫌なら、貸せばいい」

「誰に？」

「それは、今の状況では、自ら申し出てきた者以外、ほかに借主はいないでしょう」

「フランシス・ヴァーニー卿？」

「そう。どうやらここに住むことが、彼にとって最大の目的らしい。こうした事態になったにもかかわらず、彼にここを貸すのは、決定的に最善の策だと私には思えるが」

この意見の妥当性を、真っ向から否定する者は誰もいなかったが、どこか気が進まない、妙な雰囲気が全員の中に漂っているようだった。しばらく、沈黙が続いた後、ヘンリーが言った。

「あのような化け物に屋敷を明け渡すのは、異常なことに思える」

「とくにあんなことが起こった後ではね」とチャールズ。

「確かに」

「うーん」マーチデール氏が言った。「あらゆるケースを考慮した上で、ほかにもっといい案が出てくるようなら、それにこしたことはないんだが」

「すべての行動を、三日間、延期するのを認めてもらえませんか？」チャールズがふいに言った。

「なにか、いい案があるのかね？」マーチデール氏が訊いた。

「あります。でも、今はまだなにも言わないほうがいいようなことなのです」

「反対はしないよ」ヘンリーが言った。「三日延ばしても、なにか状況が変わるかどうかはわからないが、君が望むならそうしよう、チャールズ」

「それなら、安心したよ。フローラに好意を持っている立場からは、この事件は君自身というよりも、僕の事件だと感じざるをえないんだ、ヘンリー」

「僕にはそうは思えない」とヘンリー。「どうして、僕ではなく、君がこの事件の責任を負わなくてはならないんだ、チャールズ？　君の心の中に、なにかいちかばちかの考えがあって、それを提案することで、僕たちを納得させようとしているような気がしてならないんだ」

チャールズは黙った。ヘンリーはたたみかけた。

「なあ、チャールズ、僕がほのめかしてきたことは、事実だと確信している。僕たちが反対するような計画を、君は思い描いているんじゃないのか？」

「それは否定しない」チャールズが答えた。「考えはあるが、今はまだ、僕の胸にしまっておくことを許してくれ」

「どうして、僕たちを信用してくれないんだ？」

「理由は二つある」

「なんだって！」

「一つは、まだ僕自身、自分が進むべき方向が完全に固まっていないことだ。もう一つは、僕にほかの誰かを巻き添えにする権利はないということなんだ」

「チャールズ、チャールズ」ヘンリーは落胆した。「すでに、十分に苦しんでいるかわいそうなフローラを、さらに不幸にすることになるかもしれないということを一瞬でも考えて欲しい。君の友人である僕たちでさえ、知らず知らずのうちに邪魔してしまうかもしれないような、困難な企てを実行しようとしているのだとしたら」

「そんな恐れはない計画だよ。ありえない。無理を言わないでくれ」

「なにをしようと考えているのか、今ここで言えないのか？」老提督が訊いた。「あらゆる方向に妙に帆を向けるなどどういうことなんだ？　こそこそしおって。どうして——なんと言ったかな——はっきりぶちまけることができないんだ？」

「できないんです、伯父上」

「なぜだ、舌が回らないのか？」

「今ここにいる人たちは」チャールズが答えた。「僕が心の内を完全に明かさないのは、みんなを信じることを怖れているのではなく、ほかの特別な理由のためだということがよくわかっているのです」

「チャールズ、僕はこれ以上、君に圧力をかけるようなことはしないよ。ただ、気をつけるよう、頼むだけだ」ヘンリーが言った。

このとき、部屋の扉が開いて、ジョージがチリングワース医師と一緒に入って来た。

「お邪魔しますよ」医師が言った。「皆さんが、一堂に会しているところを見ると、今、行われている家族会議に、乱入してきた私の存在が、不作法でご迷惑になっているのではありますまいな？」

「そんなことはまったくありませんよ、チリングワース先生」ヘンリーが言った。「どうぞ、お座りください。僕たちはあなたにお会いできて、とても嬉しいのです。ベル提督、こちらは、僕たちが頼りにしている友人の医師、チリングワース先生です」

「まさに、この場にふさわしい方とお見受けしますな」提督は医師と握手しながら言った。

「提督、大変恐れ入ります」医師が言った。

「いやいや、とんでもない。あなたはこの地獄の化け物、奇妙な吸血鬼とやらについて、よくご存じなのでは？」

「そのつもりです」

「で、それについてどう思われる？」

「時間がたてば、あんな生き物は存在しないと、十分に納得できる状況になると思いますよ」

「ほう。あなたは一番分別のあるお方のようだ。わしはここに来てからまだ、その吸血鬼とやらに会ったことはないが、こちらの皆さんはどうやら確信していて、吸血鬼の存在を信じ切っているようですぞ」

「私が信じるようになるには、まだ時間がかかりそうですな。私がこちらに向かっているときに、うちに来ようとしていたジョージとばったり出くわしましてね」

「そうなんです」ジョージが言った。「チリングワース先生は、僕たちの疑問を裏づけるような話がなにかあるとか」

「奇妙なことなのですが」ヘンリーが言った。「今あるあらゆる情報が、どのような出どころのものであっても、怖ろしい吸血鬼が存在するという信念を、多少なりとも裏づけるもののように思われるのです」

「私の情報には、そうした〝裏づけ〟の要素があると、ジョージは言いましたが、それは少し言い過ぎです。つまり、言っておきたいのは、私の話は、吸血鬼が存在するという事実とは、なんの関係もないと思っているということです」

「聞かせてください」ヘンリーが言った。

「話は単純です。フランシス・ヴァーニー卿から、私のところに使いが来たのです」

「先生のところに？」

「ええ。変わった使者が来て、卿のところへ来てくれというのです。こうした状況なので、ご想像どおりですが、私はできるだけ急いでかけつけました。すると、卿は腕の傷を診て欲しいというのです。それはひどく炎症を起こしていました」

「なんてことだ」

「そうなのです。卿に会ったとき、彼は長椅子に横たわっていました。顔は蒼褪め、具合が悪そうでした。彼は非常に礼儀正しく、私に椅子に座るように言い、私はそのとおりにしました。彼は――こう言いました。〝チリングワース先生、ちょっとした事故があり、たまたま腕に軽い怪我をしたので、先生に使いを送った次第です。私が不注意だったのですが、銃を装塡していたとき、それが暴発して、その弾にやられたのです〟

私は、失礼して傷を見せてください。その上で診断しましょう、と言いました。

そして、彼は、ひどい傷を見せてくれました。明らかに弾丸による傷でした。もう少し深かったら、かなりの大怪我になっていたに違いありませんが、とりあえず、致命的なものではありませんでした。

卿は、明らかに自分でなんとか治療しようとしたようですが、かなりの炎症を起こしていましたので、さすがにまずいと思ったようです」

「先生が傷の手当てをしたのですか？」

「しました」

「それで、先生はフランシス・ヴァーニー卿のことをどう思われますか？　彼を間近で観察する貴重なチャンスがあったわけですから」

「はっきりとは言えませんが、確かに彼には、なにか妙なところはありました。しかし、全体的に見れば、彼は極めて紳士的な人間だと思いますよ」

「それはそうですが」

「彼の物腰は穏やかで洗練されています。明らかに上流社会での交流があったと思われます。私は、あんなに穏やかで優しく、人を惹きつけるような声を、これまで聞いたことがありません」

「確かに卿にはそういうところがありますね。先生は、うちにある肖像画に卿がそっくりなことをお気づきになっていると思いますが」

「ええ。ある瞬間、ある特定の光のもとで彼の顔を見ると、ほかのときよりもずっと強く似ていると感じることがあります。私の印象では、彼は好きなときに、普段の顔ではなく、あの肖像画のような顔をすることができるという感じでした」

「たぶん、そうした印象は、先生の心が生み出したものではないでしょうか」チャールズが言った。「卿自身でさえ気づいていない、家族の中ではよくある、偶然の表情の印象によって」

「そうかもしれません」

「もちろん先生は、この屋敷で起こったことに、卿が絡んでいるようなことを本人にほのめかしたりしていないですよね？」ヘンリーが訊いた。

「ほのめかしてなどいませんよ。ご存じのように、私は医者として卿に呼ばれたのですから、それに乗じて卿の私的な事情について、あれこれ言う権利はありません」

「確かにそうでしょうね」

「ヴァーニー卿が、吸血鬼であろうがなかろうが、専門家である私にとっては、すべて同じことです。個人的には、非常に興味深い問題だと感じていたとしても、そのことについて彼になにも言いませんでした。もし、なにか言っていたら、彼はすぐにでもこう言ったでしょう。〝先生、あなたにとって、それがなんの関係がありますか？　私は返答に窮しますね〟と」

ヘンリーが訊いた。「でも、卿のその傷はまさに、フローラが撃った銃弾でできた傷ではないのですか？」

「確かにすべては、そういう憶測につながりますね」とチャールズ。

「でも、だからといって、卿が吸血鬼であるという絶対的な事実は、まだ導き出せないのでは？」

「チリングワース先生」マーチデール氏が言った。「卿が、実際に訪ねてきて、先生の血管を狙おうとする以外に、あなたを納得させられるものはないのでしょうね」

「それでも、私は納得しないでしょうね」医師は答えた。

「では、今後も信じないと？」

「私は信じないでしょう。つまり、最後の最後まで、抵抗し続けるということです。最初にも言いましたが、こんなとんでもない迷信は、私は決して信じないでしょう」

「できれば、私もあなたと共にそう思いたいですよ」マーチデール氏が身震いした。「でも、この屋敷のまさにこの雰囲気に、なにかがあるのかもしれません。それは、怖ろしい訪問者によって、おぞましいものになってしまいました。幸せに暮らしている人たちのすぐそばにあって、完全に否定できるはずのこのようなものを、私自身が信じないわけにはいかなくなってしまいました」

「そうかもしれません」とヘンリー。「でも、そのことについて、フローラが非常に強く、はっきりと希望しているので、僕はこの屋敷を去ることに決めるでしょう」

「売るつもりですか、それとも貸すのですか?」

「貸すほうがいいと思います」

「でも今、フランシス・ヴァーニー卿以外、誰が借りてくれるでしょうか? いっそのこと、すぐに彼に貸してはどうでしょう? こんな提案は、おかしなことのように聞こえるのはよくわかっていますが、私たちは皆、状況に左右される生き物です。気に入らない場合でも、流れに逆らわずに泳ぐしかありません」

「しかし現時点では、あなたが決めることではありませんよ」チャールズは、こう言うと立ち上がった。

「確かにそうだが、数日待っても、なんの違いもないような気がする」

「悪い方へは変化しないのは確かでしょうが、いいほうには転ぶかもしれません」

「そうあってほしいですね。それなら、待てるでしょう」

「伯父上」チャールズが言った。「三十分ほど、おつきあいいただいても、よろしいですか?」

「おまえが時間が欲しいというなら一時間でもいいぞ、小僧」提督も椅子から立ち上がった。

「じゃあ、この話し合いは終わりにしましょう」ヘンリーが締めた。「屋敷を出ていくかどうかは、決めなくてはならない問題で、それはよくわかっています。吸血鬼ヴァーニー卿がここの借主になるかどうかは、数日のうちに決まるでしょう」

第二十三章　提督のチャールズ・ホランドへの忠告——吸血鬼に挑む

チャールズは、伯父と二人きりになると、言った。

「伯父上、あなたは海の男だ。名誉の問題で、決断を下すのに慣れているでしょう。このヴァーニー卿に、もっとも侮辱されたのは、僕だと思います。確かにあらゆる点で、彼が紳士であることは誰もが認めるでしょう。彼はその称号どおり、自信満々の態度をとっています。称号がなければ、すぐに穴が見つかる可能性はありますが、人生におけるその地位のせいで、彼に欠点を見つけることはできないでしょう。このような紳士然とした輩に侮辱されたら、伯父上ならどうなさいますか？」

老提督は目を光らせた。そして、おどけたようにチャールズの顔を見た。

「わしは今、おまえの進む方向がわかっておるよ」

「伯父上なら、どうしますか？」

「奴と戦うさ！」

「そう言うだろうと、思っていました。ことフランシス・ヴァーニー卿に関しては、それは僕の望むところでもあります」

「いいか、甥よ、おまえがうまくやれるかどうかは、わしにはわからん。あやつが吸血鬼であろうがなかろうが、とんでもなくずるがしこい奴なのは確かだ。おまえがあいつに侮辱されたと感じるなら、なんとしてでも戦うんだ、チャールズ」

「伯父上と僕の考えが同じだと知って、とても嬉しいです。バナーワース家の人たちの前でこんな話をしたら、全力で反対されるのはわかっていましたから」

「間違いなくそうだろう。彼らは皆、この吸血鬼とやらの妙な恐怖に、大いに影響されておるからな。それに、一戦交えるつもりなら、そのことを知る者は少ないほうが絶対にいいぞ、チャールズ」

「僕もそうだと思います、伯父上。僕が卿に勝ったら、バナーワース家にふりかかっている、卿が絡んだ数多くの不愉快な難題は、すぐに終わりになるでしょう。もし、卿が勝ったら、そのときは――いずれにしても、フローラをあの男の魔の手から救い出さなくてはなりません」

「そのときは、わしが奴の相手をすることになる」提督が言った。「いずれにしても、奴には二度チャンスがあることになる、チャールズ」

「それはだめです、伯父上。それは公平ではありません。それに、僕が負けたら、フローラ・バナーワースのことは、伯父上の善処にお任せします。僕は、哀れなヘンリーの金銭的な問題が、心配なのです。まったく彼のせいではないのに、非常に苦しい状態なのです。それに、フローラが親切で有能な友人がいない中で、生きていかなくてはならないかもしれないことも気にかかります」

「案ずるな、チャールズ。若者というのは、老提督に蓄えがあるうちは、それを欲しがったりはしないものだ」

「ありがとうございます、伯父上。感謝します。僕は、伯父上の親切で寛容な心を知って、それに頼ることができる十分な理由があります。それで、今度は決闘の申し込みについてですが?」

「おまえが書け。わしが取り次いでやろう」

「僕のやることに賛成してくれるんですね、伯父上?」

「確かに、おまえの手助けをしてやろう。こういうことに関して、わしはほかの人間を決して信用しない。おまえが手助けが必要なら、わしが一肌脱いでやるぞ」

「それなら、僕がすぐに果たし状を書きます。あの男、なんであれ、あの悪魔のせいで、僕は我慢ならないほどの傷を受けたのです。あいつが、僕が愛する人の部屋に押し入ったこと、それだけでも、十分に行動を起こす動機になります」

「むしろ、そうだと言うべきだな、甥っ子よ」

「それに、あの傷の話は、ヴァーニー卿が吸血鬼であること、あるいは吸血鬼の化身であるということを、一瞬たりとも疑うことができない、確実な証拠です」

「確かに十分な証拠になるな、チャールズ。さあ、すぐにでも果たし状を書くんだ。そしてそれをわしに託してくれ」

「そうします、伯父上」

チャールズは、少し驚くと同時に、喜んでいた。吸血鬼と対決することを、伯父が黙認しようとしてくれている。だが、こうした展開は、長年の生活習慣のせいで、伯父がありとあらゆるもめ事や個人的な争いに慣れていて、より平和的な解決の仕方を重要視しないせいかもしれなかった。ヴァーニー卿への果たし状をしたためながら、伯父の顔を見ると、どこか非常に狡猾な表情をしていた。もしかしたら、伯父の決闘の黙認は、表面的なものだけなのかもしれないとチャールズは疑った。だが、とりあえずそんな思いは脇におい て、伯父に向かって、次のような文章を読み上げた。

親愛なるフランシス・ヴァーニー卿
私に対する貴殿が使われた表現と、これ以上、あえて言葉にする必要もない、昨今の事情全体から、私はあなたに、紳士から紳士への決闘を要求せざるをえなくなりました。私の伯父であるベル提督がこの書状を取り次ぎ、貴殿が代理人として選んだご友人と、事前準備の手はずを整えます。

敬具

――チャールズ・ホランド

「どうでしょう？」チャールズが訊いた。

「すばらしい！」提督が言った。

「伯父上に気に入ってもらえて、うれしいです」

「ああ、これは誰が見たって気に入るさ。最小限の言葉で、最大限に目的を果たしておるのが、なによりもいい。なにも説明していなくても、決闘という、おまえが望むすべての要求をちゃんと示している。これで大丈夫だ。これ以上の果たし状はありえない」

チャールズは、伯父の顔をちらりと見た。伯父のこうした言い方から、人をだしにして、この状況を秘かに楽しんでいるのではないかと疑ったのだ。とはいえ、提督が稀に見るほど真剣な表情をしていたので、チャールズは拍子抜けした。

「繰り返すが、この手紙はすばらしい」提督が言った。

「ええ。伯父上はさっきもそう言いました」

「それなら、なにをそんなにじっと見つめているのだ？」

「いえ、なにも」

「わしの言ったことを、疑っているのか？」

「とんでもない。伯父上の言い方に、若干、皮肉めいたものがあると思っただけです」

「それこそ、とんでもないぞ。甥っ子よ。わしは人生でこれほど真剣だったことはない」

「わかりました。それなら、この件において、僕の名誉は完全に伯父上の手に委ねられていることを忘れないでくださいね」

「任せておきなさい、甥っ子よ」

「わかりました。お願いします」

「すぐにでも出かけて、こやつに会ってこよう」

提督は、慌ただしく部屋を出て行った。少しして、提督が大声で呼ぶ声をチャールズは聞いた。

「ジャック――ジャック・プリングル。あの怠け者めが。どこへ行きおった？　ジャック・プリングル」

「ここですよ《アイ・アイ・サー》」ジャックが、厨房から現れた。屋敷に使用人の姿がなく、家族の食事を作る料理人もいないため、バナーワース夫人を手伝って、役に立とうとしていたのだ。

「一緒に来い、このごろつきめ。散歩に行くぞ」

「もうすぐ、食事ができますよ」ジャックは不満そうに言った。

「そのときまでには戻ってくる、大食漢め。心配するな。おまえは、いつも飲み食いすることばかり考えている。おまえがほかのことを考えたことがあるなら、わしは首をくくってやる。さあ、来い。今から特別な巡航に出る。どうなるか、気をつけておれ」

「はい、はい《アイ・アイ・サー》」互いのことをよくわかっている、この風変わりな二人の船乗りは、話をしながら、出かけて行った。それぞれの声がチャールズの耳にも届いていたが、遠ざかっていくにつれ、声は聞こえなくなった。

チャールズは、短い間だったが、伯父と断固とした話ができた部屋の中を、行ったり来たりした。これからの二十四時間が、この世にいられる最後だとは思っていない人間のように、思案にくれていた。

「ああ、フローラ、フローラ！」ようやくチャールズは口を開いた。「僕たちはなんて幸せだったのだろう。でもすべては、今や過去のこと。僕たちにはなにも残されていないようだ。恐ろしい存在に身をやつしているあの男を、殺すしかない。僕が正々堂々と決闘であの男を殺せば、奴の屍《しかばね》には、再び月下の光景を見る力がもう宿らないことを、確認できるだろう」

チャールズ・ホランドのような、最高の能力や教養をもつ若者が、自分の最良の感情や思考習慣に反する不本意なことに屈服せざるをえないことを知り、吸血鬼の死体がよみがえるのを防ぐ最善の方法を、冷静に考え出さなくてはならないほどなのだ。このように多くの同時進行の事情が重なった影響力を想像するのは、奇妙なことだったが、これが現実だった。彼の想像力は、たいていの人なら耐えられないような出来事の連続に、屈したのだ。

「確か聞いたことがあるし、なにかで読んだ覚えもある」チャールズは、落ち着きなく不安げに歩き回りながら言った。「こうしたおぞましい生き物は、自分の墓の中でじっとしていると。その体を杭で地面に打ちつければ、徐々に腐敗が進んで、二度とよみがえることができなくなると」少し言葉を切って、また続ける。

「そして、その体を焼いた灰を天の風に散らせば、二度と人間と結びついたり、人間の姿になることはないと」

　こんなおぞましく異様な妄想にふけりながら、チャールズは身震いした。百年以上も生きている化け物と戦うことを考えると、震えるほどの恐怖に襲われた。

「あの肖像画は、人生の最盛期にある男の姿だ。あれが、本当にフランシス・ヴァーニー卿の肖像画なら、この家系の者が言う年代からすると、彼はすでに百五十歳近くになっているはず」

　想像が膨らみ、まるで荒唐無稽な憶測が生まれてくる。

「そんな長い時間の流れの中で、彼は自分の周辺のどんな変化を、目撃しなくてはならなかったのだろうか」チャールズは思った。「たくさんの王国が衰退して倒れ、多くの習慣や様式、風習の変化を目の当たりにしたはずだ。そして、おそるべき手段で、時折、おぞましい自分の存在を更新しているのだ」

　豊かな想像力をもつ者は、その憶測をここまで大きく広げる。そして今、彼は愛する女性のために、あのような化け物と死闘を繰り広げようとしている。こうした思いは、これまで以上に強く濃厚に、チャールズの胸に沸き起こっていた。

　チャールズはふと言った。「もし奴が、多くの証拠が示すよりも、遥かに邪悪な存在だとしても、僕はフローラのために奴と戦う覚悟だ。人間の姿をしたあのような怪物をこの世から抹殺することは、僕の宿命なのかもしれない」

　チャールズは、ヴァーニー卿を葬ろうとしているという思いで、自身を奮い立たせ、自分は人間性において王者なのだと、ある種の熱狂状態になっていた。

　チャールズの心をよぎる、空想的な推論に立ち入ることは、起こったことを事実としてそのまま記録するという、このページの本来の目的からは外れるが、ヴァーニー卿と対峙する彼の決意が揺らぐことはまったくなく、生死をかけた戦いになると覚悟を決めていたと言えば、それで十分だろう。

「間違いなく」チャールズは言った。「奴か僕のどちらかが戦いに敗れる。それは確実だろう」

　チャールズは、フローラに会いたかった。まもなく、抗うことのできない死の手によって、永遠に彼女と引き裂かれてしまうかもしれないのだ。卿と相まみえるまでのわずかな間に、ぜひ会いたいと思った。我が心を占め、己の至高の愛を独占し続けている女性とのふれあいを、十分に堪能する時間はなかった。

チャールズがこうした思いにふけっている一方、今度はヴァーニー卿の屋敷に向かっている伯父のベル提督とジャック・プリングルを追ってみよう。ご存じのように、卿の屋敷はすぐ近くなので、急ぎ足で歩けばそれほど時間はかからない。

提督は、ジャックとなら、どんな秘密も共有できると信用していた。規律や上官の命令に服従する習慣が長いと、こうした規律に慣れていない一般人にありがちな無駄話の傾向がなくなるものだ。だから提督は、ジャックに事の次第を説明し、ジャックも全面的に同意した。だが、ほかのやむをえない詳細が出てくるはずなので、ここでは、早まって提督の計画に立ち入ることはしない。

ヴァーニー卿の屋敷に着くと、二人は十分に丁寧な応対を受けた。提督はジャックを立派な広間で待たせ、自分は卿の私室への階段を上がった。

「なんとも面食らうな」提督は一人ごちた。「ともかく、やたらといい暮らしをしているようだ。夜になると、自分の棺以外、行き場所のない吸血鬼とは思えん」

提督が通された部屋には、グリーンの日よけがすべて下ろされていた。外は太陽がさんさんと輝いているのに、一時的とはいえ、部屋の中のあらゆるものが、妙に緑がかって見えたのは事実だ。とくにその色合いが、ヴァーニー卿のいつものどす黒い顔色を、余計におぞましい異様な色に見せていた。卿は長椅子に座っていたが、提督が入っていくと、立ち上がって、いつもとはまるで違う低く凄味のある声でしゃべった。

「粗末な拙宅に、あなたをお迎えできて、大変光栄です」

「おはようございます」提督は言った。「真剣なお話があって参りました」

「そのお言葉は、私にとって唐突ですが、ベル提督がおっしゃることでしたら、いつでも深い敬意をもって、拝聴するつもりです」ヴァーニー卿が言った。

「敬意はいささかも必要ありません」提督が言った。「少し耳を傾けていただけるだけでけっこう」

ヴァーニー卿は、威厳ある態度でうなずくと言った。「お座りになっていただかないと、非常に心苦しいのですが、ベル提督」

「ああ、どうぞお気になさらず、フランシス・ヴァーニー卿。あなたはフランシス・ヴァーニー卿かもしれないが、ひょっとしたら悪魔かもしれませんね。わしの甥、チャールズ・ホランドは、いずれにせよ、そう考えていて、あなたとかなりの言い争いをしたそうですな」

「それをうかがって、非常に心を痛めています」

「そうですかな？」

「本当ですよ。私は、自分の発言には非常に細心の注意を払っています。ですから、心を痛めているという表現は、まったくそのまま、信じていただいて結構です」

「まあまあ、どうぞ、お気楽に。甥のチャールズ・ホランドは、まだ人生の荒波に乗り出したばかりの青二才ではあるのですが、わしに言わせると、あらゆる点で彼にふさわしい女性を愛しておりましてな」

「おお、それはなんとも、めでたいことですな」

「どうか、わしの言うことを聞いてください」

「どうぞどうぞ、喜んで」

「で、頭に血がのぼりやすい血気盛んな若者が、いい喧嘩の口実があれば、戦いたがるのは、無理もないのはおわかりいただけますな」

「まったく、そうですな」

「それなら、要点を申し上げる。甥のチャールズ・ホランドは、あなたと決闘したいと考えておるのです」

「ほう！」

「どうか、落ち着いてください」

「提督、どうして私が、取り乱さなくてはいけないのです？　彼は、私の甥ではありませんよね。特別な理由はありませんが、誰の心にもあるような、共通の同情心以上のものを、自分の胸にも持ちたいものですがね」

「どういう意味です？」

「あなたもおっしゃったように、彼は人生を歩み始めたばかりの若者です。そのような若者の将来の芽を、花の蕾《つぼみ》を摘み取るように、こんなに早く切り取ってしまうのは残念だと思わずにいられません」

「それでは、貴殿は彼ときっぱり決着をつけるおつもりで？」

「ちょっと考えてみても、彼はかなり厄介な若者なのかもしれませんね。あなたも若者というものは、頭に血がのぼりやすく、手に負えないものだとおっしゃった。たとえ、私に手傷を負わされても、彼は私を悩ますのを決してやめないでしょう。言ってみれば、絶対的に彼を切り捨ててしまわざるをえない状況になってしまったと思います」

「あんたは悪魔だ！」

「あなたが、そうおっしゃったのですよ」

「う〜む、あんたは確かに吸血鬼、あるいは妙な魚かなにかなのかもしれん」

「ベル提督、私はあなたをお訪ねして、丁重な応対を受けた後で、あなたを侮辱したことなど、一度もありませんよ」

「それならなぜ、あんたよりも優秀な男を切り捨てる話などする？　あんたを倒そうとしている相手に、なんと言うのです？」

「おや、私にしてみれば、それはまったく逆の話ですよ、提督。私を倒すなど、非常に疑わしいことです」

ヴァーニー卿は、妙な笑みを浮かべながら言った。まるで、途方もなく異常なことが話題になっているとでもいうように、首を振った。常識ある人間にとっては、期待する価値もほとんどない無駄な話、といった感じだ。

ベル提督は、思わず癇癪を起こしそうになったが、できるだけそれを抑えた。だが、日よけの間から差し込む、妙に緑がかったかすかな光のせいで、提督の顔色が際立ち、その心の状態が、ありありとわかってしまった。

「ヴァーニー卿、これはまるで論点を外れた会話ですが、いずれにせよ、この話がいくらか重みをもつものであるなら、貴殿が、私が提案する条件を受け入れてくださるかどうかを決定する上で、かなりの影響力をもつ可能性があります」

「条件とはなんです？」

「甥の代わりに、私めにこの決闘の相手をお許し願いたい」

「あなたが？」

「ええ。わしはかつて、立派な男と何度も対決したことがあります。貴殿とあまり変わらぬ相手と言っていいでしょう」

「それはわかりませんよ、ベル提督。決闘というものはたいてい、どんな事情であれ、誤解のあった相手と対決するものですからね」

「貴殿がそう言われるのには、なんらかの理由があるのでしょう。だが、わしが自ら望んでいるのですから、貴殿が反対する必要はあるまい」

「しかし、あなたの甥御さんは、自分の遺恨を晴らす喧嘩の危険を、あなたに肩代わりさせることを望んでいるのですかね」

「いいえ。甥はこのことはなにも知りません。あなたに果たし状を書いて、わしがそれをお持ちしただけです。代わりにわしが貴殿と決闘したいと申し上げたのは、まったくのわし自身の自発的な意思です」

「これは、妙な取引の進め方ですね」

「もし、これを受け入れてくださらないということなら、まず甥と戦い、彼が負けたら、その後でわしがお相手するということにしましょう」

「なるほど」

「そうです。どれほど貴殿が驚いたように見えてもね」

「どうやらこれは、お家の問題であるようですな。それなら、あなたがたのどちらと先に戦うかは、確かにとるに足らないことでしょう」ヴァーニー卿が言った。「ごもっとも。今、貴殿はこの問題に関して、分別ある見方をなさっている。私と戦いますかな？」

「特に異存はありません。あなたはすべて身の回りを整理して、遺言を作られていますかな？」

「それが、貴殿にとってなにか？」

「ああ、遺言なしで死んだ場合、一般的に訴訟の材料となることが多いので、金銭的な値打ちがあるかどうかを、うかがったまでです」

「完全に、貴殿に一本とられましたな。貴殿こそ、遺言は作られていますか？」

「ああ、私の遺言については」ヴァーニー卿は、笑顔で言った。「それこそ、まったくどうでもいいことですよ」

「遺言を作る、作らないは、確かに貴殿の勝手ですな。自分が老いぼれなのはわかっていますが、引き金を引くことくらい、皆と同様にできますよ」

「なにをするですって？」

「引き金を引くんです」

「まさか、私がそんな野蛮な戦い方をすると思ってらっしゃるわけではないでしょうね？」

「野蛮ですと？　それなら、どうやって戦うんです？」

「紳士らしく、剣で」

「剣ですと！　ナンセンスだ！　今どき、剣で戦う者などいません。笑い者になりますよ」

「私は、自分の若いころの習慣ややり方にこだわっているのです」ヴァーニー卿が言った。「数年前までは、常に剣を携えているのが習慣でしたから、今のように剣を持っていないと、居心地が悪いのです」

「いったい、何年前の話です？」

「私は見た目よりも老けて見えますが、それは問題ではありません。あなたさえ良ければ、喜んで剣で対決しますよ。気づいておられると思うが、武器を選ぶ権利は、挑戦された側としての私のほうにあります」

「わかっておりますよ」

「それなら、比類のない剣の使い手である私が、自分に有利な剣を選ぶことに異論はないでしょう」

「ごもっとも」

「そう。私は、ヨーロッパ初の剣士なのですよ。計り知れない訓練を積みましたからね」

「確かに、貴殿はもっとも意外な武器を選びましたな。わしもまだ、剣は使えますが、決して剣術の達人ではない。しかし、わしが約束を反故《ほご》にしたとは言わせないし、いちかばちかのチャンスに賭けます。あなたと戦いますよ」

「大変結構ですな」

「剣でということで？」

「ええ、剣でお願いします。しかし、すべてをきちんと準備しなくてはなりません。私が悪者にならないで済むようにね。あなたは負けるでしょうから、どんな結果になろうと問題ないでしょうが、私の立場はまったく違います。そこで、いいですか、この件に関して、誰から訊かれても、あなたが公正な戦いをしたことを証明できるようなやり方で、この決闘を進めなくてはならないのです」

「それは、べつに結果は怖れませんよ」

「ですが、私は怖れます。提督、世間というものは、やたら難癖をつけたがるものです。人々が極めて悪質なことを言うのを止めることは、あなたにもできませんよ」

「では、あなたのご要望は？」

「私のところに、正式な果たし状を持参した、ご友人をよこして欲しいのです」

「それで？」

「それから、私はその方を私の友人に引き合わせます。その二人の間で、すべてを手配するはずです」

「それだけですか？」

「まだあります。万が一、私があなたに傷を負わせたときのために、現場に外科医を同行します。あなたの命を救えるかもしれませんからね。これなら終始、人道的に見えるでしょう」

「貴殿がわしを傷つけたとき？」

「まさしく」

「おやまあ、貴殿は今回の事は簡単に片がつくとお考えなのですな。こうしたことは、前にも何度かあったようだ」

「おお、数えきれないくらいありましたよ。あなたのような人たちが、私の神経を逆撫でし、面倒に巻き込むのです。そう、私は面倒は嫌いです。こうしたことは、まったく楽しくありません。私としてはむしろ、戦うよりも歩み寄るほうがずっといい。私は剣で戦いますから、その結果は目に見えていて、私にとってはなんの危険もないからです」

「聞いてください、フランシス・ヴァーニー卿。貴殿は非常に賢い役者であり、おっしゃる通り、相当な剣豪でもあるため、決闘の結果は火を見るよりも明らかかもしれない。だから、貴殿が剣で決闘するのは、フェアではないのはわかっているはず」

「いや、聞き捨てなりませんね。私は、自分から人に挑戦状をたたきつけたことはありませんよ。愚かな連中から、私の意に反して言いがかりをつけられたら、できるだけ自分で身を守るしかありませんからな」

「まあ確かに、それは一理ありますがね。だが、どうして貴殿は人を侮辱するのです？」

「最初に侮辱されたのは、私ですよ」

「それは、違うでしょう！」

「吸血鬼などと呼ばれて、おぞましい自然現象であるかのように見られたら、あなたはどうしますか？」

「それは、しかし——」

「いいですか、提督、あなたはそんなことを望みますか？　私は無害な一介の田舎紳士です。それが、気がふれた一族の過熱気味の妄想によって、屋敷に侵入した強盗が吸血鬼とやらにすり替えられ、その張本人だと勝手に思われて、侮辱、迫害されているのですよ」

「だが、貴殿は証拠のことをお忘れだ」

「なんの証拠です？」

「肖像画ですよ」

「なんですと！　いくら私と古い肖像画の男が偶然似

ているからといって、どうして私を吸血鬼だと決めつけるのですか？　私がこの前、オーストリアにいたとき、宮廷の道化の有名な古い肖像画を見ました。初めて見たとき、あまりにもあなたにそっくりで、驚いたものです。でも、私はあなたがその道化で、それが吸血鬼に変身したなどと、本人に言う無礼なことは決してしませんよ」

「う、うむ、くそくらえめ」

「そう言うなら、あなたこそくそくらえですよ」

提督は、完全に一本とられてしまった。ヴァーニー卿は、かなり頭が切れ、知恵が回る。こちらはなにか言うべきことを見つけようと無駄な努力をしただけだった。老提督は激昂しながらコートのボタンをかけ、ヴァーニー卿を激しく睨みつけて言った。

「わしは、弁がたつふりをしているのではない。それはわしの特質の一つではないですからな。だが、いくら貴殿がわしを言い負かしたとしても、抹殺することはできませんよ」

「よろしいでしょう、提督」

「よろしくなどありません。まあ、こちらからの連絡をお待ちになることですな」

「喜んで」

「喜んで聞くかどうかは、どうでもいい。わしがいったん敵にくらいついたら、簡単には離さないことがよくわかるでしょう。どちらか一方、もしくは両方が、確実に倒れるまでやめませんよ」

「了解しました」

「わしも同じことを言いますよ。わしがどんな天候にも対応できる船乗りなのが、すぐにわかるでしょう。たとえ、貴殿が百五十人分の吸血鬼だったとしても、どうにかして、くらいついてみせますよ」

提督は、ひどく腹をたてて出口のほうへ向かった。扉に近づいたとき、ヴァーニー卿が、大いに勝ち誇ったような、慇懃無礼なアクセントで言った。

「私のこの粗末な屋敷からお帰りになる前に、なにか、軽食でもいかがです？」

「けっこう！」提督は大声を出した。

「冷たいものは？」

「いらん」

「わかりました。心優しきホストには、お客をもてなすために提供できるものは、これ以上ありません」

提督は扉の前で振り返り、いくぶん強い嫌味をこめて言った。「貴殿は、かなり顔色が悪く見えますぞ。今夜、どこかへ出かけて、誰かの血を吸うのでしょうな。この搾取《さくしゅ》野郎、いまいましい吸血鬼め！　真っ赤に焼けたレンガを飲み込ませて、こなれるまで踊らせてやらなきゃいかん」

ヴァーニー卿は微笑みながら、呼び鈴を鳴らし、やってきた使用人に言った。

「すばらしい友人、ベル提督をお見送りするように。なにも召し上がらないようだから」

使用人はおじぎをすると、先に立って提督を階下へ案内した。だが、使用人が驚いたのは、その労をねぎらって、一シリングや半クラウンの心づけを渡される代わりに、戻って主人にこれをくらわしてやれと言われ、背後から激しい蹴りをくらったことだった。

老提督の怒りは、それはもう筆舌に尽くしがたいほどだった。ものすごいスピードで、バナーワース館へ戻ったが、その速さたるや、ジャック・プリングルがとても追いつけないほどだった。やっとなんとか、会話ができる範囲内に距離を縮めた。

「おい、ジャック」屋敷が近くなってきたとき、提督が呼んだ。「わしがあいつを蹴り飛ばしたのを見たか？」

「見ましたよ《アイ・アイ・サー》」

「いずれにしても、誰かがあれを見ていたら、せめてもの憂さ晴らしになったろう。あの一発は、奴の主人にお見舞いするべきものだ。それだけは、はっきり言える。ぜひ、本人を蹴り飛ばしてやりたかった」

「で、うまく話はまとまりましたんで？」

「まとまるってなにをだ？」

「決闘ですよ」

「う〜む、それはなにも決まっておらん、ジャック」

「そりゃ、いけませんねえ」

「わかっておる。だがそれでも、いずれは解決すると、奴に言ってやる。からいばりさせてやったら、わしのどてっぱらに穴をあけるとかなんとか、あれやこれやと言いおった」

「穴をあける？」

「そうさ。奴は短剣か、短剣《カトラス》で戦いたいらしい。わしにはどっちがどっちやらわからんが。で、その場に医者を連れてくるべきだと言うんだ。万が一、わしが剣で突かれても、通常通りに死ななかったら、いちおう介抱の真似事をしないと、奴が責められるから、それ

が恐ろしいんだそうだ」

ジャックは長く口笛を吹いた。

「で、どうするおつもりで？」

「どうするかは、わしにもわからん。いいか、ジャック、これは他言するな」

「了解です《アイ・アイ・サー》」

「もう一度、この問題を考え直してみて、それからどうするのが一番いいかを決める。奴がわしを殺すというなら、チャールズがやられないよう、わしは細心の注意を払わねばならん」

「そうでさあ。そんなことをさせちゃいけませんぜ。きうけつ鬼なんか、誰の敵でもありませんや。俺はそんなのには一度も会ったことはありません。思いついたんですが、奴を始末するには、小さな小屋に閉じこめて、硫黄でいぶすのが一番じゃないですかね」

「よしよし、考えてみよう、ジャック。考えてみるよ。なにか手を打たなきゃいかん。しかも早急にな。チッ、チャールズが来た――彼にいったいなんと言えばいいんだ。ヴァーニー卿との決闘の話し合いをうまくまとめられなかった言い訳を、どう説明したらいい？　くそっ、こんな不意打ちでなかったらな。どう、手をうてばいいのかわからん」

第二十四章　チャールズへの手紙――言い争い――提督の話――真夜中の決闘へ

チャールズ・ホランドは、提督に会うために急いでいた。いかにも気が急いている様子で、明らかに、決闘に対するヴァーニー卿の返事の内容を知りたがっている。

「伯父上」チャールズが声をかけた。「すぐにおしえてください。奴は僕との決闘を承諾しましたか？　細かいことは後でけっこうですから、奴がイエスと言ったかどうかだけ、すぐにここでおしえてください」

「その件については」提督がそわそわと言いにくそうに答えた。「はっきりとは話せないのだ」

「言えないですって？」

「ああ。奴は非常に変わった奴だ。そうは思わんか、ジャック・プリングル？」

「そのとおり《アイ・アイ・サー》」

「聞いただろう、チャールズ。ジャックもわしと同じ、おまえの相手は、非常に変わった奴だという意見だ」

「でも、伯父上、どうして、そんなに僕をじらせるのですか。ヴァーニー卿にお会いになったのでしょう？」

「ああ、会ったとも」

「それで、彼はなんと言っていましたか？」

「うむ、正直言うとだな、奴とは戦わないほうがいい」

「伯父上、あなたらしくない。果たし状を送りつけた後で、僕の名誉を地に落とせなどと、伯父上の口から言われるとは」

「まさに、そのとおりだな。これをどう切り抜ければいいのか、わからんのだよ、チャールズ。どういうことか話そう。奴は剣で戦いたがっている。百年以上も剣で鍛錬してきた奴とやりあって、どう勝ち目があるというのだ？」

「伯父上がヴァーニー卿に怖気づいて、僕に戦うのをやめろと忠告したと、誰かに言われたら、そんなことはありえないと、僕はためらいもなく言うでしょうね」

「わしが怖気づいたと？」

「僕が果たし状を送った後になって、奴とは戦うなと言っているじゃないですか」

「わしはもうこれ以上、つきあいきれん。錨のように単純明快、単刀直入ではないことを進めることはできん。起こったことをすべて話すしかない」

「そのとおり《アイ・アイ・サー》。それが一番でござんすよ」

「おまえもそう思うか、ジャック？」

「意見があっても、いつも容赦なくはねつけられるのはわかってますよ。たまたまあなたの意見と同じときを除いてね」

「黙っとれ。この口うるさい悪党め！　いいか、聞くんだ、チャールズ。わしに考えがある」

　チャールズは、呻き声をあげた。というのも、いかなる種類の計画をたてることもできる伯父の腕前を、かなり評価していたからだ。

「まあ、このわしは」提督が続けた。「すでに古い廃船で、もう使い物にならんかもしれないが、自分がなんの役に立つのか、ぜひとも知りたい。まあ、それはいいとして、おまえは若くて元気もあるし、人生まだまだこれからだ。どうして、あんな醜い吸血鬼のために、命を投げ出さなくてはならんのだ？」

「もう、だんだんわかってきましたよ、伯父上」チャールズが、非難がましく言った。「どうしてあなたが、この決闘を決行することに、あんなに簡単に賛成したのか、その理由が」

「要するに、わしは自分であいつと戦うつもりだったのだ」

「どうして、そんなことを？」

「冗談ではないのだ、チャールズ。これはすべて家系の中の話だ。わしが、奴と戦うつもりだ。奴の剣で、わしが絶命しても、あるいはありがちなことだが、決闘後に傷が元で死んでも、なんの違いがある？　そこが、議論の論点なのだよ。いいか、わしは自分で奴と戦うことを心に決めておる」

チャールズは、絶望的な気持ちになった。

「その結果は、どうなるのです？」

「ああ、結果か！　いずれにしろ、結果は出るだろう。あのならず者は、キリスト教徒のようには戦わないが、きちんとした手はずで挑戦を受ければ、誰とでも喜んで戦うと言ったよ」

「なんと──なんと」

「奴は、いつも決闘を挑まれる側だったようだ。自分からは、誰にも挑んだことはないが、もう飽き飽きしているのだと言っておった。武器を選ばなくてはならんからな」

「武器を選ぶ権利は彼にありますが、今どきは、紳士同士の決闘では、銃が使われるのが普通ですよね」

「そうだが、奴はそうしたことを理解しようとせん。言ったように、あくまでも剣で戦うつもりなのだ」

「つまり、彼はかなりの剣の使い手ということですか？」

「自分でそう言っておった」

「確かに──確かに。決闘の武器を選ぶ自由があるなら、自分のもっとも得意とする武器を選ぶのは、当然でしょうね」

「そうだが、もし奴が半人前の剣士だったとしても、一連の説明からすると、十分な時間があったわけだから、一流の剣の使い手になれる。おまえが奴とまみえて、どんなチャンスがあるというのだ？」

「伯父上は、そう判断していると？」

「そう。確かにそうだ。わしは自分でも驚くほど慎重になったよ。だから、わしが自分で奴と戦うつもりだ。いいか、おまえはなにもすることはない」

「それが慎重のたまものということなのですね」

「そうは言っておらんぞ」

「いいですか、伯父上。そんなことは承服できませんよ。ヴァーニー卿に挑戦状をたたきつけたのは、この僕ですよ。挑戦される側として奴がどんな武器を選ぼうと、僕が彼と対決しなくてはなりません。それに、言わせてもらえば、伯父上は僕が非常に優秀な剣士であることをお忘れのようだ。ヴァーニー卿と対等に剣で勝負できる可能性は、十分にありますよ」

「なるほど」

「そうですよ、伯父上。僕は伊達に大陸に長くいたわけではありません。ドイツ全土で、とても人気のある剣の知識は、たっぷりと身に着けました」

「フフン。だが、考えてみろ。相手は百五十年も生きているのだぞ」

「構いません」

「おまえはそうでも、わしは気になる」

「伯父上、言っておきますが、奴と戦うのは僕です。伯父上が僕のために手はずを整えてくれないというなら、僕が自分で、直接彼とやりとりするまでです。たとえそうしたいと思っても、名誉にかけても、もう引き下がることはできませんから、伯父上より慎重さに欠ける、ほかの友人を探すしかありません」

「一時間か二時間、考える時間をくれ、チャールズ」

提督が言った。「ほかの誰にも、このことは言わん。だが、とにかく少し時間をくれ。それなら、おまえも文句を言う理由もなかろう。おまえの名誉とやらは、わしの手に余る」

「伯父上の都合がつくまで待ちますよ。しかし、こうしたことはたいてい、いったん話が切り出されたら、さっさと決着をつけてしまったほうがいい、ということを忘れないでください」

「わかっておる。わかっておるよ」

提督は立ち去り、チャールズは、予想外に時間をとられたことに、かなりの苛立ちを覚えたまま、屋敷に戻った。

だがそれからまもなく、午前中にヘンリーが一時的に雇った門番の少年が、門のところでことづかったと言って、一通の手紙を取り次いだ。

「今しがた、一人の使用人が、あなたへとこの手紙を置いていきました」

「僕に？」チャールズは、手紙をちらりと見て言った。「それは変だな。僕にはこの近所に知り合いはいない。誰か待っているのか？」

「いいえ」

手紙は確かにチャールズ宛てだった。チャールズはすぐに開けてみた。ページの終わりのほうをひと目見て、それが天敵であるフランシス・ヴァーニー卿からの手紙であることがわかった。貪るように読んだ。

前略
今日、私が理解したところでは、あなたの伯父上だというベル提督という方が、あなたからの果たし状を私のところに持って来られました。優れた知性をお持ちの方なのに、不可解な幻覚のせいか、伯父上は私が、意図的に自分を動く標的のようなものに仕立てて、誰でも好きなときに気まぐれに撃てるようにしたと思い込まれているようです。

このような常軌を逸した考えによって、提督は心優しくも、ご自分がまず私と戦うことを提案されました。もし提督が、首尾よく私をこの世から抹殺することができなかった場合には、間違いなくあなたご自身の腕試しができることになるでしょう。

このような家族の示し合わせに、私が反対であることは、言うまでもありません。あなたは、攻撃は最大の武器だと考えて、私に死闘を挑みました。ですから、私は誰とでも戦います。もちろん、あなたとも戦わねばなりません。

私が、あなたの伯父上の気まぐれな知性に、秘かにあなたが関与していると非難しているのではないことは、十分におわかりと思います。伯父上は間違いなく、あなたの役にたちたいというご立派なお気持ちで、一人で勝手に思い込んでおられているのでしょう。しかし、あなたがどうしても私と対決したいということであれば、今夜、あなたのご友人の屋敷外の庭園の中心で、会いましょう。

小さな池のそばにオークの木がありますので、場所はすぐにわかります。よろしければ、今夜、〇時にそこで会い、あなたが満足できるようにしてさしあげましょう。

一人でおいでください。さもないと、私に会えませんよ。この対決が敵対的なものになるか否かは、完全にあなたご自身の選択にかかっています。この手紙への返事は無用です。私が申し上げた場所と時刻に、あなたがいらっしゃれば、それでけっこう。もし、いらっしゃらなければ、勝手ながら、私と会うことにあなたが怖気づいたと思うだけです。

フランシス・ヴァーニー

チャールズ・ホランドは、この手紙を二度、丹念に読み返し、折りたたんでポケットに入れた。

「わかった。奴に会おう。あいつは僕が怖気づいたりしないことを確信しているのだろう。名誉、愛、美徳、そして天にかけて、僕は奴と向き合う。困難が待ち受けているかもしれないが、今夜、奴の真の正体の秘密を暴露してやる。僕にとってこの上なく大切な彼女のためにも、そう、彼女のために、僕はあの怪物に会ってやる。奴が何者であっても」

今夜、あの吸血鬼に会うと決めたことを、ヘンリーやジョージに知らせておくほうが、ずっと賢明だったろう。だが、チャールズはなにも言わなかった。一人で卿に会いに行かなかったら、自分の勇気に傷がつくような気がしたのだ。伯父の振る舞いからすると、ヴァーニー卿がこちらの度胸をくじけさせるようなことを言ったのではないかと、疑わずにはいられなかったのだ。

若さゆえの激しい勢いがあれば、勇気を損なわれるような、憂鬱で不愉快な思いが心にはびこることはない。

「あいつに見せつけてやろう。ほんとうに奴が吸血鬼だとしても、僕は恐れないと。奴の都合のいい時間である真夜中であっても、一人でも立ち向かってやると。たとえその時間が、奴の超能力をもっとも効果的に発揮できる時刻で、それを利用しようともくろんでいるとしても」

チャールズは武装していくことに決め、細心の注意をはらって銃を装塡し、手紙の中で指定されていた庭園で、奴に会うために出発する時間がきたら、いつでも行動できるよう、かたわらに備えた。

指定の場所は、チャールズにとって、よく知っているところだった。バナーワース館に住んでいれば、誰でも目に留める場所だ。ひときわ目を惹くのは、美しい緑の草地に囲まれた中に、ぽつんと立つオークの木だ。近くにはプールと呼ばれているが、実際には魚が棲む池があり、その少し先から、先日、ヴァーニー卿、いや、吸血鬼が姿を消し、満月の元で復活したと思われる、緑の茂る農園が始まっている。

この場所は、屋敷の窓からも見ることができる。だから、夜でも月がかなり明るく、屋敷の住民がたまたま窓から外を見ていたら、卿とチャールズが会っているのが、間違いなく見えるだろう。

だが、こうした偶然性は、ヴァーニー卿にとってはどうであろうと、チャールズにはとくに意味はなかった。彼は、それが考慮に値するものとはほとんど考えなかった。今、チャールズは、幸せと胸のすく思いをことさらに感じていた。というのは、自分の心の平安と幸せへの期待を打ち砕くことに見事に成功した、あの謎の存在について、なんらかの説明がつきそうなことのすべてが、確実に整ったように思われたからだ。

「今夜、あいつに正体を吐かせてやる」チャールズは思った。「奴は自分が何者なのか、その正体はなんなのかを語るだろう。なんとかして、フローラが苦しんでいる恐ろしい迫害を終わりにさせてやる」

こう考えると、チャールズの心に、がぜんやる気がみなぎってきた。再び、フローラを探して顔を合わせた。少し前よりもずっと穏やかで落ち着きはらっているチャールズの様子に、フローラは驚いた。

「チャールズ、いったい、なにがあったの？　なんだかとても生き生きしているわ」

「なんでもないよ、フローラ。なんでもない。自分の心から、憂鬱な考えを追い出そうとしていただけだよ。そして、将来、最愛の君と僕が、最高に幸せになれるよう、自分を納得させていたんだ」

「ああ、チャールズ、私もそう思いたいけれど」

「そう考えるように努力するんだ、フローラ。僕たちの幸せが、いかにいつも自分たちの力の中にあるかを思い出すんだ、フローラ。運を天に任せても、僕たちが互いに誠実でいる限り、あらゆる困難に抵抗することができる」

「ああ、チャールズ、それは愛すべき抵抗だわ」

「死そのもの以外のどんな環境の力でさえ、僕たちを分かつことはできないんだ」

「そのとおりだわ、チャールズ。そのとおりよ。私はこれまで以上に、愛にあふれた心で、あなたのことを見つめるわ。私たちを結びつけているあらゆる絆が、断ち切られてもしかたがないような状況下でも、あなたは寛大にも私を捨てたりしなかったのだから」

「愛を試すなんて、不幸だし苦しみでしかない」チャールズは言った。「だから、試金石というものは、実際に流通している黄金なのか、表面的な輝きを真似ているだけの卑金属なのかを見分けるのに使われるんだ」

「そして、あなたの愛は本物の黄金だということね」

「そうでなければ、その愛らしい瞳に見つめられる価値がないよ」

「ああ、ここを去ることができれば、私たちはきっと幸せになれると思うわ。私が受けている今回の苦しみは、しばらく前から、この家ならではのものだという印象が強いの」

「そう思うの？」

「ええ。そんな気がしてならない」

「おそらく、そうなのかもしれない、フローラ。君の兄さんも、屋敷を去ることを決めたのを知っているだろう」

「ええ」

「僕の希望を尊重してくれて、その決意を数日先延ばしにしてくれているんだ」

「ええ、そう言っていたわ」

「でも、愛するフローラ、その数日をただ無為に過ごそうとしているなどとは思わないでくれ」

「もちろんよ、チャールズ。そんな風には思わないわ」

「いいかい、僕にはこの短い時間で、今のこの状況に、重大な影響を与えるようななにかを成し遂げられるという希望があるんだ」

「どうか、危険なことはしないで、チャールズ」

「しないさ。いいかい、フローラ。僕は君の愛に祝福された己の存在価値を、痛いほどわかっているからこそ、不必要な危険に突っ込んでいくようなことはできないんだ」

「あなたは不必要なと言うけれど、どうして、私に打ち明けてくれないの？　先延ばしにしたこの数日の間に、あなたが成し遂げようとしている目的は、危険なことではないの？」

「許してくれ、フローラ。今回ばかりは、君にも話せないんだ」

「それなら、チャールズ。秘密にすることを許したら、私は多くの不安にさいなまれるに違いないわ」

「そんな、どうして？」

「私に危険が迫っているとあなたが恐れる状況がなければ、おしえてくれるのでしょうね」

「フローラ、僕を苦しめているのは、君の恐怖であって、君の判断ではない。君はきっと、僕が危険のために危険を招くような、そんな不注意な男だとは思わないだろう」

「もちろん、そんなことは思わないわ」

「君は待っていてくれればいい」

「でも、あなたには、名誉と呼ぶものを重んじる心があるわ。それがあなたを、大きな危険に導いてしまうのではないかと思うと、私は怖いの」

「確かに僕には名誉という感覚が強い。だがそれは、自分自身よりも、他人の意見にふりまわされるような愚かなものではない。もし、名誉ある道が自分の前にあると思ったら、誤った判断をした全世界から非難されようとも、僕はそれに従う」

「あなたは正しいわ、チャールズ。そのとおりよ。とにかく、くれぐれも注意してね。いずれにしても、私たちがこの屋敷を出るのを、これ以上遅らせないためには、本当の意味で永遠に重要な目的のために、このことが絶対に必要だと、あなたが早く確信してくれることだわ」

　チャールズは、フローラに約束した。彼女のためだけでなく、自分自身のためにも、安全には特別に注意すると。こうして、二人の心によって口述されるような、愛情のこもった会話をしながら、また幸せな時間が過ぎていった。

　二人とも、初めて出会ったときの光景を思い描いていた。二人が発するあらゆる言葉に興味深い世界があふれ、二人の間に芽生えた最初の輝かしい愛の喜びを互いに語りあった。それは時間や状況によって変わったり、覆されることはないと確実に信じられる愛だった。

　一方、老提督といえば、チャールズが辛抱強いこと、こちらの思案の結果を聞くために、自分のところに来なかったことに驚いていた。

　だが、提督は、愛し合う者たちの前では、時の流れがどれほど速いかを、知らなかった。フローラの手を握りしめ、その愛らしい顔を見つめているとき、チャールズ・ホランドにとっては、実際の一時間がほんの一分ほどにしか感じられなかった。

　ついに、時計が時を告げる音で、チャールズは伯父との約束を思い出し、しぶしぶ立ち上がった。

「愛するフローラ、僕は今夜、寝ずの番をするつもりだ。だから、怖れることはないよ」

「きっと、いつもの倍も安心を感じられるわ」

「これから伯父上と話をするので、もう行かなくてはいけない」

フローラは微笑んで、チャールズのほうへ手を差し伸べた。フローラはその手を自分の胸に当てた。どんな衝動にかられたのかは自分でもわからなかったが、初めて美しいフローラの頬にキスをした。

頬を赤らめながら、フローラはやんわりとチャールズを制した。チャールズは、名残り惜しそうにフローラを見つめると、やっと部屋を出て行った。二人を隔てる扉が閉まると、チャールズは、まるで突然暗雲が太陽を遮り、貴重な輝きの大部分が、たちまち薄れてしまったような感覚に襲われた。

それまで不思議なほど高揚していたのに、妙に重たいものがチャールズの心にのしかかってきた。まるで、なにか邪悪なものの影が迫って来て、自分の魂に巣くい、極めて重大な災難が待ち受けているような気がしてきた。それは、狂気と救いようのないほどの絶望に追いやられるのに十分なほどだった。

「この圧迫感は、いったいなんなのだろう?」チャールズは声をあげた。「なにかの予兆のようなこの感覚はなんだ? 二度とフローラに会えないということなのだろうか?」

無意識のうちに、チャールズは、口に出していた。それは、最悪の虫の知らせのようなものだった。

「これは、僕の弱点だ。徹底的に戦わなくてはいけない。ただ神経質になっているだけだ。もちこたえなくては。妄想にもてあそばれて、がんじがらめになってはいけない。勇気を出すんだ。勇気を、チャールズ・ホランド。現実の悪は十分に存在するのだから、わざわざ自分で無秩序な妄想を生み出して、さらにそれに拍車をかけることはない。勇気だ。勇気を出すんだ」

第二十五章　提督の意見――チャールズの要請

伯父を捜しに行ったチャールズは、庭の長い散歩道にいる提督を見つけた。手を後ろに組んで行ったり来たりしていて、いかにも心が乱れている様子だ。チャールズが庭へ出ていくと、提督は歩調を速めて、こんな表現をするのはおかしなことだが、見たことがないほど困惑しきった顔を甥に向けた。

「伯父上、もうお心はすっかり決まった頃だと思いますが?」

「うーん、まだどうかな」

「考える時間はたっぷりあったでしょう。僕は急かしたりしてませんよ」

「まあ、急かされていないとも言えないが、どういうわけか、頭がよくまわらんのだよ。しかも、あいにくなことに、ちょうど散歩を始めた頃からその傾向が出てきた」

「でしたら、率直に言って、伯父上はどんな結論にも達せないんじゃありませんか」

「一つを除いてな」

「どういうことですか?」

「ある一点でおまえは正しいということだよ、チャールズ。つまり、吸血鬼野郎に挑戦状を叩きつけた以上、あいつと戦わなければならない」

「それは、最初から伯父上の心にあったことじゃないんですか?」

「なぜそう思う?」

「だって、考えるまでもない当然の結論だからですよ。あなたの疑問や骨折りや混乱はすべて、その結論を受け入れないための口実を見つけようとしてのことだったはずです。けれど、ほかに手はないとわかったわけですから、最初に約束してくださったとおり、伯父上は同意してくれると信じてますよ。決して僕を邪魔するようなことはしないでくださいね」

「吸血鬼と戦うべきではないと思っているが、おまえの邪魔はせんよ」

「そのことは気にしないでください。フランシス・ヴァーニー卿が吸血鬼であることを否定しているかぎり、それを戦いの正当な理由にはできません。そして結局のところ、本当に彼が不当に疑われているのなら、深い傷を負っていることを認めなくてはなりません」

「傷を負っているだと!――馬鹿馬鹿しい。あいつが吸血鬼でないなら、別の類の奇妙きてれつな奴だと言えるだろうよ。あれほど異様な風体の者は、生まれてこの方、陸《おか》でも海でもお目にかかったためしがない」

「それほどですか?」

「おお、それほどだとも。そのくせ、あらためて思い返してみると、どこかとぼけたような光景が記憶の奥からよみがえってくるのだ。海は驚異と神秘に満ちた場所だからな。海では、陸の人間が一年がかりで経験するより多くの不思議に一昼夜で出くわすのだよ」

「ですが、吸血鬼は見たことがないのでしょう、伯父上？」

「うーん、どうだろうな。ここへ来るまで、吸血鬼のことはまったく知らなかった。つまり、知識がなかったのだ。もしかすると、これまでわしが行ったことのある場所に多くの吸血鬼がいた可能性はある」

「確かにそうですね。ですが、この決闘については、明日の朝になってから話を進めることにしませんか？」

「明日の朝？」

「そうです、伯父上」

「ついさっきまで、おまえはあれほど闇雲に行動をとりたがっていたのにか」

「ええ。ただ、明日の朝まで待つ特別な理由ができたんです」

「ほう？　まあ、かまわんよ――おまえの好きにするといい。すべておまえのやりたいようにな」

「ありがとうございます、伯父上。ところで、もう一つお願いしたいことがあるんですが」

「なんだね？」

「ヘンリー・バナーワースは、所有地から上がってくる収益をすべて自由に使えるとはいえ、父親の浪費のせいで、手元にはごくわずかな金額しか入ってこないのはご存じですよね」

「そのようだな」

「今、ヘンリーは金銭的に苦しんでいるに違いないのですが、僕もそれほど持ち合わせがありません。伯父上に五十ポンド貸していただくわけにはいかないでしょうか？　僕の仕事が軌道に乗ればお返ししますから」

「かまわんよ！　もちろんいいとも」

「お借りしたお金を、滞在費としてヘンリーに渡したいんです。僕からなら、きっとヘンリーも気兼ねなく受け取ってくれるでしょう。僕が気楽に渡していると思うはずですから。それに、フローラと婚約している僕をもう家族の一員のように見てくれていますしね」

「確かにな。それに、筋が通ってもいる。ほら、五十ポンドだ。これを持っていって、好きに使いなさい。もっと必要なときは、わしのところに来るといい」

「あなたのご厚意に甘えられるとわかっていましたよ、伯父上」

「甘える！　いやいや、甘えなどではないぞ」

「ともあれ、こんなによくしていただいて、感謝せずにいられないのに、その気持ちを表す言葉でもめるのはやめましょう。伯父上、明日は決闘の手はずを整えてくださいよ」

「おまえがそう言うのなら。ヴァーニー邸にまた行くのはまったく気が進まんがな」

「でしたら、手紙でも事足りるんじゃないでしょうか」

「そいつはいい。そうしよう。どうもフランシス・ヴァーニー卿は、ずいぶん前に起こったある出来事をまざまざと思い出させるのでな。わしがもっと若くて、海にいた頃のことだ」

「ある出来事を思い出させるのですか、伯父上？」

「そうだ。あの男はわしも深く関わったその出来事の関係者にどこか似ている。もっとも、そいつのほうが、状況が状況だっただけに、フランシス・ヴァーニー卿よりずっと得体が知れなかった」

「本当ですか！」

「おお、本当だとも。海で奇妙なことが起こると、陸でも同じように奇妙なことが起こるものだ」

「伯父上はずいぶん長く海で過ごされていたせいで、そう感じるだけじゃないんですか？」

「いいや、チャールズ、そうは思わん。わしらが海で経験することと、おまえたちが陸で経験することに大差はない。わしらが目の前にした、陸の者なら髪が逆立つような光景が、どうしてここでは繰り広げられないと言える？」

「つまり、伯父上は、海でそういったものを目にしたんですね？」

「いかにも。あれは南極海を小型のフリゲート艦で進んでいたときのことだった。ともに航行する七十四門艦を探していたところ、マストの上にいた見張りが左舷の艦首先にいると叫んだ。わしらはそれだけ聞けば十分と思い、急いでそちらへ向かったのだが、それでなにを見ることになったと思う？」

「まったくわかりません」

「魚の頭だよ」

「魚ですって！」

「そうとも！　船体よりはるかに巨大な魚だった。そいつは頭を水面からわずかに出すような格好で泳いでいたのだ」

「ですが、帆はどこにあったんです、伯父上？」

「帆だと？」

「ええ。マストの上にいた見張りは、帆を見逃すほど能なしではなかったはずでしょう」

「それこそ、陸の者らしい考えだな。海のことなどなにもわかっておらん。帆がどこにあったか教えてやろう、チャーリー船長」

「ええ、教えてください」

「頭の近くにある一対の胸びれが膨大な量の水しぶきを、白く、高々と上げているせいで、帆のように見えていたのだ」

「嘘でしょう！」

「おまえは〝嘘でしょう！〟と言うかもしれんが、わしらは――つまり、乗組員の全員が見たのだよ。しかも、しばらくその魚と並んで航行したのだ。やがて魚はわしたちに飽きて、ふいに海中深くへと潜っていき、その勢いで海面が大きく渦を巻いて、わしらの船も揺れ、一分ほども魚のあとを追って海底へついていきそうになった」

「それで、その巨大魚はなんだったんです、伯父上？」

「わからんよ」

「そのあと見かけたことは？」

「一度もない。ただ、ほかにも同じ海域でその巨大魚の姿を垣間見た者が時折いるが、わしたちのように間近まで行った者はいない。いや、実際はいたかもしれんが、ともかく、わしは聞いたことがない」

「奇妙な話ですね！」

「奇妙であろうとなかろうと、おまえに話したわしが愚かだった。詳しくしゃべりはじめたとたん、おまえときたら、わしが荒唐無稽な作り話をしていると言いたそうな顔をしおって」

「まさか、そんなはずありませんよ、伯父上。あなたが作り話をすると思う者などいやしません」

「わしの話を信じるのか？」

「信じるに決まってます」

「ならば、いいだろう。これから、ある出来事について聞かせてやる。誰にも明かしたくなかった話だ」

「本当ですか！　どうしてです？」

「信じようとしない者たちと果てしない争いをしたくなかったからだ。だが、おまえが信じると言うなら――」

「わしたちは外国へ向かっていた。見事な船で、立派な船長に、船員仲間にも恵まれ、わかるだろうが、そういう状況だと航海は快適で楽しいものとなるから、誰もが期待に胸をふくらませていた。

乗組員は信頼できる者ばかりで、みな少年の頃からの叩き上げだ。見習い期間が終われば陸に戻ってごろつきになるような腰抜け野郎とは違う。おお、そうとも、みな頼りになって誠実で、怠け者がベッドを愛するように、恋する者が相手の女性を愛するように、海をこよなく愛していた。

さらに言えば、海への愛情は、より永続的で健やかなものでもあった。なにしろ、月日が過ぎるほどに、男たちの絆を深め、なくてはならない仲間となって――嚙みタバコを嚙んだり、ウインクをしたり、後ろでくくった髪を揺らすのにまかせたりするわけだから。

わしたちの目的地はセイロンで、積み荷を乗せており、インドの市場からスパイスやその他いろいろなものを持ち帰ることになっていた。船は真新しく、丈夫で、造りも美しかった。水面に浮かんだ姿は水鳥そっくりで、強い風を受けて、波のあいだを横揺れすることも、縦揺れすることも、跳ねることもなく、水車の放水路を流れていく使い古された洗濯たらいのように――まあ、わしは一度ならず痛い目に遭っているが――進んでいった。

いやいや、わしたちはたっぷりと荷を積み、心楽しく、意気揚々と軽やかな気分で出航していた。

川を下っていき、まもなくノースフォアランド岬をまわってイギリス海峡へさしかかった。風は安定して強く、わしたちのために吹いてくれているかのように、船を進ませた。

〝ジャック〟わしは船員仲間に声をかけた。彼はその場や状況に不釣り合いなほど深刻な様子で、じっと空を見つめていたかと思うと、やがて帆に視線を移し、最後に海に目をやっていた。

〝ああ〟彼は答えた。

〝いったいどうした？　誰が最初に食べるのかくじで決めようとしているかのように憂鬱そうだが。具合でも悪いのか？〟

〝ありがたいことに、体調は万全だ。ただ、この風が気に入らねえ〟

〝風が気に入らないだと！　おいおい、こんなに帆をふくらませるのにもってこいで気持ちのいい風はないだろう。烈風がいいのか？〟

〝いやいや、それを恐れてるんだ〟

〝こんな船に、腕に覚えのある者ばかりが乗ってるんだから、どんな強風が帆桁を吹き抜けようとなんとかできるだろう〟

〝たぶんな。そう願うよ。いや、本当にそうであってほしい〟

〝だったら、どうしてそうやけにふさぎ込んで、憂鬱そうなんだ？〟

〝わからないが、そうなってしまうんだ。なにかが覆い被さっているような気がするんだが、それがなんだかわからない〟

〝そりゃ、マストの上に旗がいくつも揚がってるせいだろう、ジャック。風を受けて我々の頭上ではためいている〟

〝ああ！　なるほど！〟ジャックは旗を見上げると、それ以上はなにも言わず、務めを果たしにその場から去った。

　わしは、ジャックはなにか気にかかっていることがあって、そのせいで気分が沈んで落ち着かないのだろうと踏んだが、それ以上は注意を払わなかった。実際、それから一日、二日は、ジャックは誰よりも陽気で、気がふさいでいる様子は見受けられず、みなと同じようにくつろいでいた。スペインのビスケー湾沖で強風に見舞われたものの、帆柱や帆桁を失うことなく切り抜けた。本当に、ほんの些細な事故も亀裂も生じなかった。

〝それで、ジャック、我々の船をどう思う？〟わしは訊いた。

〝この船は水鳥みたいだ。波に乗って上下して、石材にかけた輪のようにあっちへこっちへと動くこともない〟

〝ああ、そうとも。この船はすべるように心地よく進む。優美な造りで、これが初航海だが、きっとすばらしい走りをしてくれるだろう〟

〝そう願うよ〟ジャックは答えた。

　それから三週間ほどは快適な航海が続いた。海は牧草地のように穏やかで、なめらかで、風は軽やかで心地よく、わしたちは紺碧の海を堂々と進み、見渡すかぎり人が足を踏み入れたことのなさそうな土地の広がる海岸を次々と通り過ぎていった。

〝これほどの帆船には乗ったことがない〟ある日、船長が言った。〝こんな船で死ぬまで暮らせたら楽しいことだろう〟

さて、今も言ったように、出航してから三週間ほど経っていたが、ある朝、太陽が昇って、甲板を洗い終わったあと、貯蔵庫がいっぱいで甲板に置かざるをえなかった水樽の一つに見たことのない男が腰かけていた。

甲板にいた者たちが、奇妙なことにどこからともなく現れた男を見つめただけとは思うまい。ところがだ、わしはあとにも先にも、大の男たちがあれほど目を見開くのを目の当たりにしたことはないし、かく言うわしも例外ではなかった。ひたすら見つめ、誰一人として口を利く者もいないまま時間が過ぎ、正体不明の男は落ち着き払ってわしたちを見つめ返していた。そのうち、聖ミカエルからのくだらない手紙か、聖母マリアからの恋文が降ってでもくるかのように、男が船員っぽいしぐさで視線を空に向けた。

〝こいつ、どこから来たんだ？〟そのとき男のそばに立っていた乗組員が仲間に小声で言った。

〝どうしておれにわかる？〟訊かれた仲間が答える。〝雲から落っこちてきたんじゃないのか。通り道を確認してるようだからな。おそらく帰っていくんだろう〟

そのあいだも、正体不明の男は腹立たしいほど冷静そのもので、まったく我関せずといった具合に腰かけていた。関心を示さないながらも、わしたちの存在をごくわずかには認識していた。

そいつは背が高くて贅肉がついていなかったが――いわゆる、長身痩軀だな――力はありそうだった。広い胸に、長く筋張った腕、わし鼻で、眼光鋭い黒い目をしていた。髪は巻き毛で、かなり白髪が目立っている。ほとんど白髪と言ってもよかったが、見た目で判断するかぎり、元気で機敏そうだった。

こうした外見にもかかわらず、妙な不快感があって、わしにはその理由も、どう表現すればいいかもわからない。それに加えて、男の荒々しい奇妙な光を宿した目には決然としたものがあり、そういったものも含めると、そいつは全体的に吐き気を催すほど不吉な気配を漂わせていた。

〝ところで〟しばらくしてから、わしは男に声をかけた。〝あんた、どこから来たんだい？〟

男はわしに目を向けたあと、わかっているだろうと言わんばかりに、空を見上げた。

〝いやいや、それはないだろう。ピーター・ウィルキンズ〔ロバート・ポルトック著『ピーター・ウィルキンズの生涯と冒険』（一七五一年）の主人公〕のような翼を持ってるわけじゃないんだから、空中を飛んでこられたはずがない。そう、どうやってここへ来た？〞

男はこれみよがしにウインクを送ってよこし、しぶしぶという感じで、数インチばかり飛び上がると、また水樽にどしんと腰を下ろした。

こうやって座ったのさと言わんばかりの態度だ。

〝船長に知らせてくる〞わしは言った。〝このことは、船長に伝えてもきっと信じてもらえんだろうが〞

それでわしは、甲板から船長が朝食を摂っている船室へ行き、正体不明の男について自分が目にしたことを報告した。船長はおまえどうかしたんじゃないかという表情でわしを見て、言った。

〝なんだと？　我々のまったく知らない男が船にいるということか？〞

〝そのとおりです、船長。自分は見たことありませんが、そいつは甲板で水樽に座って、踵《かかと》で樽を蹴ってます〞

〝なんたること《デビル》！〞

〝ええ、悪魔《デビル》に違いありません。それに、どんな質問にも答えません〞

〝よし、確かめに行くぞ。そいつが舌を切り落とされてないのなら、口を割らせられないかやってみよう。それにしても、どうやって乗ってきたのだ？　くそっ、悪魔であるわけがないし、月から落ちてきたわけでもあるまいに〞

〝わかりません、船長。諸悪の根源になれそうなくらい人相の悪い男ですが、予断をもって話すのはよくありませんよね〞

〝さあ、行け。私はあとから行く〞

船室を出ると、船長がついてくる足音が聞こえた。甲板に戻ったとき、男はさっきと同じ場所にいた。この出来事を聞いた乗組員は一様に騒ぎ、舵輪を握っているためにその場に残らざるをえなかった者を除いて、みな男のまわりで押し合いへし合いをしていた。

ここで船長はわしの前に出た。船長が近づいていくにしたがって、乗組員たちは道を空けていった。

しばらくのあいだ、船長は黙ったまま立ち、やけに落ち着いている正体不明の男をとっくりと観察した。

男のほうはといえば、船長が懐中時計に向けるのと変わらないような目で、じっと見つめ返していた。

〝さて、君〟船長が口を開いた。〝どうやってここへ来たのかね？〟

〝私は積み荷の一つですよ〟男はなんとも言えない目つきで答えた。

〝積み荷の一つだと！〟男にからかわれていると思った船長は、ふいに激怒した。〝君が積み荷リストに入ってないのは明らかだ〟

〝密輸品でしてね。叔父は東方タルタリアの大物なんですよ〟

船長はしばらく無言で相手を凝視していた。そのあいだも、男は踵で水樽を蹴りつづけ、目を細くして空を見上げている。わしたちにはひどく奇っ怪な感じがした。

〝なるほど、君は通常の商取引ではないと言わざるをえない〟

〝ええ、そうですとも。私は密輸品――まったくの禁制品なのです〟

〝それで、どうやって船に乗り込んだのだ？〟

この質問に、男はまたしても思わせぶりに空を見上げて、たっぷり一分もそうしていたあと、船長に視線を戻した。

〝いやいや〟と船長。〝そんなしぐさをしても私には通用しない。魔女シプトンのように魔法の箒《ほうき》に乗ってきたわけでもあるまい。どうやって私の船に乗り込んだ？〟

〝歩いて〟男は答えた。

〝歩いて船に乗った。それで、どこに隠れていた？〟

〝船倉に〟

〝そうか。では、どうしてずっと船倉に隠れていなかったのだ？〟

〝新鮮な空気が吸いたかったからですよ。ごらんのとおり、体が虚弱でしてね。狭い場所にずっとはいられないのです〟

〝羅針儀の架台《ビナクル》め！〟と船長。心が波立ちながらも、それがなんなのかわからないときにいつもつく悪態だ。

〝ビナクルめ！――ああ、君はじつにひ弱に見えるな。ずっと船倉にいてくれればよかった。君が虚弱だと言うなら、私だって同じだ。虚弱だとは、まったく！〟

〝ええ、とてもね〟男は涼しげに答えた。

男の、体が虚弱だという主張は滑稽そのものだったので、わしたちは笑ってもおかしくなかったが、なにか背筋が寒くなるようなものがあったせいで、くすりともしなかった。

〝乗船してから、どうやって生活していたのかね？〟船長が尋ねた。

〝とくになんということもなく〟

〝だが、どうやって？　なにを食べていた？　それに、飲み物はどうした？〟

〝なにも口にしていませんよ、断言します。私が下にいたときにしていたのは――〟

〝なんだね？〟

〝ええ、冬季のホッキョクグマのように、ただ親指をしゃぶっていました〟

男はそう言いながら、両手の親指を口に入れてみせたが、どちらの指も異様に大きく、一本だけで普通の男なら口がいっぱいになるほどだった。

〝これらは〟男は口から出した指を物憂げに見つめながら、言葉を続けた。〝かつては親指でしたが、今ではもうなにものでもなくなってしまいました〟

〝ビナクルめ！〟船長は口の中でつぶやいたあと、はっきり声に出して言った。〝安上がりの生活だが、君はどこへ行こうとしているのか？　なぜこの船に乗った？〟

〝安上がりの船旅がしたかったし、セイロンへ行って戻ってくる予定なのです〟

〝我々と同じではないか〟と船長。

〝ならば、仲間ですね〟男は叫ぶように言って、カンガルーのように水樽から飛び下りると船長の方へ跳ね、握手を求めるかのように片方の手を差し出した。

〝いやいや〟船長は言った。〝それはできん〟

〝できない！〟男は怒って大声をあげた。〝どういう意味ですか？〟

〝密輸品と関係することはできないのだ。私は公正な貿易者であり、すべてを公明正大にしている。当船に牧師は乗っていないが、そうでなければ、牧師に君の身の安全と、とても虚弱らしい体の回復を祈ってもらっていただろう〟

〝でしたら――〟

男は最後まで言わず、ありえないような形に口元をゆがめたかと思うと、深々と息を吐き出した。それがかなりの勢いで、口笛のような音がする。だが、なんと密度の濃い息だったことか。息というよりは煙といったほうがいいほどで、船員仲間も同じことを言った。

〝こうしましょう、船長〟男は、甲板を行ったり来たりしている船長を見ながら、言葉を継いだ。

〝なんだね〟

〝肉とビスケットとカフェロワイヤルをくれるだけでかまいません。間違えないでくださいい、ブランデーを入れたコーヒーですよ、私はブランデーに目がないもので。あれは、この世で唯一のよいものです〟

男の方を向いて、幅の広い肩をすくめたときの船長の表情は、なかなか忘れられるものではない。船長が言った言葉も——

〝まあ、しようがない。船から放り出すわけにはいかないからな〟

コーヒーと肉とビスケットが運ばれてきて、男は肉とビスケットをむさぼるように食べ、コーヒーをうまそうに飲むと、食器を返して言った。

〝君たちの船長はすばらしい料理人だ。うまかったと伝えてくれ〟

船長はただの世辞だと考えて、喜ぶどころか怒っているように見えたが、相手は目もくれなかった。

不可解なことだが、この男は見かけ以上の存在——ただの人間ではないという奇妙な印象を船上のみなに与えていたので、男にくちばしをいれようとする者は一人もいなかった。船長は、よくいる筋骨たくましくて向こう見ずなタイプだったが、口にするより多くのことをなんとなくわかっているようで、それ以降、正体不明の男のことにはいっさい関心を示さず、男のほうも船長のことを気に留めなかった。

二人は、初めて会ったときこそ、それなりに話などをしたものの、そのあとは会話らしい会話をしなかった。いや、ほとんど口を利かなかった。

正体不明の男は甲板で眠り、すっかり甲板に居着いていた。わしたちが見かけて以来、一度も船倉に下りておらず、本人の弁明によれば、下にはもう長くいたからということだった。

それはそれでよかったのだが、夜番は相方をうれしがらず、ことのほか孤独で気のふさぐ時間を、広大な海の上で、しかも、もっとも近い陸地から千マイルは離れているにもかかわらず、一人で過ごすほうがずっとましだと思っていた。

この恐ろしくて物寂しい時間に、聞こえるのは索具を吹き抜ける風の音か、時折船体に打ちつける波音だけという静けさに包まれた夜、船員の心ははるか遠く――故郷や、そこに残してきた友人や愛する者たちへと飛ぶ。

それから、自分の目の前に、うしろに、まわりに広がる茫漠とした大海原へと考えが向くのだ。想像を絶するほど深く果てしない量の水。そうした光景を見つめながら、眼前に限りなく広がる水面のようになんとも名状しがたい曖昧模糊とした考えにふけっていると、迷信にとらわれてしまっても不思議ではない。時間帯や場所というものは確かに、恐ろしい性質や強烈さをもったイメージや感情を呼び起こすものなのだ。

そうした時間帯に、正体不明の男はお気に入りの水樽の上に座って、空を見上げていたかと思えば海原に視線を移し、時折、奇妙で荒々しい聞いたこともないメロディの口笛を吹く。

それを耳にした乗組員たちは、決まって全身に寒気が走って鳥肌が立った。なにしろ、いつも口笛に合わせるように風がぞっとするような音を立てて吹くからだ。

風は出航当初からいたって快調に吹いていたが、正体不明の男を見つけてから強烈に吹くようになっていて、船は速度を上げ、船首から盛大に水しぶきを上げ、サメのごとく波を切り裂くように海上を進んでいた。

どうにも奇っ怪な状況で、わしたちにも船長にもわけがわからなかった。それで、正体不明の男が関係しているのではないかとにらみ、彼には船倉へ下りてほしいと願っていた。というのも、風は今や疾風となっていて、それでもまだ船は安定した走りをみせていたが、わしたちは悪魔に操られているかのように――いや、きっとそうだったのだろう――風の前に身をさらしていたからだ。

疾風は暴風となり、船は帆布を広げてもいないのに、銃口から発射されたかのような勢いで疾走していた。

正体不明の男は水樽に腰かけたまま、夜通し悪魔のような口笛を吹きつづけた。頭上で風が吹きすさんでいるときに口笛を聞きたがる船乗りは一人もいない――もっと風よ吹けと促しているも同然だからだ。だが、男は執拗に、風がうなりをあげて強く吹くほど、大きく口笛を吹いた。

そうこうしているうちに、雨と稲妻と風がないまぜになった嵐がやってきた。船は山のように巨大な波に押し上げられたかと思うと、泡立つ波が甲板を押し洗い、ときにはわしたちも頭から海水をかぶり、乗組員はみな波にさらわれないよう帆柱に自分の体を縛りつけた。

　それでも、正体不明の男は水樽に腰かけ、樽を踵で蹴りながら、これまでと変わらず悪魔めいた口笛を吹いていた。男は波に押し流されるどころか、一インチも動かされていなかった。わしたちは、男が水樽もろとも船外に放り出されて海面に浮かんでいるところを見たいとずっと心から願い、期待していた。そのとき、船長が言った。

〝ビナクルめ！　あの水樽は甲板にネジ止めされてでもいるのか。ちっとも動かないし、男も樽に座ったままじゃないか〟

　船長の口調には男を船外に放り出したいという強烈な気持ちがこもっていて、船員たちは小声でささやくように言葉を交わし、近づいてきた船長に声をかけた。

〝船長、奇妙にも乗船していた正体不明の男をどう考えておいでなんですか？〟

〝そうだな。あの男が何者なのか考えていたが――私の理解をまったく超えた者であることは確かだ〟

〝でしたら、我々の考えていることと同じですね〟

〝どういう意味だ？〟

〝あの男は、我々のような者とは違うということです〟

〝確かに、船乗りではない。だが、陸者《おか》にしては、出会ったことがないくらい、うかつに手出しのできない男だ〟

〝ええ、そうですね〟

〝あの男は海水によく耐えている。私にはあんなふうに水樽の上にいることなどできんよ〟

〝我々にも無理です、船長〟

〝ということは、あの男は誰にもできないやり方でいる――誰もあの男の寝床をとりたいとは思っていない、そうだな？〟

　乗組員たちはいくぶんきょとんとした表情で顔を見合わせた。どういう意味なのかさっぱりわからなかった。それどころか、水樽を並べた男の寝床をとりたがる者がいるという考えが途方もなく馬鹿げていて、ほかの状況なら、みな恐ろしくうまいジョークだと思って、笑いが止まらなくなっていたことだろう。

　しばらく沈黙が流れたあと、一人の船員が口を開いた。

〝あいつの寝床をうらやましく思う者などいやしません、船長。あんな場所では一分だって持ちこたえられやしませんから。我々の誰だって、あんなところにいれば、千回は船外に押し流されているでしょう〟

〝だろうな〟と船長。

〝ええ、あいつは我々以上の存在です〟

〝まず間違いなくな。では、私になにができる？〟

〝我々はこの天の大騒ぎ――嵐や暴風を引き起こしている張本人だと思ってます。つまり、あいつが居残れば、みな海の藻屑《もくず》となることでしょう〟

〝あいにく、私はそんな危険にさらされているとは思えない。船を沈めさせない奇妙な力があるからこそ、男は自分が溺死しないよう、船を沈没させせないはずだからだ〟

〝ですが、あいつを海へ放り出せばすべてうまくおさまると思うんです〟

〝確かにな！〟

〝そうです、船長、あの男が諸悪の根源に決まってます。放り出しましょう。それが我々みんなの望みです〟

〝あの男を船から放り出せるとしても、私はしない。そういった類のことには決して確信が持てないからだ〟

〝我々はそんなことはお願いしてません、船長〟

〝では、なにが望みだ？〟

〝男を海に放り出させてください――自分たちの命を守るためです〟

〝そんなまねはさせられない。男は誰とも違うだけだ〟

〝ですが、ずっと口笛を吹いてます。いやでも聞こえてきますし、こんな嵐の中で口笛を聞きつづけると考えるのは恐ろしいことです。ほかになにができるでしょうか？――あの男は人間じゃありません〟

そのとき、正体不明の男が吹く口笛がはっきりと耳に届いた。これまでと同じ荒々しく不気味なメロディだが、より強いリズムで、どの音も信じられないほど明瞭だった。

〝ほら、そこで〟別の船員が言う。〝水樽を踵で蹴ってます〟

〝ビナクルめ！〟と船長。〝短い雷鳴がとどろいているかのようではないか。行って、男と話してこい〟

〝ですが、聞いてもらえなかったら――〟

〝質問はなしだ。腕に覚えのある男たちが大勢で行って、男一人動かせないことはないだろう〟

〝やってみようぜ〟一人が言った。

それで、みなそろって水樽が並び、正体不明の男が横たわっているところへ移動した。

男は怒り狂ったように口笛を吹きながら、踵で空樽を叩いて拍子をとっていた。わしたちが近づいていってもまったく気づかず、口笛を吹き、踵で拍子をとっている。

〝おい！〟船員の一人が叫ぶように声をかけた。

〝よう！〟別の船員が大声をあげる。

だが、なんの反応も示さないので、船員の中でも大柄な、力自慢のアイルランド人が、男を起き上がらせようとするか、わしたちの頭越しに海へ投げ込もうとするかのように、男の片方の脚に手をかけた。ところが、ふくらはぎに指を巻きつけたとたん、男が脚を水樽にぴったり押しつけ、アイルランド人はその場に釘付けにされたかのように身動きできなくなってしまった。口笛を吹き終わった男は、手を使わずにゆっくり起き上がると、不運なアイルランド人の顔をのぞきこんで尋ねた。

〝さて、どうしたいのかね？〟

〝手を引き抜きたい〟とアイルランド人。

〝では、そうするといい〟

アイルランド人は手を引っ込めたが、その手は血にまみれていた。

男は左手を伸ばすと、アイルランド人の腰のバンドをつかんで軽々と持ち上げ、自分のそばの水樽に乗せた。

みな目を大きく開いて見つめていたが、どうしようもなかった。そして、我々が男を海に投げ込むのは無理だが、男のほうは我々をあっさり海に投げ込めるに違いないと思った。

〝それで、どうして欲しいのかね？〟男はふたたび大声で訊いた。

わしたちは顔を見合わせるばかりで、答える勇気がなかなか出なかったが、とうとうわしは口を開いた。

〝口笛を吹くのをやめてもらえないだろうか〟

〝口笛を吹くのをやめろだと！　なぜやめなければならない？〟

〝風を呼ぶからだ〟

〝これはおかしなことを言う。風を呼ぶために吹いているというのに〟

〝だが、こんなには吹いてほしくない〟

〝ほうほう！　自分のためになることがわからないとは――強すぎず、心地よいそよ風なのに〟

〝暴風だ〟

〝馬鹿げたことを〟

〝だが、事実だ〟

〝では、おまえが間違っていることをすぐに証明してみせよう。私の髪が見えるかね〟男は言って、帽子を脱いだ。〝さあ、よく見るがいい〟

　男は水樽の上でまっすぐに立つと、髪に指を通して一本残らず立たせた。

〝ビナクルめ！〟と船長。〝こんなのは見たことがない〟

〝ほら〟男は勝ち誇ったような声をあげた。〝風といえるようなものは吹いていないだろう。違うかね？　私の白髪の一本さえも揺れてはいないぞ。おまえが言うほどの風が吹いているなら、髪は揺れるはずだが〟

〝ビナクルめ！〟船長は歩み去りながら、つぶやくように言った。〝船室風《キャボウス》の家め。あいつが私より年上でなければ――私やほかの誰の手にも余る奴でなければな〟

〝納得したかな？〟

　どう答えられただろう？　みな背を向けてその場から離れ、自分の船室へ引き揚げた。ほかにどうしようもなかった。わしたちは船乗りらしく不平を言わずに耐えるしかない。

　わしたちが立ち去るとすぐに、男は帽子をかぶり直して水樽に腰を下ろし、自由の身にしてやったアイルランド人に別れを告げた。それから並べた水樽に上半身を横たえ、両足はぶらぶらするのにまかせていた。あらためて口笛を、それもこれまでにもまして猛烈な勢いで吹きはじめ、足で拍子をとった。

　丸三週間というもの、男はこの気晴らしを昼夜問わずに続け、中断するのは、屈強な三人の男たちが彼の求めに応じて運んできたカフェロワイヤルと肉とビスケットを飲み食いするときだけだった。

　そして、ある晩のこと、口笛がやみ、男が歌いはじめた――そうとも、歌っていたのだ――だが、その声ときたら！　ロンドン市庁舎にある二体の巨人像ゴグとマゴグがしゃべっても、あれほど動揺はしなかっただろう。とにかくひどい歌声だった。だが、風はやわらいで、そこそこ強いくらいの心地よいものになった。男は新たな気晴らしを三日三晩続け、四日目に歌声が消え、カフェロワイヤルを持っていくと、姿を消していた。

みなでくまなく捜したが、男の姿はどこにも見当たらなかった。そして支障なく錨を下ろしてから三週間後、いつもどおりぴったりひと月の航海をした。船が年季の入ったものなら、負担をかけすぎた桶のように水漏れしたり、使い物にならなくなったりしていただろう。だが、わしたちは乗船できてうれしく思っていたし、帰りはどんな荷を載せているのか興味津々で根掘り葉掘り尋ねた。それで船長はこう言った。

〝ビナクルめ！　できれば密輸品などもう乗せたくないものだ〟」

第二十六章　月夜の庭での会合――バナーワース館の小塔風の窓――手紙

ベル提督は、語って聞かせた内容をチャールズが一瞬でも疑うなら、決して許さぬとばかりの顔つきをしていた。チャールズは疑念をぶつけて伯父を怒らせる気はなかったので、じつに不思議で驚くような話ですねと言うに留めておき、提督は満足至極の表情になった。

だが、時間がすっかり経っていて、チャールズは吸血鬼と会うことについて考えはじめた。手紙を何度となく読み返してみたものの、フランシス・ヴァーニー卿が指定している時間と場所で戦うことをほのめかしているのか、事前準備として会いたいだけなのか判然としない。

なんとなく、和解案めいたものが提示されることを期待する気持ちもあったが、いずれにしても、裏をかかれないよう、しっかり武装していくつもりだった。

真夜中近くまでとくに書くほどのことは起こらなかったので、はしょらせてもらい、読者には十一時四十五分になったと考えていただこう。そう、ちょうどチャールズ・ホランドが、謎めいたフランシス・ヴァーニー卿に指定された場所へ行くために屋敷を抜け出そうとしているところだ。

チャールズは弾を込めた銃を、なにかあればすぐに取り出せるようポケットに入れ、バナーワース館に持ってきていた旅行用マントに身を包むと、部屋を出ようとした。

　月がまだ輝いていて、いくぶん翳《かげ》りをおび、空には数多くの雲も浮かんでいたが、軽い羊毛のかたまりのような感じだったので、円形に近い月から降り注ぐ光をほとんど遮っていなかった。

　庭の木立の向こう側まで見渡せるほど高い位置にないチャールズの部屋の窓からは、木が邪魔になって、吸血鬼と会うことになっている場所は見えない。けれども、これより上階にあるほぼすべての部屋の窓からは、池のそばに立つオークの木が見えた。

　たまたまベル提督の部屋はチャールズの真上にあって、彼は甥とフランシス・ヴァーニー卿との決闘の事前準備を明日どうすべきかと考えて頭がいっぱいになり、とても寝つけなかった。それで、二十分ほどベッドに入っていたものの、時間が経つほどにじっとしていられなくなり、こういうときにとるいつもの行動に出た。

　ベッドから起き上がると、また服を身につけた。一時間ほど起きていてからベッドに戻って、あらためて寝直すつもりだ。だが、明かりをつける気はなかったので、できるだけ月明かりをたくさん入れようと、重厚なカーテンを引き開けた。

　この部屋の窓から見える景色は、とりわけ美しく、広大だ。もっとも背の高い木の梢《こずえ》より窓が高い位置にあるため、それはすばらしい眺望が楽しめる。

　水の占める割合が少ない景色の美しさを決して認めない提督でさえ、つい窓を開けて外を眺め、月明かりを浴びた森や谷が淡く輝くさまに、いやむしろ、うっすらと靄《もや》がかかってぼんやりかすんで見えるさまに感嘆せずにはいられなかった。

　出かけるところを誰かに見られて行き先を問いただされたくなかったチャールズは、こっそり抜け出すのにもってこいのバルコニーから出ることにしていた。そして、部屋を出る前に壁の肖像画にちらりと目をやった。

「君のためだ、愛しいフローラ。君のためにこの肖像画の恐ろしい本人と会うことにしたんだ」彼はすぐに窓を開けて、バルコニーに出た。

　若くて身が軽いチャールズは、なんの苦もなくバルコニーから飛び下りた。それで数秒後には、無事、バナーワース館の庭に立っていた。屋敷を見上げるなど

頭をかすめもしなかったが、見上げていれば、伯父の部屋の窓枠から突き出された白髪頭が目に入ったことだろう。

チャールズが窓のバルコニーから飛び下りたときの音で注意を引かれた提督だが、警告を発しようと考えるまもなく、人影が足早に草地を横切っていくのが目に入った。月明かりの下、すぐに甥だとわかる。見間違いようはなかった。

もちろん、チャールズだと気づいたとたん、警告を発する必要はなくなったが、実際のところ、甥が部屋を抜け出した理由が思い当たらなかった提督は、一瞬、考えを巡らせて、なにか確かめに行ったかもしれないチャールズの邪魔をしないよう、彼に声をかけないことにした。

きっとチャールズは、なにか聞いたか、見たかして、その正体を突き止めに行ったのだろうと踏んだのだ。自分も一緒にいればよかったと思う反面、階上の部屋にいる自分にはなにもできないとわかっていた。

チャールズは、行き先がはっきりしていて、一秒でも早くそこへ行きたいと願っているかのような早足で歩いていく。花園の片側に立ち並ぶ木々の中へ入っていったとき、提督はますます困惑して、独り言をつぶやいた。

「いったいチャールズはどこへ向かっているのだ？きちんと服を着てマントまで羽織って」

しばらく考え込んだ提督は、なにか不審なものに気づいたチャールズが、ベッドから起き上がって服を身につけ、正体を確かめに行ったのだと結論づけた。

この結論に至った瞬間、提督は部屋を出て、寝ずの番をしている兄弟の一人のもとへ下りていった。見張りについていたのはヘンリーだった。すでに真夜中を過ぎていたため、部屋に入ってきた提督を目にした彼は驚きの声をあげた。

「チャールズが屋敷を抜け出したと伝えに来たのだ」

提督は言った。

「抜け出した？」

「そうだ。つい先ほど庭を横切っていった」

「チャールズに間違いないのですか？」

「間違いない。月明かりで草地を歩いていくのが見えた」

「でしたら、チャールズはなにか見たり聞いたりして、警告を発するより自分で正体を確かめに行ったのかもしれません」

「わしも同じことを考えた」

「ええ、そうですよね。彼がどっちへ行ったのか正確に教えてくだされば、あとを追います」

「教えるのは簡単だ。見間違いということはまず考えられないが、念のため、先にチャールズの部屋へ行って本人がいないことを確認しよう」

「それは名案ですね。そうすれば、庭にいたのがチャールズかどうかすぐにわかりますから」

さっそく二人でチャールズの部屋へ行くと、部屋は空っぽで窓が大きく開いていたので、提督が目撃したのは間違いなく甥だったことが明らかとなった。

「ほらな、わしの言ったとおりだろう」と提督。

「おっしゃるとおりです」ヘンリーは叫んだ。「おや、これはなんでしょう?」

「どれだね?」

「化粧台の上に手紙が三通あります。部屋に入ってきた人物に、気づいてくれといわんばかりの置き方ですね」

「確かに!」

ヘンリーは手紙をとって蠟燭の光へと向け、しばし調べて、仰天の声をあげた。

「驚いたな!　いったいこれはどういうことなんだろう?」

「どういうこととは?」

「どの手紙もこの屋敷にいる人物宛てになっているんです。見えませんか?」

「誰宛てだね?」

「一通はベル提督——」

「なんと!」

「一通は僕。もう一通は妹のフローラです。新たな謎ができましたね」

提督は手渡された手紙の表書きを静かな驚きをもって見つめた。やがて、大声で言った。

「蠟燭を置いて、手紙を読もう」

言われたとおり、ヘンリーは手にしていた蠟燭を置いて、二人はそれぞれ自分宛ての手紙を同時に開けた。しばらくのあいだ重苦しい沈黙が続き、やがて提督がよろめくように椅子に座り込んだ。

「わしは——わしは夢を見ているのだろうか?」

「嘘だろう?」ヘンリーは心を激しくかき乱されたような声をあげ、その手から手紙が床へと落ちていった。

「おお、君の手紙にはなんと書かれている?」提督は大声で尋ねた。
「読んでください――あなたのにはなんと?」
「読みたまえ――わしは信じられん思いだよ」
手紙が交換され、二人はそれぞれ息を詰めてむさぼるように読んだ。そして読み終わると、どちらも黙ったまま、驚きの表情を浮かべ、当惑しきって、顔を見合わせた。
読者をじらさないよう、二通の手紙の内容を書き写すことにする。
提督宛ての手紙には、次のように書かれていた――

親愛なる伯父上へ

伯父上なら、この手紙の内容をご自身の胸に納めておいてくださるに違いないでしょうが、実のところ、僕はバナーワース館から出ていくことにしたのです。

フローラ・バナーワースは、僕が初めて出会い、愛したときの彼女ではなくなってしまいました。ですから、僕ではなく、フローラが変わったわけで、心変わりをしたと彼女が僕を非難するのは筋違いです。

出会った頃のフローラ・バナーワースを今でも愛していますが、吸血鬼の訪問を受ける女性を妻にはできません。

ようやく吸血鬼の件が妄想ではないと納得できるくらい、僕は長くこの屋敷に留まっていました。ええ、吸血鬼は実在すると強く確信しています。ですから、フローラも死んだあとはその呼び名で知られるおぞましい仲間の一人になってしまうでしょう。

これから大陸に渡って、最初に滞在する大きな町から連絡します。そのあいだ、伯父上はなんとか口実でも作って、できるだけ早くバナーワース館から立ち去ってください。きっとですよ。大好きな伯父上へ。

敬具

チャールズ・ホランド

ヘンリー宛ての手紙には、次のように書かれていた――

拝啓

君が家族の置かれている辛く苦しい状況を冷静かつ偏見なく考えるなら、僕が手紙で伝えるという手段をとったことを非難したりせず、この状況下では欠くことのできなかった賢明さと先見の明をもって行動したと認めてくれる最初の人になってもらえるに違いない。

君の妹フローラのもとへ吸血鬼が訪れているとされていたことが、僕が最初望んでいたように妄想だと納得できるかたちで説明がついていたら、僕は誇りと喜びをもって彼女との結婚の約束を果たしただろう。

けれども、数々の証拠が、実際に吸血鬼がフローラのもとを訪れていたことを後押しして、事実だと声高に叫んでいるのは、君自身も感じているはずだ。

そういうわけで、僕はそうした特異極まる状況下でフローラを妻にすることはできない。

僕が初めて屋敷へ訪ねていったとき、すぐに婚約を解消できたのにそうしなかったことで、君は僕を責めるかもしれない。けれど、実際にあのとき、僕は吸血鬼の存在を信じていなかったのだ。苦痛に満ちた事実から目をそむけられない今、かつては深い満足とともに待ち望んでいた姻戚関係となることを辞退したいと思う。

できるだけ早く大陸へ渡るつもりなので、僕がまったくもって正当だと考える事態について、君が僕に釈明させたいという現実的でない考えを抱いても、僕を見つけ出せはしないだろう。

僕が本心から君を尊敬し、フローラに同情していることを受け入れて、僕が誠実な友であると信じてほしい。

チャールズ・ホランド

この二通の手紙のせいで、提督がヘンリー・バナーワースをじっと見つめ、ヘンリーも提督を見つめ返したのは無理からぬことだった。

二人のどちらにとっても、まったく寝耳に水の内容で、彼らは自分の目を疑ったほどだ。しかし、理不尽極まりない状況のれっきとした証拠として手紙があり、チャールズ・ホランドは姿を消していた。

手紙を読んで茫然自失の状態から先に我に返ったのは提督で、彼は怒り狂わんばかりの様相で叫んだ。

「不埒者――血も涙もない冷血漢！　永遠に縁を切っ

てやる！　もうわしの甥ではない。あいつは、かたりだ！　わしの一族の血が一滴でも体に流れている者に、我が身かわいさでこんな行動をとるやつは一人もおらん」

「こうなったら、僕たちは誰を信じればいいのでしょう」とヘンリー。「心から信頼していた者に裏切られた場合は？　これまで生きてきた中で最大のショックです。なにより心をえぐられることがあるとすれば、愛し、信頼している相手が、不誠実で薄情だと気づいたときでしょうね」

「悪党め！」提督が怒鳴った。「あんなやつは糞の山で死ねばよい。いや、あいつにはまだ上等すぎる場所だ。縁を切ってやる——あいつを見つけ出して、歳をとっているとはいえ、叩きのめしてやる——あの人でなしの首を絞めてやる。そして、かわいそうなフローラ嬢には、神のご加護がありますように！　わしは——わしが彼女と結婚して、あの子を提督にしよう。わしが彼女と結婚する。そうとも、あの悪党の伯父であるわしはそうすべきなのだ！」

「落ち着いてください」ヘンリーは言った。「誰もあなたを責めることはできません」

「いいや、君はできる。わしはあんな男の伯父であるうえに、あいつに目をかけた年老いた愚か者なのだからな」

提督は椅子に腰を下ろして、込み上げる感情に声を途切れさせながら言った。

「こんなことになるくらいだったら、わしは死んでいたほうがましだった。胸が張り裂けそうだ——恥ずかしさと悲しみで、わしはきっと生きていられないだろう」

提督の目から大粒の涙が次々にこぼれ落ち、高潔な老人が感情をあらわにするさまに、口数は少ないながらも、内心では火山のように熱くたぎっていたヘンリーの怒りはかなりおさまった。

「ベル提督」ヘンリーは声をかけた。「今回の件であなたに非はありませんよ。僕たちは薄情者のことであなたを責めたりはしません。ですが、一つお願いしたいことがあるのです」

「おお、なんだね？」

「チャールズのことはもうなにも言わないでほしいのです」

「言わずにはおられない。君はわしをこの屋敷から追い出すべきだ」

「とんでもない！　なんのためです？」

「わしがあの男の伯父――愚かな年寄りの伯父で、あいつのことを考えずにはおられんからだ」

「いいえ、提督、それは致し方のないことで、あなたの名声を傷つけるものではありません。チャールズは極めて人間らしい人間だったんですよ」

「ああ、こうなると予想できていたなら」

「それは無理というものでしょう。世間でもこれほど不誠実な行為はめったに見られないでしょうから、予測などかないませんよ」

「ちょっと待ってくれ！　あいつは君に五十ポンドを渡したかね？」

「なんですって？」

「あいつは君に五十ポンドを渡したか？」

「僕に五十ポンドを！　まさか、いいえ。どうしてそう思われたのです？」

「日付が変わる前に、チャールズが君に貸すためと言って、わしから五十ポンドを借りていったからだ」

「そんなお金のことは、今初めて聞きました」

「騙したのか！」

「きっとそうでしょうね、提督。チャールズは海外で事業を進めるのにそのお金が欲しかったんですよ」

「いまいましい。天使がやってきて〝やあ！　ベル提督、君の甥のチャールズ・ホランドはとんでもない悪党だ〟と言ったら、わしは〝あんたは嘘つきだ！〟と答えていただろうに」

「事実にあらがっても無駄ですよ、提督。チャールズは行ってしまったんです――これ以上、彼のことを言うのはやめましょう。忘れるんです。僕自身そう努力しますし、かわいそうな妹にもそうするよう説き伏せます」

「かわいそうなフローラ嬢！　彼女になんと言う？」

「なにも言いません。手紙を三通とも渡して、妹の愛した相手が、いかに価値のない男だったか、すぐに悟らせます」

「それがいい。女性としてのプライドが彼女の支えになるだろう」

「そうなってくれればと願います。フローラは誇り高き一族の一人であり、チャールズ・ホランドが自ら証明してみせたような男のために涙をこぼしたりはしないはずです」

「ああ、チャールズめ、絶対に見つけ出して、君と対決させてやる。君はきっと溜飲《りゅういん》を下げられるだろう」

「いいえ、やめてください」

「やめる？　チャールズは君にかなうはずもない」

「彼と戦うことはできません」

「できない？」

「ええ、できません。チャールズはもはやすっかり身を落としてしまいました。僕は戦うに値しないほど恥ずべき相手と名誉を賭けて戦うことはできません。もう無視することと軽蔑することしかできないのです」

「では、わしがあいつを見つけたら、あいつの首をへし折るか、あいつがわしの首をへし折るかだ。ろくでなしが！　わしは当家の屋敷にいるのが恥ずかしいよ」

「あなたはこの件の見方をとんでもなく間違っています。紳士であり、勇敢な将校で、もっとも純粋に信義を重んじる方として、ベル提督、あなたがいらっしゃることで、あなたは特別な価値を与えてくださっているのです」

提督はヘンリーの手を強くつかみながら言った。

「朝まで――朝まで待ってくれんか。この件について朝になったら話し合おう、今夜ではなく。気が長くはないが、朝になったら、なにもかも話そう。神のご加護を。おやすみ」

第二十七章　恋人をけなげに信頼するフローラ・バナーワース――三通の手紙に対する彼女の意見――感嘆する提督

正直で誠実だとばかり思っていたチャールズ・ホランドが、明らかに嘘をついてお金を騙しとっていたとわかったときのヘンリー・バナーワースの気持ちをどう表現したらよいだろうか。

時として、気高く寛大な心は、まったく見ず知らずの相手から意図的にあくどい被害を受けるより、絶対的な信頼をおいていた人物から手のひらを返したような仕打ちを受けるほうが深く傷つくと言われるが、まさにヘンリー・バナーワースも、あらゆる状況が示唆しているチャールズ・ホランドの行動をそう感じていたに違いない。なにしろ、ほんの数時間前でさえ、チャールズを信頼のおける、誠実で、名誉を重んじる男だと信じて露ほども疑っていなかったのだから。

ヘンリーはどこを歩いているのか、どこへ向かっているのかわからないほど混乱した状態で自分の部屋に戻ると、チャールズの行動を説明するものがあるとすれば、それを見つけ出そうと懸命になった。

だが、なにも探し出せなかった。どの観点から見ようと、これまで出くわしたこともないほど薄情で身勝手な状況しか浮かんでこないのだ。

チャールズがしたためた手紙の内容も、道義にもとる彼の行動に追い打ちをかけていた。あんなふうに自分の行動を正当化しようとするくらいなら、そもそも言い訳など書かないほうがずっとましというものだ。あれより冷酷で卑劣な言い訳はとうてい考えつけないだろう。

どうやらチャールズは、吸血鬼が実際にフローラ・バナーワースのもとを訪れていたことを疑いながらも、気高い心の持ち主を演じて、周囲に殊勝な人物だと信じさせただけでなく、変わることのない真実の愛ゆえにフローラのもとを離れないのだと思わせていたようだ。

危険のないときはいかにも英雄らしくふるまうが、実際に自慢の腕を披露させられそうだと察したほら吹きのように、いや、それどころか、チャールズ・ホランドは、若く美しい女性が現に苦しい状況に置かれ、これまでにもまして彼の優しさが求められているときに、その彼女を見捨てたのだ。

ヘンリーは、弟のジョージがその夜の残りの見張りを代わってくれていたにもかかわらず、寝つけなかった。

それで、虚しく独りごちた。「こんな愚にもつかないことを考えるのはやめよう。ベル提督には、彼の甥に対して軽蔑の感情しかないと言ったのに、まだチャールズと彼のとった行動にこだわっていて、ちっとも眠れないじゃないか」

ついに、ありがたくも美しい夜明けを迎えると、ヘンリーは熱っぽく、疲れのとれていない体を起こした。とにもかくにも、どうすればよいかをジョージと話し合いたかった。ジョージは、チャールズの件をまだ知らないマーチデール氏にすぐさま伝えて相談するべきだと進言した。自分たちのどちらも、この悲痛な状況を客観的に見られそうにないが、マーチデール氏なら、自分たちよりも公正かつ冷静な視点でとらえて、理性的な意見を聞かせてくれるかもしれないからと言って。

「じゃあ、そうしよう」ヘンリーは答えた。「きっとマーチデールさんがよい案を示してくれるだろう」

兄弟はすぐに、家族の友人であるマーチデール氏の寝室へ向かった。ヘンリーが扉を叩くと、マーチデール氏は急いで扉を開け、勢い込んでどうしたのかと尋ねた。

「心配はいりません」とヘンリー。「夜中に起こったある出来事についてお知らせに来たのです。少し驚かれる内容ですが」

「悲劇的なことでなければよいが」

「不愉快ではありますが、喜ばしいとも言えることだと思います。この二通の手紙を読んで、率直な意見をお聞かせください」

ヘンリーは、自分宛てと提督宛ての手紙をマーチデール氏に手渡した。

二通の手紙に注意深く目を通していくマーチデール氏の顔には、愕然としているというよりは残念そうな表情が浮かんでいた。

手紙を読み終えるのを待って、ヘンリーが声をかけた。

「マーチデールさん、この思いもしなかった新たな展開をどうお考えになりますか？」

「親愛なる若い友人たち」マーチデール氏は深い感情のこもった声で答えた。「どう言えばよいのだろうな。君たちは、この手紙を受け取ったことにも、チャールズ・ホランドがふいに姿を消したことにも、ひどく驚いているようだ」

「あなたは違うのですか？」

「君たちほどではないだろうね。実のところ、あの若者を好意的な目で見たことは一度としてなかったし、彼もそれに気づいていた。私はさまざまな状況のもとで、常に人間性というものを観察してきた。それを深く追究していったことで、悲しいかな、普通なら気づかないようなごく些細なことに目が行くようになったのだ。繰り返すが、私は一貫してチャールズ・ホランドには厳しい見方をしていたし、彼もそれを感じ取っていたようで、私を毛嫌いしていた。君たちは覚えていないだろうが、彼はちょっとした反対意見を言ったり、対立したりしたときに、一度ならず、そうした感情をあらわにしていたよ」

「あなたには驚かされますね」

「そうだろうね。とはいえ、君たちだって、もっぱらあの若者のために、私がこの屋敷から出ていこうとしたことがあったのは、いやでも思い出すだろう」

「ええ、そういうことがありました」

「確かに、私は出ていくべきだったが、そのことは自分に言い聞かせて、まだ世界をあまり見ていなかった数年前なら爆発させていた怒りの衝動を抑えた」

「ですが、どうして疑念を抱いていたことを僕たちには黙っていたのですか？　教えてくれていれば、少なくとも、今回のような不測の事態に備えられていたはずです」

「君が私なら、どうしたかね？　疑惑というものは、そもそもどうして抱くかだけでなく、どのように説明するかにも細心の注意を払うべき厄介なものの一つなのだ。しかも、その人物の人間性について、自分ではどれほど確信していたところで、間違っている可能性もあるわけだから」

「確かに、おっしゃるとおりです」

「その可能性があるからこそ、疑惑でしかないうちは口外するべきではないし、当の人物に対しても慎重にふるまうべきなのだ。そして私は、ほんのわずか垣間見えた人間性から、チャールズ・ホランドがみなに信じ込ませているような高潔な人物ではないかもしれないと思っただけなのだよ」

「あなたは最初からそういった印象を受けていたのですか？」

「そうだ」

「驚いたな」

「さらに驚くべきことは、チャールズ・ホランドも私が疑念を抱いていたことに最初から感づいていたらしいことだ。そして、いつも用心することを念頭に置きながらも、彼は時として、辛辣な物言いをせずにいられなかった」

「そのことには気づいていました」ジョージが口を挟んだ。

「なるほど」マーチデール氏は言い添えた。「確かに、善人ぶったふるまいをする人間が度しがたく救いようのない嫌悪を抱いている場合、人は根拠があろうとなかろうと、その人物の背徳に満ちた内なる衝動を察知したり、感じ取ったりするものなのかもしれない」

「マーチデールさん」ヘンリーが言った。「あなたが心の内を明かしてくれなかったからといって、あなたやほかの誰かを責めたりはしませんが、話してくれていればとは思います」

「いいや、ヘンリー」マーチデール氏は言葉を返した。「私を信じてほしい。私はこの件についてじっくりと考えたし、打ち明けるべきではない数々の理由があったのだ」

「打ち明けるべきではない数々の理由！」

「本当なのだ。とりわけ大きな理由は、私が抱いている疑念を君に伝えれば、君自身がチャールズ・ホランドに対して偽善的にふるまわざるをえなくなるという苦しい立場に立つはめになるからだ。君は彼を懐疑的な目で見ていることを隠しつづけるか、その気持ちが態度に出てしまうかするに違いない」

「そうおっしゃるなら、マーチデールさん、あなたは最善の策をとったわけです。では、これから僕たちはどうすればいいでしょうか」

「迷いがあるのか？」

「僕は、フローラがすっかり騙されていたとわかっても、生まれながらにして持つ誇りが支えとなって、早々にチャールズから心を引き離せるよう、彼女の恋人が救いようのないろくでなしだったことをすぐに伝えようと思っていたんです」

「いいんじゃないか？」

「そう思いますか？」

「思うとも」

「これはチャールズ・ホランドがフローラに宛てた手紙です。もちろん、封を切っていません。提督は、こんな手紙を渡せば、むしろ妹の気持ちを傷つけると考えていましたが、正直言うと、僕の考えは正反対で、フローラを私心なく愛していると公言していたチャールズが、まったくもって見下げ果てた男だったという証拠が多ければ多いほど、彼女には救いになる気がしているのです」

「このうえなく賢明な考え方だよ、ヘンリー」

「賛成してくださって、ほっとしました」

「分別のある者なら、そう判断するだろう。そして、これまでのベル提督の言動から考えて、きっと提督も同じ意見になるはずだ」

「では、そうすることにしましょう。かわいそうにフローラは、最初はひどくショックを受けるかもしれませんが、それが唯一かつ最悪の面だとわかって、それ以上心を悩ますことがないとわかれば、僕たちも慰めようがあります。ああ、ああ！　不幸が重くのしかかってきているようです。いったい次はどんな悲惨な不運に見舞われるのでしょうね？」

「なにが起こると言うのかね？」マーチデール氏は言った。「君たちはもっとも性質《たち》の悪い、偽りの友と縁が切れたところではないか」

「ええ、そうですね」

「さあ、フローラのもとへ行きなさい。嘘偽りのない人々の愛情に包まれて、彼女はどんな不幸に見舞われても慰めを見いだせると安心させてやるのだ。フローラとすべての災いのあいだに、彼女を思いやるみんなの気持ちがあると力強く伝えなさい」

マーチデール氏は話しながら、大いに感情を揺さぶられていた。友愛の情を強く抱いている家族の不幸を、言葉に表している以上に深く感じていたようだ。懸命に自制心を働かせても、その知的で整った顔に浮かんでしまった感情を隠そうと、彼は脇を向いた。やがて、一家を思いやっての憤りが、つかの間、あらゆる思慮深さを突き抜けたかのように、マーチデール氏は叫んだ。

「人でなし！　いや、それ以下の悪党め！　手練手管《てれんてくだ》で、若く、人を疑うことを知らない、美しい女性に自分を愛するように仕向けておきながら、それまで自分に尊敬の念を抱いていた彼女を、悲嘆の苦しみに置き去りにするとは。血も涙もない冷血漢め！」

「落ち着いてください、マーチデールさん、お願いですから」とジョージ。「そんなに興奮するあなたを初めて見ました」

「いや、これは失礼した。だが、私も人間だからね、興奮するときもある。最大限の努力はしているが、いつも感情を抑えられるわけではないんだ」

「どれも大事にすべき感情ですよ」

「いやいや、感情のままに性急な言葉を口にした私は愚か者だ。痛切に感じたり、深く心を動かされたりすることは珍しくないが、これほど打ちのめされたことはめったになかったものだから」

「これから一緒に朝食用の部屋へ行ってくれませんか、マーチデールさん。そこでフローラに伝えようと思います。そうすれば、彼女の態度から、どんな言葉をかければいいか、おわかりになるでしょう」

「では、行こう。どうか冷静に。今後、このつらく苦痛に満ちた件については、できるかぎり触れないのがなによりだろう」

「ええ、確かに。おっしゃるとおりです」

マーチデール氏は急いで上着に袖を通した。兄弟が部屋に来たとき、彼は服を着ていたものの、上着だけはまだだったのだ。そのあと彼は、フローラに恋人のつらい裏切り話をすることになっている朝食用の部屋へ向かった。

フローラはすでに席に着いていた。実のところ、いつもは家族が部屋へ入ってくる前にチャールズ・ホランドと会っていたのだが、残念なことに！　今朝は優しくて思いやりのある恋人の姿はなかった。

兄たちとマーチデール氏の顔に浮かんでいる表情に、これまでにもまして深刻なことが起こったと悟ったフローラは、たちまち蒼白になった。マーチデール氏は、フローラの顔色が変わったのを見てとると、彼女のほうへ近づきながら言った。

「落ち着いてほしい、フローラ。君に伝えることがあるが、憤慨することはあっても、そのほかの感情を掻き立てるものではないよ」

「兄さん、これはどういうことなの？」フローラはマーチデール氏から顔をそむけ、彼がとろうとしていた手を引っ込めながら尋ねた。

「答えるのは、ベル提督が来てからのほうがいいだろう」ヘンリーは言った。「提督が個人的に深い関心を寄せずにいられない話になるから」

「わしなら、来たぞ」まさにそのとき、提督が朝食用の部屋の扉を開けた。「ほら、到着だ。さあ、始めたまえ。容赦はいらん」

「チャールズは？」とフローラ。「チャールズはどこなの？」

「あのいまいましい奴か！」自分の感情を抑えることにあまり慣れていない提督は大声で叫んだ。

「お静かに、お静かに！」とヘンリー。「提督、どうか！　口汚い言葉はお慎みください。フローラ、ここに手紙が三通ある。未開封の手紙は自分宛てなのがわかるだろう。だが、三通とも目を通してほしい。そのうえで、君自身が自由に先入観なく判断するといい」

大理石の彫像のように血の気のない顔で、フローラは手紙を受け取った。開封済みの二通を目の前のテーブルに置くと、自分宛ての手紙の封を急くように開けた。

ヘンリーは、フローラが周囲の人々の視線にさらされていたたまれない気持ちにならないよう、とっさの気遣いで、みなを窓のほうへ手招きしたが、フローラが冷酷な偽善に満ちた文章を読んでいる最中に母親が部屋へ入ってきた。

「まあ、どうしたの」バナーワース夫人は言った。「顔色が真っ蒼じゃないの」

「黙ってちょうだい、お母さま――黙って！」とフローラ。「すべてに目を通したいの」

三通とも読み終えたフローラは、最後の一通が手からすべり落ちるままにして叫んだ。

「ああ、なんてことなの！　ああ、神さま！　いったいなにがどうなっているの？　チャールズ――チャールズ――チャールズ！」

「フローラ！」ヘンリーは勢いよく窓辺から振り向いた。「フローラ、それが君にふさわしいことなのか？」

「主《しゅ》が私を支えてくださいます！」

「これが、花の女神《フローラ》という名を持つ君にふさわしいことか？　僕は、女性としての誇りが君の支えになると考えていたし、そう願ってもいた」

「不当な扱いに、ぜひとも憤慨を支えとしてくれないか、フローラ」マーチデール氏が言う。

「チャールズ――チャールズ――チャールズ！」フローラは絶望したように手を握り締めながら、ふたたび叫んだ。

「フローラ、すでにひりついている僕の心を突き刺すものがあるとすれば」とヘンリー。「それは君の態度だろうな」

「ヘンリー兄さん、どういう意味？　頭がどうかしてしまったの？」

「君こそ正気を失っているのか、フローラ？」

「ああ、そうならどれほどよかったことか」

「君はすべての手紙を読んでもなお、それらを書いたあいつの名前をかぎりなく優しい口調で呼んでいるじゃないか」

「ええ、そうよ」彼女は大声で言った。「かぎりなく優しいのはその言葉よ。私はかぎりない優しさをもって彼の名前を呼ぶわ。チャールズ――チャールズ――愛しいチャールズ！」

「これはあらゆる信仰をも超えている」とマーチデール氏。

「悲嘆で我を失っているんだ」ジョージが付け加えた。

「フローラがこんなふうになるとは、予想もしていな

かった。フローラ――フローラ、よく考えておくれ」

「考えれば考えるほど、心が乱れるわ。三通の手紙はどこから来たの？　どこでこれらの恥ずべき偽の手紙を見つけたの？」

「偽の手紙だって！」ヘンリーは大声をあげ、誰かに殴られたかのように、よろめいた。

「そうよ、偽の手紙よ！」フローラは甲高く叫んだ。「チャールズ・ホランドはどうなったの？　知られざる敵が殺したうえに、彼の名をかたって、悪意に満ちた偽の手紙を書いたの？　ああ、チャールズ、チャールズ、あなたとはもう永遠に会えないの？」

「なんということだ！　そんな考えはこれっぽっちも浮かばなかった」

「どうかしている！――正気じゃない！」マーチデール氏が叫んだ。

「待ちたまえ！」提督が怒鳴った。「わしに彼女と話をさせてくれ」

提督はみなを脇に押しやって、フローラのもとへ歩み寄った。彼女の両手をとって、感情に苦しんでいる声で言った。

「わしの目を見てくれ、お嬢さん。君の祖父といってもいい年寄りだから、わしの顔を見つめてもかまわないだろう。さあ、わしを見て。訊きたいことがあるのだよ」

フローラは美しい目を上げ、長きにわたって陽光にさらされてきた提督の顔をじっと見た。

おお！　向き合った二人のなんと対照的なことか。愛らしい若い娘の、小さく握り締めた、繊細な、子どものような手を、年老いた船乗りの巨大な手がすっぽりと包み込む。娘の手が抜けるように白くなめらかなのに対し、提督の手はしわだらけでごつかった。

「お嬢さん」提督は大声で言った。「君はあれら――あのろくでもない手紙を三通とも読んだのかね？」

「はい、提督」

「それで、どう思った？」

「三通とも、あなたの甥、チャールズ・ホランドが書いたものではありません」

息が詰まったような感覚に襲われ、提督はしゃべろうとしたが、できなかった。代わりに、フローラの手を力強く上下に振り、やがて相手が痛がっているのを見ると、彼がなにをしようとしているのかフローラが悟る前に、彼女の頬にキスをして、声を張り上げた。

「おお、ありがとう――君に神のお恵みがありますように！　君ほど気立てがよくて、心優しい娘はいない。いや、この先もいないだろう。わしはまったくもって愚かな年寄りだ。手紙はどれも甥のチャールズの手によるものではなかった。あいつに書けたはずがない。それなのに、わしときたら。あんなふうに考えたことを、わしは死ぬまで恥ずかしく思う」

「提督」フローラは、ベル提督がキスしてきたことに、どういうわけかまったく気分を害していないようだった。「親愛なる提督、どうして一瞬でも、チャールズからあんな手紙が来ると信じられたのですか？　悪辣非道な者がいるのです。チャールズはどこにいるのでしょう？　ああ、まだ生きているなら、彼を見つけてください。チャールズがとりわけ大切にしている名誉を奪おうとした者が彼を殺害したのなら、正義の名のもとに犯人を捜し出してください。どうかお願いします」

「必ずそうするとも。わしは縁を切ったりしない。チャールズ・ホランドはまだ甥――かわいい妹の息子であり、君は世界で最高にすばらしい女性だからな。チャールズは君を愛していた――いや、今でも愛している。生きているなら、哀れなあいつは、あんなひどい手紙は見たこともないと自分で君に訴えるだろう」

「それでは、チャールズを捜してくださいますのね？」フローラはすすり泣き、目から涙がこぼれ落ちた。「私と同じようにチャールズがあんな手紙を書くはずがないと強く感じているあなただけを信頼しますわ。たとえ世界じゅうの人が彼のしたことだと言っても、私たち二人はそう思わないということですわね」

「むろんだとも」

ヘンリーはテーブルのそばで椅子に腰かけ、両手を組み合わせて、考えあぐねている様子だった。

提督に背中を叩かれた彼は、驚いて、閉じていた目を開けた。

「さて、どう思うかね、ヘンリー？　ここへ来て状況がいささか変わってきたぞ」提督は大声で問いかけた。

「神のご判断におまかせですね」ヘンリーは両手を上げてみせた。「どう考えればいいのかわかりません。ただ、僕の心と気持ちとしては、チャールズ・ホランドは嵌められたのだという、あなたやフローラの意見に全面的に賛成です」

「君なら、賛成してくれると思っていたよ。そう言わずにいられないだろうからな、ヘンリー。では、あらためて、我々には問題はなくなったわけだ。あとは、敵がどっちへ行ったかを突き止めて、あとを追うのみだ」

「マーチデールさん、あなたはこの新しい提案をどう思われますか？」ジョージは尋ねた。

「いや、申し訳ないが」マーチデール氏は答えた。

「私に意見を求めないでくれればと思う」

「それはまた、どういう意味かね？」提督が問いただす。

「言葉どおりの意味ですよ、提督」

「ほう。そういえば、連合艦隊にいたとき、いっさい意見を口にしないやつがいて、それがなにか事が起こると、決まって、そうなると思っていたと言っていたな」

「私は連合艦隊にも、ほかの艦隊にも所属していたことはありません」マーチデール氏は素っ気なく言葉を返した。

「いったい誰があんたのことだと言った？」提督は大声をあげた。

マーチデール氏はさすがに口ごもった。

「とはいえ」提督は言い足した。「自分が正しいとわかっているときには、わしは誰の意見も気にせんし、気になったこともない。この心優しい娘の意見を、好意的な考えを、そうしたものを口に出す勇気を応援する。おお、全世界を敵にまわしてでも、絶対にな。わしが図体ばかりでかい老朽船でなければ、そういった人と巡り逢うチャンスを求めるだけだとしても、太陽のもと、どんな地域へも出かけていっただろう」

「お願いです、すぐに動いてください！」とフローラ。「チャールズが屋敷内にいないのでしたら、どうか一刻も早く捜索を。ほんのわずかでも可能性のある場所を捜してほしいのです。チャールズに、自分は見捨てられたのだと思わせないでください」

「見捨てるなど、とんでもない」提督は叫んだ。「気を楽に持ちなさい。チャールズが生きているなら、きっと我々が見つけ出す。一緒に来てくれ、ヘンリー。このとてつもなく醜悪な事態をどうするのがもっともよいか考えようではないか」

ヘンリーとジョージは、深刻な表情で鬱々と考えにふけっているマーチデール氏をその場に残し、提督について朝食用の部屋から出ていった。

明らかにマーチデール氏は、フローラが理性的な判断による確信からではなく、チャールズ・ホランドへのあふれんばかりの温かな愛情からしゃべったと考えていた。

バナーワース夫人とフローラと三人きりになったとき、マーチデール氏は昨夜起こった不可解で心の痛む出来事について、感情のこもった優しい口調で説明した。

第二十八章　マーチデール氏自身の無実の弁明――庭の捜索――死闘の現場――謎めいた紙片

フローラはチャールズ・ホランドへの愛情ゆえに、まったく逆の感情を抱いているらしい者たちみなに身を硬くしていたので、マーチデール氏が口を開いても、彼の言うことにほとんど耳を貸そうとしなかったのは無理もないことだったかもしれない。

だが、マーチデール氏の誠実で気取らない話し方はフローラの心を動かし、気がつくと彼女はマーチデール氏の口からこぼれ出る言葉に熱心に耳を傾け、その大半にうなずいていた。

「フローラ」マーチデール氏は言った。「どうか、この場で、お母上の前で、辛抱強く聞いてほしい。手紙が偽物だと信じているベル提督と違って、軽々しく調子を合わせることのできない私を、きっと君は敵だと思っているだろう」

「手紙は」フローラは答えた。「チャールズ・ホランドが書いたものではありません」

「それは君の見解だ」

「見解以上のものです。チャールズにあんな手紙は書けません」

「まあ、そうした信念に異議を唱えたいという気が私にあったとしても――もちろん、そんな気はないが――できようはずがない。いや、本当にそんなことは望んでいないのだ。はっきりと言っておきたいのは、チャールズの潔白を疑ったことで私が非難されるいわれはないということと、彼の潔白が立証されれば、この屋敷の誰よりも、私は深い喜びを覚えるだろうということだけだ」

「ありがとうございます」とフローラ。「ですけど、私としては、チャールズの潔白を疑ったことは一度もないので、立証する必要もありません」

「よくわかった。君は、手紙は偽物だと信じているわけだね？」

「そうです」

「つまり、チャールズ・ホランドの失踪は強制されたものであり、本人の意思によるものではないと？」

「ええ」

「では、私を頼ってほしい。昼夜を問わず全力でチャールズを捜すし、捜索に役立ちそうな提案があるなら、それに従うと約束するよ」

「お礼を申し上げます、マーチデールさん」

「フローラ」母親が口を挟んだ。「マーチデールさんを頼りなさい」

「あのおぞましい手紙を書いたのがチャールズ・ホランドでないと信じる人でしたら、頼りますわ、お母さま。私は提督を当てにしています。あの方は私を思いやりと手腕で助けてくださいます」

「マーチデールさんもそうよ」

「だとしたら、うれしく思います」

「本心からの言葉だろうか、フローラ」マーチデール氏は意気消沈して言った。「こんな状況になってしまって、心から残念に思う。だが、これ以上、君を煩わせるつもりはないし、安請け合いもしない。私は自分なりにこの謎を解くための努力を精いっぱいするまでだ」

マーチデール氏は、自分のふるまいや真意を誤解されたことに言いようがないほどの苛立ちを覚えたらしく、お辞儀をして、部屋を出ていった。そして、その足でヘンリーや提督を捜しに行き、この不可解な状況をはっきりさせるために、本気で協力したいと思っていることを彼らに伝えた。

「フローラの強い主張があったおかげで」マーチデール氏は言葉を継いだ。「言うまでもありませんが、私たちはホランド氏を非難するようなことをあれ以上口にせずにすみました。ええ、言うべきではありません」

「そうだ」と提督。「言うんじゃない」

「言う気はありませんよ」

「わしは誰にも忠告はしない」

「脅しとしておっしゃっているのなら——」

「脅しだと？」

「ええ。そのように聞こえましたが」

「なんてことを。勘違いもはなはだしい。わしは、誰であろうと、自分の意見を言う公正な権利を生まれながらにして持っていると考えている。つまり、わしが言いたいのは、なにがあったにせよ、わしの甥が例の手紙を書いたと言う者にはけんかを売られていると感じるということだ」

「なるほど！」

「ああ、そうだ」

「誰にでも意見を言う自由があると伝えるには、変わった説明の仕方だと言わせていただきましょう」

「かまわんよ」

「ベル提督、あなたのような完全無欠の権力者と意を異にすることで、どんな悲惨な結末を迎えるはめになろうと、私は自分の判断のもとに動きます」

「ほう？」

「ええ、必ず」

「けっこう。あんたは結末がわかっているわけだ」

「あなたとやり合うのは、断固拒否します」

「拒否する？」

「そうです、絶対に」

「どうしてだ？」

「あなたが分別を失っているからです」

「さあ」ヘンリーが口を挟んだ。「僕のためにも、フローラのためにも、そろそろ言い合いをやめてもらえないでしょうか」

「私が始めたわけではない」とマーチデール氏。「確かに気は短いが、私は棒でも石でもない」

「よくもぬけぬけと。わしに言わせれば、あんたはその両方だよ」

「ヘンリー」マーチデール氏は言った。「私は君の客だし、チャールズ・ホランド氏の捜索を手伝うという義務感を別にすれば、すぐに屋敷を立ち去るべきだと思う」

「わしのことで気をもむ必要はない」と提督。「近隣を二、三日捜してチャールズが見つからなければ、わしが屋敷を出ていく」

「そろそろ僕は」ヘンリーは立ち上がりながら言った。「庭とその向こうに広がる牧草地へ捜しに行ってきます。お二人が一緒に来てくださるなら、僕は大いに歓迎します。ですが、ここに残って口論をお続けになりたいなら、そうしてくださってかまいません」

　この発言が功を奏して、とりあえず二人は言い争うのをやめ、ベル提督もマーチデール氏もチャールズの捜索に同行した。まずは、提督がチャールズが抜け出すのを目撃したというバルコニーの真下から始める。バルコニーの下にも、庭にも、とくに目を引くものはなかった。ベル提督は、昨夜ヘンリーを捜しに行こうと部屋を出る直前に、チャールズが草地を通っていった道筋を正確に指で示した。

この道筋に従って進んでいくと、そこそこ体力のある者なら容易に乗り越えられる低い壁に突き当たった。

「どうやら」と提督。「チャールズはここを乗り越えたようだ」

「蔦が乱れている」とヘンリー。

「目印をつけておいて、反対側にまわってみませんか？」ジョージが提案した。

みな賛成した。若者なら、回り込むより、壁によじ登るほうを選んだかもしれないが、年老いた提督にそんな軽業《かるわざ》めいたことができるとは思えなかったからだ。もっとも、それほど距離があったわけではなく、目印として庭から一握りの花を摘んで壁に投げかけておいたので、位置も容易に特定できるはずだった。

目指す場所まで行った彼らは、目にした光景に狼狽した。周辺の草が数ヤードにわたって踏みつけられ、泥に埋まっている。そして、いたるところに深々とした足跡が入り交じり、最近、この場で死にものぐるいの戦いがあったことを如実に示していたのだ。どれほど疑い深い人物でも、ここでなにがあったのか認めないわけにはいかなかった。

四人は踏み荒らされた草地を無言で見つめていたが、沈黙を破ったのはヘンリーだった。

「これではっきりしました」ヘンリーは深いため息とともに言った。「哀れなチャールズはここで襲われたのです」

「神よ、彼を守りたまえ！」マーチデール氏が叫んだ。「どうか私の疑いを許してほしい――私はようやく確信した」

年老いた提督は心ここにあらずといった様子であたりを見渡していたが、突如として大声で言った。

「チャールズは殺されたのだ。理由はわからんが、人間の姿をした悪魔どもに殺されたのだ」

「ええ、そうかもしれません」とヘンリー。「足跡をたどってみましょう。ああ！　フローラ、フローラ、君にはなんとひどい知らせになることだろう」

「恐ろしい考えが頭をよぎったんだけど」ジョージが

言った。「チャールズが吸血鬼に出くわしていたとしたら？」

「ありうることだ」マーチデール氏は身震いをした。「そこははっきりさせるべき点であり、確かめられることだと思う」

「どうやって！」

「フランシス・ヴァーニー卿が、昨夜の〇時頃、在宅していたかどうかを調べるのだ」

「なるほど。それならできそうですね」

「邸宅の使用人に、なんの前置きもなく尋ねれば、きっと当たり前のこととして答えるに違いない」

「そうですね」

「では、方針は決まった。ところで、この件に関して私が気乗りしていないと思っている者もいるので、ここで断言しておくと、フランシス・ヴァーニー卿が昨夜の〇時頃に家にいなかったと判明した場合、私は彼に昂然と挑み、相まみえるつもりだ」マーチデール氏が宣言した。

「とんでもない」とヘンリー。「それは若い者にまかせてください」

「どうしてだ？」

「僕のほうが挑戦するのにふさわしいからですよ」

「いいや、ヘンリー。君と私とでは立場が異なる」

「なぜです？」

「なにしろ、私は天涯孤独の身。家族も親戚もいないのだ。私が命を落としても、傷つく者はいない。だが、君には面倒を見るべき母上や恋人を失った妹がいる」

「おや」提督が叫んだ。「これはなんだ？」

「えっ？」それぞれが聞き返し、かなり踏み荒らされている草地に身をかがめてなにか拾い上げようとしている提督のそばに押し寄せた。

提督は拾い上げるのにいささか苦労した。それは小さな紙片で、文字が書かれていたが、泥だらけで判読できなかった。

「泥を洗い落とせば」とヘンリー。「はっきり読めるようになるでしょう」

「すぐにも泥を落とそう」ジョージが提案する。「それに、どういうわけか、足跡はここにしか残ってないから、これ以上捜してもしようがないんじゃないかな」

「では、屋敷に戻るとするか」とヘンリー。「それで、紙片の泥を洗い落とそう」

「重要な点を」マーチデール氏が脇から言った。

「我々は一つ見落としているのではないだろうか」

「確かに！」

「ええ」

「なんのことです？」

「それは、チャールズ・ホランドの筆跡をよく知っていて、例の手紙の真贋を見極められる者がここにいるかどうかということだ」

「大陸にいるあいだに、チャールズからもらった手紙が何通かあります」ヘンリーが答えた。「フローラも持っているでしょう」

「では、それらの手紙と、偽造されたとする手紙を見比べるべきだ」

「わしは甥の筆跡をよく知っておる」提督が言った。

「だが、偽の手紙に書かれた文字は、誰でも騙されるくらいによく似ていた」

「だとすれば」とヘンリー。「なにか恐ろしく巧妙に仕組まれたたくらみが進行していると考えられますね」

「私も」マーチデール氏が付け加えた。「そうに違いないと心配になりはじめている。当局に助けを求めるのはもとより、チャールズ・ホランド氏に関する情報をもたらした者に多額の報奨金を出すというのはどうだろう」

「ええ、どんなことでもやってみなくてはなりません」

みなで屋敷に戻ると、ヘンリーはきれいな水を持ってきて、踏み荒らされた草地で見つけた紙切れを慎重に洗った。泥と粘土にまみれて判読できなかった文字が見えるようになる。紙には次のように書かれていた。


——大変けっこうです。次の満月に都合のよい場所へおいでくだされば、なんとかできますでしょう。拝見したところ、署名は完璧です。手元にございます金額は、あなたのご想像よりはるかに多いかと思われますが、我々のものに違いございませんし——


紙はここで破れ、続きはわからなかった。

今や謎の上にさらなる謎が積まれたような感じだった。それぞれの謎が暗然としたまま、どことなくつながっているようでありながら、そのくせ、混乱を深めているだけだ。

この紙片が、踏み荒らされた草地が示唆する激しい揉み合いの最中に何者かのポケットから落ちたものであるということは、大いに考えられる。とはいえ、書かれている内容がどういったことに関連しているのか、誰が書いたのか、また、誰が落としたのかということについては、まったくの謎だった。

実際、こうした疑問について、意見を言える者は一人もいなかった。そこで、憶測をいくつか重ねていった結果、この紙片は、さしあたり重要とは思えないが、新たな証拠に結びつく可能性がなきにしもあらずなので、念のためにとっておこうということになった。

「つまり、僕たちは」ヘンリーが言った。「まったくお手上げの状態で、どうすればいいかわからないわけですね」

「まあ、難しいだろうな」と提督。「世のすべての意志を持つ者が起きてなにがしかのことをしているときに、凪《なぎ》の海原に浮かぶ船団のごとく、いつまでもここでじっとしているのでは」

「フランシス・ヴァーニー卿と今回の件を結びつける証拠がほとんど、というか、これっぽっちもないのはわかっていると思うが」

「おっしゃるとおりですね」ヘンリーが答える。

「もっとも、私が提案した、フランシス・ヴァーニー卿がゆうべ家にいたかどうかを確かめるという趣旨のことを忘れているのでなければよいが」

「ですが、どうやって確かめるんです？」

「大胆にだよ」

「どのくらい？」

「すぐに卿の邸宅を訪ねて、目にした最初の使用人に訊くのだ」

「僕が行きます」ジョージが大声で言った。「状況が状況ですから、礼儀作法に則っている場合じゃありません」

帽子をつかむが早いか、ジョージは誰にも賛同もとがめだてをする間を与えず、出かけていった。

「フランシス・ヴァーニー卿が」とヘンリー。「まったく無関係だったら、僕たちは完全に行き詰まってしまいますね」

「そう、完全に」マーチデール氏は繰り返した。

「その場合は、提督、あなたのお気持ちを尊重して、あなたの気のすむようにしていただければと思います」

「チャールズに関する情報を寄せた者には百ポンドの謝礼を出す」

「百ポンドは多すぎますよ」とマーチデール氏。

「多すぎるものか。金額が問題だと言うなら、二百ポンドにしよう。そうすれば、もっと低い金額で口止めされていた悪党も儲けになるから、秘密を暴露するかもしれん」

「おそらく、あなたのおっしゃるとおりでしょう」マーチデール氏は言った。

「そうとも、わしはいつでも正しいのだ」

マーチデール氏は、誰よりも自分の意見のほうが優れていると考える意固地な老人に、口元がほころぶのをこらえきれなかった。だが、なにも言わず、ヘンリーと同じように、ただジョージが戻ってくるのを明らかな不安とともに待った。

フランシス・ヴァーニー卿の邸宅とはさして離れていなかったし、ジョージも確実に用事を素早くこなしたので、三人が予想していたより早く彼は戻ってきた。

部屋に入ってくるなり、ジョージは問われる前に言った。

「またしても見当違いです。昨夜フランシス・ヴァーニー卿は、八時以降、一歩も家から出ていませんでした」

「なんたること」と提督。「まあ、気にくわない相手であっても、認めるべきところは認めてやらんとな。卿は今回の件には関われなかった」

「そうですね」

「ところで、ジョージ、その情報を誰から聞き出したんだい？」ヘンリーは気落ちした声で尋ねた。

「まず、邸宅の外で出くわしたフランシス・ヴァーニー卿の使用人から。そのあと、もう一人、家で見かけた使用人からも」

「だったら、間違いはないんだな？」

「ああ、ないよ。どちらの使用人もすぐにあっさりと答えたから、確かだ」

部屋の扉がゆっくりと開いて、フローラが入ってきた。数週間前の彼女の亡霊かと思えるような姿だった。美しいが、詩人が描写する、深い苦しみを味わったあげくに若い命を散らしていく失恋の犠牲者——〝彼女は死よりも美しかった。それでも、その姿は涙を誘う〟——を体現しているかのようだ。フローラの顔は大理石のように蒼白で、両手を握り締め、誰かの表情から希望や慰めを得られないかと、四人の顔に次々と視線を走らせる彼女は、絶望という名の精緻な彫像さながらだった。

「チャールズは見つかった？」フローラは問いかけた。

「フローラ、フローラ、チャールズを見つけたの？」ヘンリーは妹に近づきながら言った。

「いいえ、答えて。チャールズを見つけたの？　捜しに行ったでしょう。生死は問わないわ。彼を見つけたの？」

「見つけていないよ、フローラ」

「だったら、私が自分で捜さなければ。誰も私のようには捜せないでしょうから。自分で行くしかないわ。真実の愛だけが彼を捜し出せるのよ」

「信じてくれ、フローラ、この短い時間でできることはすべてやった。これからほかの方策もすぐに講じるところだよ。安心するんだ、愛しい妹、全力を尽くして捜索にあたるから」

「チャールズは殺されたんだわ！　殺されたのよ！」

フローラは悲しみに満ちた声で訴えた。「ああ、神さま、チャールズが殺された！　私はまだ正気だけれど、いつかきっと正気ではいられないときが来るわ。吸血鬼がチャールズ・ホランドの命を奪った――恐ろしい吸血鬼が！」

「いやいや、フローラ、どうかしているよ」

「チャールズは私を愛していたから殺されたのよ。ええ、私にはわかっている。吸血鬼が私に破滅を運命づけた。私は破滅し、私を愛してくれた人たちも私のせいで、ともに滅びに巻き込まれるんだわ。災いは私の身に降りかかるだけでいい。一族の犯した悪行によって、誰かが神の復讐を受けて苦しまざるをえないのだとすれば、それは私に、私だけにしてほしいの」

「さあさあ、気を鎮めて、フローラ！」ヘンリーが叫んだ。「そんなふうに言わないでくれ。君の口から出た言葉は、本来の君の言葉じゃない。僕は君のことをよく知っている。神はあふれんばかりの慈悲をお持ちであって、復讐などしはしない。落ち着くんだ、頼むから」

「冷静に！　冷静に！」

「そうとも。君の持っている知性を発揮するんだ。不幸に打ちのめされたとき、人はそこに特別な意味が込められていると考えがちになる。我々が神に文句を言うのは、それでも神は人間に特別な奇跡を起こすのをおやめにはならないからだ。この地球の住人であり、偉大な社会体制の一員である我々は、その効率的な働きを妨げる災難から逃れられない場合があるということを忘れてはいけない」

「ああ、兄さん、兄さん！」フローラは大声をあげながら、椅子に腰を下ろした。「あなたは愛したことが一度もないんだわ」

「そうとも！」

「ええ。別の人の生命が自分の存在にかかっているのがどういうものか感じたことがないでしょう。闘おうと無駄にあがいているのがどんな気持ちか理解できないから、冷静に判断できるんだわ」

「フローラ、それは言いがかりというものだよ。僕はただ、神がわざわざ君を選んで不幸な道を歩ませているわけではない――君のために自然をゆがめることはないということを、君の心に刻んでほしいだけだ」

「私を悩ませているあの忌まわしい吸血鬼の姿は、ありふれた自然をゆがめたものとは言わないの？」

「それこそが自然というものだ」とマーチデール氏。

「私と同じように苦しむ人に対しても冷たい考え方ですわね。あなたと議論はできません。私にわかるのは、自分がもっとも不幸で、もっとも惨めだということだけですわ」

「だが、それもいつかは去り、君の幸せの太陽がふたたび微笑むかもしれない」ヘンリーが言う。

「ああ、そう願えたら！」

「だったらどうして、不幸のどん底にいる者のみが持てるささやかな特権を自ら手放してしまうんだ？」

「私の心が絶望するように言っているからよ」

「では、言うなりにはならないと心に伝えるのだ」ベル提督が叫んだ。「バナーワース嬢、君はわしほど長く海にいれば、なにがあっても絶望だけはしなかっただろう」

「神は君をお守りくださっていた、フローラ」とマーチデール氏。

「ええ、確かにそのとおりだと言えるでしょう。アシャント岬の沖で嵐に遭ったとき、神のご加護があったからこそ、メインマストが私を巻き込むことなく倒れ、港へ入ることができたのですから」

「君には希望が一つあるよ」マーチデール氏はフローラの蒼白い顔をのぞきこみながら言った。

「希望が？」

「そうとも。思い出してほしい」

「それはなんですの？」

「この土地から離れることで、ここでは手に入らない安らぎを見つけられるかもしれないということだよ」

「いいえ、そんなことはできません」

「君も強く希望していただろう」

「ええ。ですが、事情が変わりました」

「というと？」

「チャールズ・ホランドがここで姿を消したのですから、私は残って、彼を捜さなければならないということです」

「確かに、君の恋人はここで姿を消したかもしれない」マーチデール氏は言った。「だが、彼がまだここにいるとはかぎらないよ」

「では、どこにいるのです？」

「君の質問に答えられたら、私はどれほどうれしいだろう。生きていても死んでいても、チャールズ・ホランド氏を捜さなければならない！　そして彼の顔を見てから、私にはすっかり魅力のなくなってしまったこの世界に別れを告げるのだ」

「絶望しないでください」とヘンリー。「これから町へ行って、チャールズがなんらかの犯罪行為に出くわしたおそれがあることを知らせてきます。僕はチャールズを見つけるためにあらゆる手段を講じますよ。チリングワース先生も協力してくれるでしょう。それから、フローラ、チャールズについて満足のいく情報が君にもたらされるまで、何日もかからないといいんだが」

「行って、行って、兄さん。すぐに行ってちょうだい」

「ああ、すぐに行くよ」

「私も一緒に行こうか？」マーチデール氏が言った。

「いいえ。屋敷に残って、僕がいないあいだ、フローラの安全に目を光らせていてください。僕は一人で大丈夫です」

「それと、二百ポンドの報奨金を忘れないでくれ」と提督。「信憑性が高いチャールズの情報を寄せてくれた者に渡すのだ」

「忘れませんよ」

「きっと――ええ、きっと、それだけの報奨金なら、なにか反響があるはずですわ」フローラは、提督の顔に浮かぶ表情で自分の中に芽生えた希望に勇気を奮い起こすかのように、彼をじっと見つめた。

「あるに決まっておるよ、お嬢さん」提督は答えた。「気を落としてはいけない。今回の件では、君とわしの心は一つであり、それをこの先も保つのだ。誰のためであっても、わしらの考えを変えたりはしない」

「私たちの考え」とフローラ。「チャールズ・ホランドは名誉を重んじる誠実な人だという考えですね。ええ、決して変えてはならないものですわ」

「そうとも」

「ああ、提督、チャールズをまっとうに評価すると決意してくれた人が一人はいたということに、私はこの苦悩のただ中にあっても、喜びを禁じ得ません。気高い衝動にあふれる心の持ち主が、突如として、チャールズ・ホランドの手によるとされる手紙に書かれたような身勝手な行動をとる人物になりさがるなど、そんな矛盾に満ちた人格が同居できるはずはないんです。ありえません――ありえるわけがありません」

「君の言うとおりだよ。さて、ヘンリー、よければ、そろそろ行ってくれないか」

「もう行きます。では、フローラ、しばしの別れだよ」

「いってらっしゃい、兄さん。神が早く用を足しに行くよう、せっついていらっしゃるわ」

「そのとおりだ」提督が大声で言った。「ところで、お嬢さん、半時間ほど都合がつくなら、わしの腕をとって一緒に庭を散歩してくれないかね。少し話したいことがあるのだ」

「喜んでご一緒しますわ」フローラは答えた。

「屋敷からあまり離れないことだ、バナーワース嬢」マーチデール氏が口を挟んだ。

「誰もあんたの助言は求めておらんよ」提督が言い返す。「まったく、わしには彼女の面倒を見る能力がないとでも言いたいのか?」

「いいえ、とんでもない。ただ――」

「馬鹿げておる！　さあ、行こう、お嬢さん。この世に生み出された吸血鬼やずうずうしいやつが首をそろえて行く手に現れても、二人でどうにかして片付けてやろうな。では、行こう、誰かさんの不平不満には耳を貸すでないぞ」

第二十九章　鉄格子からのぞき見る——地下牢の孤独な囚人——謎

我々の物語の興味をそいだり、事実を間違った場所に記録したりすることなく、いずれにしても憶測の材料となるかもしれないある出来事に、読者諸君の注意を向けてみよう。

遠い昔よりバナーワース家の屋敷であり、所有物でもあるバナーワース館から少し離れたところに、〝修道士館〟の名で知られる古めかしい廃墟があった。

この廃墟は、中世にはイングランド各地で見晴らしのきく場所にほぼもれなく建造された修道院であり軍事施設でもあった建物の名残りだとされている。

現代の価値観では受け入れられないことだが、教会が政治的にも強い権力を意のままに振るっていた時代、そして教会員が強引な力による布教活動をする覚悟ができていた時代に、バナーワース館の近くで灰色の廃墟と化しているような建物が建てられたのだ。

表向きは宗教を目的としていたが、実際には防御と侵略のための拠点として、この修道士館と呼ばれていた建物も、教会としての役割を果たすだけでなく、要塞としての特徴も相当に備えていた。

廃墟はかなりの広さがあるが、風化の影響をさほど受けていないのは、陽気な修道士たちがごちそうを食べたり、酒盛りをして騒いだりした矩形の大広間だけだ。

建物のほかの部分につながる壁がこの大広間から伸びており、いくつかある小ぶりで低い謎めいた扉の向こうは、誰も知らない地下の入り組んだ迷路へと続いている。およそ人の記憶にあるかぎり、道に迷う危険を冒して中へ入ろうとしたものは一人もいなかった。

というのも、地下の通路やアーチには、落とし穴や水の溜まったところがあると言われていたからだ。そうした話が真実かどうかにかかわらず、好奇心に水を差す役割を大いに果たしていた。

この廃墟は近隣ではことのほかよく知られ、バナーワース館の住人も物心ついた頃からなじみがあったので、セントポール大聖堂について地元ラドゲートヒルで暮らす老人がすぐ話をするように、修道士館の廃墟についてもそれとなく口にしていた。

子どもの頃は廃墟で日がな一日過ごしたりしていた

バナーワース家の人々も、廃墟は見慣れた景色の一つ、記憶にも残らないほど、あって当たり前の存在となっていて、今では近づこうと考えたこともなかった。

もっとも、読者をこの廃墟に誘導してはいるものの、我々の物語と厳密に関連するものとはなっていないことを、ここで前もって申し上げておく。


夕方——哀れなフローラ・バナーワースにとっては、心寂しい一日が終わろうとしていた。沈んでいく太陽の名残り惜しそうな光が、廃墟を玄妙なまでに美しい黄金《こがね》色に染めている。今この瞬間、崩れかけた石の端々は金色に縁取られ、まばゆいばかりの金色《こんじき》に輝く夕陽が大広間の大きな窓をいまだ飾っているステンドグラスから差し込んで、内部をさまざまな色彩で満たし、床に敷かれた板石は、君主に敬意を表するために敷かれた豪華なタペストリーと見まごうばかりだ。

古い廃墟の夕景は一幅の絵画のようにすばらしく、ロマンチックなものや美しいものに感銘を受ける魂を持つ者には、この光景を目にしたとたん、長旅の疲れも吹き飛んだことだろう。

やがて、黴《かび》だらけの壁を染めていた豊かな色合いは、きらびやかな金から深紅へと深まり、さらに紫へと変化し、薄闇と混じり合って、しだいに濃い青みをおびていく。

廃墟は墓地のように静まり返っていた。人間の住んでいた痕跡——歳月を経た壁でさえ、かつてここがどういう場所だったかを示唆している——がなければ、この世のものとは思えないほど陰鬱な静寂となっていただろう。あたりに広がる静けさが過去への感傷を誘う。

静謐さを邪魔する虫の小さな羽音一つしない。

夕陽の名残りが徐々に消え、まもなく夜のとばりが下りようとしていた。かすかな優しい風が吹きはじめ、風化した石のあいだに伸びた背の高い草を揺らしていく。

その静寂が、突如として、絶望の叫びで乱暴に破られた。墓の中で恐怖のうちに虚しく年月を過ごすよう運命づけられた囚われの魂があげたような叫びだ。

悲鳴というほどのものではなかったが、呻き声ではもちろんない。覚悟を決める時間が十分にないまま裁きを受けた者が、恐ろしい犠牲となった瞬間に、心ならずも二度と繰り返せないかもしれない叫びをあげたのかもしれない。

驚いた数羽の鳥が、廃墟のまわりの人目につかない穴や片隅から飛び立ち、別の休息場所を探しに行った。かつて鐘楼だった場所の奥からフクロウが鳴き声をあげ、一匹の夢見心地らしいコウモリが石の裂け目から飛び出したかと思うと、岩壁にぶつかった。

そのあと、すべてが元に戻った。静寂がふたたび廃墟を支配し、その場で突然の騒ぎを耳にした者がいたとしても、現実に起こったことというより、夢を見ていたのではないかと思ったかもしれなかった。

薄闇に包まれた廃墟の一角から人影がすべるように現れた。恐ろしく背が高く、ゆっくりと落ち着いた足取りで移動している。何世紀にもわたってこの場所を住み処としてきた修道士の魂が、たっぷりとしたマントに身を包んでいるかのようだ。

人影は広々とした大広間をずっと歩いていき、さまざまな色に染まった光が長く差し込んでいた窓のそばで足を止めた。

謎めいた人影は、十分以上もそうしてたたずんでいただろうか。

やがて、窓の外を人らしき姿が通り過ぎた。

背の高い謎めいた亡霊のような男は向きを変えると、大広間の通用口へと歩いていった。

戸口で足を止めてまもなく、先ほどステンドグラスの窓の外を通り過ぎたに違いない人物と合流した。

二人は友好的な挨拶を交わすと、大広間の中央へと歩を進め、しばらく熱心に会話を続けた。

身振りや手振りから、どちらにとっても、このうえなく深い関心のある事柄について話しているのは明らかだ。だがそのうち、意見が一致しないのか、互いに反発するようなしぐさを何度か見せた。

二人の対立は闇が濃くなっていくまで続いたが、少しずつ相手への理解を深めていったらしく、話題がなんであれ、どうやら前向きな結果に至ったようだ。

どちらも小声でしゃべっていた。身振りや手振りもずっと穏やかなものになっている。ほどなく、二人で大広間をゆっくりと歩いていき、一人目の背の高い男が不可解にも姿を現した暗い一角へと向かった。

そこにあるのは地下牢――じっとりとして、胸が悪くなりそうな空気に満ちている――で、地上から深い位置にあるらしく、水が湧き出てくる場所でもあるのか、むき出しの土の通路は濡れそぼっている。天井からも、絶えず水が滴《したた》り落ちていて、真下の水たまりに盛大なしぶきを散らしていた。

通路の先の天井近く、内部から相当の工夫を凝《こ》らさなければとても作れそうにない、天井ぎりぎりの位置に、地下牢の外からのぞいたところで、中にいる人間の顔がそれとわからないほど小さな鉄格子がはまっていた。

その恐ろしい地下牢は空ではなかった。投げ込まれたばかりらしい藁の隅に、一人の囚人が力なく横たわっている。

廃墟の静けさを乱した絶望の叫びが、その男の口から出たものだと考えても、飛躍しすぎではないだろう。

囚人は仰向けに寝ていた。頭に雑に巻かれた包帯が血だらけのところからいって、ごく最近、暴力沙汰で怪我をしたらしい。男の目は開いていた。その絶望の色を宿した目は、無意識にかもしれないが、地上の世界が垣間見える小さな鉄格子を見上げていた。

鉄格子は上方に傾斜し、西側を向いていたので、陰鬱な地下牢に閉じ込められた者は、甘美な夏の日、抜けるような青い空を時折流れていく雲を見て、自分には望むべくもないその自由さに身をよじるような思いに駆られたかもしれない。

鳥の鳴き声が届くこともあるだろう。ああ！　人生も、喜びも、自由も、悲しい記憶だ。

だが、今はすべてが闇に沈みつつあった。囚人にはなにも見えず、聞こえもしない。空はまだ真っ暗ではない。小さな鉄格子が、地下牢の壁にはまった奇妙な光の枠のようにも見えた。

おや！　足音が囚人の耳に届いた。続いて、扉のきしむ音がする――かすかな光が地下牢に差し込み、マントに身を包んだ背の高い謎めいた姿が、陰惨な牢を占有している者の前に立った。

さらにもう一人、筆記用具を手にした男が入ってきた。その男は石床に横たわっている囚人にかがむと、湿った惨めな藁敷きから半ば囚人を起こして、ペンを差し出した。

だが、虐げられた囚人の目はなにも見ていなかった。自分の前に広げられた、かなり長い文章が書かれている書面に署名するよう、何度となくペンを握らされるが、うまくいかない。今度は、このように謎めかして地下牢の囚人のもとへやってきた男二人がかりで体を

支えるが、彼には男たちが望むようにする力はなかった。ペンは弱々しい彼の手から落ち、二人が深いため息とともに体を支えるのをやめると、囚人はどさりと石床に倒れ込んだ。

二人の男はしばらく黙ったまま顔を見合わせていたが、そのうち、背の低いほうの男が片手を上げ、憎悪と激情のこもった、聞くだに恐ろしい声で言った。

「いまいましい！」

背の高い男は返事代わりに笑い声をあげた。そのあと床に置いてあったランプを取り上げ、苦々しさと失望のあまり感情がうまく抑制できなくなっているらしい男に、自分と立ち去るよう合図する。背が低いほうの男は、怒りのほどが伝わってくる、すさまじい勢いで書類を巻き上げると、コートのポケットに突っ込んだ。

そして、意識が朦朧としている囚人を激しい憎しみのこもった目でにらみつけると、背の低いほうの男は仲間のあとを追った。

ところが、二人で地下牢の扉のところまで来ると、背の高い男は足を止め、一瞬、考え込むようなそぶりを見せたあと、ランプを相棒に渡して、囚人のもとへ引き返した。

ポケットから小さな瓶を取り出した背の高い男は、弱って傷を負っている囚人の頭を起こし、瓶の中身をその口に流し入れてやる。囚人は飲み込んだ。

もう一人の男は無言でその様子を見ていたが、やがて二人して陰鬱な地下牢をゆっくりとあとにした。

風が強まり、夜は深い闇に閉ざされていた。月が昇るまでの数時間、光のない暗闇が古めかしい廃墟を覆う。すべてがひっそりと静まり返っていて、廃墟の崩れかけたうら寂しい壁の内側に、よもや人がいるとは誰も思うまい。

いずれ、厭わしい地下牢に横たわっていた囚人の正体も、その囚人のもとを謎めかして訪れ、意識が朦朧としている彼に署名させることが、少なくとも一人には重要極まりないことであったらしい書類とともに、あからさまに失望して引き揚げた男たちの正体もわかることだろう。

第三十章　フローラの吸血鬼との面会――申し入れ――厳粛な断言

ベル提督は、バナーワース館の庭を一緒に散歩してくれるようフローラを誘っていたので、とくに伝えることがあったわけではないものの、散歩をしながらフローラの歓迎する話題、すなわち、チャールズ・ホランドについて話すことができた。

しかも、チャールズについて語るだけでなく、フローラがなにより共感できる、チャールズのよさを前面に押し出した話し方をしたのだ。曲がったことが大嫌いな老提督は、ことのほか人の好き嫌いが激しくもあったが、だからこそ、フローラ・バナーワースが心ゆくまでチャールズ・ホランドの話ができた。

提督はチャールズの誠実さについてなんの疑いもなかったし、今ではその見解を心に刻んでいたので、反対の意見を持つ者を愚か者や悪い者として吐き捨てた。

「気にすることはないのだ、お嬢さん」提督は言った。「結局はすべてうまくいくということがわかるよ。それなのに、わしときたら！　今回の件で唯一腹が立ってしようがないのは、自分が一瞬でもチャールズを疑うような愚かな年寄りだったということだ」

「彼のことをもっとよくわかっていらっしゃるべきでしたわ、提督」

「そうあるべきだったが、驚いてしまってな。責任ある指揮を執ってきた者としては、驚くこと自体、間違いだ」

「ですが、どの状況も、誰でもが驚くようなものでした」

「確かにそうだ。ところで、腹蔵なく言うと、いや、君には率直に言えるとわかっているからだが、ヴァーニーなる人物が吸血鬼だと、君は本当に思うかね？」

「思います」

「なるほど。となれば、誰かがなんとかしなければならない。吸血鬼の気まぐれにいつまでも我慢はできん」

「なんとかとは？」

「いや、わからんが、なにか手を打たなければ。フランシス・ヴァーニー卿はこの土地と屋敷を欲しがっている。その理由も目的もまったく不明だが、欲しがっているのは確かだ。屋敷から海が見晴らせるというのであれば、わしにはさほど驚くことではない。だが、海が見えるわけでもないから、海の景色が売りの馬鹿げた陸上生活者の家より魅力があるというわけではないし、そもそもここからは陸地しか見えない」

「ああ、兄が彼にかなり妥協して、チャールズを返す代わりに屋敷を譲ることにしてくれたら、私たちはまだ幸せかもしれません」

「では、君は、フランシス・ヴァーニー卿がチャールズの失踪に関与しているとまだ考えているのかね？」

「ほかに誰が誘い出せますの？」

「それはわからんよ。彼は間違いなく関与していると強く感じているし、君の意見にも信頼を置いている。そうとも、わしは彼の仕業に違いないとにらんでいる。だが、本当に確信があったなら、すぐにもチャールズを取り返していただろう」

「ベル提督、私のために、一つお約束をしていただけないでしょうか」

「なんでも言ってくれ。そうすれば、約束するぞ」

「では、世にも恐ろしいあの男と直接対決して、あなたご自身を危険にさらさないでください。害悪をなす力がどれほどのものか見当もつかないために、会うことも評価することもままならないのですから」

「驚いた！　本気で言っているのかね？」

「はい。ですから、きっと約束してくださいますね」

「いやいや、君は今回の件をこう見るべきだ。〝戦いは、女性の干渉が少ないほどよい〟」

「どうしてそんなことをおっしゃるのです？」

「それはだな――それは、君も知ってのとおり、女性の場合、屈しない勇気というものは評価されないからだ。実際はそれどころか、臆病な男を軽蔑するのに負けず劣らず、勇気のある女性は煙たがられる」

「ですが、私たち女が愛情のために勇気を持たないとされるのなら、尊敬する人が危険な目に遭うことに女がどれほど苦しむかも、お認めになるべきですわ」

「君は臆病者を評価する、この世で最後の人になるだろうな」

「ええ、きっと。ですけど、本物の勇気というものは、戦いに参加するより、戦わない場合にこそ、よく示されるものではありませんか」

「君の言うとおりだな」

「普通の状況でしたら、あなたが名誉ある決断を実行に移されるのに反対すべきではありません。けれど今は、この恐ろしい人物――〝人〟と呼べるならですが――と会わないよう、伏してお願いしたいのです。戦いがどれほど公正でないか、提督はご存じではないのですから」

「公正でない？」

「そうです。フランシス・ヴァーニー卿は、自分は傷つけられることなくあなたを打ち負かす、命ある人間にはない力を持っていないともかぎらないんです」

「そうかもしれん」

「でしたら、こういった仮定は、彼と会うという考えをすべてただちに中止する気にさせるだけの理由にならないでしょうか」

「フローラ嬢、会うのは考え直してみるよ」

「必ず、そうしてくださいね」

「ところで、わしにも一つ頼みたいことがあるのだが、よいかな？」

「もちろんですわ」

「よろしい。では、これからわしの言うことに気分を害さないでほしい。というのも、君のような人なら当然に持っている、高邁な自尊心に触れてしまうかもしれないのだが、幸いにも、君は常に本当に不愉快なことをそうではないことをしっかりと見極められる人だから」

「そんな前置きをなされると不安になります」

「そうかね？　では、単刀直入にいこう。君の兄さんのヘンリーだが、かわいそうに、やりくりするのがやっとなのではないかな？」

フローラもすでに承知の、兄の気性からくる苦境を提督にずばりと口にされ、彼女は頬が紅潮した。

「君たちはなにも言わないが」提督は続けた。「わしの憶測は的外れではないだろう。いや、憶測などというものではない。というのも、チャールズがそういった話をしていたし、あいつも信頼できる筋から聞いたのは間違いないからだ」

「私には否定できません」

「ならば、否定しないでくれ。そんなことをしたところで始まらない。貧乏は犯罪ではない。ただ、フランス人に生まれたようなもので、誠に不運なことではあるが」

提督がもっとも寛容ですこぶる上機嫌のときでさえ愛国心を垣間見せたことに、フローラは思わず笑みが浮かびそうになった。

「ともあれ」提督は言葉を続けた。「わしは、ヘンリーが山のように困難を抱えているのを仕方がないで片付ける気はない。我らが王と王国の敵は彼を窮状から救ってやるべきなのだ」

「敵？」

「そうとも。ほかに誰がいる？」

「提督、あなたは謎かけみたいな話し方をしてらっしゃいますわ」

「そうかね？　では、すぐに謎を解き明かそう。船乗りになったとき、わしはからっけつだった——乗組員がひと月分の賃金をもらったあとも、船で飼われる猫《シップス・キャット》と変わらないくらい貧乏でな。それで、できるだけ威勢がよくてすばしっこいけんかを始め、回数を稼いで、より強烈なパンチを浴びせ、食らうほどに、もっとたくさんの金を手に入れていったのだ」

「なるほど」

「ああ。わしと船員仲間は港に入っては賞金を稼ぎまくり、ついに、フランス人は船から出てこなくなってしまった」

「それで、あなた方はどうされたのですか？」

「それで、わしらがどうしたかだって？　世界のどこだろうともっとも自然なことをしたのだよ」

「さっぱりわかりませんわ」

「おやおや、驚いたな。さあ、考えてごらん」

「ええ、そうですわ。わかった気がします。私ったら、なんて頭の回転が鈍かったのでしょう。あなた方のほうから乗り込んでいったのですね？」

「そうとも——乗り込んでいったのだ。そうやって目的を果たしたのさ。そして、戦いが終わってみれば、わしはおなじみのイギリスの敵からもぎとった多額の賞金を手にしていたというわけだ。そのうちのいくらかを、君の兄さんのポケットに入れようと思っている。さっきわしが言った〝我らが王と王国の敵は彼を窮状から救ってやるべき〟とは、そういうことなのだ」

「なんと気高く気前がよいのでしょう、提督」

「気高くなどない！　さて、わしがこの件を持ち出したのは、ヘンリーより君のほうが話しやすいからで、君にはわしに代わってすべてを仕切ってほしいのだ」

「どうやってです？」

「つまり、いくらあれば、ヘンリーを苦しめている重荷を取り除けるのか君に突き止めてもらわなければならない。その金額を君に渡すから、君から兄さんに渡してくれれば、わしはなにも言わなくてすむ。万一、ヘンリーのほうからわしになにか言ってきたら、〝やめてくれ、わしのしたことではない〟と遮って、すぐに彼を黙らせられる」

「ですが提督、この私に、それほど多額の援助をしてくれた方のことを隠しきれると思うのですか？」

「言うまでもなく、資金源は君ということになる。わしは君にいくばくかの金を贈りたいと思っているのだ。その金は君の好きなように使うといい――君の金だからな。わしには金の使い道を尋ねる権利も、その気もない」

フローラの目から涙がこぼれた。なにか言おうとするものの、言葉にならない。提督はいささか乱暴に悪態をつき、彼女が泣いている理由に思い当たらないようなふりをした。ようやく、いっきに押し寄せた感情の波が落ち着くと、フローラは口を開いた。

「提督、これほどのご厚意をお受けすることはできません――どうしても」

「そんなふうに言わんでくれ！」

「いいえ。あなたの限りない気っ風のよさに付け込んだとしたら、私は自分を卑劣に感じるでしょう」

「付け込むだと！　わしは誰かに甘えてほしいだけだよ」

「あなたのお金を受け取るべきではないんです。兄に話します。兄はあなたの気高く気前のよい申し出に心から感謝するはずですわ、提督」

「では、君のやり方で片をつけてほしい。ただ、わしには自分の金を好きにできる権利があることは覚えておいてくれ」

「もちろんです」

「よろしい。では、わしがヘンリーに貸すものはなんであれ、まぎれもなく君のものだよ。だから、オランダ人が言うように、彼のものは君のもの、たいして違いはないのだから、これ以上はこの件で大騒ぎをしないでくれ」

「考えてみます」フローラは感情を込めて答えた。「明日の同じ時刻まで時間をくださいい、提督。心からの感謝を表す以上の言葉を見つけられたら、このような比類ない友情あふれる申し出に私がそうした言葉で気持ちを伝えている場面を、どうか想像してみてください」

「おお、そんなに気を遣わんでくれ」

提督はすぐに話題を変えて、チャールズについてしゃべりはじめた——当然のことながら、フローラにはなによりありがたい話題だった。提督はチャールズが関係するちょっとした話をいくつも披露し、そのどれもが、チャールズの人のよさに焦点を当てたもので、フローラは自分の愛する男性を褒めちぎる言葉に酔いしれていた。よく日に焼け、荒っぽい口調の老人の声ほど、フローラの耳に甘美に響くものはなかった。

「チャールズが」提督は、甥を温かく褒め称えたあと、付け足した。「ああした手紙を書けるなど、まったく馬鹿げている」

「ええ、本当に。それにしても、チャールズはどうなってしまったのでしょう！」

「いずれわかるよ。わしはチャールズはきっと生きていると思っておる。そう遠からず、またあいつの顔を見られるような気がしてならないのだ」

「そうおっしゃっていただけて、うれしいですわ」

「わしらは全力でチャールズを捜す。殺されていたなら、その痕跡が近くに残っていたはずだ。それに、悪党どもに襲われた場所にチャールズが横たわっていてもおかしくない」

フローラは身震いをした。

「だが、心配することはない。きっと、愛らしい小さな天使ケルビムがずっと起きて、上空からチャールズを見守ってくれているさ」

「そう願っています」

「さて、そろそろヘンリーが帰ってくる頃ではないかな。彼は一人で厄介事をいろいろ抱え込んでいるが、そのうちのいくらかは手放せるのだから、君は必ず早急に、わしと話し合ったささやかな事柄をヘンリーに伝え、彼の返答をわしに教えてくれ」

「必ずそうします」

「よしよし。では、屋敷の中へ戻ろう。ここは冷たい風が吹いているし、今の君は傷つきやすい花そのものだからな。さあ、中へ入って、心地よく、気を楽にしなさい。最悪の嵐もいつかは過ぎ去るものだよ」

第三十一章　フランシス・ヴァーニー卿と謎の訪問者——奇妙な会見

フランシス・ヴァーニー卿は、自分では〝私室〟と呼んでいる場所にいた。今は夜で、長らく放置されている蠟燭の光は弱々しくぼんやりとし、あたりの薄暗さをいっそう怪しいものにしている。金に糸目をつけずに造られた部屋だ。時代の精神や神髄をもたらしそうな、洗練され、贅《ぜい》を凝らした品々であふれている。だが、ヴァーニーは気がかりそうに眉根を寄せ、その謎めく存在の最たる者は、自分がいる部屋の豪華な調度品のことなど、ほとんど眼中にないようだった。

ヴァーニーの蒼白い顔はいつもにまして蒼褪め、死者と見まごうばかりだ。そうした者が人間の事柄に大きな関心を寄せることもありうると考えられるなら、彼の様子には、なにかとてつもなく重大な関心事がかかっているようなところがあった。

頭の中で完成していない文章の途切れを埋めているのだろうか、時折、つながりのない言葉をつぶやいている。もしかしたら、無意識のうちに、彼の暗い秘密の思索を声に出しているのかもしれない。

やがて立ち上がると、ヴァーニーは不安そうな面持ちで窓辺へ行き、夜の闇をのぞきこんだ。あたりは静まり返っていて、なにも見えない。月が夜遅くに昇って地表に光を投げかけるまで、数時間は漆黒の闇だった。

「そろそろ時間だ」ヴァーニーはつぶやいた。「今まさにその時刻になろうとしている。あの男はきっと来るだろう。それにしても、なぜ私は彼を恐れなければならないのか。彼が近づいていると考えるだけで震えそうになる。間違いなく彼は来る。年に一度――たった一度訪ねてきては、あの男にとってはずっと昔に終わっている存在のために、私に課した対価を受け取っていく。ああ、本当に終わっていたらよかったのにと思うことも珍しくない」

身震いをして、先ほどまで座っていた椅子に戻ったヴァーニーは、しばらく黙想にふけっているような感じだった。

突然、ヴァーニーが手に入れた邸宅の玄関ホールに置かれている時計が大きな音で時を告げはじめた。「時は来た」とヴァーニー。「時間だ。彼はまもなくここへ来るに違いない。耳を澄ませ！　耳を澄ませ！」

ゆっくりと確実に、ヴァーニーは時計が告げる時の音を数えていった。そして、時計の音が鳴り止んだとき、彼は愕然として声をあげた。

「十一時だ。すっかり騙されておったわ。午前〇時になるものとばかり思っていた」

すぐさま懐中時計を確かめたヴァーニーは、しばらく前から恐れを抱いて待ち構えていたこと——午前○時かその前後に起こると考えていた——が、実際に起こるのはまだ一時間も先のことで、引き続き思い悩むはめになるのだと悟った。

「どうすればこれほど大きな勘違いができるのだ？」彼は叫んだ。「さらに一時間も、あの男が生者か死者か思い悩むことになるのか。彼を倒すことも考えたが、なにか奇妙で不可解な感じがして、いつも二の足を踏んできた。それで、行き来を自由にさせながら、そうできる機会をうかがってもきた。彼も古い存在だ——ずいぶん昔から生きているが、まだ死を遠ざけている。最後に会ったとき、顔は蒼白いが、体は不調というわけでも、衰えてもいなかった。ああ！　丸一時間も待つのか。この会見が終わってくれればよいものを」

世に広く知られ、よく見られる不安を示す言葉に〝気をもむ〟というのがあるが、今のフランシス・ヴァーニー卿がこの状態を示しはじめていた。座っていられなくなり、だからといって、歩くこともできず、サイドテーブルには気分転換の意味でワインを注いだ酒杯が置かれているのに、気分を落ち着かせるために一杯飲むということが頭の片隅にも浮かばないようだ。

そのまま時間が過ぎていき、ヴァーニーはさまざまな事柄を考えることで不安な気持ちをごまかそうとしたが、運命の女神が握って放さないのか、この不可解このうえない男の心には、好ましい思い出が一つもないらしく、記憶の奥を探れば探るほど、よけいに不安がつのるというか、恐怖に襲われていると言ってもいいくらいの顔つきになっていった。

全身に戦慄が走って、少しのあいだ、ヴァーニーは気を失いかけているかのようにじっとしていた。だが、どうにかこうにか自分を取り戻すと、十一時十五分を指している懐中時計を目の前に置き、もっと落ち着いた様子で男の到着を待とうとした。もっとも、先ほど考えを巡らしたことでためらいに拍車がかかり、明らかに動揺していたので、男が来れば、実際には恐れおののくことになるはずだった。

こうした恐怖——読者も、その理由を知るときが来るかもしれないが——をじっくり考える耐えがたい苦痛から少しでも距離を置こうと、ヴァーニーは本を手にとって、適当なところから読みはじめ、しばらくのあいだは次の短い物語で心を楽しませた。

ブリッドポート邸では、突風が破風《はふ》の先端でうなりをあげて吹き荒れる中、人々がみな暖炉のそばに座って、広々とした部屋全体に赤々と輝く光を投げかけ、威勢よく炎をあげて燃えている薪《まき》を無言で見つめていた。

古めかしいその部屋は大勢の客が入れるほど広く、今も数人の客がいた。

年配の夫婦が、背もたれのまっすぐな背が高い椅子に座っている。この豪壮な大邸宅の所有者で、そばに、目の覚めるように美しい二人のうら若い女性が席に着いていていた。対照的で、顔立ちも違っていたが、それでいてどことなく似ているところがあった。

一人は漆黒の髪に、眉も睫毛も瞳も同じ黒色の、顔立ちが整った、誇らしげな娘だ。透けるような肌に、薔薇色の頰、口元には笑みが浮かんでいる。そして出会った瞬間に、魂まで震えそうな目をしていた。

もう一人はまったく異なっていて、明るい色合いだ。髪は日差しをたっぷり浴びた栗のようなつややかな茶色で、美しいはしばみ色の瞳に、長い茶色の睫毛。さらに口元には、いたずらっぽい笑みが浮かんでいる。こちらのほうが年下だ。

二人の娘は、少し前からしゃべっている邸宅の年老いた主人の言葉に注意を向けていた。ほかに何人か席に着き、少し離れたところには、主《あるじ》とともに暖かな部屋で休憩をとることを黙認された使用人たちが集まっていた。

使用人が椅子に座るのは怠惰と見なされる時代ではなく、日々の仕事を終えた夜は炉端で過ごすのが常だった。

「風がうなっています」古くからいる使用人が口を開いた。「それも、すさまじく。ここまでのは初めてです」

「囚われた魂が、地上では得られなかった安らぎを待ち焦がれているかのようだわ」年配の女性が、火を見つめたまま、座り直しながら言った。

「そうね」彼女の長年の友人が答える。「風が強いわ。そのうち嵐になるわね、きっと」

「息子のヘンリーが家を出たのは、まさにこういう晩だったわ」ブラッドリー夫人が話に加わった。「ちょうどこんな感じで――みぞれや雨が降ればね」

年配の男性は息子の名前を聞いてため息をついた。娘たちの目には涙が浮かび、一人がもう一方の娘を無言で見やり、二人は目配せをしたようだった。

「冷たく無慈悲な墓を終《つい》の棲家とする前に、もう一度ヘンリーに会いたいものだわ」

「お母さま」二人のうち、明るい色合いの娘が言った。「そんなことをおっしゃらないで。みんなでずっと長く幸せに暮らすのよ」

「ずっと長く、エマ？」

「ええ、お母さま、ずっと長くよ」

「私がすっかり歳だということはわかっているでしょう、エマ。本当にとても歳をとっているのよ。悲しみと病に苦しんで生きてきたことを考えると、実際の年齢に三十歳は上積みされたも同然でしょう」

「ご自分を偽ってらっしゃるんじゃないかしら、おばさま」もう一人の娘が口を挟んだ。「どちらにしても、人生なんてなにがあるかわからないでしょう。頑丈そのものの人が先に逝くことも珍しくないし、それほど丈夫じゃない人が平穏で幸せに暮らしているというのも多々あるもの」

「けれど、ヘンリー・ブラッドリーがここにいなければ、私には平穏で幸せな人生など送れない。それなのに、彼にふたたび会うことなく、人生は過ぎ去ってしまうかもしれない」

「ヘンリーは二年前にはここにいた」年配の男性が言う。

「彼が去った晩から、今夜でちょうど二年ね」

「ちょうど二年なの？」

「そうよ」

「ちょうど二年前の晩です」使用人の一人の男性が言った。「ポートレットおばさんが双子を産みましたから」

「よく覚えているわ」

「一人は生後十二ヶ月でこの世を去って、彼女は、そのことを前もって夢で見ていました」

「ああ、そうだった」

「はい。しかも、彼女は同じ夢を先週の水曜日にも見たのです」使用人の男は言った。

「それで、双子のもう一人も死んだとか？」

「はい、だんなさま、今朝のことでした」

「予知夢が度重なったわけか」年配の男性は答えた。

「ヘンリーがこの家に戻ってくることを暗示していて

くれるといいのだが」

「ヘンリーに行く当てはあったのか。この二年間、なにをしていたのだろうか。ひょっとして、この世にはもういないかもしれない」

「ああ、かわいそうな兄さま」エマが言った。

「ああ、かわいそうなヘンリー！　二度と会えないかもしれない――間違った行動をとったのは彼だけれど、ああするほか、父親の不興から逃れるすべはなかった」

「もう言うな――そのことは言わんでくれ。聞く気はないぞ。いやというほどわかっておる」とブラッドリー氏。「ヘンリーが私の言葉をそれほど重く受け止めていたとは思いもしなかったのだ」

「もちろん」年配の女性は言った。「ヘンリーはあなたが言葉どおりの意味で言ったと思ったでしょうよ」

長い沈黙が落ち、みな赤々と燃え上がる炎を見つめながら、それぞれ考えにふけっているようだった。

年老いた夫婦の息子に違いないヘンリー・ブラッドリーが、二年前に実家を出ていったのはなぜなのか。広大な地所の相続人である彼がそんなことをしたのはどうしてなのか。


ヘンリーは、こともあろうに父親が許さない相手と恋に落ちてしまい、父親が彼のために選んだ若い女性を愛せない彼は、その女性との結婚を拒んだのだ。息子が意にそむくなど、父親には驚き以外のなにものでもなかったし、息子にしてみれば、父親がそんな縁談をまとめようとしたことに愕然としたのだった。

二年前の父親は言った。「ヘンリー、おまえのことを考えて、近在のアーサー・オンスロー卿に令嬢との結婚話を申し入れてきた」

「本当ですか、父上！」

「そうだ。私と一緒に令嬢を訪問しに行こう」

「結婚相手として？」

「そうだ」父親は繰り返した。「訊くまでもないだろう。おまえももう腰を落ち着ける頃合いだ」

「正直言って、気が進みません。まだ結婚するつもりはないものですから。ええ、その気はまったくありません」

予想もしていなかった息子の反抗に、横暴な面のあったブラッドリー氏は怒りをこらえきれず、眉をひそめて声をあげた。

「言い付けに従うよう命じることもできるのだぞ、ヘンリー。そして私がその気になったときは、従ってもらう」

「ですが、父上、これは僕の一生にかかわってくることです」

「だからこそ、私は時間をかけて慎重に検討してきたのだ」

「それで僕が目も当てられない状態になるかもしれないのですから、僕にだって発言する権利はあるんじゃないでしょうか」

「発言権はある」

「では、全面的に受け入れられないと言います」ヘンリーは決然と言い放った。

「従わぬなら、おまえは私の保護を、いや、それ以上に好意を失うことになるぞ。自分の言ったことをよく考えたほうがいい。さあ、忘れて、私と一緒に来るのだ」

「できません」

「拒むのか?」

「はい、父上。あなたの望むようにはできないんです。この件については、僕の心は完全に決まっていますから」

「私の心もだよ。言い付けに従うか、屋敷を出て自分で生きる道を探し、人々に施してもらうか」

「それでもかまいません」とヘンリー。「愛せない女性と結婚するよりは」

「愛せとは言っておらん」

「言ってない！　驚きましたね！　結婚する女性を愛する必要がないとは！」

「そうとも。妻にふさわしい態度で接すれば、彼女は感謝するはずだ。結婚生活に必要なのはこれだけだ。感謝から愛が生まれ、その愛が、もう一方への愛を生む」

「父上、この件について議論する気はありません。僕より父上のほうが判断力に優れ、経験も豊富ですから」

「そうとも」

「ですから、話すだけ無駄ということでしょう。ただし、僕の決意を言わせてもらうと、僕はくだんの令嬢とは結婚しないということです」

ヘンリーは父親の望みを断固として撥ね付けたが、そうしたのにはしごくまっとうな理由があった。ヘンリーには愛し、愛される女性がいたがゆえに、その愛する女性の信頼を裏切るわけにはいかなかったのだ。

このことを父親に説明しても、怒りを買うのがおちだったし、父親はヘンリーの胸に刻まれて消えることのない女性を捨て去るよう、さらなる要求をしてきたはずだった。

「私がおまえの花嫁に選んだ女性と結婚する気はないわけだな?」

「できません」

「私がする気があるかどうかを訊いているときに、できるやできないで答えるな。現実をごまかすのはよせ。おまえには自由意志があるのだ。私は〝はい〟か〝いいえ〟しか受け付けんぞ」

「では、〝いいえ〟です、父上」

「わかった。それでは今をもって、おまえは赤の他人だ」

言い終わるが早いか、ブラッドリー氏は息子に背を向け、歩み去った。

親子で意見がぶつかったのは初めてのことで、始まったかと思うとすぐに終わりを迎えた。

ヘンリー・ブラッドリーはこのやりとりに憤慨していた。自分の発言に父親があんな態度をとるとは予想もしていなかった。だが、別の女性との運命に頭がいっぱいだったので、一瞬もためらわなかった。父親に親子の縁を切られた今、彼はこのあとどうすべきか、じっくりと考えた。

最初に浮かんだのは、母親と妹のことだった。別れを告げずに屋敷を出るわけにはいかない。父親が人に会うため屋敷を離れていた隙に、母親と会うことにした。

ブラッドリー夫人とエマは二人きりで部屋にいたので、ヘンリーは父親とのあいだで交わされた話を包み隠さず伝えた。

母娘は屋敷に留まるか、せめて近くにいてほしいと懇願した。だがヘンリーは、ここに残ってもなにもできないが、ほかの土地でならなにかするチャンスがあるかもしれないので、しばらく家族から離れることに決めた。

それで、三人でできるだけの現金と宝石を集め、ひと財産とも言えるものを持ったヘンリーは、母親と妹に愛情のこもった別れを告げて、屋敷を出ていった――いや、その前に、邸内で暮らしているもう一人にも、長く愛情のこもった別れを告げていた。

この〝もう一人〟が、暖炉のそばに座って、周囲で交わされている話に注意深く耳を傾けている黒い瞳の娘だった。ヘンリーの恋人で――貧しい従姉妹。彼女のために、ヘンリーは父親の怒りに立ち向かい、外の世界に成功を求めたのだ。

別れを終えたヘンリーは、誰にも行く先を告げず、静かに屋敷を去ったのだった。

年老いたブラッドリー氏は、ヘンリーにあれこれ言ったとき、息子の強情さに激昂し、脅しをかければ、息子も考え直すだろうと思っていた。ところが、ヘンリーが実際に家を出ていったと知って愕然とした。しかも、行き先もわからなかった。

それからしばらくは、息子は戻ってくるはずだと自分に言い聞かせていたが、悲しいかな！　ヘンリーは戻ってこなかった。あの切ない日から今日でちょうど二年。哀れなブラッドリー氏は誰よりも後悔し、悲嘆に暮れていた。

「いや、きっと、ヘンリーは戻ってくるとも。さもなければ、居場所を知らせてよこすだろう」ブラッドリー氏は言った。「食うにも困るような状態ではないはずだ。それなら、助けを求める手紙を書くだろうからな」

「いいえ、逆よ」とブラッドリー夫人。「手紙を送ってこないのは、困っているからじゃないかしら。ひどい貧乏暮らしなら、自分の運のなさに私たちを悲しませないよう、決して連絡してこないでしょう。うまくやっているなら、自分が努力した結果を誇らしく思って、私たちに知らせてくるはずだわ」

「さあ、どうだろうな」ブラッドリー氏は言った。「私にはこれ以上なんとも言えん。ただ、私がせっかちだったとすれば、ヘンリーもそうだった。だが、もう過ぎたことだ。私はすべてを水に流すつもりだ、あの子にもう一度会えるなら――もう一度な！　それにしても、風の音がすごいな」彼は付け加えた。「ますます強く吹いている」

「はい。それに、雪が本格的に降ってまいりました」新しい薪を持ってきて火にくべた使用人が答えて、服についた雪片を振り払った。

「朝までには大雪になるでしょうな」男たちの一人が言った。

「ええ、この数日で積もってきていますし。雪が降り止めば、ずっと暖かくなるでしょう」

「きっとそうなるだろう、きっとな」

そのとき、門を叩く音がして、犬たちが犬小屋から盛んに吠え立てはじめた。

「見てきてくれ、ロバート」ブラッドリー氏が指示した。「こんな時間に、いったい誰が門を叩いているのか。犬が門に出るのはまずいし、危険でもあるからな」

ロバートは出ていったが、まもなく戻ってきて告げた。

「だんなさま、門にいたのは道に迷った旅人でした。こちらで泊めてもらえないか、あるいは、近くの宿屋まで案内してくれる者がいないか尋ねています」

「中へ入るよう伝えなさい。暖炉の前にもう一人増えても、暖かさが減るものではないから」

旅人が入ってきて、口を開いた。「道に迷ってしまったうえに、ひっきりなしに次々と降ってくる雪が風にもまれて渦を巻くわで、もう、本当に、吹きだまりに落ちでもして、朝までに死んでしまうのではないかと不安でした」

「いえいえ、説明なさるまでもありませんよ」とブラッドリー氏。「このような夜ですから、あなたのご要求はもっともですし、私は喜んでそれにお応えしたいと思います」

「ありがとうございます」旅人は答えた。「もてなしが身にしみる季節です」

「さあ、どうぞ、炉火のそばの椅子におかけください。暖かいですよ」

旅人は椅子に腰かけると、物思いにふけるように、炎を上げる薪をじっと見つめた。頑強そうな男性で、ふさふさとした頬ひげと顎ひげを生やし、かなり恰幅もよい感じだった。

「遠くまで行ったことがおありですか？」

「あります」

「軍隊に所属していらっしゃるようにお見受けしますが」

「おっしゃるとおりです」

少し間が空いた。旅人は自分のことをあまり話したくないようだったが、ブラッドリー氏は引き続き問いかけた。

「外地から帰っていらしたのでしょうか？　そんな気がするのですが」

「はい。この国には六日といません」

「そうですか。我々は平和を得られると思いますか？」

「思いますし、そう願います。故郷に、そして、最愛の人のもとへ帰りたいと切なる思いを抱いている多くの同胞たちのために」

ブラッドリー氏のついた深いため息は、その場にいた全員の耳に届いた。旅人は一人ひとりに素早く視線を走らせたあと、火に視線を戻した。

「ひょっとして、軍隊に気に留めておいでの方がいらっしゃるのでしょうか――ご親戚とか？」

「悲しいかな！　私には息子がいるのですが――いえ、いたと言うべきかもしれませんが、どこへ行ったのかわからないのです」

「おお！　家出ですか、なるほど」

「いやいや、息子はある意見の相違で家族のもとを去ったのですが、今では、息子が戻ってきてくれたらと願ってやみません」

「ああ！」旅人は静かに言った。「相違や過ちというものは、望みもしないのに、時折起こるものです」

このとき、漆黒の長い髪をしたエレン・モウブレーのそばで寝そべっていた年老いた猟犬が、旅人の声音の違いに気づいて顔を上げた。そして起き上がると、旅人にゆっくり近づいていき、においを嗅いでいたかと思うと、次の瞬間、うれしそうな鳴き声をあげて駆け寄り、これ以上はないというほどの愛情を示して、舐めたり、体をすりつけたりしはじめた。たちまち、みな歓喜の声をあげた。

「ヘンリーだわ！」エレン・モウブレーは叫んで、椅子から立ち上がると、彼の腕の中へ飛び込んでいった。

確かにヘンリーで、彼は着込んでいた数枚のコートを脱ぎ、もじゃもじゃのつけひげもとった。

再会は幸せに満ちていた。周辺一帯でこれほど喜びあふれる家はなかった。ヘンリーは彼を愛していた人々の腕へと戻り、ひと月後には、彼と従姉妹のエレンとの結婚式が執り行われた。

フランシス・ヴァーニー卿は懐中時計に目をやった。午前〇時まであと五分。彼は慌てて立ち上がった。いや、立ち上がりきる前から、屋敷の正面玄関の扉がにぎにぎしく叩かれ、その音が屋敷じゅうに響いた。

第三十二章　千ポンド――訪問者の予防策

　フランシス・ヴァーニー卿は今は動くことも、しゃべることもせずに、彫像のように突っ立って、薄気味悪い目を部屋の扉にじっと向けていた。まもなく、使用人が来て告げた。

「だんなさま、お会いしたいとおっしゃる男性がお見えになっております。その方よりご伝言がございまして、〝遠方より参った、生命の潮が速やかに引いていく瞬間は貴重であった〟とのことです」

「わかった！　わかった！」ヴァーニーは喘ぐように言った。「中へ通せ、知った相手だ！　この部屋に案内してくれ！　古い――友人だ」

　ヴァーニーは椅子にどさりと腰を落としたが、目は、訪問者が入ってくるはずの扉を見つめたままだった。来ることを予感し、恐れを抱きながらも、会うことを拒まなかった相手と、なんらかのおぞましい秘密とのあいだにつながりがあるのは間違いない。そして今、ゆっくりとした重々しい足音が近づいてくる――扉の前で立ち止まったあと、使用人が扉を勢いよく開けると、背の高い男が入ってきた。騎手用マントに身を包んだ男が足を踏み出すたびに、踵についた拍車が音を立てた。

　ふたたびヴァーニーは立ち上がったが、なにも言わず、二人はしばらく無言のまま向き合って立っていた。使用人は部屋を出て扉を閉めたので、二人の会話を妨げるものはなにもなかった。それでも、なお沈黙が続く。互いに、相手が会話の口火を切ってくれるよう願っているかのようだった。

　外見から判断するかぎり、来訪者には、ヴァーニーが異常なほど神経を尖らせている理由となるような特徴はこれといってなかった。明らかに人生の盛りを過ぎた男で、多くの逆境を乗り越えてきたらしく、時間《とき》が決して軽やかに過ぎていったわけではないのを示すかのように、額には深いしわが刻まれている。

ただし、その目は明らかに不吉なものを宿していた。奥深い猜疑心が垣間見える、冷たい悪意に満ちた目つきで、常に周到に仕組んだ悪巧み――人類全体の裏をかけるほどの――をくわだてているかのようだ。

　ヴァーニーのほうから口を開くことはないらしいと気づいた男は、マントをもっとゆるくまとって、低く、

深みのある声で言った。

「私は来るのを待たれていたのだろうか?」

「待っていた」とヴァーニー。「この日、この時間に」

「そのとおり。しっかり心に留めてくれていたことをうれしく思う。あれ以来、君の外見はよくなっていないが——」

「口を閉じてくれ! それ以上はなしだ。過去の忌むべき話題を持ち出さずに会うことはできないのか! 私に思い出させる必要などどこにもない。ここへ来たということは、あんたも忘れていない証拠だ。あのおぞましい出来事について話すのはよしてくれ。人知に及ぶかたちで言葉を組み合わせるんじゃない。そんな話に耳を貸すつもりは毛頭ないからな」

「かまわないとも、君の望みのままに。では、手短にすませよう。私の用件はわかっているな?」

「わかっている。限られたやり方でしか引き延ばせないのがあまりにも恐ろしくて、たやすく忘れられるものではない」

「おお、君はじつに抜け目がない——用意周到に計画を練り上げ、実行に移す準備も整えているがゆえに、引き延ばすことを恐れる一方で、私との取引の状況が本当にはわかっていない。どうして君は、それほど熱心に私を見つめている?」

「なぜなら」ヴァーニーは震えながら答えた。「なぜなら、顔の造作の一つひとつが、私を身震いさせ、嫌悪感をぬぐってさえ考えられない、人生で唯一の場面を思い起こさせるからだ。夢に見るだけでも正気を失わせるのに十分な、おぞましさにあふれたあの光景がすべて心に浮かんでくる。年に一度の訪問による恐怖は、暗雲のようにこの心に垂れ込め、ひどい重荷のようにのしかかって、活力を奪い、出てこられた前回とは異なる場所から、日々、私をあの墓場へと引きずっていくのだ」

「君は死者の中にいたのか?」男が問いかけた。

「ああ、いた」

「それでも、不死ではない」

「そうだ」ヴァーニーは繰り返した。「そうだ、それでも不死ではない」

「この世界に引き戻したのは私だった。君の外見から判断すると、あの波瀾万丈の時代からこちらは、あまり魅力的ではなかったようだ。本当に、君の見た目はまるで——」

「まるでなんだというのか」ヴァーニーは相手の言葉を遮って言った。「この話題は毎年うんざりするほど蒸し返されてきた。あんたが訪ねてくるまでの数週間は恐ろしい記憶にさいなまれ、あんたが立ち去ったあとは平静を取り戻すのに何週間もかかる。私を見ろ。変貌を遂げた男ではないのか？」

「確かに、君は変貌を遂げた。君につらい思い出を押しつける気はない。とはいえ、君がほのめかした出来事が、君のような者にこれほど恐ろしい印象を植え付けたのが、私には不可解でならない」

「私は死の苦しみを通り抜けた」とヴァーニー。「さらなる拷問のような苦痛にも耐えた――変貌のために――肉体と魂をふたたびつなぎ合わせるために。その苦しみたるや耐えがたいもので、そうした感覚はあんたには想像もつかないだろう」

「そういった面はあるかもしれないが、それでも、炎のまわりを羽ばたく蛾のように、君は過去の話をしながらも、すこぶる満足しているように思えてならない」

「図星だ」ヴァーニーは認めた。「私は自分の心いっぱいに広がっている光景が恐ろしい。そうした光景は十二ヶ月間も閉じ込められている。あんたに、そしてあんただけに、偽ることなく話せることで、おぞましい光景による心の重荷を下ろせる気がするのだ。あんたが立ち去って、それなりに時間が過ぎれば、不吉な光景に眠りを妨げられることもなくなる――もっとも、いくらか平穏を取り戻したあとは、来たるべき再会に向けて、また時間がゆっくり刻まれることになるわけだが」

「君の言い分はわかる。ここにはよく滞在するようだね？」

「私はこれまで一度として約束を違えることなく、居場所をあんたに伝えてきた」

「確かに。私は君になんの不満も抱いておらんよ。君ほど契約を忠実に果たしている者はいないからな。そのことで私は君を十二分に評価するし、君が条件を満たせるまで長く生きられるよう願っているよ」

「あんたを騙すつもりはないが、そうした信頼に応えつづけるには、ほかの百人を騙さざるをえないかもしれない」

「それについてはなんとも言えん。幸運の女神は君に微笑みかけているようだが。私はまだ失望させられていないからな」

「これからもだ」ヴァーニーは言った。「あんたを失望させたら、とてつもなく大きな、そして恐ろしい代償を支払うことになるのは目に見えている。そんなはめになるのはいやだからな」

そう話しつつ、ポケットから留め金で挟んだ札束を取り出すと、数枚の紙幣を引き抜いて、男の前に置いた。

「千ポンドだ」とヴァーニー。「取り決め分の」

「まさしく取り決めどおり。君に礼は言わんよ。お互いに意味のない世辞で時間を無駄にするほど愚かではないからな。実際、正直なところ、この金は私に必要ないとまでは言わないが、君が受けている恩恵の大きさから考えれば、ずいぶん安いものだろう」

「もういいかげんにしてくれ！」ヴァーニーは叫んだ。「おかしなことに、この世の見納めとなったのはあんたの顔で、ふたたびこの世に戻ってきたときに見たのもあんたの顔だった。まだこの恐ろしい取引を続けるというのか？」

「そうだ」男は答えた。「もう一年は。そのあとは、運命がもたらしてくれたささやかな蓄えを持って引退し、もっと若くて有能な者に道を譲る」

「そのうえ、まだこの金額を要求するわけか」

「いいや。私が訪問するのはあと一回だ。君には公正かつ気前よくしてきた。君は歳をとっていない。そして私は、君の生活を妨げる者になりたくはない。今も言ったとおり、君に力を貸した見返りとしてこの金額にしたのは、やむをえずであって、そうしたかったわけではない」

「わかった。あんたに感謝すべきだな。よくしてもらったお返しに言っておくと、あんたがいると震えがくるのは、あんた自身に恐怖するのではなく、過去の記憶が陰鬱によみがえるせいだから、安心してほしい」

「言うまでもないことだ」男は言葉を返した。「今回はこれまでより気持ちよく別れられそうだ。次に会うときは、それが最後になるとわかっていることで、今の君の鬱々とした気分も晴れるのではないだろうか」

「そうかもしれない！　そうなってほしいものだ！あんたはまだそれほど熱心に私を見つめるのか！」

「ああ。時間が経てば、原因とともに消えるとばかり考えていた効果がなくなっていないのがひどく奇妙に思えてな。私が危険を顧みない子どもでないのと同じく、君もかつて私が記憶していた男とは違っている」

「そうだ、違っている」とヴァーニー。「二度と、決して、あんたが記憶している男には戻らない！　死神の手が私の顔に貼り付けた表情を、私は永遠に浮かべつづけるのだ。自分でも身震いがするし、馬鹿げた好奇の目がしっかり注がれるのをしょっちゅう感じるので、内心密かに、私がほかの人間と見た目が異なっている理由を、突拍子もない想像で当てている者がいるのではないかと思うほどだ」

「いいや。そんなことはありえんよ。だが、私は君から去ることにする。普通の人間ならなれたはずの〝友人〟関係を終わらせよう。次に会ったあとは、永遠にお別れだ」

「イギリスを離れるのか？」

「そうだ。人の世での私の状況はわかっているだろう。留まる気にさせるようなものではない。ほかの国では、私がイギリスでは期待もしていない尊敬と注目を集めることもありうる。そこでは、私の資産は絶賛され、かつての人生に忘却という名のヴェールをかけて、晩年を幸せに暮らせるかもしれない。君から支払われてきた金は、ほかのなによりも心楽しく稼がせてもらったものだ。これまでそうであったように、君の恐怖から搾《しぼ》り出したものだが、とはいえ、さほど気が咎めることなく受け取ってきたからな。では、さらばだ！」

ヴァーニーは、男を玄関まで見送らせるために呼び鈴を鳴らして使用人を呼び、二人はなにも言わずに別れた。そして部屋に一人きりになると、その屋敷の謎多き所有者は心の底から安堵したように深々と息を吸った。

「終わった！　終わったぞ！」ヴァーニーは声をあげた。「おそらく彼は、自分でも予期しないほど早く次の千ポンドを稼ぐことになるだろう。大急ぎで彼に送ってやる。そうすれば、この件に関して、私は心穏やかに過ごせる。これまで多額の支払いをしてきたが、私は金には換えられないものを手に入れた。私の人生を！――いや、命そのものをだ！　世界の富をもってしても取り返せないもの！　私はあの男の手に渡った金を惜しむべきだろうか？　とんでもない！　確かに、あの男のせいで、私は燦然と輝いていた魅力をいくらか失ってしまった。確かに、世俗的な愛情は持ち合わせず、人々と交わるのを避けているのと同じように、私も人々から避けられている。それでも、このしなびた血管に血が流れているあいだは、生命力にしがみついてやる」

奥の部屋に足を進めたヴァーニーは、フックからはずした黒っぽい色の長いマントに、背の高い不気味な姿を包み込んだ。それから帽子を手に屋敷を出ると、バナーワース邸がある方角へ歩いていった。


フランシス・ヴァーニー卿のような人間味にまったく欠ける男が苦しむからには、ありふれた死の罪悪感といったものではないはずだった。正体を巡って彼につきまとっている疑惑は、本人のとる行動の一つひとつから裏づけられていくようだ。

一年ごとに多額の支払いをしなければならないとフランシス・ヴァーニー卿が考えていた例の男が秘密を握っているのか、彼が世俗を超えるものとわかっているのかは、現時点ではっきりしないが、二人が交わした会話からいって、事実であるかのようだ。もしかすると、フランシス・ヴァーニー卿は冷たい月の光が降り注ぐ森の中、おそらくは変わり果てた姿で埋まっていて、朽ちていく運命から男に救い出され、その見返りに、そして口止め料として、高額の金を要求されていたのかもしれない。

当たらずと言えども遠からずと言えるだろうが、案外、もっと自然で合理的な説明がひょっこり見つかることもある。それに、フランシス・ヴァーニー卿が歩んできた人生には、読者をさらに震撼させる内容の詰まった、まだ開かれていないページがあるのではないだろうか。

時間の経過と、慌ただしく起こっているさまざまな出来事の積み重ねによって、登場人物《ドラマティス・ペルソナイ》の幾人かを覆っている謎のヴェールはほどなく引きはがされることだろう。

そして、こうした出来事が新たな局面を見せていく中で、麗しのフローラ・バナーワースを絶望的な闇から救えるようになることを願おうではないか。ふたたび彼女の笑顔が見られることを、頰に健康的な薔薇色がさすのを、足取りに軽やかさが戻るのを、以前と同じように彼女が周囲の人々の喜びとなり、幸せを与え、受け取ることができるように祈り、心待ちにもしよう。

さらには、あの凜々しく勇敢な恋人、いかなる状況でも愛する女性と縁を切らず、善良な心の声だけに耳を傾けた彼も、いずれ華々しく報われ、不変の至福をもたらすまばゆい光なら、その輝きをしばし覆い隠している闇に打ち勝てるのではないかという希望にふけってみよう。

第三十三章　奇妙な会話――バナーワース館での追跡

フランシス・ヴァーニー卿は、どんな人間でも耐えがたいほどの鬱々とした表情で、なにやらしきりにつぶやいているようだったが、ますます深まっていくと思える謎をまとったこの奇っ怪な男を〝人間〟と呼ぶ者はいそうにないので、人間と比べるのはたいして意味がないことかもしれない。

人は超自然的なものを信じたがらないし、人間が超自然的な力を持つことも嫌悪するが、フランシス・ヴァーニー卿にまつわる風変わりどころではない事実と彼の行動に、人々はある種の身震いするような確信を抱くのだ。つまり、彼が実際に死ぬことがあるのだとしても、通常の死を超える力は持っているわけで、ごくありふれた人間の性質を持つ普通の人々には想像もつかないような邪悪な目的のために地上をうろついているに違いないと。

彼は、自宅とバナーワース館のあいだに広がる、絵画のように見事な起伏に富んだ一帯を含む、美しい田園地帯を静かに一人きりで通り抜けていた。どうやら最短距離でバナーワース館を目指しているようだ。月がまだ出ていないせいで暗い闇の中、その複雑な地形について手がかりのないまま、とにかく道をそれることなく突き進んでいた。

低く不明瞭な声でよく独り言をつぶやいていたが、その大半は、先ほどの訪問者――話の端々を合わせて推測するかぎり、明らかにフランシス・ヴァーニー卿を強力に支配し、目の飛び出るような金額を要求していた――と交わした会話についてのようだ。

それでも、はっきりと聞き取れたいくつかの言葉から、彼は怒りをもって考えているのではなく、男との会話で、時間も完全に消し去ることのできなかった、苦痛と汚辱にまみれた記憶を事細かによみがえらせているようだった。

「おお、そうとも」ヴァーニーは、先だってマーチデール氏とバナーワース兄弟が彼とおぼしき者を追った森の縁《へり》で足を止めた。「そうなのだ。まさしくあの男の姿が、私が決して忘れることのできない、恐ろしい惨劇の恐怖に満ちたあらゆる場面を思い起こさせる。私の記憶から消えることのない、かくもおぞましい事実として。あの男の姿だけが、恐ろしい記憶の細部をよみがえらせ、私の心に一つ残らず――とりわけあの苦痛のときにつながる記憶を――強烈な色彩で描き出すのだ。定期的に訪ねてくることがどれほど私の心をかき乱すことか。何ヶ月もあの男の訪問を恐れ、会えば会ったで、受けた衝撃から少しずつ立ち直るのに何ヶ月もかかる。〝あと一回〟と、あの男は言った――〝あと一回〟と。一年が過ぎれば、二度と会うことはなくなる。いやいや、もしかすると、そのときが来る前に、機先を制して、せめてあの男を待つ苦痛を感じずにすむようなものを自分で手に入れられるかもしれない」

森の縁で足を止めたままだったヴァーニーは、バナーワース館のある方角へちらりと目を向けた。闇を透かして、古めかしい破風の先端と小塔風の窓がぼんやりと見てとれる。手入れの行き届いた庭と、強い北風を遮る堂々とした樅《もみ》の木立も見え、それらを眺めるうちに、誰一人として、ほんの一瞬でさえ、人間味にまったく欠ける人物に起こるとは想像もしなかった強烈な感情に襲われたような気がした。

「この場所はよく知っているぞ。そうとも、私がここへ来て、あの重大な出来事に出くわしたのも――私が近づいたことで恐怖に駆られた彼が、殺人に次ぐ嘆かわしい行為に走ってしまったのも、こんなふうにあたり一帯がひっそりと静まり返って穏やかな夜だった。彼は私の気配に気づいたとたん、私だと確認するより死を選んだ。状況さえ違えば、私はあんな目には遭っていなかった！　屈指の資産家になっていたはずだ。今は私を軽んじている者たちの賞賛を集められる立場になっていたはず。いや、依然としてそういった時代は来るかもしれない。私はまだ希望を抱いているし、喉から手が出るほど欲してきたあの偉大さ、ありあまる財力を持つ者だけが得ることのできる、同族を意のままに操れる魔術師めいた力も、いまだ私のものかもしれない」

マントを体にしっかりと巻きつけながら、フランシス・ヴァーニー卿は彼特有の足音がしない大股な足取りで進んでいった。行く手を妨げる生け垣や溝は意識することなく避けているようだ。きっと歩き慣れた道なのだろう。そうでなければ、苦もなく通れるはずがない。今彼は、バナーワース館の専用とも言える庭を侵入者からいくらかは防いでいる植林地の手前に立っていた。ふいに踏ん切りがつかなくなったかのように、それとも、そのあとの行動から判断すると、確固とした目的もなく、いや、目的はあっても、それを果たすための決まった計画を持ち合わせていないかのように、ためらっていた。

フランシス・ヴァーニー卿はまたもや屋敷へ忍び込むことを夢見ていたのだろうか。そこに住む者の心の中では、ある人物その人ではないかと思われている、おぞましい産物の気味の悪い姿で？　彼は蒼褪め、衰弱し、震えていた。吸血鬼一族が救いようのない存在をながらえるためには、そうせざるをえない空恐ろしい方法で新たな血を血管に満たす必要がこれほどすぐに生じたというのだろうか。

そうかもしれないが、ヴァーニーはすでに回復が危ぶまれるほど哀れな状態に陥ってしまった美しい娘の脳裏に、どうすればふたたび狂気の炎を燃え立たせられるかを、今でも真剣に考えていた。

彼は老木に寄りかかったが、奇妙に光って見えるその目は、周囲のありとあらゆるきらめきを集めて異様に明るく輝いているかのようだった。

「私はバナーワース館の主《あるじ》にならずにはいられない」ヴァーニーはつぶやいていた。「なってみせる。いや、そうなるはずだ。種は仕込んでいるから、いずれ私のものになるだろう。そのあと、自分の手で煉瓦を一つひとつ、石を一つひとつ動かしていけば、今では私を除けば誰も夢にも思わない隠された秘密を発見することになる。館を手に入れる方法ならば、力ずくでも、騙すのでも、愛や絶望といったものを利用するのでも、私は気にしない。最後はあらゆる手段が正当化されるのだ。ああ、欲望のために血をかき分けて進むことになろうとも、私は絶対に手に入れてみせる」

その恐ろしい男の胸の内で怒りがたちまち激情の嵐となって吹き荒れているのとは反対に、夜は厳かで静かな平穏に満ちていた。バナーワース館から物音はいっさいせず、遠くから番犬の吠え声や牛の低いかすかな鳴き声が夜風に乗って時折聞こえてくるだけだ。その人物が——人だとすればだが——沈んだ陰鬱な口調であたりのやわらかな夜気に衝撃を与えるほかは、なんの声もしなかった。足をどちらに向けているのか気にもとめていないかのような、のんびりとした歩き方で、なおも屋敷へ進んでいく。そして、こぢんまりとしたあずまやのそばで足を止めた。そこはかつて、悲嘆に暮れたフローラが汚れを知らぬ心で一途に愛する恋人と話をした、居心地がよくて心安まる隠れ家だった。

　ここから屋敷がほぼ見えないのは、常緑樹と咲き誇る花々に囲まれているせいだ。手つかずの大自然さながら、色彩豊かな無数の花が美しさを競うように咲き乱れている。

　あたりは甘いにおいが立ちこめていた。たくさんの花のかぐわしい香りが混じり合って、まさに楽園を思わせる。だが、そのような美しさの中に立っていたヴァーニーは、どれほど自然の美や豊かさと相容れない存在だったことか！　彼にはその穏やかさを理解することも、その崇高さからわずかでも善なるものを取り込むこともできなかったのだから。

「なぜ私はここにいるのだ？」ヴァーニーは自分に言った。「確固たる計画や揺るぎない目的を持っているのでなければ、自分の蓄《たくわ》えを二度と日の下に持ち出せないほど地中の奥深くに埋めた、どこぞの守銭奴のようではないか。自分の宝がここにあると感じる——いや、わかる——この場所をうろついていても、宝に手をかけることも、きらめく美しさに欣喜雀躍《きんきじゃくやく》することもない」

　まだ独り言をつぶやいていたとき、庭の小径《こみち》を歩くかすかな足音が聞こえて、ヴァーニーはやましいことをしているかのようにぎくりとした。その足音はとても軽くて弱々しく、昼間なら、夏の虫の羽音にもかき消されていただろう。だが、罪を犯した彼の耳には届いた——邪悪で恐ろしい、衝動的な行動をとる男の耳には。彼はかぐわしい香りの世界の中で、姿を見られないよう、茂みや花々の中へ体がすっかり隠れるまで身をかがめた。

　彼と同じくひっそりと、歓迎すべからざる者、もしくは得体の知れない者がいるのだろうか。それとも、不幸に見舞われている一家の所有地に侵入してきた彼を見咎《みとが》めた者が、吸血鬼であっても、まだ人間の手でもたらせなくもない死を彼に与えんとして来たのだろうか。

　足音が近づいてくる中、ヴァーニーは臆病な心臓の打つ音が地面に響きそうになるほど身を低くした。珍しくも、武器を持ってきていなかったからだ。それもこれも、さまざまな相反する感情を呼び覚ます奇妙な男が屋敷を訪ねてきたことで心が千々に乱れていたせいだった。

小さな足音はいっそう近づいてきていたが、恐怖が心に根ざしていたヴァーニーは、その足音の軽さが警戒や不信を反映してのことではなく、足音の主のごく自然な優雅で自由な動きによるものであると気づけなかった。

月が昇ったのだろう、夜空にかかる雲越しにぼんやりとした光を投げかけ、あたりが仄明るくなる。もっとも、闇は薄れたものの、あらゆるものがおぼろに照らされ、輪郭がはっきりとせず、どれもこれも曖昧模糊となっていた。

ヴァーニーは気を張り詰め、足音が聞こえてくる方向に目を凝らしていたが、ゆっくりと進んできているのが女性だと見てとって、身の安全に対する恐れが消えた。

すぐにフローラ・バナーワースに違いないと悟り、立ち上がろうとしたものの、なぜ彼女がこんな夜更けにこんな場所に来るのか知りたいという強烈な好奇心から、考え直して、身をかがめたまま静かに様子をうかがうことにした。フランシス・ヴァーニー卿にして、フローラ・バナーワースを夜更けにあずまやのそばで見かけて驚いたとするなら、彼女のことをよくご存じの読者は彼の比ではなく仰天したことだろう。それに考えてみれば、恐ろしい真夜中の訪問者に、安らぎの場所である自分の部屋へ荒々しく踏み込まれるという厭わしい件があったのに、フローラがそんな時刻に一人で屋敷の外を歩き回れるほど勇気をかき集められたというのも不可解なことだった。

フローラは、世にも不気味なものと出会うことを恐れていなかったのだろうか。そいつの残忍な手に陥るかもしれないという、背筋も凍るようなおぞましい考えは頭をよぎらなかったのだろうか。足を踏み出すたびに、あらゆる面で自分を助けようとする人々から遠ざかっていることに思いが至っていないのだろうか。身を破滅させるかもしれない、あるいは、破滅させかねない存在のことを気にもとめず、いや、明らかに考えもせずに歩を進めていく彼女は、そうなのかもしれなかった。

だが、あらためてフローラに目を転じてみよう。彼女はなんとも異様な、幽霊めいた様子で歩いていた。

顔にはなんの表情も浮かんでいないようだが、古くからある庭を過去の亡霊のごとく奇妙ですべるような足取りで進んでいる。その顔はひどく蒼褪め、眉間に苦悩のしわが刻まれていた。モーニングガウンを身にまとった姿で、どんな運命をたどったのか今では大いなる謎となっているチャールズ・ホランドの口から純粋な愛の誓いを聞いた、彼女には聖なる場所であるはずのあずまやの方へ向かってくる。

この美貌の娘は本当に正気を失ってしまったのだろうか。揺るぎない知性は苦悩の底に押し込められてしまったのだろうか。頭が混乱して、夢うつつの国の女王となり、この世のものならざる目で物質的な世界を見ながら歩いてきているのだろうか。ひょっとすると、取り乱すあまり、探すべきものを避け、もっと幸せな精神状態なら避けていたはずのものを探しているのだろうか。

ほんのつかの間フローラを目にしただけの者は、そして彼女がつい先頃、悲痛な経験をしたことを知っている者なら、そうした印象を受けるかもしれない。けれども、このような憶測で読者諸君に心痛を与えるのはやめにしよう。我々はフローラ・バナーワースがみなに愛されていると語ってきたし、確かに彼女は愛されている。それゆえ、ほんの一瞬でも、残酷な運命が最悪の結果をもたらし、我々が賞賛してきた繊細で美しい精神が理性的に働く力を失ってしまったと想像することはない。そうとも、ありがたいことに、彼女には当てはまらない。フローラ・バナーワースは正気を失ってはいないが、根拠のないまったくの想像の世界が脳裏に映像を結ぶ、風変わりな夢の影響を強く受けていた。自分の部屋から、愛する男性と会って、人間の唇から発せられたもっとも崇高な真実と変わることのない誓いを聞いた神聖な場所へさまよい出てきたのだ。

そう、フローラは眠っているのだった。それなのに、夢遊病者が不思議にも見せるような正確さで、よく知った小径をゆっくりと、だが確実に、あずまやへ――フランシス・ヴァーニー卿がうずくまっていることを夢は告げていない――歩いていく。ヴァーニーは、フローラと彼女がこのうえない喜びを感じる場所のあいだにいた。フローラの幸福への希望を一つ残らず打ち砕き、心からの愛情を、彼女が受けるべき祝福より大きな不安の原因に変えたヴァーニーが。ああ！　わずか一瞬でも、彼がそこにいることを想像できていたなら、フローラは強烈な恐怖に駆られ、壁に囲まれた安全地帯へ飛ぶように引き返していただろう。少なくとも屋敷なら、恐ろしい吸血鬼の抱擁からいくらかでも守ってくれ、彼女と、考えうる危害の前に果敢にも立ちふさがってくれる味方がいる。

けれども、フローラはヴァーニーの存在を知らなかったのでそのまま足を進め、やがてモーニングガウンの裾が彼の顔に触れた。

恐怖にすくみあがったヴァーニーは、動くどころか、声を出すことさえできなかった！　フローラが死んでいて、身の毛もよだつ復讐を果たそうと取り憑きに来た彼女の幽霊だと思い込んでいた彼は、戦慄のあまり体が麻痺して、動くことも、しゃべることもできなかったのだ。

どうにもできない放心状態に陥りながら、ヴァーニーの臆病な心は、フローラがここから立ち去って屋敷に引き返してくれたらと願った。だが、あいにく、そんな衝動にフローラが駆られることはなく、チャールズの腕にしっかりと抱かれて憩《いこ》った、あずまやの素朴な椅子に腰を下ろした。当時の純粋な愛の記憶がよみがえってきて、フローラは深い優しさのこもった、歌うような口調で言った。

「チャールズ！　チャールズ！　まだ私を愛してくれている？　ええ、あなたが私を見捨てるなんて考えられないわ。助けて、私を吸血鬼から守ってちょうだい！」

フローラは身を震わせ、ヴァーニーは彼女のむせび泣きを耳にした。

「私はなんという愚か者だ」ヴァーニーは自分につぶやいた。「あれほど恐怖するなど。フローラ・バナーワースは眠っている。混乱した夢がしばしばとらせる行動ではないか。彼女は眠っているから、これは私の訪問による恐怖をいっそう掻き立てる絶好の機会になるかもしれない。きっとバナーワース館は、彼女が暮らすにはあまりにおぞましい場所となるだろう。むろん、彼女が屋敷を出ていくなら、ほかのみなも出ていくことになる。バナーワース館は空き家となるのだ、私の望みどおり。そんな曰くつきの屋敷――悪霊の住み処として迷信が取り沙汰される屋敷、平たく言えば、吸血鬼に乗っ取られたとされる屋敷なら、曰くをつけた私を除けば、誰も足を踏み入れなくなるだろう。つまり、私のものとなる。当分のあいだの住みよい場所となるのだ。私はこの屋敷を自分のものにすると心に誓い、約束事を守ることなどめったにないが、その誓いは守るつもりだ」

ヴァーニーは立ち上がると、あずまやの狭い入り口へゆっくりと近づいていった。フローラが座っていた素朴な椅子はあずまやの奥の方にあったため、彼の動きでフローラが目を覚ますことはなかった。やがて彼はフローラのそばに立った。空がかなり明るくなってきたせいで、痩せこけて気味の悪い彼の上半身がはっきり見えるようになっていたため、フローラ・バナーワースが実際に夢うつつの状態でなかったなら、視線をちらりとでも上げれば、おぞましい連れの姿が目に入ったはずだった。そうなれば、かつてのお気に入りの場所――かけがえのない、気高い愛情にとって神聖だった場所は、恐ろしい絶望の亡霊が永遠につきまとう場所となっていただろう。

だが、フローラがそのおぞましい姿を目にすることはなかった。両手で顔を覆って、まだ泣いていた。

「そうよ、チャールズは私を愛してくれているわ」彼女はささやくような声で言った。「そう言っていたし、彼は軽々しく発言する人じゃないもの。変わることなく私を愛してくれていて、きっとまた会えるはずよ、ええ！　チャールズ！　チャールズ！　会いに来てくれるわよね？　あなたが私を愛していないと言う人たちは、愛の神性に反する罪を犯しているのだわ！」

「ほう！」ヴァーニーはつぶやいた。「この娘は初めての恋で、情熱に若い心をがっちりつかまれているわけだ――相手の男を愛している。だが、人間の愛がなんだというのか。私には自分を人間の一人と数えることはできない。とはいえ、この世界の住人のように見えなくとも、ここにいる。誰も愛さないし、愛されることを期待もしないが、人間を隷属させてやる。そうすれば、心では私を憎悪する連中が口先だけで言う言葉だとて、本心からのものであるかのように、私の耳に心地よく響く音楽となるだろう！　この娘と話そうではないか。頭がおかしくなっているわけではない――おそらくは」

美しいフローラに二歩近づいたヴァーニーの顔には、憎悪が凝縮された悪魔のような表情が浮かんでいた。

第三十四章　脅威――その結果――救出、そして、フランシス・ヴァーニー卿の危機

　ふたたび足を止めたヴァーニーは、餌食にすると心に決めているフローラ・バナーワースが無力な状態にあるのを満足げに眺めた。その顔に哀れみの色はなく、悪魔めいた表情に人間らしい優しさはかけらも見当たらない。幸薄い美しい娘を恐怖でおののかせるのにためらっているとすれば、決意が揺らいでいるのではなく、自分の非道さをより効果的に完成させるという考えでしばらく想像にふけりたいからにすぎなかった。

　そして、フローラを助けに飛んでくるはずの者たち――彼女のためならどんな危険も、自分の命さえ顧みない者たちは、眠っていて、愛する者が危機に瀕していることを知らなかった。フローラは独りぼっちで、屋敷から離れた場所にいて、正気が終わりを告げ、ありとあらゆる恐怖を伴う悪夢が始まるきわへ追いやられようとしていた。

　それでもなお、フローラは眠っていて――その夢うつつの状態を普通の眠りの一つとするなら――恋人の名前を悲しげに呼び、どれほど頑《かたく》なな心でさえ解きほぐしてしまう、やわらかく訴えかけるような口調で、恋人がまだ自分を愛していることを強い信念のもとに語っていた。

　チャールズ・ホランドの名前が何度も繰り返されていることが、ヴァーニーには苦々しいようだ。フローラがまた恋人の名前を口にしたとき、彼は我慢の限界だというしぐさをして、さらに足を進め、彼女の足元に立つと、やけにはっきりとした声で言った。

「フローラ・バナーワース、起きろ！　目を覚ますのだ！　私を見よ。目にしたものに衝撃を受け、絶望に駆り立てられるだろうがな。さあ、目を覚ませ！」

　奇妙な眠りからフローラが目覚めたのは、声をかけられたせいではなかった。夢遊病のような状態では、音には鈍感だが、少しであっても触れられれば、すぐさま現実に引き戻されると言われる。このときもそうで、ヴァーニーはしゃべりながら、冷たい、死人のもののように見える二本の指で、彼女の手に触れたのだった。フローラの唇から甲高い悲鳴がほとばしる。記憶も思考も混乱の極みにあったが、それでも彼女は目を覚まし、夢うつつの状態から抜けていた。

「助けて、助けて！」フローラは叫んだ。「いったいどうなっているの！　ここはどこ？」

ヴァーニーは答えずに、長く細い腕を、フローラを囲むかのように広げた。触れてはいないものの、逃げ道を断っており、逃げようとすれば、彼のおぞましい抱擁に自ら飛び込むことになる。

フローラは自分の動きを封じている相手の顔と姿を一瞥しただけだったが、それでも十二分なくらいだった。はかりしれない恐怖に襲われ、彼女は体が麻痺したかのようにじっとしている。言葉だけが存在を主張した。

「吸血鬼――吸血鬼！」

「そうとも」とヴァーニー。「吸血鬼だ。私を知っているだろう、フローラ・バナーワース――吸血鬼のヴァーニーだ。血の饗宴における真夜中の訪問者。私が吸血鬼だ。よく見るがいい。目をそらすな。私を避けるのではなく、私がおまえを愛せるようになる話し方をしたほうがよいぞ」

フローラはがくがくと体を震わせ、大理石の像さながら蒼白になった。

「こんなの耐えられません！　どうして神さまは、私が懇願している死を与えてくださらないのですか？」

「ちょっと待て」とヴァーニー。「勝手に偽りの色づけをするでない。本来はロマンスの誘惑など必要ないほどすばらしいことなのだぞ。フローラ・バナーワース、おまえは虐《しいた》げられるのだ――この私、吸血鬼に。おまえを苦しめるのが私の宿命。目に見えるものだけでなく、目に見えないものにも法則があり、私のような者にさえ、存在の壮大なドラマの中で役割を果たすことが課せられている。私は吸血鬼だ。この肉体を維持する栄養は、他者の生き血から得なければならない」

「ああ、なんて恐ろしい！」

「とはいえ、私がもっともそそられるのは、若く美しい者。そう、フローラ・バナーワース、私が消耗した活力を取り戻すための糧を求めるのは、おまえのような者の血管からだ。だが、私の長い人生――世紀を超える人生の中で、その類まれなる優美さを目の当たりにするまで、人間を哀れむやわらかな感覚を抱いたことはなかった。おまえの血管からほとばしる命の水で自分の心臓を温めていたときでさえ、私はおまえを哀れみ、愛していた。おお、フローラ！　この私ですら、今の自分であることに胸の痛みを感じるのだ！」

その口調にはなにか悲しみのようなものがあり、言葉には真剣さがこもっていて、フローラの恐怖をいくぶんかやわらげた。激しくむせび泣き、涙を次々にこぼしていた彼女は安堵して、うまく言葉にならないような感じで言った。

「神さまはあなたでさえお許しになられますように！」

「私にはそのような祈りが必要だ」ヴァーニーは叫んだ。「そうとも、私はそのような祈りを必要としている。祈りが夜気の翼に乗って天の御座に昇りますように。救いの天使たちによって神のお耳にそっとささやかれますように。間違いなく、私にはそのような祈りが必要だ！」

「そんなに張り詰めた口調で言うのを聞くと」フローラは言った。「いろいろ想像していたことが落ち着いてきて、あなたの恐ろしい存在を前にしてさえ、その頭がおかしくなりそうな影響力からいくらか逃れられそう」

「口を閉じよ」とヴァーニー。「私の話をもっと聞くのだ——おまえはもっと知らなければならぬ。おまえが受けている恐怖に満ちた影響力についてしゃべるのはそのあとだ」

「けれど、どうして私はここにいるの？　それを教えて。あなたがこの世のものならざる力で私をここに連れてきたの？　あなたの話を聞くとしても、どうしてもっとふさわしい時と場所ではいけないの？」

「私には力がある」ヴァーニーは、フローラの言葉から、そうした大言壮語を彼女は信じると踏んだ。「私には数々の意志をくじいて私に従わせるだけの力がある。私の立場に付随する力が。それゆえ、おまえが今より幸せになれるはずのことを聞かせるためにここへ連れてきたのだ」

「では、聞きます。もう震えてはいませんし、血管を流れる血は氷のように冷たく感じますけど、これは夜気のせいですから——話してください、お聞きしますわ」

「では、話そう。フローラ・バナーワース。私は人間とその所業を、時の移ろいとともに見てきているが、どちらにも哀れみの気持ちは持っていない。帝国の崩壊も目の当たりにしたが、高邁な野望が粉々に打ち砕かれたからといって、ため息をついたこともない。死が近づいていく若く美しい者たち――私の飽くなき人間の血への渇望によって、早すぎる死を迎えようとしているのを目にしても、彼らに愛を感じたことなどなかった。これまでは」

「あなたのような者でも、そうした人間的な感情を持ち得るものなの？」

「持ってはいけないのか？」

「愛は、天界にこそふさわしいもの、あるいは、極めて人間らしい感情で、あなたとは相容れないものだわ」

「違うぞ、フローラ・バナーワース、そんなことはない！　その感情は哀れみから生まれているのかもしれないだろう。私はおまえを救ってやる――おまえを立て続けに襲っている恐怖から救ってやる」

「ああ！　それなら、あなたに助けが必要なときに、神さまがお慈悲をかけてくださいますように！」

「そうであってほしいものだ」

「あなたが天上の平安と喜びをも知ることができますように」

「それはかすかで稀薄な望みだが、かなうとすれば、フローラ・バナーワース、おまえのような精神――私の苦悩に満ちた魂へすでに穏やかな影響を及ぼし、わずか一つとはいえ、利己的ではない行動をとりたいという気持ちを生み出している――を介してだろう」

「その願いは」フローラは言った。「きっと届くことでしょう。神さまの慈悲に限りはないのですから」

「愛しいおまえのために、大いに信じることにしよう、フローラ・バナーワース。我が厭わしき種族では、愛してくれる人間が一人でも見つけられれば、我らは自由の身となる。神の御前で、おまえが私のものになることに同意し、私をおぞましい運命から引きはがしてくれるなら、おまえの純粋さと美徳ゆえに、いつか私は天上の幸福を知ることになるに違いない。私のものになってくれるか？」

　月にかかっていた雲がすっと晴れ、吸血鬼のあさましい姿が煌々と照らし出された。納骨堂から救出されたばかりといった感じで、自然の美と調和をことごとく破壊し、初めて目にした者なら正気を失うような姿だった。

「いいえ、いいえ、まさか！」フローラは甲高く叫んだ。「絶対にいやよ！」

「十分だ」とヴァーニー。「返事はもらった。ろくでもない申し出だった。私はやはり吸血鬼だ」

「許して！　許して！」

「血をもらうぞ！」

フローラは膝をついて、両手を天に伸ばした。「ああ、神さま、お助けください！」

「血だ！」ヴァーニーは、恐ろしい牙のような歯をむき出しにした。「血だ！　フローラ・バナーワース、吸血鬼の求めるものだ。私は愛してくれるよう頼み、おまえは断った――当然の報いだろう」

「違うわ！　違う！　さっきまで分別があってきちんとしたしゃべり方をしていたあなたが、いくらなんでも、それほど理不尽になれるはずがないわ。あなただって、私があらゆる点で、もっとも不当に虐げられている者だと感じているに違いないもの。苦しむべき正当な理由もないのに――過ちを犯したわけでも、自分勝手だったわけでも、不誠実だったわけでも、恥じ入るべきだったわけでもないのに、あなたが自分の恐ろしい存在を引き延ばすために、以前と同じように私を襲ってしかるべきと考えたばかりに、苦しめられている者だとね。どれほど敬意をもって、誠実に、まっとうに懇願されても、自分でどうにもならないことを受け入れられない――あなたを愛せない――からといって、私は責められなければならないの？」

「ならば、甘んじて苦しんでくれ。フローラ・バナーワース、おまえはほんの一時でも、自分と私を救うために、私のものになる気はないのか？」

「問題外だわ！」

「では、まだこの先も長らく、私は自分の周囲に災いと悲嘆を撒き散らす運命にあるわけだな。それでも、これまで以上に、かつては私の心の中に存在しなかった感謝の気持ちや他者を思いやる気持ちで、おまえを愛している。救われることがなくても、自分のものにしたいと思ってしまう。だが、おまえが私の存在に悩まされずにすむチャンスは残されているかもしれんぞ」

「まあ！　チャンスがあるですって！　いったいどうやって？　どうすればそのチャンスをつかめるのか教えてくれるなら、悲嘆に打ちのめされた者が苦悩の淵から救ってくれた相手に示すような、心からの感謝をあなたに捧げます」

「ならば、聞くがよい、フローラ・バナーワース。いまだかつて人間に告げられたことのない、私のような神秘の存在についていくらか話してやる」

フローラは真剣な眼差しでヴァーニーを見つめ、彼が真面目そのものの態度で、すべての状況がそろったときに、えてして自分のような者を出現させることになる特異な部類の生理機能について話すのを、熱心に聞き入った。

「フローラ・バナーワース、私はおまえやほかの者たちを恐怖に陥れる非道な手段によってのみ維持できるこの存在に魅了されているわけではない。私の犠牲になる者たち――私の飽くなき血への渇望が彼らを悲惨な目に遭わせ、苦しめているとしても、吸血鬼である私にも、言いようのない苦痛を感じるときがないわけではないのだ。だが、それは我々の本質における謎めいた法則で、活力が消耗して、他人の血管から温かく噴き出す新たな糧が必要となるときが近づくと、生きたいという強烈な欲求がふくれあがり、やがて、人も神もものともしない、荒れ狂う錯乱状態となって、獲物を求めてしまうのだ」

「なんて恐ろしい状態！」

「そのとおりだ。そして、忌むべき食事が終わると、ふたたび脈が健康的に打つようになり、奇妙な感じの活力がよみがえって、落ち着きのある状態へと戻る。だがそのとき、ありとあらゆる嫌悪感、反動による苦痛、さらに、筆舌に尽くしがたいほどの苦悩に襲われるのだ」

「気の毒に。あなたであっても、同情するわ」

「そのような感情がおまえの中にあるなら、それを求めてもよいかもな。フローラ・バナーワース、この地上を這いずり回った卑しく浅ましい者でも、私ほど惨めな存在はないだろうから、おまえに同情してほしいと思うかもしれん」

「どうぞ話を続けて」

「ああ、続けるとも。できるかぎり短く簡潔にな。ひとたび人間を襲えば、同じ相手からもっと血を得たいという奇妙な、だがひどく衝動的な欲求に駆られることになる。とはいえ、フローラ・バナーワース、私はおまえを愛している。超自然の存在となっている私にまだ残っているごくわずかな感性は、おまえの中の純粋で、よりよき精神を感じ取っている。私は本気でおまえを助けたい」

「ああ！　どうすれば恐ろしい苦痛から逃れられるか教えてください」

「それには、逃げるしかない。この屋敷から離れてくれ、お願いだ！　なるたけ早く。ぐずぐずせず――古びた屋敷を、未練がましい表情で振り返らないでほしい。私はこの地域に何年も残るつもりだ。おまえを見失わせてくれ。あとを追う気はないから。だが、私は行きがかり上、ここに留まらざるをえない。私が耐えているような悲惨な運命から逃れるには、おまえはここから離れるしかないのだ」

「でも、あの……」フローラはなにか恐ろしいことを尋ねるために勇気をかき集めているかのように、しばらく沈黙していたが、やがて口を開いた。「教えてほしいことがあるの。吸血鬼の恐ろしい襲撃に持ちこたえた者も、死ねば自分もそのおぞましい一族になるというのは本当なの？」

「そうした段階を踏んで、あさましい一族は増えていくが、新たな恐ろしき存在となるには、時間と状況といったものも関係してくる。そう、おまえは大丈夫だ」

「大丈夫！　ああ、もう一度その言葉を言って」

「よかろう、おまえは大丈夫だ。一度や二度血を吸われたぐらいでは、肉体に変化を及ぼすほどの影響は受けない。吸血の性質と共存するようになるには、変化しやすい体質となっていなくてはならないからだ。何度も繰り返し襲われなければそうはならないし、吸血鬼となるには、血を奪われることで死ななければならない」

「そう、そうなのね、わかったわ」

「おまえが毎年私に血を吸われつづければ、先の細い蠟燭の弱々しい光のように、生命力が徐々に乏しくなっていき、やがて栄養を摂っても追いつかなくなって、最後のひと押しとなる襲撃で命の炎が消えると、フローラ・バナーワース、おまえも吸血鬼になるかもしれない」

「そんな！　なんて恐ろしい！」

「生命を失ったおまえの体に、偶然であれ、意図的にであれ、冷たい月光がわずかにでもかかれば、おまえはふたたび起き上がって、我らの一員となる。自分には恐怖を、おまえの周囲にいるすべての者には絶望をもたらす者となるのだ」

「いやよ！　私、ここを出ていきます。身の毛もよだつような恐ろしい運命から逃れられる望みがあるなら、行動に移さなければ。すぐに行動をとることで――バナーワース館から離れることで救われるなら、大陸へ渡るまで決して足を止めないわ」

「それがいい。今の私はこうしておまえと穏やかに話ができる。もう二、三ヶ月もすれば、死のけだるさが全身に広がってきて、異様なまでの興奮状態に陥り、おまえが鋼鉄製の三重扉の向こう側に隠れているとしても、ふたたびおまえのいる部屋を探し、この腕にしっかりと抱いて、血管から命の糧を吸い、恐怖でおまえを芯まで震え上がらせたくなるだろう」

「私を急き立てるために」フローラは身を震わせながら言った。「襲撃の際のことを持ち出して、背中を押してくれなくていいわ」

「バナーワース館を出ていくか？」

「ええ、出ていくわ！　そうなるでしょう。屋敷の部屋は、そこで起こった出来事を思い出すせいで忌まわしいものとなっているもの。兄にも母にも、いえ全員に、出ていくよう強く勧めるつもりよ。遠く離れた地でなら、安全で憩える住まいが見つかるでしょう。そうした場所でなら、怒りより悲しみ、非難よりも同情、嫌悪感よりも好奇心をもってあなたのことを考えられるようになるはずだわ」

「そうなるとよいな」ヴァーニーは、自分のとった行動で極度の絶望を味わわせた相手と良好な関係を取り戻せて感謝するかのように、両手を組み合わせた。「そうなるとよい。私のような侘《わび》しく孤立した存在に、一人とはいえ、人間の心に平穏をもたらそうという気にさせた、思いやりというものが、私のために声を大にして神に乞うてくれればよいと、この私でさえ願ってしまう」

「願いはかなうわ、きっと」

「そう思うか？」

「思うわ。そうした考えが間違いなく現実のものとなるよう祈るわ」

フランシス・ヴァーニー卿は大きく心を揺さぶられた様子だったが、やがて付け加えた。

「フローラ・バナーワース、おまえの一族の歴史の中で、ある恐ろしい大惨事がここで起きたことを知っているか？」

「ええ」とフローラ。「あなたがなにについてほのめかしているのかわかるわ。誰でも知っていることよ――私にとっては悲しい出来事で、話したいことではないけれど」

「無理強いはしないが。ただ、おまえの父親は、まさにこの場所で、いわれなく神の裁きの座に着かされる絶望的な行動をとった。私はそういったことに、奇妙な、御しがたいほどの好奇心をそそられるのだ。そこで、私がおまえにしようとしている善行のお返しとして、私の好奇心を満たしてくれないだろうか？」

「どういう意味で言っているのかわからないわ」

「では、もっとはっきり言うと、父親が息を引き取った日のことを覚えているか？」

「とてもよく覚えているわ」

「その絶望的な行動をとる直前に、父親に会ったり、話をしたりしていないか？」

「していないわ。父は何時間も一人きりで部屋に閉じこもっていたから」

「ふん！　どの部屋だ？」

「あの夜、私が寝ていた部屋――」

「なるほど、そうか。例の雄弁な肖像画――部屋へ入ってきた者に誰何《すいか》するような目をした肖像画が掛かっている部屋だな」

「そうよ」

「何時間も部屋に閉じこもっていたのか！」ヴァーニーは物思いにふけりながら、言い足した。「その部屋から庭へさまよい出たあと、あずまやで息を引き取ったわけか？」

「そのとおりよ」

「では、フローラ・バナーワース、これでお別れ《アデュー》だ――」

　最後の言葉を言い終わるか言い終わらないうちに、急ぎ慌てた足音が聞こえてきて、ヘンリー・バナーワースがヴァーニーの背後、あずまやの入り口に現れた。

「さあ」ヘンリーは叫んだ。「報復だ！　穢《けが》れし者、地上の汚点、人間の姿をしたおぞましき者め、生ある者の武器が有効ならば、おまえは死ぬのだ！」

　甲高い悲鳴をあげたフローラは、脇へよけたヴァーニーのそばを飛ぶように駆け抜け、吸血鬼に剣を突き出したものの、虚しく空を切った兄に抱きついた。間一髪の状況だった。ヴァーニーが少しでも冷静さを失っていれば、丸腰だった彼は、ヘンリーの剣の下に倒れていたことだろう。だが、一瞬のうちに、フローラが立ち上がって空いた席に飛び乗ると、あずまやの奥の、もろい、腐りかけた格子細工の部分に思い切り体当たりをして飛び出した。そして、ヘンリーが、しがみついているフローラから身を引き離したときには、吸血鬼ヴァーニーは姿を消していた。前回、吸血鬼を屋敷から森まで追ったときは、入り組んだ森の中ですっかり見失ってしまったが、今回も捕まえられそうにはなかった。

第三十五章　説明――マーチデールの助言――計画された退去と提督の怒り

フランシス・ヴァーニー卿のあまりに突然の動きは、予想外だっただけでなく、間違いなく決定的なものだった。ヘンリーは、あずまやにある唯一の出入り口を押さえていれば、さんざん悪辣なことをしてきたヴァーニーと相まみえることになるはずだと踏んでいた。まさか相手がいきなり別の出口を自分で作り出すとは思ってもみなかった。

「お願いだ、フローラ」ヘンリーは言った。「僕から手を放してくれないか。行動を起こすべきときなんだ」

「でも、兄さん、私の話を聞いて」

「ああ、でも今はね、愛しいフローラ、大慌てで逃げていくヴァーニーをなんとかして捕まえないと」

ヘンリーは、フローラが手を放さざるをえないほど荒々しくはないものの、束縛から逃れるつもりであることをはっきりと示す態度で彼女の手を振り払った。

そして、ちょうどジョージとマーチデール氏があずまやの入り口へ到着したとき、フランシス・ヴァーニー卿が姿を消した穴から自分も飛び出していった。

まもなく夜が明けようとしていたので、曙光のかすかな輝きで周囲は明るかった。展望がきくとわかっている場所まで来ると、ヘンリーは足を止め、逃亡者の痕跡が見つからないかと熱心にあたりへ目を凝らしていった。

けれども、期待は裏切られた。フランシス・ヴァーニー卿の痕跡はなにも見つからず、物音一つしなかった。そこで、ヘンリーが振り返ってジョージに来るよう大声で呼びかけると、すぐさまジョージがマーチデール氏と駆けつけてきた。

だが、三人が言葉を交わすまもなく、屋敷の窓の一つから派手な銃声がして、提督の怒鳴り声が聞こえてきた。

「舷側から舷側へ！　もう一度だ、ジャック！　喫水線部に命中させせろ！」

続いて、またしてもにぎやかな銃声が響き、ヘンリーは大声をあげた。

「あの発砲はなんなのです？」

「提督の部屋から撃っているのだよ」マーチデール氏が答えた。「どうかしているとしか思えない。六丁か八丁の銃を窓枠に沿って並べ、しかもすべてに装塡してあるから、マッチ一本あれば一斉射撃として発砲できるという寸法だ。提督は、一斉射撃こそ、吸血鬼を撃つ唯一ふさわしい手段だと考えているのだよ」

「なるほど」とジョージ。「それで、危険を察知して、提督は敵に銃弾を浴びせる作戦を開始したわけですか」

「やれやれ」ヘンリーは言った。「提督は意地を張っているに違いないな。僕はここまでフランシス・ヴァーニー卿を追ってきたが、きっと彼はまた森に身を潜めたのだろう。そうこうしているあいだに、すっかり明るくなったことだし、せめてあいつの隠れた場所を見つけ出そう。奴もこのあたりの地理に詳しいのかもしれないが、僕たちだって土地勘がある。さあ、精力的に捜索を始めようじゃないか」

「では、行こう」とマーチデール氏。「みな武器を携えているし、あの尋常ならざる者の命を奪うことができるのだとすれば、私は喜んで奪ってやる」

「不死身かもしれないと思っているのですか？」牧草地を足早に抜けながら、ジョージが尋ねた。

「ああ、そうだ。そう考える理由もある。以前、あの吸血鬼を撃ったとき、確かに命中していた。それに、フローラも我々がいなかったときに、自分と母上を守ろうとして、ヘンリーの銃で彼を撃っているはずだ」

「どうも不死身っぽいですね」とヘンリー。「ですが、これまでの状況はすべて無視して、僕はフランシス・ヴァーニー卿と出くわしたら、死ぬかどうか試してみますよ」

森までさほど距離はなく、まもなく三人は森の縁にたどり着いた。そこで別れて、それぞれが森の中を進みながら、低木の茂みや、古木が立ち並ぶ窪地に隠れている者がいないか念入りに捜索して、全員がよく知っている泉で落ち合うことにした。

実のところ、ゆうべ気が高ぶっていたヘンリーは、心が千々に乱れて眠れそうになく、何時間もソファで寝返りを打ったあと、ついに賢明にも起き上がって、自室で興奮して悶々としているよりはと、屋敷に付随している庭を散歩することにしたのだった。

吸血鬼が襲ってきて以来、兄弟二人はフローラの部屋の扉を時折叩くようになっていた。部屋を替わった今、そばで寝ずの番をする者がいなくなったことで、彼女が家族の誰かに安否確認をしてほしがったからだ。

そこで、手早く着替えたヘンリーは、フローラの部屋に立ち寄って扉を叩こうとしたとき、扉が開いていることに気づいて驚いた。慌てて中へ入ると、ベッドは空っぽ。室内をさっと見回したが、妹の姿はどこにもなかった。

不安に駆られたヘンリーは、すぐさま武器を身につけると、マーチデール氏とジョージを起こしたが、二人が支度を調えるのを待たずに、フローラがどこかに隠れてはしないかと庭を捜しに出た。

このようにして、あずまやでフランシス・ヴァーニー卿とフローラが極めて奇妙で意外な会話を交わしていた場面に出くわしたのだった。それでどうなったかは、読者はご存じのとおりだ。

フローラはジョージに、すぐ屋敷に戻ると約束していたものの、ヘンリーに呼ばれてジョージがマーチデール氏とともに行ってしまって一人きりになったとたん、ひどく心がかき乱されて気が遠くなり、あずまやの格子細工にしがみついて、屋敷に帰り着けるだけの元気が戻るのを待った。

数分が過ぎた頃だろうか、フローラはとても現実とは考えられないようなそれまでの出来事で頭がすっかり混乱していたが、ふと、小さな物音がしたかと思うと、あずまやの壁に空けられた穴から、落ち着き払った様子のフランシス・ヴァーニー卿がふたたび現れた。

「フローラ・バナーワース」ヴァーニーは言って、中断していた話を再開した。「私と話せば、きっとおまえは、大いに喜びを覚えるはずだ」

「ああ、神さま！　いったいどこから来たの？」

「そもそも、どこへも行っていない」とヴァーニー。

「でも、その穴から飛び出していったわ」

「そうだな。ただし、あずまやのすぐ外へ出ただけだ。おまえとの会話を唐突に終わりにする気はなかった」

「先ほど話したことで付け加えることがあるの？」

「いいや、ない。おまえのほうに質問したいことがなければだが――私に訊きたいことがあるのではないのか？　私の恐ろしい訪問に負けず劣らず、おまえの心

に重くのしかかっていることが？」

「あるわ。チャールズ・ホランドはどうなったの？」

「よいか、希望をすっかり捨てるんじゃない。おまえがここから遠く離れれば、また彼と会える」

「けれど、チャールズは私を置いていってしまったのよ」

「それでも、再会すれば、彼は見せかけの不誠実さをいくらかぬぐえるだろう。彼が初めておまえに愛しているとささやいたときと同じように、名誉に傷はついていないものとして、彼を抱き締めるがよい」

「ああ！　なんてうれしいの！　そう言ってくれたことで、あなたは苦悩による心の痛みを取り除き、私が苦しんできたすべてにありあまるほどの埋め合わせをしてくれたわ」

「お別れ《アデュー》だ！　では、私を殺そうとしている者たちとは別の道を通って、自分の家に戻ることにする」

「でも、このあと、危険はなくなるわ。あなたは襲わないのだし、私たちもすぐにバナーワース館を離れるから。あなたはまもなく、私の兄たちに報復される不安から解き放たれ、私はもう二度と手にできないと思っていた幸せをまた味わえるんだわ」

「さらばだ」ヴァーニーはマントを体にきつく巻きつけると、大股に歩いてあずまやから出ていき、ほどなくして庭に鬱蒼と茂る低木や下草の奥へと姿を消した。

フローラは跪《ひざまず》いて、自分の運命に幸せな変化をもたらしてくれた神に短いながらも、心からの感謝の祈りを捧げた。頬に健康的な赤みがかすかに差している。この数日間なかったほどのエネルギーと力強さを感じつつ屋敷へと歩いていき、恐ろしい悪夢から醒めたときのような晴れやかな気分で、これまでは実際よりも悪いほうにばかり考えていたと思った。

言うまでもないことだろうが、このあと森の捜索でフランシス・ヴァーニー卿が見つかることはなかった。その朝、兄弟とマーチデール氏は成果をあげられず、ヴァーニーの存在を示す手がかりも一つとして得られなかった。ふたたび戸惑い困惑して、森の縁にたたずんだ三人は、黄金色に輝く朝日を受けてまばゆく光っているバナーワース館の窓を悲しげに眺めた。

「またやられた」ヘンリーが苛立たしげなしぐさとともに口を開いた。「今回も逃げられてしまった。前回同様、跡形もなく。僕は断固としてあの男と戦うぞ。我々の友人である提督にどう言われようと、僕は死力を尽くして戦う。あの男が、僕の死によって僕たち一家に意気揚々と勝利を宣言するか、僕があのおぞましい奴をこの世から、つまり僕たちから排除するかだ」

「いや」とマーチデール氏。「一連の出来事に終止符を打つほかの方法をとろうじゃないか」

「そんなのは」ヘンリーは大声で反論した。「虚しい期待というものですよ。ほかにどんな方法があると言うんです？　このヴァーニーは、人間であれ悪魔であれ、明らかに僕たちを獲物として選んでいるんですからね」

「確かに、そうみたいだね」とジョージ。「とはいえ、僕たちがそう簡単にはやられないとわかるだろう。かわいそうなフローラの優しい心が、こうした恐ろしい状況に持ちこたえられなくなったとしても、僕たちの心はずっと手強いと知ることになるさ」

「ああ」ヘンリーは同意した。「僕はあの男を排除することに人生を捧げる。あの尋常ならざるものを仕留めるまで、体力の続くかぎり休息はとらない。この世での楽しみは求めず、いや、楽しみだけでなく、ほかの気を散らすことは心から追いやって、追跡に専念する。死ぬのはあいつか僕かだ」

「立派な発言だ」マーチデール氏が口を挟んだ。「それでも私は、そうした行動をとらなくてもすむような状況になって、君も、もっと穏やかで安全な道を選ぶことが賢明で堅実だと気づいてくれたらと思っている」

「いいえ、マーチデールさん、あなたに僕たちの気持ちは理解できないでしょう。あなたはこうした痛みを我が身のこととして感じているというよりは、その痛みに共感している傍観者として物事を見ているからです」

「君たちの身に起きていることを私が痛切に感じていない？　天涯孤独の私は、ほかのなにより君たち家族に愛情を注ごうと自分に言い聞かせてきた。幼少期の思い出がそうさせるのだ。どうか、私が君たちの苦悩をただ傍観しているのではなく、ともに味わっているということを信じてほしい。平和的に事にあたって、できるだけ荒っぽくない手段で目的を果たすよう助言しても、それは君たちを臆病者だと考えてのことではない。ただ、君たちより時間的にも経験的にもはるかに多くのことを見聞きしてきて、さほど動じなくなっている私は、よりよいとは言わないまでも、より冷静で落ち着いた判断で君たちに意見を提案しているのだ」

「礼を言います」ヘンリーが答えた。「ですが、これは行動をとることがとりわけ求められることなんです。フランシス・ヴァーニー卿のような人間の姿をした悪魔に家族全員が苦しめられるのは、とうてい耐えられません」

「では」とマーチデール氏。「ぜひともフローラの意見に従ってほしい。彼女の希望を、とるべき行動の規範にするのだ。彼女は最大の被害者であり、この恐ろしい状況の行き着く先に誰より深い関心を持っているわけだから。それに、フローラには判断力と決断力がある――きっと彼女は君たちに正しい助言をするだろう」

「フローラなら立派に助言をしてくれるでしょう」とヘンリー。「それに、彼女の希望を僕たちの意見より優先するべきなのは間違いありません。彼女の助言や承認がなければ、できることはごくわずかです。さあ、屋敷に戻りましょう。というのも、僕は、どうしてフローラがあんなとんでもない時間にフランシス・ヴァーニー卿とあずまやにいたのか確かめたくてたまらないのです」

三人はこんなふうに会話を交わしながら、屋敷へ戻っていった。

第三十六章　協議――諍いとその結末

フローラが世にもおぞましいフランシス・ヴァーニー卿とじかに話をしたこととは別に、フローラや彼女が大切に思う人々の置かれた状況は、かなりじっくりと考えなければならず、すぐに答えが出るようなものではなかった。

不愉快な出来事が重なったことにより、一家の平和を脅かすありとあらゆることが一度に起こったかのようで、マクベスさながら、問題が大挙して押し寄せ、日常の安らぎが打ち破られた今、それまで平穏だったからこそ抑えられていた些細な悪意や苛立ちが巨大にふくれあがり、いっそう悩ましいものとなっていた。

何事も幸福で、順調で、平穏だったときには快適な生活を支えられていたささやかな定期収入も、今ではまったくもって足りない――倹約して、少ししかないものを最大限に活用する力も、状況がうまく調和しているときにはもたらされていた精神的な満足とともに吹き飛んでいた。

　気の毒なバナーワース夫人は、不安から解き放たれても、以前のように家族が快適に過ごせるよう家庭内のことに注意を向けられそうにはなかった——娘の状況に気をとられ、ほんのわずかな期間に立て続けに起こった厄介な出来事に呆然として、かつての活動的だった彼女とはまるで異なる覇気のない状態に陥っていたからだ。

　さらに夫人は、動揺した使用人たちが、吸血鬼のような恐ろしいものに襲われたと信じられている家族と同じ屋根の下に留まるより、バナーワース館から逃げ出していく様子も目にしていた。

　隷属的な立場にある者の中には、逃げられないがゆえに、思いやりと理解をもって、もっと幸せな面を知っている家族の苦悩する姿に同情して彼らに寄り添う者もいたはずだが、あいにくバナーワース家には、そうした立場の者はいなかった。そのため、利己的な考えがまかりとおって、一家は見捨てられた。つまり、より高い給金を払うという強力な誘因がなければ、そうした状況にある一家に喜んで仕えようという新たな使用人はなかなかおらず、バナーワース家に高い給金を払える財力はなかった。

　そんなわけで、無情にも、一家がなにより助力と同情を求めていたときに、この不幸な家族はほぼ孤立無援の状態にあった。ほかの考慮すべき事柄をすべて脇へ置くとしても、彼らが心地よく、あるいは恵まれた状況で屋敷に住みつづけるのは極めて難しかった。

　そして、チャールズ・ホランドの失踪は、当初は裏切りに思われ、そのことについて憤りが呼び起こされることはもうないものの、それでも痛烈な打撃であり、いつしか誰も彼も自分たちを取り巻く尽きない問題に立ち向かえなくなっていた。読者も、家族のほぼ全員が他人に頼らないことを誇りとするせいで、外部から援助を受けて暮らすのをよしとしないことに気づいていたはずだ。そういうわけで、バナーワース家の人々は心底困っていたにもかかわらず、ベル提督がいつもの率直な態度で金銭的な援助を申し出たとき、心から感謝しながらも、そのような展開を見越していたかのように、すぐさま辞退した。そのあと、今のような状況から抜け出せる見込みや、他人に頼って生活することが正しいかどうか家族で議論したが、その結果は、わかりやすくも具体的でもなかった。

さらに、フローラはチャールズを気高いまでに信頼しており、そのことに感化されて兄たちも同じ考えを持つようになっていたにもかかわらず、ヘンリーとジョージはひょっとして自分たちは結局のところ、間違っているのかもしれないという思いに取り憑かれることがあった。そして、チャールズ・ホランドは、ふとした弾みに、未来の幸せがすべて危うくなっていると思い込んで、バナーワース館を離れることにし、実際に自分で手紙を書いたのかもしれないと考えたりもした。

そんな考えが頭をよぎるのはごくたまにだけで、兄弟の本心や願望は正反対のところにあったが、マーチデール氏が疑いを持っていることは理解できたし、正直言って、マーチデール氏のほうが自分たちより落ち着いて冷静に事態を見ているだろうとも思っていた。

実際、マーチデール氏がその話題に触れるのをひどくためらったことで、兄弟は彼が疑っていると確信した。ためらうのは、自分たちを苦しめたくない、もしくは、ベル提督の身びいきを咎めたくない――すでにそのことでは口論になりかけていた――という思いからだろうと。

ヘンリーはチリングワース医師を訪ねたものの、推測以上のものは期待できそうになかった。なにしろ、医師は事が起きた現場にいてじかに目撃した兄弟たちのようには判断できないわけで、自分ならどのような行動をとるかではなく、多少なりともヘンリーたちの意向を汲んだ意見を言うことしかできないからだ。

さて、読者とともにバナーワース館の主要な部屋の一つをのぞいてみよう。

夕方になり、かつては立派だった広い部屋に数本の蠟燭が弱々しい光を投げかけている。重苦しい話し合いの場には家族全員が集まっていた。ベル提督やチリングワース医師、マーチデール氏と同様に、ジャック・プリングルも提督の黙認により、同席するのが当然の権利だと考えているかのように、室内へ入ってきた。

集まったのは、フローラがなんとも奇妙で興味深い会話を吸血鬼と交わしたことについて話すためだった。二人の会話の詳細は、みなに並々ならぬ影響をもたらした。席に着いているフローラは、数日前より顔色がよく、穏やかで、落ち着いていた。

庭のあずまやでフランシス・ヴァーニー卿と話したことで、フローラが彼に抱いていた数々の空想的な恐怖を払いのけられたのは間違いないが、彼女をあれほどまでに苦しめた恐るべき存在が卿その人であるということも確認されていた。そして、彼にはまだいくらか人間的なところがあること、場所を変えればあのおぞましい存在に追いかけ回される危険もないことが明らかとなったのだ。

こうしたことがわかって心底ほっとしたのは言うまでもない。フローラは最近ではないほどしっかりとした声で、以前の彼女らしく明るく快活に、集まったみんなに向けてあらためて詳細を説明し、次のように締めくくった。

「この会話は、より幸せな日々への希望を私に与えてくれたの。たとえ幻想であっても、間違いなくすてきな幻想よ。チャールズ・ホランドがどうなったかについては、まだ恐ろしい謎のヴェールがかかっているけれど、私は喜んでバナーワース館とここを悲惨な場所にしたすべてに別れを告げるわ。フランシス・ヴァーニー卿には、非難するより哀れみを感じたくらいよ」

「そうかもしれない」ヘンリーが言った。「まあ、少しは。だが、我々にもたらされた数々の災いを忘れることは決してできないよ。長年にわたって愛着のある屋敷から出ていかざるをえないのは些細なことではないからね、それであの男の魔の手から逃れられるとしても」

「だが、若い友人よ」とマーチデール氏。「多くの人間の一生は、大いなる災厄からさほど悪い様相を見せないものへと逃げる努力をしつづけるものであることを心に留めておかなくてはならない。苦しみを完全には取り除けなくとも、そうすることで苦しみが減るのは確かなのだから」

「おっしゃるとおりです」チリングワース医師が賛同した。「だいたいの面では。とはいえ、いかにも当然のこととされすぎて、私は喜べませんね」

「どうしてです？」

「確かに、バナーワース館から出ていくことは、ここに留まって吸血鬼に悩まされることより、ずっとましでしょう。ですがそれは、吸血鬼の仕業だという前提に立ったものであり、私はそんなものは決して認めません。何度でも繰り返しますが、吸血鬼などというものは、あらゆる経験、哲学、そして通常の自然の法則に反しています」

「なかなか理論どおりにはいかないものですよ」とマーチデール氏。

「そのようですね」チリングワース医師が言った。

「いいですか、ここには吸血鬼という事実があるのです」

「推定事実でしょう。ツバメが一羽いるからといって、夏が来たとは言えませんね、マーチデールさん」

「こんなのは時間の無駄ですよ」ヘンリーが割って入った。「ある人には確信に至るだけの証拠量でも、別の人には足りないなんてことは、ごく当たり前にあることです。問題は、僕たちがどうすべきかでしょう?」

問いかけがフローラ個人にされたものだったかのように、全員の目が彼女に向けられる。だが確かに、フローラほど答えるのにふさわしい人物はいなかった。そこで、彼女はしっかりとした口調ではっきりと答えた。

「私はチャールズ・ホランドがどうなったのかを突き止めてから、屋敷を去ります」

「チャールズ・ホランドがどうなったかとは!」マーチデール氏が声をあげた。「いや、あの若者が自ら興味深い経緯について連絡してこないかぎり、彼がどうなったかを突き止めるには長い時間がかかるのではないだろうか。化粧台に置かれていた三通の手紙をチャールズ・ホランドが書いて、さっさと逃げ出したという単純な推測がロマンチックでないのはわかっている。だが、私の考えでは、もっとも理にかなったものだ。私は今、出発を目前にしているので、以前よりも自由に話すことができる。ここに留まるつもりはないし、家族の不和を引き起こしたり、誰かの偏見に意見したりするつもりもない」ここで彼はベル提督に目をやった。「私は今夜この屋敷を出ていく」

「なんだと、このぼんくら、ごろつきめ」提督が悪態をつく。「とっとと出ていくがいいさ。くそっ、あんた、どういうつもりだ? ああ、もううんざりだ」

「予想どおりの反応だな」とマーチデール氏。

「おお、そうかい?」提督は言いながら、インク瓶をひっつかんでマーチデール氏に投げつけ、顎へ痛烈に命中した瓶は、その中身を彼の胸元へ派手に撒き散らした。「これならどうだ、ぼんくら野郎。あんたは間違いなく、船を沈める、第二のデイヴィ・ジョーンズだよ。今なにか強いことを言わんと、わしの船が木っ端みじんにされちまう」

「ベル提督」ヘンリーが脇から言葉を差し込んだ。「このふるまいには本気で異議を唱えますよ」

「異議を唱えるだと？」

「マーチデールさんは正しいかもしれませんし、間違っているかもしれません。意見は人それぞれでしょう」

「いや、気にしないでくれ」マーチデール氏は言った。「私はこの年老いた海の荒くれ者を、愚か者と常軌を逸した者を足して二で割ったような存在だと考えているからな。彼がもっと若ければ、この場で厳しく叱り飛ばしているところだが、まあ、現実としては、どこか快適な精神科病院に入れたいね」

「わしを精神科病院に入れるだと！」提督は怒鳴った。「ジャック、聞いたか？」

「聞きました《アイ・アイ・サー》とも」

「では、みなさん、さようなら」とマーチデール氏。「ご家族に幸多からんことを。非礼なふるまいをされて、同じ屋根の下にはいられない」

「いい厄介払いだ」提督は大声で言った。「あんたみたいな戯《ざ》れ言《ごと》を抜かすろくでなしより、吸血鬼を乗せて世界を巡るほうがましというもの。まったく、あんたは弁護士より手に負えん」

「だめです」いっせいに声があがった。「マーチデールさん、行かないで」

「お願いですから、残ってください」ジョージが叫び、バナーワース夫人も同じように残ってほしいと訴えた。だがそのとき、フローラが前に出て、よく通る声で言った。

「いいえ、マーチデールさんを行かせてあげてちょうだい。チャールズ・ホランドを疑っているのですから。チャールズ・ホランドに疑いを持つ人はみんな屋敷を出ていってください。マーチデールさん、不当な仕打ちをなさっておいでのあなたを神はお許しになられるわ。もう二度とお会いすることもないでしょう。さようなら！」

　フローラの言い方があまりに決然としていたので、反論する者は一人もいなかった。マーチデール氏は、その場にいた人々になんとも言いようのない眼差しを投げかけると、すぐさま姿を消した。

「万歳！」ジャック・プリングルが叫ぶ。「せいせい

したよ」

　ヘンリーがかなりむっとしていることにいやでも気づいた提督は、いつもの無頓着な物言いを控えめにして、ヘンリーに声をかけた。

「なあ、ヘンリー、君はわしのことを快く思っていないし、そういう場合、ここに残ってさらに君を煩わすべきではないだろう。君もいずれ、今しがた君を置いていってしまった友を見つけ出すだろう——もっとも、あの男にいいところはないが。わしがおよそ六十年ものあいだ航海してきて、正直者を見抜けないとでも？　いや、気にせんでくれ、わしは甥捜しの旅に出るつもりだし、君は好きなようにするといい」

「誰が正しくて、誰が間違っているのか」ヘンリーが答えた。「天のみぞ知るでしょう、ベル提督。あなたがマーチデールさんと諍《いさか》いをしたことは本当に残念です。けれど、起きたことを元には戻せません」

「私たちを置いていかないでください」フローラが懇願する。「お願いです、ベル提督。置いていかないで。私のために残ってください。チャールズのことを、自信を持って自由に話せるのは、あなたくらいしかいないんです。あなたはチャールズのことをよくご存じだし信頼していますけど、ほかには誰も彼に信頼を寄せていません。ですから、お願い、私たちと残ってください」

「条件がある」と提督。

「言ってください——言って！」

「バナーワース館を貸すことを考えているかね？」

「ええ、考えていますわ」

「だったら、わしに貸してほしい。それと、数年分を前払いさせてくれ。認めてくれないなら、わしは一晩だって残らない。さらに、占有権は速やかに与えてもらわないといけないが、君たちがほかに落ち着き場所を見つけるまでは、わしの客としてここに残ってほしい。以上がわしの条件だ。受け入れてくれるなら、すべて丸く収まる。断るなら、わしはカロネード砲の弾にも負けん速さで屋敷を出ていく。そういうものではないか、なあ、ジャック？」

「おっしゃるとおりで《アイ・アイ・サー》」

　この並外れた申し入れに、バナーワース家の人々はしばらくのあいだ言葉もなかったが、やがて口々に言いはじめた。

「ベル提督、これほど気前のよい申し出を、それも誤解のしようもないほど率直にしてくださるとは。あなたのふるまいには――」

「おお、わしのふるまいに異議があったのだったな！　だが、君たちが気に病むことはないだろう？　さあ、もうわしは当屋敷の主だと思っておる！　みなさんを正餐であれ、晩餐であれ、次の食事にお招きしたい。バナーワース夫人、わしは家事に疎《うと》いから、わしや客人のために必要なものを買ってきてくれないだろうか？　この金で頼む。さて、ジャック、わしらの新たな住まいを見て回ろうではないか。どうだ？」

「あちこちに覆いが必要でしょう」

「そうかもしれん。だが、うまくいくだろう。わしらは港に入っているのだ。一緒に来てくれ」

「了解《アイ・アイ・サー》です」

そして、バナーワース夫人の膝に二十ポンド紙幣を一枚置いて、提督はジャックと部屋を出ていった。

第三十七章　フランシス・ヴァーニー卿のそれぞれの敵　――フローラの仲裁

年老いた提督は、気前のよさといかにも一本気なところでバナーワース家の人々を完全に圧倒し、マーチデール氏に対する彼のふるまいを肯定的に受け取ったのはフローラだけだったものの、それでも、みな提督に好意を抱かずにはいられなかった。自分たちのそばに残ってくれる人物を提督とマーチデール氏のどちらか選べる立場にいたなら、誰もが提督を選んだはずだ。

とはいえ、マーチデール氏のように、極めて不確かな問題について、同じ屋根の下に暮らす別の住人と意見が対立するからという理由で、屋敷から追い出されるのも同然の状況になったのは気持ちのよいものではなかった。ただ、バナーワース一族は昔から寛容な物の見方を好むところがあったため、冷静に黒々とした疑惑を抱いているマーチデール氏より、あけすけにチャールズ・ホランドを心から信頼している老提督のほうが好みに合ったのだ。

不測の事態に備えてバナーワース一家が十分な資金を手にできるよう、自分が屋敷を借りて家賃を前払いするという提督の策略は、あっさりと見抜かれていたものの、好意的であることに変わりはなく、バナーワース家の人々も寛大な申し出を断って老提督の気持ちを傷つけたくなかったこともあり、心を決められなかった。

　ベル提督が部屋を出ていったあと、家族はこの件を話し合い、さしあたり、提督のやり方にまかせることで意見が一致した。もっとも、みなマーチデール氏の出発が少しでも不自然で気詰まりなものに見えないよう、彼から連絡が来ればよいと願ってもいた。

　こうした話し合いの中で、チャールズ・ホランドが不可解にも姿を消したのが、フランシス・ヴァーニー卿と決闘する前の晩だったことを、フローラはこれまでになく明確に知ることとなった。

　この事実をすっかり飲み込めるようになったとき、フローラは以前から心の中でくすぶっていた、チャールズを排除するために汚い手が使われたのではないかという疑問にさらに重大な要素が加えられた気がした。

「フランシス・ヴァーニー卿が」フローラは言った。「人間と対決することに言いようのない恐怖を持っていて、怯まないとは言えないんじゃないかしら？　それに、強硬手段をとって邪魔でもしないかぎり、チャールズ・ホランドとの対決は避けられないと感じていたのかもしれない。彼かその冷酷な手下たちがチャールズの命を奪ったのかもしれないわ！」

「それはどうかな、フローラ」とヘンリー。「フランシス・ヴァーニー卿がそこまで必死の行動に出るだろうか。僕にはとうてい考えられないが。でも、大丈夫。卿が本当にそうした残虐行為を犯したとしても、それで自分が救われないことを、彼はいずれ思い知るだろうからね」

　ヘンリーの発言は、このときフローラには言葉以上の印象をとくには残さなかったが、実際のところ、彼自身にとっては、すぐにも実行に移すつもりの、ある決意を固めたことをほのめかしていた。

　話し合いが終わると、ヘンリーはまだその夜のうちに、誰にもなにも言わずに帽子とコートをとり、屋敷を出た。最短経路でフランシス・ヴァーニー卿の邸宅へ向かった彼は、誰にも邪魔されることなく目的地に到着した。

　最初、主《あるじ》は不在だと告げられてヘンリーが立ち去ろうとしたとき、大階段を下りてきた使用人が今のは間違いで、主は在宅しており、喜んでお会いしたいと申しておりますと訂正した。

　ヘンリーは、ヴァーニーが昨夜、謎めいた訪問者を迎えたのと同じ部屋に案内された。室内には、自分で吸血鬼だと断言した男が椅子に腰かけている。仄暗い明かりのせいで蒼褪めた幽鬼のように見え、いや、実際のところ、誇りある家系の一員というよりも、墓場の幽霊のほうが似つかわしい姿だった。

「お座りください」ヴァーニーが言った。「この部屋でお目にかかれるとは思ってもいませんでしたが、あなたは大切な客人です。どうぞご安心を」

「フランシス・ヴァーニー卿」ヘンリーは答えた。「僕がこちらへ伺ったのは、あなたとお世辞を言い合うためではありません。あなたを持ち上げる言葉を言う気もなければ、あなたの口から聞きたいとも思いません」

「すばらしい意見ですね、お若い方。意図もよく伝わってきました。では、あなたの急進的な作法をあまり侵害することなく、どのような事情でわざわざお越しくださったのかお尋ねしてもよろしいかな？」

「あなたが率直にお認めになられる以上によくご存じだと僕が信じている者のためです」

「いやはや、あなたは私の率直さをご自分の基準で測っておられるようです。その場合、私はあなたの期待に反しかねません。とはいえ、そのこと自体はさして驚くことではないのかもしれないですね。だが、話を進めましょう――私たちと私たちが目的とするもののあいだに立ちはだかるお世辞はほぼありませんから、いずれ目的のものにたどり着くことでしょう」

「ええ、その〝いずれ〟は今です。僕の友人であるチャールズ・ホランドについて、なにかご存じでは？」ヘンリーは語句を強調して言い、表情の変化を一瞬でも見逃すまいというように、相手をひたと見据えた。

けれども、ヴァーニーはまっすぐと、だが冷え冷えとした目つきで見つめ返し、落ち着いた口調で返事をした。

「その青年のことを聞いたことはあります」

「会ったことは？」

「会ったこともありますよ、あなたもご存じのはずでしょう、バナーワースさん。こんな質問をするために、わざわざここまで出向いてきたわけではありますまい。まあ、答えるのはやぶさかではありませんがね」

ヴァーニーの冷ややかな嘲りに、ヘンリーは込み上げる怒りを抑えるのに苦労したが、なんとか成功し、さらに質問をした。

「フランシス・ヴァーニー卿、僕はチャールズ・ホランドが不当な扱いを受けたすえに、邪《よこしま》な目的のために、卑劣な仕打ちをされたのではないかと考えているのです」

「確かに」とヴァーニー。「あなたが意味ありげにおっしゃっているその青年が不当な扱いを受けたとすれば、邪な目的のためでしょうね。目的が健全でも高潔でもないから、そういった手段がとられたのでしょう——あなたもよくおわかりのはずですが」

「わかっています。だからこそ、こちらへ伺ったのです——あなたにお尋ねするために」

「これはまた風変わりな理由づけによる、風変わりな目的ですね。私にはつながりが見えないので、わかるように説明していただけませんか。そのあと、あなたのお考えでは私がどうお役に立てるのか、お尋ねしてもよろしいですかな?」

「フランシス・ヴァーニー卿」ヘンリーは怒りで声が高くなっていた。「これは、あなたの役には立たないでしょうね——僕は、あなたが僕の友人をどのように始末したのか、説明を求めに来たのですから。そして、どうあっても僕は答えを聞き出します」

「落ち着いてください、バナーワースさん。私はあなたの友人のことはなにも知らないのですよ。あなたの友人がどんな行動をとろうと、それは彼の自由でしょう。私が彼との関係で言えるのは、私が自由にしていたいと思えば、彼はそうさせてくれただろうということだけです」

「あなたはチャールズ・ホランドの命か自由を奪おうとしたのではありませんか、フランシス・ヴァーニー卿。それどころか、彼を殺害したんじゃないんですか——ああ、神よ力を貸したまえ! 正義が果たされないなら、僕が復讐するまでだ!」

「聞き捨てならないせりふですね。言葉は冷静に吟味してから口にすべきですよ。正義と復讐については、バナーワースさん、あなたはどちらも手にしているかもしれません。ですが、チャールズ・ホランドのことも、彼の身になにがあったのかも、私はいっさい知りません。それにしても、どうしてあなたは、私がよく知りもしない人物について調べるのに、関わりのなさそうなところへ来たのですか?」

「チャールズ・ホランドはあなたと決闘するつもりだったからです。その決闘が行われる前に、彼は忽然と姿を消しました。行方がわからなくなったのは、人間との対決を恐れたあなたの仕業ではないかと、僕はにらんでいるんです」

「バナーワースさん、自己弁護させていただくと、私はどんな人物も、それがいかに愚かな者であっても、恐れたりしません。これまでいろいろな人間と出会ってきましたが、その経験からいって、あなたの友人は、賢いとは言いがたいですね。もっとも、あなたは妄想しておられるに違いない——鮮烈な幻覚めいたものが、あなたのゆがんだ心を支配して——」

「フランシス・ヴァーニー卿！」今や完全に抑えのきかなくなったヘンリーが叫んだ。

「なんでしょう」空いた間をヴァーニーが埋める。「続けてください。ちゃんと聞いていますよ。さあ、遠慮なさらずに」

「万一」ヘンリーは言葉を続けた。「あなたの狙いが、ご自身の手を汚すにせよ、誰かにやらせるにせよ、チャールズ・ホランドを排除することにあったのだとしたら、あなたが目的を達成したと考えるのは早計というものです」

「続けてください」ヴァーニーは平然とした、優しい口調で促した。「しっかり耳を傾けていますから。さあ、話を進めて」

「あなたは失敗したんです。なぜなら、僕が今ここで、この場所で、死力を尽くした戦いを挑むからです。臆病者であり暗殺者であるあなたに、僕は戦いを挑みます」

「まさか、この絨毯の上で？」ヴァーニーはわざと聞き返した。

「違います。大空の下、太陽の光の中でです。そのうえで、フランシス・ヴァーニー卿、戦いに尻込みするのは誰か、確かめようじゃありませんか」

「文句のつけようがありませんね、バナーワースさん。ところで、お気に障《さわ》ったら申し訳ないが、よければ、観衆の前で今の言葉を繰り返していただけないでしょうか。つまり、なんとも劇的ですから」

「戦いに尻込みしているわけですね。ええ、あなたのことはわかっていましたよ」

「いやいや、お若い方」ヴァーニーが穏やかに言いながら、しごくゆっくりとかぶりを振ると、蒼白い顔に影がよぎった。「このフランシス・ヴァーニーが誰であろうと、ましてやあなたのような者に尻込みをすると考えるのなら、私をわかっているとは言えませんね」

「僕の挑戦を拒むなら、あなたは臆病者、いや、それ以下ですよ」

「挑戦を拒んではいませんよ。お受けします」ヴァーニーは堂々とした態度で静かに言ったかと思うと、冷笑しながら付け加えた。「あなたは紳士がこうした問題に対処する方法をよくご存じだ、バナーワースさん。もしかすると、私の世事に関する知識はいささか限定されているのかもしれません。なにしろあなたは、当事者でありながら、介添人の役も果たしているわけですから。私はこれまでの経験において、似たような状況に出くわしたことは一度もありませんよ」

「出くわした状況が初めてなら、決闘の形式も問いませんよね」ヘンリーはかなり熱っぽく言い返した。

「なんとも珍しい偶然――決闘の申し込みもその形式もとびきり珍しい！　この点で両者はぴたりと一致しています。私は〝珍しい〟と言いましたか？　いや、考えれば考えるほど、バナーワースさん、私はこれを奇妙このうえないものと考えたくなってきました」

「フランシス・ヴァーニー卿、明日の早い時間にご連絡を差し上げることにします」

「ということは、今は詳細を決めないのですか？　ええ、いいでしょう。当事者同士が事前準備を進めることは普通ありませんから。ですが、失礼ながら、あなたのやり方が常識的なものとはかけ離れているので、どこまで通常の流儀に則《のっと》るのかわからなかったのですよ」

「僕は言うつもりだったことはすべて言いました。では、またお会いしましょう」

「口直しになにか飲み物を勧めたいところですが、それでもあなたを引き止めるのは無理なのでしょうね？」

ヘンリーは返事をしなかった。そして、部屋を立ち去るそぶりを見せたときに、相手が重々しく礼儀正しいお辞儀をしてよこしたものの、その蒼白い顔におぞましいだけでなく、ヘンリーの神経を逆撫でする辛辣な笑みが浮かんでいたことで、彼は会釈も返そうとはせずに扉の方へ向きを変えた。

主人に呼び鈴で呼ばれた使用人に送られて邸宅をあとにしたヘンリーは、この状況下でできることはすべてやったと満足して、帰路についた。

「朝、チリングワース医師にフランシス・ヴァーニー卿のもとへ行ってもらって、この件がどうなるか様子を見よう。あいつは僕と会うはずだし、チャールズ・ホランドが見つからなければ、せめて敵を討ってやらないと気がすまない」

バナーワース館には、同じような決意を固めた人物がほかにもいた。ヘンリー・バナーワースとはまったく異なるタイプだったが、彼のやり方はことのほか高く評価されていた。

それは誰あろう、年老いたベル提督だった。これほどタイプの違う二人が、同じ手段を講じる必要があると考え、しかも、それぞれの胸にしまっておいたというのは興味深い。だが、そういうわけで、提督は心の中でいくらか悪態をついたあと、直接ヴァーニーと対決することにしたのだった。

「ジャック・プリングルを行かせてもよかったが、あの役立たずは、若造が書く航海日誌みたいに大雑把だし、水夫長が乗組員を食堂に集めようと笛を吹けば、自分のグロッグ酒が消えちまうのではないかと不安に駆られるようなやつだからな。

まったく、いまいましい！　だが、フランシス・ヴァーニー卿には自分の流儀があるから、このベル提督に武器を選ばせるようなまねはするまい。あいつは錨綱のように強靭で、吸血鬼の剣士といったところか。それでもわしは、あいつを投げ飛ばし、伸《の》して、船板にしてくれよう。いやいや、喉にがぶりとやられるか！　なんとまあ、ひょろひょろしているくせに、ロープの縒《よ》り目をほどくのにぴったりの歯をしておることよ。ともかく、吸血鬼だろうとなかろうと、あいつで船体が造れないか、見てみるとしよう。

我が甥、チャールズ・ホランドは、誰の許可も資格もなしに排除したりはできないのだ。おお、そうとも、とにかくそんなことは、わしには我慢できん。〝困っている仲間を見捨てるな〟は、船乗りの基本原則であって、そうするのは、わしだけではない」

こんなふうに独り言を言いながら勢いよく歩を進め、やがてフランシス・ヴァーニー卿の邸宅までやってきた提督は、門の呼び鈴を、彼が〝長引き〟と呼ぶやり方で鳴らし、〝強引き〟で鳴らし、〝一斉引き〟――これは、すさまじい勢いで鳴らしつづけるもので、およそ住宅では聞かれることのない呼び鈴の鳴らし方――で鳴らした。

間を置かずして、使用人たちがただならぬ呼び出しに慌てて応じ、門を開けた使用人が提督に用件を尋ねた。

「そんなことはどうでもいいだろう、お高くとまったやつめ。おまえの主人のフランシス・ヴァーニー卿はいるのか？　いるなら、ベル提督が話したがっていると伝えてこい。聞こえたか？」

「はい、提督さま」風変わりな物言いをする人物にしばし視線を走らせていた使用人は答えた。

ほとんど待つこともなく、使用人は戻ってきて、主《あるじ》が喜んでベル提督にお会いしたがっていると伝えた。

「ほう、喜んでいるだと」提督はつぶやいた。「悪魔が聖水を好むくらいにか。いや、わしが海水ではない水を好むくらいにか」

提督はすぐさまフランシス・ヴァーニー卿のもとへ案内されると、ヴァーニーは少し前にヘンリー・バナーワースが立ち去ったときと同じ姿勢で椅子に座っていた。

「ベル提督」ヴァーニーは立ち上がりながら言って、これ以上はないほど礼儀正しく、落ち着いて、堂々とした態度でお辞儀をした。「思いがけないお越し、光栄至極に存じます」

「甘言には乗らんぞ」

「どうぞおかけください。この粗末な家で用意できる軽い食事を差し上げたいと思います」

「もてなしなどいらん！　フランシス・ヴァーニー卿、あんたとこんなくだらんおしゃべりをしたいわけではない。まるでフランス人だな、こちらが攻撃しようとしたら顔をゆがめて、目くらましを食わせ、隙を突いて背中を刺そうとする。冗談ではない！　わしにその手は通用せんぞ」

「そんな魂胆はありませんよ、ベル提督。姑息なやり方は私自身、好みませんし、あなたはありあまる経験があって、欺かれているのかどうか見抜けるのですから」

「だったら、なんのためにそんなことを言う？　わしは自分の話をしに訪ねてきたわけではない」

「では、わざわざ足をお運びくださった理由を教えていただいてもよろしいでしょうか？」

「かまわんとも。すぐに答えてやる。わしの甥のチャールズ・ホランドをどこに隠している？」

「本当に私は――」

「そのゆるい口を閉じて、わしの話を最後まで聞いてもらおう。甥が生きているなら、解放してくれ。そうすれば、この件についてわしはもうなにも言わん。目をつぶるというわけだ。誰もが提示する条件ではないぞ」

「ええ、そのとおりだと認めざるをえませんね。さらに言うと、驚くということがほとんどなくなっている私でさえ、すっかり意表を突かれました」

「ならば、甥を生きたまま引き渡してくれるな？　まさか、甥を妙ちくりんなものにしてないだろうな？」

「あなたのおっしゃっていることは聞こえています」ヴァーニーは柔和な笑みを浮かべながら、片方の手をゆっくりと動かしてもう一方の手に重ね、独特の動きで前歯を見せた。「意味はわかりかねる部分もありますが。ただ、一般的な感覚からいって、ホランド氏は知人というわけでもありませんし、彼の居場所にも心当たりはないと言っておきましょう」

「それではだめだ」提督は激しく首を振った。

「本当にお気の毒に思います、ベル提督。ほかにかける言葉も見つかりません」

「どういうことかわかったぞ。甥を排除したのだな。五体満足で元気な姿にして帰さないなら、ただではすまさんぞ」

「あなたのご質問にはすでにお答えしましたよ、ベル提督」ヴァーニーは静かに言った。「それ以上のことは私にはできませんが、あなたのように思いやり深い人のお力になりたいという気は大いにあります。ただ、言わせていただくと、紳士間のやりとりとしては、これは極めて奇妙で変わっています。あなたはお身内が、おそらくなにかに憤慨したか、なんらかの考えに取り憑かれたか、本人にしかわからない理由で行方不明になられ、よりにもよって、あなたほどにも彼のことを知らない者のところへいらしたのですから」

「また煙に巻こうとしているな、フランシス・ヴァーニー卿、いや、ブラーニーだったか」

「ヴァーニーと呼んでいただけますか、ベル提督。ヴァーニーとして洗礼を受けましたので」

「洗礼を受けただと？」

「ええ、そうです――あなたは受けていらっしゃらないのですか？　それでしたら、あなたはキリスト教徒でないわりには礼儀作法をよくご存じだと言えますね」

「いや、受けたはずだ。それはともかく、洗礼を

――」

「続きをどうぞ」

「受けた吸血鬼とは！　いずれ豚の葬式で葬送の辞を読むことも考えねばならんかもな」

「大いにありえますね。ところで、こうしたことと、あなたが私を訪ねてきたこととどういった関係があるのでしょう？」

「話はここまでだ、木偶の坊。外へ出ろと言わなければ、わしはただの老いぼれにすぎん」

「でしたら、ベル提督」ヴァーニーはやんわりと言葉を返した。「私は外へ出るしかないように思います。もっとも、どうしてそこまで、私があなたの甥のチャールズ・ホランド氏についてなにか知っていると言い張るのですか？」

「あんたはチャールズと決闘するはずだったのに、そのチャールズがいなくなったからだ」

「私はここにいますよ」とヴァーニー。

「ああ。係船装置のてこ棒にかけられた事務長の白シャツみたいに、いやでも目に入っておるよ。だが、わしの甥がいないからこそ、あんたはそこにいられるんだろうが」

「これはまた、いささか不可解な理屈ですね」ヴァーニーは筋肉一つ動かすことなく言った。

「あんたの種族は人間と戦いたがらないと聞く。だから、チャールズに片付けられないよう、あんたが先手を打ったのだ」

「ずいぶんわかりやすい説ですが、くだんの紳士に私を片付けるようなことはできないので、無理がありますね」

「ならば、わしがやってやる。魚でも獣でも鳥でもかまわず、相手にしてきたベル提督だ。公正だろうとそうでなかろうと、わしは船乗りの中の船乗り、いつでも敵に立ち向かう心構えができている海の男だ。だから、覚悟はいいか、この月につぎはぎされた出来損ないめ」

「なるほど、提督、控えめに言っても、礼儀正しくはありませんね。ですが、あなたは一風変わった方ですし、おっしゃったことがすべて言葉どおりというわけでもないでしょうから、大目に見て差し上げます」

「大目に見てなどいらん――とりわけ、あんたになど、まっぴらごめんだ。多目に欲しいのはグロッグ酒だけ、それもたっぷりと、と言っておこうか、フランシス・

ヴァーニー卿」提督は怒り逆巻く様子で言葉を続けた。「本当に、あんたはいやったらしい、卑劣なやつだ。わしは戦うぞ。おお、空気銃から船の大砲までどんな武器でも、ぶちかましてやる。いいか、ごたくを並べても無駄だぞ。あんたはチャールズ・ホランドを殺したのだ。あいつと真っ向から対決できなかったから——それが真実だ」

「ベル提督、あなたはほかの発言とともに、深刻な誹謗中傷を混ぜ込んでいます——とうてい看過できませんね」

「戦うのか、戦わないのか?」

「ええ、喜んでご要望に応えましょう。これが私に対する誹謗中傷の答えともなればよいですが」

「それでは、決まりだ」

「揚げ足をとるつもりはありませんが、ベル提督、当事者同士が決闘の手はずを整えるのは一般的ではないはずです。名声と栄光を手にしてきたあなたなら、きっとこうした状況が決闘の作法において品位を落とすものであることをご存じでしょう」

「おお、そうであった! では、事前準備の手はずを整えるためにあとで誰か使いをやる。うむ、ジャック・プリングルにやらせよう。ジャックは休暇を楽しむのも、陸上生活を送るのも、なめらかにしゃべるのも得意ではないが、甲板での歩き方や敵船乗り込み用の矛《ボーディング・パイク》の扱いにかけては、右に出る者がいないからな」

「あなたのご友人なら」ヴァーニーは素っ気なく言った。「そうした重要な任務を引き受けるでしょうし、しっかりこなすでしょうね。では、これで話はついたものとします」

「ああ、いかにも。話はついた——いや、まあ、そうだな——うむ。あんたを責め立てるのは、わしが甥のチャールズ・ホランドのことをどうしても知りたいからだ」

「ごきげんよう、ベル提督」ヴァーニーは言いながら、そばにおいてあった呼び鈴を手にし、提督を送り出させようと使用人を呼んだ。一方、予定外のことまでいろいろしゃべった提督は、甥のチャールズ・ホランドの仇をたっぷり討ってやると心の中で断じながら、怒りに燃えて部屋をあとにした。

バナーワース館へ帰る道々、ベル提督はいたって冷静にあしらわれたことにも、甥についてしらを切り通されたことにも憤慨し、大いに苛立っていた。

屋敷に戻ると、ジャック・プリングルとさんざん言い争って、仲直りをし、グロッグ酒を飲んで、また言い争い、仲直りをして、さらにグロッグ酒を飲み干し、そのうち、フランス艦隊を舷側砲の一斉射撃でたちどころに全滅させてやりたいものだと悪態をつきながらベッドへ入った。

そして、その願いを胸に、眠りについた。

翌朝早く、チリングワース医師を捜しに行ったヘンリー・バナーワースは、医師を見つけると、真剣な口調で訴えた。

「チリングワース先生、かなり重要なお願いがあるのです。お引き受けくださるかどうか迷われるかもしれませんが」

「極めて重要なことに違いないようですね」医師は答えた。「君の頼みを聞くのに迷うかもしれないとは。なにがそれほど深刻なのか、教えてもらえますか？」

「フランシス・ヴァーニー卿と決闘することにしたのです」

「本気でそんな方法をとることにしたのですか？　どういう相手かわかっているでしょう？」

「すでに決めたことです――僕は決闘を申し込み、彼は受け入れました。ですから、考えなければならないことはあとわずか――いつ、どこで、どうやってやるか、だけです」

「そうですか」とチリングワース医師。「すでに君の手を離れていることなら、私は君に必要なことをするまでです――君はこの決闘について、とくにやりたいことや主張したいことはありますか？」

「フランシス・ヴァーニー卿に関しては、あなたにおまかせすることはないでしょう。僕は、チャールズ・ホランドと戦うのを恐れたあいつが、彼を亡き者にしたのだと信じて疑いません」

「では、ほかにすることはほとんど残っていませんね。事前準備の手はずを整えるぐらいでしょう。これ以外の点で準備はできているのですか？」

「僕は――おわかりでしょうが、僕は挑戦した側であり、フランシス・ヴァーニー卿は今や戦わざるをえなくなっています。ですが不慮の出来事が起こって、彼は戦わなくてすむことになるかもしれません。僕はそんな出来事が起こらないことを願いますが、きっと起こるでしょう。卿はどんな手を使ってでも、決闘を逃れるはずです」

「それで、君の挑戦を受け入れた今、フランシス・ヴァーニー卿はなにをすると思いますか?」チリングワース医師が尋ねる。「世間は、彼が決闘からうまく逃れられなかったと考えるでしょうが」

「ええ――フランシス・ヴァーニー卿がチャールズ・ホランドの挑戦を受け入れたときも、決闘は避けられないものとなっていました。そして、チャールズが戦いから身を引くことは決してなかったでしょうから、僕には彼が消息不明となったのは当然の結果のように思えるのです」

「その点については疑いの余地もありませんね。ですが、どうか忠告させてください。身辺に注意して、みんなの目の届くところにいるのです――一人で外に出てはいけません」

「恐れはしませんよ」

「だめです、行方不明になったチャールズ・ホランドもいたって恐れ知らずでしたが、勇気があったからといって、身を守れはしませんでした。私は君に恐れろと言っているんじゃありません。用心しろと言っているのです。君には決闘が控えています。状況が変わって必要とならないかぎり、やり遂げるのがいいでしょう。ですから、フランシス・ヴァーニー卿のふるまいが疑わしく感じられるときは、用心に用心を重ね、警戒するのです」

「そうします。僕は大船に乗った気持ちで、あなたにおまかせします――あなたは必要なことはすべてご存じですから」

「この件はご家族には内緒なのですね?」

「ええ、一言も言ってませんし、この先も言うつもりはありません――僕はバナーワース館にいることになっています」

「それでは、また屋敷でお会いしましょう。ですが、どんな危険や災難にも巻き込まれないよう気をつけてください。いかなる状況のもとでも用心するに越したことはありません」

「とくに注意しますから、安心してください。では、もう行きます。できるだけ早くフランシス・ヴァーニー卿に会って、できるだけ間近の日時に決闘できるように計らってください。時間がなければないほど、不慮の出来事が起こる機会を減らせますから」

「そうします。では、ひとまず別れましょう」

チリングワース医師は、こうして打ち明けられた事柄にすぐさま取りかかった。時間を無駄にしないよう、さっそくフランシス・ヴァーニー卿のもとへ出かけた。

「あの一家はこのところ、騒動続きだな」チリングワース医師は独りごちた。「今回のことで事態は収拾がつくかもしれないが、もっと別のかたちでそうなればよかった。それにしても、私の人生には、策略めいたものや謎めいたものがついてきがちだな。ヘンリーの頼みどおりにして、そのあとは様子を見ることにしよう。このフランシス・ヴァーニー卿がヘンリーと戦うなら——そして、今のところ、戦うべきでない理由は見当たらないが——フランシス・ヴァーニー卿についての謎はずいぶん消えることになるだろう。だが反対に、拒んだら——いや、そんなことはまずありえない。なにしろ、すでに同意しているのだから。そうはいっても、フランシス・ヴァーニー卿のような男は、戦うには恐ろしい相手だ——冷静かつ沈着——しかもそれが、決闘という場においては、すべて彼に有利に働くだろう。もっとも、これまでの不吉な出来事で動揺しているとはいえ、ヘンリーの精神状態も悪くはない。まあ、いずれわかる——最後まで見届けよう」

さまざまな考えや感情が奇妙に入り乱れる中、チリングワース医師はフランシス・ヴァーニー卿の邸宅へと歩を進めていた。


ベル提督はぐっすりと眠っていたが、朝が近づくにつれて不思議な夢の中へと入り込み、そこでは自分が帆桁に姿を変えられ、見たこともない魚——人魚の類の——と一緒にさせられていた。

「さて」夢から醒めた提督は、目も手足もちゃんとくっついていることにいつもの感謝の祈りを捧げたあと、大声で言った。「お次はなんだ？　夢の流れからいくと、サメと一緒にさせられるのか？　確かに、ゆうべはグロッグ酒をいささか飲んだが、グロッグ酒だぞ、いいか、あれは——船乗りにはなくてはならないものだ。新聞によれば、わしは読んだためしがないが、ろくでもないしろものだとよ」

しばらく黙って横になったまま、提督はなにをするのが最善か、目的を果たすもっとも適切な方法はなにか、なぜ夢を見るべきなのか、じっくりと考えた。

「おーい、おーい、おーーーい！　ジャックよ！　おい！」提督はふと、自分が決闘の名乗りをあげたことを思い出して、大声で呼んだ。「ジャック・プリングル！　おい、どこにいる？　用事があるときに決まって近くにいないな。この役立たずが。おーい！」

「来ましたよ！」怒鳴り声とともに扉が開いて、ジャックが頭を突き出した。「なんの用です？　こいつはどこの船ですかい？」

「おお、この役立たず――」

扉が閉まって、ジャックが視界から消えた。

「おい、ジャック・プリングル、まさかおまえは軍艦旗を捨てるつもりじゃゃないだろうな、この馬鹿者め」

「まだ走れる船を誰が見捨てると言ってるんです？」ジャックが姿を現して、問い返した。

「だったら、なんで逃げる？」

「役立たずなんて言われたからでさ。甲板を磨いた者の中じゃ、おれはもっとも優秀なんだ。誰が文句を言ったって気にしねえ。船が走れるかぎり、おれは船にぴったりくっついて離れませんや」

「だったら、こっちへ来て、話を聞いてくれ、まあ、とにかく」

「その命令はなんですか、提督？　金が手に入るとか――」

「ほら、こいつではどうだ？」ベル提督は言いながら、手の届くところにあった唯一の飛び道具となる枕をジャックに投げつけた。

ジャックは素早く身をかがめ、枕は洗面台の陶器類に当たってにぎやかな音を立てた。

「船内で反乱発生。ほら、積み荷が荒らされてます。枕を返しますかい？」

「こっちへ来てくれんか。わしは夢を見ていたのだ、ジャック」

「夢ですか！　そいつはどういうものです？」

「眠っているときに考えていることだ、この間抜け」

「ハハハ！」ジャックは笑った。「おれは生まれてこの方、そんなことをしたためしはありませんや。ハハハ！　なにが問題なんです？」

「なにが問題なのか答えてやろう。ジャック・プリングル、おまえは反抗的になってきているぞ。わしは我慢する気はない。おしゃべりをやめて、気を引き締めないなら、もう一発お見舞いするぞ」

「もう一発！　現在の風向きは？」とジャック。「こいつは夢ですかい？」

「わしが見知らぬ船の舷側にいる夢を見ているとしたら、それは夢だ。だが、このベル提督は、やるべきことがあるときに眠りこける男ではない」

「そりゃ珍しい」ジャックは噛みタバコを噛みながら言った。

「うむ、つまり、これからわしは戦うのだ」

「戦う！」ジャックは叫んだ。「ちょっと待ってください、敵の姿が見えません――あの戯言《たわごと》を抜かすやつはいませんぜ。ジャック・プリングルだって戦えまさあ。それも、提督の横に並んで。けど、敵がどこにも見えません」

「おまえは事の次第がわかってないから、教えてやる。わしはフランシス・ヴァーニー卿と少し話をして、彼と戦うことにした」

「例の〝きうけつ鬼〟とですか？」ジャックは言葉を区切って聞き返した。

「そうだ」

「だったら」とジャック。「おれたちは少なくとも死ぬ前に、また一つ地獄を見ることになるわけですね。けど、あいつは奇っ怪なやつです――デイヴィ・ジョーンズのような」

「どんな存在であろうと、わしにはどうでもいい。フランシス・ヴァーニー卿は自分の好きな存在になってかまわんが、このベル提督、甥を焼いて食べたり、吸血鬼かなにか人を食い物にするようなやつの餌食にさせたりはせん」

「もちろんです」とジャック。「そんなことをされて黙ってるようなおれたちじゃありませんや。そうやって奴が提督の甥を片付けちまったのなら、きっちり問い詰めてけりをつけるのが我々の務めです」

「それが問題なのだ、ジャック。そこで、おまえにフランシス・ヴァーニー卿のところへ行って、私の使いで来たと言ってもらわねばならん」

「おれの一存として行ってもかまいませんぜ」

「いや、だめだ。決闘の名乗りをあげたのはわしだから、わしがあいつと戦わなければならない」

「そりゃそうですね」ジャックが答える。「けど、万一あいつが提督を負かすようなことになったら、おれがあとを引き継いで、一戦交わしますぜ」

提督は感に堪えないといった面持ちでジャックを見やった。

「おまえは本当に立派な船乗りだ、ジャック。だが、フランシス・ヴァーニー卿は騎士だし、おまえが引き継ぐのは認めないと言うかもしれん。ともかく、あいつのところへ行って、わしの使いだと伝え、決闘の場所と日時を決めてきてくれ」

「一対一の戦いですか？」

「そうだ。公正なことなら、なんでも同意しろ」と提督。「ただし、できるだけ早くするのだ。わしの言ったことがわかったか？」

「はい、はっきりと。おれはあなた独特の言葉遣いも理解せずにこれまでずっと生きてきたわけじゃありませんって」

「では、すぐに行け。ベル提督と古きイギリスの名誉に傷をつけるなよ、ジャック。おまえもわかっているだろうが、なにがあろうと、わしは国王の臣下なのだからな」

「心配いりませんよ」とジャック。「なにがあろうと、あなたはフランシス・ヴァーニー卿と戦う人です。あの嫌ったらしいやつが手を引かないか、確かめてきますよ」

「さあ、行ってきてくれ、ジャック。焼き討ち船みたいに自分が燃え上がって敵に体当たりをかますんじゃないぞ。なにが起こっているのかみなに知られて、引き止められちまうからな」

「お楽しみをだいなしにしたりはしませんって」ジャックは言いながら部屋を出ていくと、その足で、提督の大事な決闘の詳細を決める役目を果たしに、フランシス・ヴァーニー卿の邸宅へ向かった。道を急ぎながら、表情がしだいに生真面目なものとなり、歩く速度にも拍車がかかる。やがて提督の対決相手の門に到着した。

　ジャックは呼び鈴を騒々しく鳴らした。彼の表情から察するに、何事か頭に浮かんでいるらしく、顔つきがいつもとは別人のようになっている。使用人が門を開け、ジャックに用件を尋ねた。

「きうけつ鬼に」

「誰ですって？」

「きうけつ鬼」

　使用人が顔をしかめて、汚い言葉を吐こうとしかけたとき、ジャックは勢いよく瞬きをして言った。

「そうか、あんたは彼を知らないか、この名前では知らないのかもな。フランシス・ヴァーニー卿にお目にかかりたい」

「だんなさまはご在宅ですが、どちらさまでしょうか?」

「じゃあ、案内してくれ。おれはジャック・プリングル。ベル提督の使いで来た。提督の友達なんだ。だから、そんな険悪な顔はしなさんな」

使用人はジャックの言葉に驚いたと同時に、かなり怯《ひる》んだようだ。だが、ジャックを玄関ホールへ案内した。そこでは、ほんの一足先に到着していたチリングワース医師が、邸宅の主《あるじ》と会うのを待っていた。

第三十八章　マーチデール氏の申し出――バナーワース館での相談――決闘の朝

チリングワース医師は、ジャック・プリングルが玄関ホールへ入ってきたのを目にして強い苛立ちを覚え、ジャックは同じ空間に医師がいることにいささか啞然とした。とはいえ、フランシス・ヴァーニー卿が二人に会うと使用人が伝えに来たため、どちらもあまり驚いている暇はなかった。

使用人にも、互い同士でも口を利くことなく、チリングワース医師とジャック・プリングルは階段を上って、フランシス・ヴァーニー卿の待つ部屋へ案内された。

「紳士方」ヴァーニーは、いつもの穏やかな口調で応対した。「ようこそいらっしゃいました」

「フランシス・ヴァーニー卿」チリングワース医師が言った。「ある重要な件で伺いました。あなたと二人だけでお話しできないでしょうか?」

「おれもです」とジャック。「ベル提督の友人として来ました。内々にお話ししたいんです。いや、待って、おれが誰か、どんな用事で来たのか察しがついてる、その人のことは気にしませんや。だから、時間と場所を言う心づもりがあると言ってください。おれは船首像みてえに口が堅いんです。いや、まあ、今はしゃべってますけど。ともかく、言うことは言いました」

「お二人とも」ヴァーニーはかすかに笑みを浮かべた。「おいでになったご用件は同じでしょうし、優先順位を巡って争いになるかもしれませんから、同席されたほうがいいと思いますよ。この件は私自身でしかるべき質問をして、調整しなければなりませんので」

「どういうことか、私にはよくわかりませんね」とチリングワース医師。「あなたはどうです、プリングルさん？　あなたなら、解き明かせるのでは？」

「もし」ジャックが答える。「あんたがおれと同じ用件でここに来たのなら、どっちもフランシス・ヴァーニー卿と戦う件で来たってことだろう」

「ええ」とヴァーニー。「まさにプリングル氏のおっしゃるとおりでしょう。私はあなた方の依頼主から挑戦を受けており、お二人が望まれる答えを差し上げる準備ができております。最初の交戦で、次の戦いに参加する名誉が認められればですが。プリングルさん、あなたは戦いの勝算を意識したことはありますか？」

「あると言えるね」ジャックは打ち解けた顔つきで、片目をつぶり、うなずいてみせた。「何度かは経験してるよ」

「お二人のあいだで話を進めて、必要な合意をとっていただけますか？　お一人に対する私の感情は、もうお一人に持っている善意とまったく同等ですので、私としてはそうしたデリケートな事柄に優先順位をつけられないのです。さあ、協議を始めてください」

チリングワース医師はジャックに目を向け、ジャックも医師を見やり、やがてジャックが口を開いた。

「その、提督は決闘するつもりで、おれは必要なことをまとめに来たんでさ。そっちの条件を教えてくれよ、なんとか卿？」

「妥当なものでしたら、どのような条件でもかまいません――武器は銃なのでしょうね？」

「フランシス・ヴァーニー卿」チリングワース医師が声をあげた。「こうした事柄をまとめてくれる友人をあなたが指名してくださらなければ、この役目を果たすのは無理です――少なくとも、私のほうは」

「おれもです」ジャック・プリングルも言った。「おれたちは競合相手を打ち負かしたいとは思いません。ベル提督はそんなことをする人じゃねえし、万一そういうことをする人だとしたって、公正でも正しくもねえことをしようとする提督を後押しするおれじゃありません。ともかく、提督はライヴァルを蹴倒したりはしねえんです」

「だが、紳士方、この件ではそうせざるをえないでしょう。ヘンリー・バナーワース氏を失望させるわけにはいきませんし、ベル提督を失望させてもなりません。のみならず、私はお二人の挑戦を受け入れており、戦う用意も、意志もあります――一度に一人ずつですよね？」

「フランシス・ヴァーニー卿、あなたがおっしゃったことを踏まえて、あなたがこの件を調整できる友人の名を挙げられないのでしたら、私は自分の責任においてヘンリー・バナーワース氏側の挑戦を撤回するしかありません」

「ああ！」ジャック・プリングルが声をあげた。「そいつはまっとうな判断だ。ジャック・縦帆《ミズン》がトム・前檣《フォアマスト》と戦ったときのことをようく覚えてますが、両者には二度目があったんで。ベル提督は闇の中じゃなにもできねえ。そう、そう、まったく！　何事も公明正大でなきゃいけませんや」

「紳士方」ヴァーニーが口を挟んだ。「私が陥っているジレンマがおわかりでしょう。あなた方の依頼主は、お二人とも私に挑戦なさった。私はどちらとでも、いえ、場合によってはどちらとも戦う用意ができています。この点をはっきりとご理解いただきたい。私には戦う気がない、もしくは、尻込みをしていると受け取られたくはないからです。ですが、私はこの地域ではよそ者であり、多くのものを危険にさらしてまで決闘場所へ私に付き添ってくれるよう頼める友人は一人もいないのです」

「そうするってえと、あんたの知人は友人とは違うってことだな！」ジャック・プリングルは言って、美しく磨き上げられた火格子の中へ唾を吐き捨てた。「おれは相手が誰だろうと――きうけつ鬼は別として、悪魔とだって――行動をともにしてたら友達になって、同じジョッキからグロッグ酒を飲むようになっちまうけどな。間抜けな二人組の出来上がりってわけさ」

「チリングワースさん、私はプリングルさんのような友情を育めるほど、長くこの地にいないのです。しかしながら、あなたと依頼主の名誉は信頼できますから、制約なく公正にヘンリー・バナーワース氏と対戦します」

「ですが、フランシス・ヴァーニー卿、私はバナーワース氏の代理として、プリングルさんはベル提督の代理として目的が一致しているのに、決闘の正式な手続きを踏まないことで、私たちの役割が、いえ、人生や財産まで危険にさらされていることを忘れておいでです。小さなことかもしれませんが、こうしたことは私たちにとってすべてなのです。自分のために言わせていただくと、紳士がこうした状況で通常するように、あなたが介添人の名前を挙げてくださらないかぎり、私は依頼主があなたと戦うことに同意できません」

「あなた方と協議したい気持ちはありあまるほどですが、残念ながら、ご要求に応じられないのです。先ほど私が申し上げたことを世間に公表しましょう。いきさつがわかれば、人々も私が戦おうとしないことをあれこれ言わないかもしれません」

しばらく沈黙が流れた。チリングワース医師は、フランシス・ヴァーニー卿が自ら介添人を指名して、それぞれが対等な条件で協議できないかぎり、ヘンリーが戦うことを承認しないと心を固く決めていた。

ジャック・プリングルは口笛を吹き、唾を吐いて、嚙みタバコを嚙み――ズボンを威勢よく引き上げると、期するところがありげな表情で二人を交互に見やった。

「じゃあ、まったく戦いにならないかもしれねえってことだな、フランシス・なんとか卿」

「そのようですね、プリングルさん」ヴァーニーは意味ありげな笑みを浮かべた。「あなたが私にはもっと折り目正しく、提督には思いやりのある態度をとってくださらないかぎり」

「そこまでしなくたって」とジャック。「出だしでちょいとつまずいただけで、立派な決闘をすぐ中止にするってえのは残念ですよ」

「あなたの腕前と才能《ジーニアス》で、楽しみと利益の両方を得られる中間地点を見いだせるかもしれません。どうです、プリングルさん？」

「おれが悪霊《ジーニアス》について知ってることといったら、〝さまよえるオランダ人〟かそういったとんでもなく奇っ怪な連中のことだけさ。けど、言ったように、決闘をだいなしにするタイプじゃない。提督もだ。そうとも、おれたちは真の男だし、善良な人間でもある」

「信じますよ」ヴァーニーは言って、丁寧にお辞儀をした。

「あんたはあちこち船首を動かさなくていいんだぜ、おれにはようく見えてるから。ともかく、おれは決闘をだいなしにしたくないし、どっち側もがっかりするくれえなら、おれの依頼主があんたの介添人になるよ、フランシス卿」

「なに、ベル提督が？」ヴァーニーは驚きのあまり、眉を上げて叫んだ。

「えっ、チャールズ・ホランドの伯父さんがですか！」チリングワース医師も仰天の声をあげた。

「なぜだめなんだい？」ジャックは真面目そのものの

口調で問い返した。「ヘンリー・バナーワース氏と戦うあいだ、ベル提督がフランシス・ヴァーニー卿の介添人になると、自分の言葉に――ジャック・プリングルの言葉に懸けて誓うよ。そうやって事を進めりゃ、中止ってことにはなりえない、だろ？」ジャック・プリングルはしたり顔でチリングワース医師へうなずきかけた。

「それであなたの懸念が払拭されればよいのですが、チリングワースさん」ヴァーニーは慎ましやかな笑みを浮かべて言った。

「ですが、ベル提督は介添人を引き受けてくれるでしょうか？」

「提督の介添人がそうおっしゃるのですし、介添人には、約束したことを本人に説得するだけの力もあるはずです」

「もちろん、そうだ。提督が尻込みする人だと思うかい？　とんでもねえ。ベル提督はジャック・プリングルを見捨てるような人じゃない――絶対に。だから、フランシス卿、おれが約束したことなら提督は間違いなく実行するって請け合うよ」

「そこまでおっしゃられると、疑えませんね」とヴァーニー。「この親切な行動で、私はベル提督に決してお返しできないほどの恩義をいつまでも深く感じることになるでしょう」

「気にすることはねえよ」ジャック・プリングルは言った。「提督はきっちり役目を果たすから、あんたは提督の番になったときにその分を返しゃいい」

「私は忘れませんよ」とヴァーニー。「提督があらゆる敬意を払うに値する方だということを。さて、チリングワースさん、あなたがご親切にも求めてくださったこの協議において、私はなんらかの合意に達せたと思うのですが」

「異議はありません。あなたの介添人とお会いするのを心待ちにしていますし、彼と手はずを整える所存です」

「こういった状況下では、通常の長々しい儀礼はほとんど必要ないでしょう。来たる顔合わせは、あとで調整できます。時間と場所を言ってください。そのほかのことはすべて、現地で解決できるでしょう」

「そうとも」とジャック。「決闘のときに提督と会う時間はたっぷりありますさあ。あのご老体は、歳はとってても、本当に頼りがいのある人ですから。まったくびくともしやしませんって」

「安堵しました」ヴァーニーは言った。

「私もです」とチリングワース医師。「ですが、フランシス・ヴァーニー卿、介添人が立ち会わない場合は、協議は白紙になることをご理解ください」

「プリングル氏の誠実さは疑う余地もありませんので、私は決闘を行えると思っていますよ」

「あんたの言葉で決まりだ、間違いなく。あんたがきうけつ鬼ってのが、残念でたまらないよ」

「時間は、チリングワースさん？」

「明朝七時に」医師は答えた。

「場所は？」

「私が思いつくもっともふさわしい場所は、こちらの邸宅とバナーワース館の中間にある平坦な牧草地です。ですが、場所を決める権利をお持ちなのは、あなたですよ、フランシス・ヴァーニー卿」

「権利を放棄しますし、その場所を選んでくださったあなたに深く感謝します。考えうる最高の場所に思えますから。時間は必ず守りますよ」

「ほかに取り決めることはなさそうですね」とチリングワース医師。「あなたはベル提督とお会いになるのでしょうね」

「もちろんです。これ以上なすべきことはないでしょう。極めて満足のいく内容となりました。いえ、予想以上の成果です」

「では、ごきげんよう、フランシス・ヴァーニー卿」チリングワース医師は言った。「これで失礼します」

「さようなら《アデュー》」ヴァーニーも礼儀正しく挨拶をした。

「では、これで、プリングルさん。提督によろしくお伝えください、あの方のご尽力は、私にとってはかりしれないほどの価値がありますから」

「そんなふうに言わないでくれ」とジャック。「提督は、今みたいに窮地に陥った人がいれば、誰だろうと救いの手を延べる人だ。それに、おれは自分の言葉に──ジャック・プリングルの名にも懸けて、提督は正しいことをする人だと、自分の番をヘンリー・バナーワース氏に譲ると誓った。言うまでもねえことだが、あとで提督に番がまわってくるに決まってるし──しばらく待つってだけで」

「それだけのことです」ヴァーニーが答えた。

ジャック・プリングルは船乗り式のお辞儀をして部屋を出ると、チリングワース医師を追って、二人で邸宅をあとにし、バナーワース館へ向かった。

「やれやれ」チリングワース医師が口を開いた。「フランシス・ヴァーニー卿が介添人を用意できないという問題を乗り越えられて安堵しました。友人もいない男と決闘するのは適切でも安全でもないですからね」

「ああ、まっとうなことじゃねえ」ジャックはズボンを引き上げながら答えた。「けど、おれが心配してたのは、あいつがどうやって手を引くかってことでした。そんなことになったら提督には不都合このうえありませんや。きっと提督は怒り狂っちまいます」

フランシス・ヴァーニー卿の邸宅からさほど離れないうちに、マーチデール氏が合流した。

「おや」マーチデール氏が声をかけてきた。「あなたたちが歩いてきた方角と近さから判断して、フランシス・ヴァーニー卿と会ってきたようですね」

「ええ、そのとおりですよ」チリングワース医師が答えた。「あなたはこうした役割から離れたはずですが?」

「そうするつもりでした」とマーチデール氏。「だが、考え直したほうがいいこともありますからね」

「確かに」


「私はバナーワース家の人々に深い思い入れがあるにもかかわらず、屋敷を去るしかなくなりました。それでも、彼らに思いが残っている状況では、遠く離れた土地に行けないのです。それでこの地に留まって、私で役に立てそうなことがなにか起きていないか様子を見ることにしたのですよ」

「ずいぶん奇特ですね。しばらく残るつもりですか?」

「そのつもりです。予定外に今の部屋を立ち退く状況にならないかぎり」

「なにが起こってるのか教えてやるよ」ジャック・プリングルが割って入った。「三十分早くここにいたら、きうけつ鬼の介添人になれていたぜ」

「介添人とは!」

「ええ、私たちは決闘のことで来ていたのです」

「二重決闘?」

「そうです。でも、マーチデールさん、この件をあなたに打ち明けても、状況を打開するために利用はしないでしょうね。そんなことをすれば、ヘンリー・バナーワース氏の名誉を著しく傷つけることになります」

「しませんとも、安心してください。ただ、チリングワース先生、あなたは介添人をされるような方には見えませんが？」

「そうですか」

「ヘンリーのために？」

「そうですよ」

「介添人を務めることで、どんな結果につながりかねないかよくお考えになられましたか？　深刻な被害が出たら？」

「一度引き受けたからには、やり遂げるつもりですよ、マーチデールさん。考え抜いた結果ですし、私をヘンリー・バナーワース氏の介添人として見ていただければと思います」

「ええ、喜んで。ヘンリーもあなたほどふさわしい人は見つけられなかったでしょう。いえ、よけいなことでしたね。こんな発言をしてしまったのも、私が屋敷にいれば、ヘンリー・バナーワースはあなたを軽んじることなく、私を選んでいたはずだからです。あなたもそう思われるでしょう、チリングワース先生？」

「それがなんだとおっしゃるのです？」

「私は独り身で、どこででも生き、暮らし、行くことができるからです。ほかの国へ行っても私はなじむでしょう。私ならなんの損失も受けませんが、あなたの場合は、なにもかもがだいなしになってしまいます。介添人として行っても、言い訳にはなりません。外科医としての立場を失いかねないのですよ」

「すべて承知のうえです」

「提案なのですが、先生はあくまで外科医として決闘場所まで当事者たちに同行し、ヘンリーの介添人としての役目を私に引き継がせるというのはどうでしょうか」

「ヘンリー・バナーワース氏が承知しなければ、それは無理です」チリングワース医師は答えた。

「でしたら、私もバナーワース館へご一緒して、ヘンリーに会いましょう。私が先生から役目を引き継ぐ許可を求めますよ」

チリングワース医師は、この提案が妥当なものだと認めざるをえなかったので、一緒にバナーワース館へ戻るべきだという意見に賛同した。

あっという間にバナーワース館へ到着した三人は、そろって屋敷の中へ入った。

「さて」チリングワース医師が言った。「当事者の二人を連れてきます。どちらも同じ相手と決闘すると知ったら、仰天することでしょう。私もフランシス・ヴァーニー卿のところへ行ったとき、同様の用件でジョン・プリングルさんが来て呆気にとられましたから」

「おいおい、ジョンじゃなくて、ジャック・プリングルだよ」本人が訂正した。

ヘンリーを捜しに行ったチリングワース医師は、彼をマーチデール氏とジャック・プリングルがいる部屋へ向かわせると、ジャックの帰りを待って苛立っている提督へ会いに行った。

「提督！」医師は声をかけた。「今朝はご気分が優れないようですね」

「優れんとな」提督は驚いた様子で言葉を返した。「このベル提督が出撃直前に病気になったなど、誰に聞いた？　けしからん嘘っぱちだ」

「いえいえ、提督、ご病気とは言っていませんよ。ただご気分が優れないように見える——少し緊張されているというか。あまりお顔の色がよくありませんね？　違いますか？」

「なんだと、わしが薬を飲みたがると思うのか？　いいか、あんたには船底くぐりの罰をたっぷり与えてやりたくてたまらんよ。医者などまだいらん」

「ですが、それもそう長いことではないかもしれませんよ、提督。ところで、ジャック・プリングルが階下であなたを待っています。彼のところへ行きませんか？　特別な理由があるんですよ。フランシス・ヴァーニー卿からの言伝《ことづて》があるはずです」

提督は愕然とした表情で医師を見たあと、自分につぶやくように言った。

「ジャック・プリングルが裏切ったのだとしたら——いや、そんなことのできる男ではない。実直すぎるほど実直だからな。ジャックについては自信がある。それにしても、薬壺の倅《せがれ》はなんだってジャックを行かせた奇っ怪な奴のことをほのめかしたのだ？」

チリングワース医師はジャックからなにを聞いたのだろうという不審な思いが胸いっぱいに広がる中、ベル提督が階下の部屋へ行くと、そこにはジャックだけでなく、マーチデール氏とヘンリー・バナーワースもいた。すぐあとから、チリングワース医師も入ってきた。

「私は」医師が口を開いた。「フランシス・ヴァーニー卿の邸宅で、卿ご本人と、さらにはプリングルさんとも話し合いをしたのです。というのも、プリングルさんとは目的が同じだとわかったからで——つまり、私たちの依頼主が騎士と決闘するということです」

「ええっ？」と提督。

「なんだって！」ヘンリーも声をあげる。「提督、彼はあなたに挑戦したのですか？」

「挑戦した！」提督は怒鳴って、立て続けに悪態をついた。「いや——こうなると、認めるしかないな。わしが彼に挑戦したのだ」

「それは僕がしたことです」ヘンリーは一瞬、考えたあとに言った。「どうやら僕たちは同じ方向の行動をとってしまったようですね」

「そうなのです」とチリングワース医師。「プリングルさんも私も、事前準備の手はずを整えにフランシス・ヴァーニー卿のところへ行ったのですが、どちらの決闘にも乗り越えられない障害が見つかったのです」

「では、あいつは戦わないのか？」ヘンリーが叫んだ。「もうすべて読めたぞ」

「戦わないだと！」ベル提督はどことなく物悲しげな失望とともに言った。「臆病な悪党め！　教えてくれ、ジャック・プリングル、あの世から来たような生っ白いやつは、それに対してなんて答えた？　あいつはわしに戦うと言ったんだぞ。障害はあいつが前もって取り除いておくべきだろう」

「あなたも直接あいつに挑戦したのですね？」ヘンリーが尋ねた。

「そうだ。卑劣なやつめ！　昨夜あの男のもとへ出向いたのだ」

「僕もです」

「どうやら」マーチデール氏が口を挟んだ。「この件は不用意に行われたものではないようですね。とはいえ、控えめに言っても、いくぶん異例で、奇妙です」

「ですが」とチリングワース医師。「フランシス・ヴァーニー卿が言ったように、彼はヘンリーとも提督とも喜んで戦うつもりでしたよ」

「そうだ」ジャックもうなずく。「どちらとも戦うつもりだと言っていた。最初の戦いで命の炎が消されなかったなら」

「命の炎を消すことこそ、望んでいるすべてだ」と提督。「それ以上は期待できん」

「とはいうものの、フランシス・ヴァーニー卿は介添人を立てずに戦いたがっていました。もちろん、その申し入れに同意する気はありませんでしたが。あまりにも大きな責任が、決闘に関わる者たちに極めて不平等に配分されていましたから」

「そうですね」ヘンリーが言った。「でも、残念です――すごく残念です」

「本当に」と提督。「まったくな。法に触れることも厭わない者がほかにいないせいで、あいつが野放しになるのは、なんといまいましいことか」

「決闘がだいなしになっちまうのが残念だった」ジャック・プリングルが口を開いた。「善意がぶち壊しになるのが惜しかった。それで、きうけつ鬼が戦えるように、あなたがあいつの介添人になるべきで、そのためならあなたは会うと、あいつに約束したんです」

「なにっ！　誰が？　わしか？」提督は混乱気味に叫んだ。

「ええ、そうなんです」とチリングワース医師。「プリングルさんは、あなたは引き受けるだろうと言って、あなたが彼とじかに会って介添人になると、その場で誓いました」

「そのとおりです」ジャックが言った。「だから提督、介添人にならなきゃいけやせん。あなたが決闘をだいなしにしないのはわかってましたし、戦いがなくなるよりは、あったほうがいいに決まってまさ。提督なら、小競り合いでもねえよりは見たいだろうと考えて、すべて手はずを整えたんです」

「よくわかった」提督は答えた。「ヘンリー・バナーワース氏がフランシス・ヴァーニー卿の介添人になればよかったのにとは思うが。わしのほうが最初の決闘に参加する資格があっただろうからな」

「いいや」とジャック。「そいつは違います。チリングワースさんが先に来てました。先着順ですよ」

「そうだな、他人が運に恵まれたことをぼやいても始まらない。わしの運もいずれ巡ってくるだろう。ともかく、すっかり失望するよりは、決闘を行えるほうがいい。わしはフランシス・ヴァーニー卿の介添人になるよ。彼は公明正大に戦うことだろう、わしが提督であるように。だが――いや、彼は戦うべきだ、そうとも、彼は必ず戦うさ」

「そして、この決定に僕は従います」ヘンリーが言った。「フランシス・ヴァーニー卿が戦ってくれることを願っています。これから先は、なんらかの機会を得た卿にこっそり排除されないよう気をつけますよ」

「提案させてほしいことが一つある」マーチデール氏が話しはじめた。「いろいろあったあとだから、私は自分が友人の役に立てそうな事態が起こっているという予感がなければ、戻ってくることはなかった」

「ほう！」提督は大きく顔をゆがめた。

「私が言おうとしたのは、チリングワース先生は立場上、失うものがたくさんあるが、私の場合はないということだ。私は世界のどの地域にも縛られていない。職業にも就いていない――資産があるから、つまり、働く必要に迫られていないということだ。そこで、ヘンリー、今回の件で私が君の介添人になることを認めてほしい。チリングワース先生には医師としての立場で参加できるようにする。彼は貢献――当事者の一人に大きく貢献するかもしれない。だが一方で、介添人の立場に就けば、彼は自分の身の安全を秤《はかり》にかけざるをえなくなってしまう」

「確かに、おっしゃるとおりですね」とヘンリー。

「それに、最善の案だとも思います。ベル提督、この件でマーチデールさんと介添人としての役目を務めるお気持ちはありますか？」

「おお、わしか！――うむ、あるとも――わしは気にしない。マーチデール氏がマーチデール氏だということだけだよ、わしが引っかかるのは。だが、今日けんかしても、明日するべきことがあるならば、むろん、明日はけんかを次の日に持ち越せる。そうやって続いていく――今の時点で言っておくのはこれだけだ」

「では、これで本決まりですか？」チリングワース医師が確認する。

「そうだ」

「ヘンリー、私の介添人としての役目をマーチデールさんに引き継ぐのは、私は医師としての立場のほうが力を発揮できそうだし、そう思えるからというのが、みなさんの総意だからですね？」

「そのとおりです、先生。そして僕はこのことで、あなたが事前準備のために熱意を持って行動してくださったことと同じ恩義を感じずにはいられません」

「私はすべきことをしたまでです」とチリングワース医師。「それが自分の務めだと信じていましたから」

「チリングワース先生がこの件で、ことのほか友好的かつ効率的に動いてくださったのは間違いありません」マーチデール氏が言った。「そして、先生が介添人の役目を離れるのは、友人らしい行為を逃れるためではなく、ほかの誰にもできない立場での能力を活かすためというわけです」

「それは本当だ」と提督。

「でしたら」チリングワース医師が言った。「あなた方は明日の朝七時に、この屋敷とフランシス・ヴァーニー卿の邸宅の中間にある谷底の牧草地で会うことになっています」

みなのあいだでさらに会話が交わされ、翌朝早くに集まることと、決闘について口外するのは論外だということで意見が一致した。当然、その夜はマーチデール氏も屋敷に留まることになり、提督は何事もなかったかのような様子でジャック・プリングルと部屋に引き揚げ、さまざまな手はずについて二人だけで話し合った。

ヘンリー・バナーワースとマーチデール氏もそれぞれの部屋へ戻り、翌朝現地で合流することを約束したチリングワース医師は、しばらくして帰っていった。

その日、ヘンリー・バナーワースは自分の部屋で書類や手紙を書くことに多くの時間を割いた。それでも、フローラに疑われないよう彼女のそばを離れるわけにはいかなかったため、夜になっても書き物はまだ片付いていなかった。

マーチデール氏は大半をヘンリーのそばで過ごし、人目を盗んで武器や弾薬、弾丸を調べ、翌朝の決闘に向けてすべて問題ないことを確認し終わると、口を開いた。

「さて、ヘンリー、どうか数時間でも横になってやすんでほしい。そうしないと、本来の力が発揮できなくなってしまう」

「わかりました」ヘンリーは答えた。「ちょうど終わったところですから、あなたの助言に従いますよ」

さまざまな思いが駆け巡り、考えているうちに、ヘンリー・バナーワースは深い眠りに落ちた。数時間ほど落ち着いて静かに眠ったあと、早い時間に目が覚めた彼は、マーチデール氏がそばに座っていることに気づいた。

「時間ですか、マーチデールさん？　寝坊はしていませんよね？」

「していないよ。時間はたっぷりある――たっぷりとね」マーチデール氏が答えた。「もっと長く寝かせてやるべきだったが、余裕を持って起きてほしかったのだ」

すでに白々と夜が明けていて、ヘンリーは起き上がると、決闘の支度に取りかかった。マーチデール氏がこっそりベル提督の部屋へ様子を見に行くと、提督とジャック・プリングルはすでに準備を終えていた。

ほんの数語を、それもささやき声で交わすと、四人はできるだけ静かに屋敷を抜け出した。穏やかな朝だったが、東の空が明るくなりはじめたばかりで肌寒い。合流地点まで行くには十分な時間があった。

決闘するために指定場所へ向かっているのは奇妙な組み合わせの集団で、決闘がもたらす結果はその一人ひとりの利害に重要な影響を及ぼしかねなかった。

集団を構成している各人の胸を満たしているそれぞれ相反する感情――希望と恐怖――口に出された懸念や憶測を一つひとつ解き明かすのは難しい。けれど、ヘンリーにとって、命を賭けて戦おうとしている相手が得体の知れないものであっても、人間の武器から命を守れる能力を持っているかもしれなくとも――彼は揺るぎない決心を胸に、しっかりとした足取りで進んでいた。心は妹の幸せを取り戻すことに向いていていて、たじろぐことはなかった。

これまでのところ、ヘンリー・バナーワースと極めて謎めいた存在とのあいだで交わされた決闘――悪いことではあるが、社会通念で認められている――の長々とした手続きは、どういうわけかフランシス・ヴァーニー卿も裏をかく気配を見せず、明瞭かつ公正に進められているようだった。

とはいえ、その理由がフランシス・ヴァーニー卿が臆病だからか、慈悲心を見せているからかはまだわからない。身の毛もよだつような、だが、ながらえるのにかなり苦労している超自然的な存在をたちまちのうちに維持できなくなる致命傷を負いはしないか、怯えているとも考えられる。

一方で、自分が不死身である、または相手を傷つける強大な力を持っているという意識が、長らく決闘を差し控えさせ、通常は必要となってくる決闘の手続きを進ませないよう、さまざまな障害を置いてきたのかもしれない。

けれども、今となっては、免れるすべはないようだ。数多くの敵対者に囲まれたフランシス・ヴァーニー卿は、戦うか逃げるかのどちらかしかなかった。

確かに、当局に保護を求め、法律的には罪にあたる決闘を拒んだことで不問に付すよう訴えることもできただろう。だがそうすれば、すべての状況が明らかになって、世間の注目を集めてしまうのは間違いない――その結果、彼の好ましからざる評判が世界じゅうに広がるはめになる。

たまたま、バナーワース一族は特異な事情から、人付き合いを極めて狭い範囲に留めていて、好奇の目にさらされることをとりわけ嫌ってきた。かつては、州で誇り高い地位にあり、地域の有力者と見られていたものの、今ではすっかり落ちぶれ、詮索好きな目を避けている。だが、どちらかというと、深い哀愁を漂わせて世間から離れて暮らしており、わずかにしか改善できなかった寒い懐《ふところ》事情により、時代から取り残されていた。

この一族が崇高な理由で苦しんだり、相次ぐ不幸に見舞われたりといった、避けようのない神の摂理として、代々続く家柄の輝きを奪われていたのなら、同じ苦しい立場にあっても、見方は違っていただろう。だが、祖先が犯した過ちや悪行、犯罪行為のせいで、今の没落した状態にあることを忘れてはならない。

これまでのところ、物語に登場した舞台と言えば、バナーワース館と、そこに隣接する牧草地、フランシス・ヴァーニー卿の邸宅ぐらいだろうか。離れた場所にいて、事情を知っていたり、バナーワース家の人々に関心を寄せたりしているのは、外科医のチリングワース氏だけであり、個人的な感情からも、職業的な習慣からも、彼が一家の事情をゴシップの材料にすることはありえそうにない。

だが、変化が――フランシス・ヴァーニー卿に対するとびきり衝撃的で危機的な性質の変化が――間近に迫っていた。彼は予期していたかもしれないが、備えは十分ではなかったかもしれない。

平穏な時期は過ぎ去り、彼は憂慮すべきほど人々の注目を集めるようになっていた。とはいえ、ここではあれこれ予想せず、ただちに、決闘の話し合いにも負けないくらいあっさりと物語を進めることにしよう。

決闘の最終的な取り決めに同意したフランシス・ヴァーニー卿は、戦うことをためらわず、命取りになるかもしれない手続きを遅らせようとする気配も見せなかった。

その日の朝早い時間は、変わりやすい天気によく見られる曇りで、もっとも優れた天気予報者でも一時間後の予報が難しい空模様だった。

ありとあらゆるものに薄ぼんやりとした光がかかっている。まばゆい光がない代わり、深い影もないため、あたりの景色は如実に影響を受け、普段の美しさがかなり損なわれていた。

そういった状況の中、マーチデール氏はヘンリーやベル提督と一緒にバナーワース館から庭を横切り、起伏に富んだ森の方へ向かっていた。決闘に指定された場所はその近くにあった。

ジャック・プリングルは三人のあとから、ポケットに両手を突っ込み、のんびりとした足取りでついてきていた。朝の散歩に出てきただけかのようにのんきな様子で、周囲でなにか起こっているのかいないのかも、とくに意識していないような感じだ。

顔を妙に大きくゆがめ、時折口から不思議な形状の、それも常に形の異なるものがのぞいているのは、どうやら特大の嚙みタバコのかたまりらしいが、こうした野趣あふれる贅沢に親しみのない者にとっては、ジャックは想像を絶するまずいものを味わっているように見えた。

提督はジャックに、残りの人生で、船乗りではなく木偶の坊と思われてつらい目に遭うとしても、決して手を出してはいけないと厳しく命じていた――ただではおかないという脅しは、言うまでもなく、ジャックには重みがあったので、彼はつとめて静観するために来ただけだったが、思いがけなく戦う口実《カーサス・ベリー》ができた場合は、誰かに対して威嚇的な行動をとるのも認められるのではないかという淡い期待を抱いていた。

「ヘンリー」提督が声をかけた。「こうして歩いていても、君はちっとも話しかけてこないな。わしは君の陣営には入ってないことを思い出してくれ。これまでにも、何人か仲間の介添人になったことはあるが、誰かから〝ベル提督、次に決闘に出かけるときは、仲間は寡黙で、あんたは吸血鬼の介添人になっているだろう〟と言われていたら、〝ありえん〟と答えていただろう。ところがどうだ、いや、つまり、たとえフランス人であっても、わしは頼まれれば、戦うどころか介添人になるだろうということだ」

「心が広いですね」とヘンリー。「いずれにしても」

「きっと君は」提督は言った。「フランシス・ヴァーニー卿に命中させなければ気がすまないんだろうな。こいつを教えるつもりはない――低めに狙って撃てばいいだけだ。わしには関係のないことだがな。おお、なんということだ、口がすべってしまった。ともかく、できるならあいつに命中させろ」

「提督、あなたが中立を保っているとはとても思えませんね、あなたの依頼主について僕が抱いている思いを差し引いても」

「うむ、あいつを吊るせ。あんな薄っぺらな言い訳でこっそり逃げ出させたりはせんぞ、絶対にな。わしは今朝、あいつの家に行くべきだっただろうが、ただ、二度と敷居をまたぐつもりはないと決意したとおり、そうしなかった」

「フランシス・ヴァーニー卿は来るだろうか」マーチデール氏がヘンリーに言った。「結局のところ、君は彼が逃げ出し、姿を現しても遅刻で決闘は流れることになりそうだとわかっているんじゃないのか？」

「そうならないよう願っています」とヘンリー。「けれど、あなたと同じ考えが何度も頭をよぎったのは確かです。とはいえ、フランシス・ヴァーニー卿は僕と戦わなければ、このあたりでは二度と姿を見せられないでしょう。僕たちは少なくとも、あいつを追い払い、あいつのバナーワース館への厄介な執着を断ち切るべきです。あの男には、賃借人としてだろうと、所有者としてだろうと、当家の屋敷に一歩たりとも入れさせるつもりはありません」

「おかしいだろう」提督が口を挟んだ。「一度に二人の人間へ家を貸すのは。君がわしに貸したことをすっかり忘れてしまったのなら別だが。思い出させてやってもよいぞ」

「万歳！」間髪を入れずに、ジャック・プリングルが叫んだ。

「いったいなんだ？　誰が歓声をあげろと言った？」

「敵が接近中」ジャックが言葉を返す。「南西に三ないし四ポイントの方角」

「本当だ！　木々のあいだを抜けてくる。おやおや、この吸血鬼は、わしが思っていたよりきちんとしたやつだな。とどのつまり、あいつは我々に撃たせようというわけだ」

四人は約束の場所まであとわずかのところまで来ていた。どうやら待っていたらしいフランシス・ヴァーニー卿が木立から出てきた。黒っぽい色のマントに身を包んだ彼は、以前よりも背が高く、痩せていそうに見えた。

顔は死人のように蒼褪めていた。唇には血の気がまったくないのに、目のまわりは妙にピンクがかっているせいで、なんとも気味の悪い様相になっている。彼は自分の方へ進んでくる者たち一人ひとりに目を向け、ベル提督に気づくと、ぞっとするような笑みを浮かべた。

「おい、ジャック、この役立たず、船首像にぴったりの顔があるぞ」提督は大声で叫んだ。

「まったくで《アイ・アイ・サー》」

「世界広しといえども、これまであんな笑い方を見たことあるか?」

「ありますとも《アイ・アイ・サー》」

「おまえは本当に役立たずだ」

「そう思うべきでしょうね」

「嘘だな、ちっとも思っておらんくせに」

「そのとおりで」とジャック。「覚えてないんですか、鉄の弾丸があなたの頭をかすめて、おしゃれなちっちゃい傷跡をつけながら、オランダのベルヘン・オプ・ゾーム町まで飛んでいったときのことを? あのとき、あなたは、あんなふうに歯をむき出して笑ってませんでしたっけ?」

「していない、このごろつきが」

「いや、してましたよ」

「反乱だ、くそっ!」

「あなたこそ、くそくらえ!」

ベル提督とジャックが二人きりなら、この言葉の応酬がどこまでエスカレートするかわかったものではなかったが、実際には、ヘンリーとマーチデール氏が仲裁に入ったので、もっと重要な案件のために、二人はひとまず休戦とした。

自分の介添人を笑顔で迎えたあと、ヴァーニーはもう十分だと判断したらしい。たまに口を奇妙な具合に動かし、そのたびに歯と歯のぶつかる音が聞こえるが、ほかに物音を立てたら、みな飛び上がりかねないというように、背の高い痩せ細った姿で、その場に立ったまま身動きしなかった。

「まったく」マーチデール氏が言った。「こんなときに、ふざけないでもらいたい。プリングルさん、あなたはここにはなんの用もないはずだろう」

「誰だって?」とジャック。

「プリングルは、君の名前ではないのかね?」マーチデール氏が聞き返す。

「おれの名前だったさ。けど、あんたに〝さん〟づけで呼ばれたことなんかねえから、びっくりしちまった」

　提督はフランシス・ヴァーニー卿の方へ歩いていき、挨拶するというよりは、挑戦するような感じでうなずきかけた。吸血鬼のほうは、深々と礼儀正しいお辞儀を返した。

「そこまでせんでも！」老提督はつぶやいた。「わしならそんなに深くお辞儀をしたら、二度と背骨をまっすぐ立てられんようになる。ともあれ、これですべて事はなし。あんたは来た。まあ、選択の余地はなかっただろうが」

「私はここにいますよ」とヴァーニー。「ですから、〝来た〟という表現は蛇足的なものになりますね」

「おや！　そうか？　わしは辞書を引いたことがないので、あんたがなにを言ってるのかさっぱりわからん」

「ベル提督、ちょっとよろしいですか。私が撃たれたときに――それが私の運命なら――あなたにしていただきたいことがあるのです」

「してほしいことだと！　わしはあんたになんぞ、なにもする気はないぞ」

「残念がってもらえるとは思っていませんよ。あなたなら堪能《イート》するでしょう」

「食らうだと！」

「ええ。そして、いつものように一杯やるはずです。仲間の死を目の当たりにしているにもかかわらず」

「そこまでにしておけ。わしを仲間などと呼ぶな。わしは吸血鬼ではないぞ」

「ですが、あなたが本当は何者かなど、わかったものではありません。いいですか、私の言うことを聞いてください。あなたは私の介添人なのですから、多少の厚意は示してくれてもいいはずです。雨が降ってきました。そこの古木の下に入りましょう。お話しします」

（第二巻へ続く）

章タイトルと内容が一致しない箇所があるが、章タイトルは原文のママとした。

本書の翻訳は、第一章～第二十四章を三浦玲子が、第二十五章～第三十八章を森沢くみ子が担当した。

［製作総指揮］

山口雅也（やまぐち　まさや）

早稲田大学法学部卒業。大学在学中の一九七〇年代からミステリ関連書を多数上梓し、八九年に長編『生ける屍の死』で本格的な作家デビューを飾る。九四年に『ミステリーズ』が「このミステリーがすごい！'95年版」の国内編第一位に輝き、続いて同誌の二〇一八年の三十年間の国内第一位に『生ける屍の死』が選ばれKing of Kingsの称号を受ける。九五年には『日本殺人事件』で第48回日本推理作家協会賞（短編および連作短編集部門）を受賞。シリーズ物として《キッド・ピストルズ》や《垂里冴子》など。その他、第四の奇書『奇偶』、冒険小説『狩場最悪の航海記』、落語のミステリ化『落語魅捨理全集』などジャンルを超えた創作活動を続けている。近年はネットサイトのGolden Age Detectionに寄稿、『生ける屍の死』の英訳版*Death of Living Dead*の出版と同書のハリウッド映画化など、海外での評価も高まっている。

［訳者］

三浦玲子（みうら　れいこ）

翻訳家。訳書にE・H・ヘロン『フラックスマン・ロウの心霊探究』（書苑新社）、オーガスト・ダーレス編『漆黒の霊魂』（論創社）、スチュアート・パーマー『五枚目のエース』（原書房）、ジョナサン・サントロファー『赤と黒の肖像』（早川書房）、仁賀克雄編『吸血鬼伝説』（原書房、共訳）他。

森沢くみ子（もりさわ　くみこ）
翻訳家。訳書にブラム・ストーカー『七つ星の宝石』、A・メリット『魔女を焼き殺せ！』（共に書苑新社）、エリック・キース『ムーンズエンド荘の殺人』（東京創元社）、エラリー・クイーン『熱く冷たいアリバイ』（原書房）、ヘンリー・スレッサー『最期の言葉』（論創社）他。

奇想天外の本棚　山口雅也＝製作総指揮

吸血鬼《きゅうけつき》ヴァーニー　或《ある》いは血《ち》の饗宴《きょうえん》　第一巻

二〇二三年三月十日初版第一刷印刷
二〇二三年三月二十日初版第一刷発行

著者　ジェームズ・マルコム・ライマー
トマス・ペケット・プレスト
訳者　三浦玲子・森沢くみ子
発行者　佐藤今朝夫
発行所　株式会社国書刊行会
東京都板橋区志村一—十三—十五　〒一七四—〇〇五六
電話〇三—五九七〇—七四二一
ファクシミリ〇三—五九七〇—七四二七
URL : https://www.kokusho.co.jp
E-mail : info@kokusho.co.jp
装訂者　坂野公一（welle design）
印刷所　創栄図書印刷株式会社
製本所　株式会社ブックアート
ISBN978-4-336-07407-2 C0397